차보다
진하고
그윽한

차보다 진하고 그윽한

초판 발행 2023년 10월 20일

저 자 류건집 ⓒ 2023

발행인 김환기
발행처 도서출판 이른아침
주 소 경기도 고양시 덕양구 삼원로 63 고양아크비즈 927호
전 화 031-908-7995
메 일 booksorie@naver.com

값 25,000원

ISBN 978-89-6745-151-6 (03810)

서산류건집 유고집 曙山柳建楫遺稿集

차보다
진하고 그윽한

류건집 著

이른아침

책을 펴내며

    서쪽 고요한 곳으로 떠나가신 선친(先親)의 글을 지난 몇 달간 읽고 정리하며 시간을 보내면서 시시각각 선친께서 남기신 마음과 생각을 접하고 끝없는 사무침에 눈시울을 붉혀야 했다. 막상 떠나시고 1주기(週忌)가 다가옴에 그간 의무감으로 진행했던 출판 준비가 마무리되고 책이 나오게 된다니 두려움이 그 다음으로 마음속에 자리잡는다. 선친의 뜻을 잘 받들었을지 하는 의문에서 말이다.

    선친께서는 그 지식의 끝이 어디까지인지 가늠하기 어려운 학자(學者)이자, 온화하고 넓은 마음을 가진 교육자(敎育者)이셨다. 한 인간으로서는 급변하는 역사의 수레바퀴 속에서 소용돌이치는 역경의 시대와 인생의 반을 뒤덮은 병마(病魔)와 싸우면서도 주어진 삶을 온전히 살아내신 강인한 생존자(生存者)였으며, 삶의 세상에 나서서는 집안과 가족을 살피고 부양하여야 하는 고독한 생활인(生活人)이기도 하셨다. 그리고 별세(別世) 전까지 차학(茶學)에 몰두하시어 학문적 족적(足跡)을 남기시고 고래(古來)의 말씀을 널리 전하시며 이를 몸에 일체화(一體化)하고자 애쓰셔서 몸은 인간계(人間界)에 계시지만 때때로 정신(精神)은 선계(仙界)의 경지(境地)에 이르시어 급기야 더 높은 곳을 찾아 길을 떠나신 방랑자(放浪者)이기도 하시다. 남겨진 우리에게는 더 같이 오래도록 함께 계시면서 더 많이 듣고 배우고 얘기하고픈, 그러나 떠나가신 그리운 아버지이고 스승이시기도 하지만.

선친께서는 《한국차문화사(韓國茶文化史)》상하권(上下卷), 《다록주해(茶錄註解)》, 《다소주해(茶疏註解)》, 《송대다서(宋代茶書)의 주해(註解)》 상하권(上下卷), 《다부주해(茶賦註解)》, 《다경주해(茶經註解)》, 《동다송주해(東茶頌註解)》, 《끽다양생기주해(喫茶養生記註解)》 등의 차학 저서와 《세심여담(洗心餘談)》, 《차 한잔의 인문학(人文學)》 등 수상록(隨想錄)을 펴내신 이후에도 쉼 없이 당신의 생각을 집필하시고 정리하셨다. 실제로 작고(作故)하시기 몇 년 전부터는 당신의 생각과 감상을 잡문(雜文)의 형태로 남기는 것이 남은 일이라고 말씀하시고, 그간 《월간다도》, 《차의 세계》, 《박물관사람들》 등 해당 분야 전문 잡지에 게재하셨던 글들을 다듬고 정리하셨을 뿐 아니라, 새로운 글들을 지속적으로 집필하셨다. 막상 선친께서 작고하신 후 유품(遺品)을 정리하면서 가장 어려웠고 아직도 정리 못한 큰 짐이 바로 방대한 양의 육필(肉筆) 유고(遺稿, 원고와 메모)들이었다. 이들 중 일부는 당신께서 직접 컴퓨터파일의 형태로 정리하시면서 글의 형식과 내용을 기준으로 분류해두기도 하셨다. 그래서 만약 선친께서 아직 우리 곁에 계신다면 아마도 이 책에 실린 글들은 조만간 당신께서 직접 세상에 펴내셨을 것으로 생각된다.

이렇듯 정리된 유고를 일부라도 남기셨다는 것이 얼마나 감사(感謝)한 일인지 모르겠다. 선친의 생각과 마음을, 떠나신 뒤에도 느낄 수 있게 해주셨으니 그러한 것은 당연한 일이지만, 유고를 정리하여 펴내려고 마음먹은 우리에게는 많은 난관(難關)을 넘어 유고를 정리하여 출판에 이르게 하는 지난(至難)한 숙제의 상당 부분을 이미 해주신 것이기 때문이었다. 사실은 육필 유고의 일부를 정리하지 않은 것은 아니나 우리의 얕은 학문적 지식(知識)과 사상(思想)이 선친의 그것에 미치지 못하는 자명(自明)한 현실을 마주하면서 극복할 수 없는 어려움의 존재를 다시금 깨닫게 되었다. 그러니 이 어찌 감사한 일이 아니겠는가.

이 책은 선친께서 직접 정리해두신 원고와 육필 유고 중 일부를 새로 합한 것으로, 선친의 뜻과 가르침이 풍겨나는《차보다 진하고 그윽한》으로 책이름을 정하고, 〈차 한잔의 수상(隨想)〉, 〈그림 속 다선(茶仙)이 되어〉, 〈옛글의 향기〉, 〈우리 사는 세상〉, 〈스승의 마음으로〉, 〈내가 머무를 자리〉, 그리고 손수 명명하신 〈고졸(古拙)한 사화(詞華)〉 등 일곱 장(章)으로 나누어 구성하였다. 여기에는 선친께서 강조하셨던 차학에 대한 생각과 주장(主張)을 학술적 표현이나 형식에 얽매이지 않고 조금은 무겁게 논(論)하신 내용, 상대적으로 가벼운 논조로 쓰신 차와 관련된 경험과 생각들, 국립중앙박물관회에 활동하시며 접하신 답사(踏査) 유적(遺蹟)과 유물(遺物) 그리고 예술 일반에 대한 심미적(審美的) 경험들, 고전(古典)으로부터 전하는 불멸의 진리(眞理)와 인간본성(人間本性)에 대한 감상들, 선친께서 사셨던 사회(社會)를 보는 넓고 깊은 시야와 한 인간으로서 경험하는 나이듦과 이를 현명하게 승화(昇華)시키는 사고(思考)에 대한 기술(記述)들, 평생 배우고 가르치셨던 학자이자 스승으로서의 통찰(通察)들, 그리고 선친의 유소년기에서 시작하여 중장년, 노년기를 거치며 별세 직전까지의 다양한 시심(詩心)을 담은 내용들이 담겨 있다.

이 중 차와 관련된 글들은 선친께서 생전에 가까이서 아끼며 활동하셨던 서산학회(曙山學會) 선생님들께서 꼼꼼히 읽고 바로잡아 주셨고, 그 외의 글들은 선친의 아들·며느리가 능력이 닿는 한도(限度) 안에서 최선을 다하여 다듬었다. 또한 이 책의 전반적 구성 및 편집과 출판은 도서출판 이른아침 김환기 대표께서 힘써 주셨다. 애써주신 분들께 감사의 말씀을 드린다.

이 책은 선친이 남기신 유고를 바탕으로 상대적으로 짧은 시간 동안 여러 사람의 크고 작은 노고(勞苦)로 세상에 나오게 되었으니 아마도 소소하지만 많은 오류(誤謬)들이 발견될 것으로 추측된다. 독자(讀者)들께서 이를 일러주시면 선친의 말씀을 널리 오래도록 전하는 데 감사히 쓰도록 하겠다. 선친의 냉철한 생각과 그윽한 온기를 알고 계신 독자들께는 아름다운 옛 경험(經驗)을 추억(追憶)하는 기회로, 선친의 고고(孤高)한 사상과 심오(深奧)한 학문세계를 아직 접하지 못하신 독자들께는 옛것인 듯하지만 새롭고, 날카롭지만 편안한 선친과의 대화를 경험하는 기회로 삼기를 기대해 보며, 이 책을 선친 서산(曙山) 류건집(柳建楫) 선생께 바친다.

2023. 9. 22
선친께서 계시던 운월산방(雲月山房)에서

큰아들 류종석, 큰며느리 한영미
작은아들 류현, 작은며느리 한정민

한국 차학의 횃불을 후학들 횃불에도 당겨주신 분

도(道)를 깨달으신 분을 부처라 하는데 차(茶)를 깨달으신 분은 뭐라고 해야 할까요?

서산(曙山) 류건집(柳建楫) 교수님은 차를 깨달으신 그런 분이셨습니다. 조선의 전통이 가장 많이 살아있는 안동에서 태어나신 교수님은 네 살 유아기 때부터 조부님께 한학을 배우시고 서울대학교 사범대학과 고려대학교 대학원에서 고전문학을 전공하셨습니다. 평생 공부가 익숙했고 차를 좋아하셨는데 80년대부터는 홀로 차 문헌을 찾아내고 정리하며 연구하셨습니다. 90년대부터 본격적으로 고전 다서(茶書)와 차문화사를 강의하시면서 2000년대부터 차 관련 서적을 11권이나 저술하셨습니다. 세계 어느 나라에 11권씩이나 차에 대한 전문 서적을 쓸 사람이 있겠습니까?

그렇다고 교수님에게 스승이 계신 것도 아니었습니다. 오직 고문헌을 스승으로 여기고 스스로 찾아내셨습니다. 그래서 어떤 분들은 교수님을 차계에 등대처럼 길을 밝힌 차학자라고 하기도 합니다. 그러나 저는 교수님을 차계에 차학이라는 횃불을 드시고 후학들의 횃불에도 불을 붙여주신 분이라 생각합니다. 교수님께서 깨달은 것이 있으시면 후학을 위해 자기 몸을 희생하시는 것을 마다하지 않으셨기에 공부하고 싶다는 사람이 있으면 어디의 누구라도 직접 찾아가신 인간적인 너무나 인간적인 스승이라고 생각합니다.

제자들은 결석하더라도 교수님은 강의시간에 한 번도 늦거나 결강이 없었습니다. 강의는 문헌을 모두 외워서 누에가 실을 뽑듯이 줄줄 낭송하던 분이셨습니다. 게다가 고전과 현대의 조화를 이룬 문장을 너무나 잘 쓰시면서도 옷차림 또한 패션모델 못지않아서 모자부터 구두, 그리고 손수건까지 갖춘 멋쟁이 노신사셨습니다.

서산(曙山) 류건집(柳建楫) 교수님.

교수님의 차학(茶學)은 형식을 중요시 여기면서 그를 준수하려는 일본의 다도(茶道)보다, 중국의 넓은 대륙처럼 잡다해져버린 다예(茶藝)보다 형식에 얽매이지 않으면서도 평상심 속에 물 흐르듯 자연스러운 한국의 차문화가 훨씬 품격이 있다는 것을 가르치셨습니다. 그 품격은 세계의 어느 나라도 감히 따라올 수 없는 최고의 경지를 품고 있다고도 배웠습니다. 그 가르침을 받은 서산학회 제자들은 교수님과 가까이에서 자연스러움이 몸에 밴 차학을 같이했던 크나큰 영광과 우리 제자들에게 주시던 정을 그리워합니다. 우리나라 차문화를 사랑하고 발굴하여 문헌으로 남기신 교수님의 우둔한 저희 제자들은 여명에 깨어난 큰 산으로 우뚝 서 계시는 것을 뚜렷이 알 수 있게 되었습니다. 그 나토아 주신 사랑을 모두 모두 기억하기에.

이 1주기 기념의 날, 교수님의 유고집이 나오게 되니 12번째 차 관련 문헌입니다. 세계 어느 나라 사람이 이처럼 차에 관한 많은 저술과 인품을 보여주셨던 사람이 있겠습니까? 저는 교수님과 같으신 분을 차로 깨치신 분이라고 생각합니다. 이런 분을 무엇이라고 호칭을 하면 좋겠습니까? 가르침을 주십시오.

서산학회 회장 강법선

차례

1
차 한잔의 수상(隨想)

2

그림 속 다선(茶仙)이 되어

3
옛글의 향기

6
내가 머무를 자리

7
고졸(古拙)한 사화(詞華)

1

차 한잔의
수상(隨想)

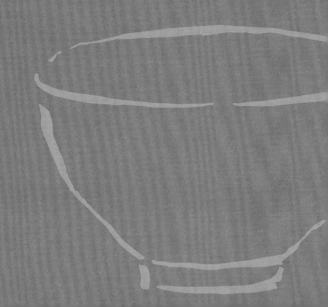

햇차를 마시며

《안자춘추(晏子春秋)》에 안영(晏嬰)이 경공(景公)에게 "옷은 새 옷이 좋고 사람은 옛사람이 좋다"고 하니, 경공이 "사람도 새 사람이 좋지"라고 해서 그날로 왕의 곁을 떠난 이야기가 지금껏 전한다. 그런데 이즈음 사람들도 새 사람을 좋아하는 모양이다. '새 정이 옛 정만 못하다[新情而不如舊情]'는 말도 옛말이 되고 말았다. 이런 형편인데도 지금 젊은 사람들이 힘을 펴지 못하고 있다. '오륙도', '사오정'도 심하다는 생각이었는데 '삼팔선', '이태백'에 '전무세대(全無世代)'까지 오면 할 말을 잊게 한다. 아무리 신선하다 한들 뿌리와 줄기가 튼튼하지 못한 나무에서 아름다운 꽃과 풍성한 수확을 기대할 수 있을까. 젊은이가 건강해야 나라가 튼튼해진다. 햇차를 마시다가 갑자기 떠오른 생각이다.

얼마 전 성당에 다니는 친지 한 분이, 새로 영세 받은 교우가 자기 며느리를 위해 기도해주어서 손자를 보았노라 자랑을 했다. 왜 당신이 하지 않고 그분에게 부탁했느냐고 물었더니, 처음 영세 받은 신도의 기도가 은혜를 더 받기 때문이라 했다. 이는 처음 서품된 신부(神父)의 첫 기구(祈求)가 더 영험하다는 말과 상통한다. 간혹 절에서도 새로 점안식(點眼式)을 올린 부처님의 원력이 더 영통하다는 말을 하기도 하나 알 수 없는 일이다. 때 묻지 않은 순수한 새것에 대한 막연한 동경에서 나온 말이리라.

우리뿐 아니라 지상의 어느 민족도 새것을 싫어한다는 얘기를 아직 듣지 못했다. 예로부터 새것이 나오면 조상이나 산천에 제를 올리고 풍년의 기원과 감사를 드렸다. 프랑스 사람들은 지금도 11월에 새로 만든 보졸레누보를 처음 출시하는 날을 축제일로 즐긴다. 이것은 새것이 신선하고 대지의 영기를 품고 있다고 믿었을 뿐 아니라 그 향과 색이 뛰어나기 때문이다.

거친 낙엽을 뚫고 올라오는 죽순이나 마른 솔잎을 헤치고 솟는 송이가 한결 더 높게 대접받는 것은, 그들이 새로 난 것들이기 때문이다. 조금만 때를 놓치면 쇠어서 먹지 못하거나 하등품으로 전락하고 만다. 사람은 물론 지상의 모든 것이 다 그렇지 않은가.

차도 그렇다. 햇차에 대한 사랑은 오랜 세월을 두고 그칠 줄 모르고 이어져 왔다. 대각국사는 뒷동산에서 따서 덖어 만든 햇차를 받고 시를 남겼고, 이규보는 "인간의 온갖 맛 일찍 맛봄 귀중하다"고 했다. 이제현도 햇차를 선물받고 이런 시를 썼다.

홀연히 문 두드려 차 광주리 보내오니
옥과보다 신선한 좋은 차구려
한식 전에 땄으니 정녕 향 맑고
아직도 이슬 머금은 듯 곱기도 해라
忽驚剝啄送筠籠 又獲芳鮮逾玉膡 香淸會摘火前春 色嫩尚含林下露

〈송광 스님이 보내준 햇차를 받고서[松廣和尙寄惠新茗]〉라는 시다. 나른한 춘곤(春困)이 스며오는 한적한 봄날에 신선한 햇차 광주리 받으니 생각만 해도 유쾌하다. 힘들여 정성껏 만들어 보낸 이의 마음 진정 고맙다. 이른 아침 찻잎을 따는 광경과 덖는 모습이 눈에 선하다.

겨우내 중작 대작의 지루하던 구비(口鼻)가, 산뜻하고 배릿한 햇차를 기다리는 것은 모든 차인들의 공통된 마음이다. 그래서 어렵게 얻은 차 한 봉지를 개봉하며 마음 맞는 다우(茶友)와, 기대 어린 마음으로 탕수를 붓고 김 따라 번지는 향기에 눈감으면 그게 바로 선석(禪席)이다.

내가 차에 마음 쓰기 시작한 어느 가을이었다. 지리산 자락의 조그만 암자에서 하루를 묵게 되었다. 점퍼 차림에 머리는 반백으로, 삭발에 전혀 관심이 없는 거사(居士) 차림의 스님이, 혼자 기거하는 그야말로 산방(山房)이었다. 산속의 햇살은 원래 짧은 것이어서 어둡살이 추녀에 닿을 때까지 바깥일에 열중하던 스님은, 저녁 후 찻잔 둘과 손잡이가 깨어진 사기 주전자에 대접 하나를 들고 들어왔다. 그리고 시렁 위 오동나무 상자에서 한약 봉지처럼 싼 산차를 꺼내 펼치는데, 불빛 아래서 본 그의 동작과 표정이 너무 근엄하여 숙연한 감이 들었다. 스님이 우려낸 차 맛은 가히 선품(仙品)이라 할 만했다. 차를 몇 잔 우려낸 다음, 마치 쌀알처럼 작고 통통한 그 찻잎들을 종이에 널어 말리는 손놀림이 아주 정성스러웠다. 까닭을 물으니 이른 봄 높은 산봉우리에 아직 잔설이 남았을 때, 차나무의 새순을 손수 따서 덖어보지 못한 사람은, 햇차의 참맛을 느끼기 힘들다는 대답이다. 그래서 자신은 탕수를 끓이는 일부터 경건하고 신중한 마음을 잃지 않고, 꼭 이 우리고 난 찻잎을 차나무 아래 흙 속에 묻어 돌려준다고 했다.

어렴풋이 수긍이 갔다. 겨우내 찬바람에 움츠리고 흰 눈을 이고서 온몸 시려 떨다가, 남녘 바다 멀리서 봄기운 온다는 소식에 일찍 얼굴 살며시 내민 새순들, 어여쁘고 가냘파서 차마 따고 싶지 않은 여린 마음이리라. 그래도 목마르게 기다리는 검덕(儉德)한 이들을 위해, 모진 마음 먹고 뚝뚝 따서 불가마에 넣고 손 데우며 덖는 심정을 이해하고도 남는다. 그러니 어떻게 그들을 범상하게 다루고 함부로 대할 수 있으며, 화전(火前)의 신차만을 고집할 수 있으랴. 그 후로부터 나는 다우리고 난 햇차 잎을 볼 때마다 왠지 안쓰럽고 미안한 마음을 지울 수 없다.

삶 자체가 순간일진대 굳이 새것 묵은 것 따져서 무엇 하겠는가만, 그래도 그 미련 버리지 못하는 것은 아직도 속물근성에 젖어 있는 때문이 아닐는지……

내 안에서 나를

일반적으로 차를 마시면 마음이 맑아져 참신하고 합리적인 이성적(理性的) 자각이 생기는 듯이 말하는데, 그것이 차 마시는 목적이라고 할 수는 없다. 고장옥설(枯腸沃雪)이란 번뇌에서 해방되어 본연의 상태로 돌아가, 사물과 자신의 참모습이 어떤가를 볼 수 있게 오성(悟性)을 회복하는 것이다. 바로 돈오(頓悟)의 경지에 가까워지는 것이다.

선(禪)이나 차(茶)는 지식으로써 바라는 바에 도달할 수 없고, 오히려 세속적 지식을 모두 버리고 난 다음에야 경지에 이를 수 있다. 기존의 지식을 버린다는 것은 밖에서 가식(假飾)으로 위장된 논리적 가상(假像)에서 벗어나, 내 안으로 들어가서 나를 보는 것이다.

사회 각 분야에서 이름을 남긴 사람들 가운데, 갖추어진 여건에서 쉽게 좋은 자리에 앉을 수 있었는데도, 그 길로 가지 않고 지금 하는 일이 너무 좋아서 반대를 무릅쓰고 하다 보니 바라는 경지에 도달한 이들이 있다. 이런 사람들은 정말 부럽다. 그는 처음부터 마음의 속박을 덜 받고, 삶을 안에서 내다본 사람이다. 안에서 보면 마음의 집착을 버릴 수 있다. 마음의 집착에서 해방되면 어떤 속박에서도 자유로울 수 있다. 반면 어려운 환경을 극복하려고 초지일관(初志一貫) 고난을 헤치고, 철석심(鐵石心)을 품고 성공한 사람도 있다. 그들은 밖에서 안을 다스린 것이다. 그래서 갈등과 고뇌가 많고 작위적(作爲的)이고 형식적이기 쉽다.

차(茶)나 선(禪) 모두 정려(靜慮)나 사유(思惟)는 아니고 합리적 사고는 더욱 아니며, 기교적 논리로 무엇을 찾으려 해서는 안 된다. 그래서 선(禪)에서는 언제나 '달마가 서쪽에서 온 뜻은 무엇인가?'[何如祖師西來意]'를 떠나지 않고, 차(茶)에서는 평상심을 강조한다. 흔히 운수납자(雲水納者)는 겉치레를 싫어하여 간결한 직관적 방식으로 사물의 핵심을 꿰뚫어 본다고 한다. 여기서 간결한 직관적 방식이란 기교적 논리나 사유라기보다는 '나는 무엇인가'와 같은 소박한 그대로의 화두(話頭)라고나 할까.

선적(禪的) 경지(境地)란 순일(純一)하게 잡념 없이 삼매경에 이르는 것이니, 모든 현실적 관계에서 떠나 있는 사물의 참모습을 볼 수 있게 된다. 그러기 위해서는 나를 얽고 있는 오욕칠정(五慾七情)을 벗어 던지고, 내 안으로 들어가서 자연(自然)이 나에게 준 본마음을 보아야 한다. 그것이 심득(心得)이다. 이때 비로소 차의 참다운 맛을 감득(感得)하게 되니, 바로 다선일미(茶禪一味)의 세계다.

이른바 중정(中正)의 정신으로 찻자리에 앉으면, 심산유곡(深山幽谷)에 흐르는 물소리와 바닷바람을 맞는 솔바람 소리를 들을 수 있다. 한 걸음 나아가면 일거수일투족(一擧手一投足)이 무애(無碍)의 상태에 이르고, 일체의 사심이 없어져 나 자신이 공(空)의 세계가 된다. 유화(柔和)한 마음으로 남을 인정하고 불가에서 말하는 '명선(茗禪)'의 뜻을 체득한다. 거기에는 조금의 이해관계나 애증도 없고, 정부동(靜不動)의 자세속에 선(禪)에서 말하는 적정무위(寂靜無爲)에 이르러 고담(枯淡)하고 한가로운 선미(禪味)를 맛보기도 한다. 마음이 대자연과 하나되어 보잘것없는 소아(小我)가 위대한 대아(大我)로 승화되어 천지와 함께하는 묘경(妙境)에 이른다. 이것이 곧 천지동근(天地同根) 만물일체(萬物一體)로 차(茶)의 삼매경(三昧境)이요 선(禪)의 법열(法悅)이다.

차향(茶香)에 마음을 맡겨 현실의 나를 잊게 되면, 눈 앞에 펼쳐진 하늘과 땅이 하늘과 땅이 아닐 수도 있고, 또 그대로 하늘과 땅일 수도 있다. 그것은 이미 내 마음속에 참 하늘과 땅이 있기 때문이다. 하늘과 땅이 나와 함께 생겨나 내가 곧 천지요 천지가 곧 나이니, 만상(萬像)이 나와 더불어 하나되는 법안문익(法眼文益) 선사의 경지다. 이런 차원은 의지나 논리로는 이루기 힘든 경지다. 차의 상표나 품등을 따지고 다기(茶器)의 예술성을 애써 찾아보려는 삿된 마음에서는 얻을 수 없고, 감로(甘露)로 마음을 씻어 본래의 나로 돌아가 안에서 나를 보게 될 때 비로소 얻어지는 희열(喜悅)의 세계다.

'더위를 피하지 않으면 더위 스스로 물러나고, 서늘함에 무심하면 저절로 서늘해진다[不避暑而暑自退 無意凉而凉自來]'는 법어(法語)가 저리게 와닿는다.

차 앞에서 교만하지 마라

차의 세계는 현묘(玄妙)하여 그 깊이와 넓이를 헤아릴 수 없다. 흔히 위대한 예술품은 수많은 감상자(鑑賞者)가 긴 세월을 보아오면서도 아직까지 그 가치와 진미(眞美)를 다 찾지 못하고 있다. 셰익스피어의 작품이나 경전(經典)들을 읽고 연구한 사람들이 그 얼마였으며, 그 해설서(解說書)가 얼마나 많이 나왔던가. 그러나 아직도 분분(紛紛)한 학설(學說)이 계속 나오고, 또 앞으로도 그럴 것이다. 베토벤의 교향곡을 한두 번 듣고 연주했다고 해서, 그 음악적 가치를 다 터득한 사람이 누구였던가. 루브르박물관에 가서 〈모나리자의 미소〉 앞에 선 수많은 사람들은 누구나 그 눈초리가 자기를 보고 있다고 믿는다. 이는 곧 그 사람의 처지(處地)에 따라 모두 다르게 느껴짐이다. 종교인이 보면 성녀(聖女)의 자애로운 눈길이요, 예술가가 보면 능숙한 모델의 눈길이요, 탕자(蕩子)가 보면 요염한 여인의 눈길로 느껴질 것이다. 우리의 국보 78호와 83호의 반가사유상(半跏思惟像)이 그렇고, 맥적산(麥積山)의 '동방(東方)의 미소(微笑)'로 불리는 불상이 그렇다. 이같이 걸작들은 시대나 민족 그리고 개개인에 따라 그 보여주는 의미가 다 다르고 느낌도 모두 다르다. 이는 그가 처한 예술성과 역사성 및 개인의 체험이 모두 다르기 때문이다.

차(茶)가 그렇다. 그야말로 군자불기(君子不器)다. 차는 조물주의 걸작품이다. 천이나 만의 얼굴로 대상에 알맞은 눈높이에 맞추어준다. 상대가 아는 만큼만 보여준다. 차가 처음 등장하여 오늘에 이르기까지 어느 누구도 그 현허(玄虛)한 세계의 끝까지 이른 사람은 없었다. '산이 다하고 물이 다해 길이 없는 줄 여겼는데, 버들 그늘 화려한 꽃이 또 한 마을일세[山窮水盡無疑路, 柳暗花明又一村]'라고나 할까. 막다른 곳 인가 싶어 눈을 돌리면 또 다른 아름다운 새 세상이 옆에 이어져 있는 것이 차의 세계다. 그러니 누가 이제는 차에 관한 한 더 알 것이 없다 고 말할 수 있겠는가? 그야말로 바다를 보지 않고서 물을 말하는 것과 다름이 없다. 선인들은 술에 관해서도 성현에 비유하기도 했으나 술과 차는 아주 다르다. 술이란 정서를 푸근히 감싸거나 아취에 젖게도 하 지만, 말초신경을 자극하거나 마비시켜 울분을 토로하거나 고뇌를 잊 어보려 하다가, 자신의 감정을 원색적으로 여과 없이 표출하여 실수하 기도 한다. 하지만 차는 속으로 우리의 마음을 가라앉혀 차분하게 이 성적으로 유도하여 중용(中庸)에 이르게 한다. 그러니 차를 대할 때는 성현을 대하듯 하는 것이 옳다.

우리의 영혼은 정처(定處)가 없다. 수만 광년(光年)보다 더 먼 곳이 라도 순식간에 갈 수 있고, 지척(咫尺)이라도 가지 못할 수도 있다. 이 런 무한 영혼을 잠재울 수 있는 것이 차의 세계이다.

극언(極言)은 차인의 말이 아니다

극단적인 말은 할 때 시원해도 시간이 지나면 후회된다. 그리고 그 주장은 대부분 올바른 생각도 아니다. 왜냐하면 세상은 그렇게 한 쪽에서만 서서 보아서는 안 되고, 사방 위아래서 모두 보고 생각해야 하기 때문이다. 더구나 극단적인 말의 대부분은 응구첩대식(應口捷對式)으로 깊은 생각의 시간을 가지지 못하고, 격한 감정에 의해서 바로 표출되기 때문에 본래 자신의 생각보다 과장되기 마련이다. 극언(極言)은 독선을 낳고 남을 용납하지 못하게 되어 아집(我執)에 빠지게 만든다. 그러면 흑백논리와 감정에 사로잡혀 고집만 남게 된다. 더구나 어떤 사건이나 인물에 대한 절대평가란 정말 어려운 일이고, 극단적 사고는 자칫 위화감과 분열을 낳을 뿐 아니라 결국 자기모순에 빠지게 된다.

대부분의 사람들은 자신이 도덕적이고 합리적이길 바라지만, 생활의 어떤 분야에서는 알면서도 어쩔 수 없이 외도를 걸어 말썽이 생기거나, 아니면 내심으로 가책을 받아 괴로워하기도 한다. 그렇다고 그 사람의 모든 사고나 생활이 나쁘다고 보기는 어렵다. 이는 극히 소수의 몇 사람을 제외하면 우리 모두가 이런 부류의 평범한 사람들임을 자인해야 한다. 나는 아니라고 자신 있게 나설 수 있는 이는 과연 누구일까. 그런 사람이 있다면 그는 자신의 양심을 속이는 거짓말쟁이일 가능성이 높다. 사실 완전한 인격체, 불가(佛家)에서 말하는 무외진인

(無外眞人)이 아니라면 그럴 사람은 없다. 그런데도 인간은 자기중심적이어서 자신에게는 지나치게 관대하고 남에겐 과할 정도로 가혹하다. 글 쓰는 사람들이 모여 공부할 때에도 유독 남의 글을 지나치게 비하하고 따지면서, 제 글은 별 볼일 없이 쓰는 친구가 있다.

이제 우리 차 마시는 사람들의 얘기다. 내가 만난 대부분의 차인들은 사리에 밝고 예의도 바른데, 그들이 돌아서서 어느 모임의 소속원으로 나올 때면 전연 다른 얼굴로 변한다. 그 원인의 대부분은 자신에게 오는 반대급부 곧 금전적이든 그 알량한 명예든 간에 그런 이익을 생각하기 때문이다. 그러니 정당하고 양심적인 것은 뒷전이 되고만다. 흡사 정치인들의 손익계산(損益計算)과 같게 되어버린다. 그것은 그 조직원으로서의 책무를 굳건하게 강조하여, 자기 위상을 확고하게 하려는 의도 때문이다. 이런 인물이라면 다른 사람을 도마 위에 올려놓고 흠집 낼 자격도 없고 그렇게 해서도 안 된다. 저간의 정치 풍토가 조폭 스타일로 변하니 모든 언론매체가 두 편으로 갈라져 차마 입에 담지 못할 폭언과 야유로 아귀다툼을 하고, 철없는 아이들까지 촛불 들고 밤거리를 쏘다니는 형편이니 자다가 오줌 쌀까 걱정이다. 이런 와중에도 차인들, 특히 지도적 입장에 있는 이들이 그런 혼탁한 정치사회를 본딴 소영웅주의에 빠져서는 안 된다. 흔히 작금의 현실을 말해서 차만 있고 차정신은 사라졌다고 한다. 차정신이란 무엇인가. 평상심을 잃지 않도록 노력하는 것이 차인의 자세다. 목에 힘주고 얼굴 붉히며 내가 제일이라고 해봐야 진정 차를 좋아하는 사람의 눈에는 잡배(雜輩)로밖에 보이지 않는다.

사실 차에 관계되는 사람에는 몇 가지의 부류가 있다. 첫째는 차나

다기를 생산하는 생산자들이다. 그들은 청정한 좋은 제품을 만들어 소비자들에게 공급하는 양심적인 기업인이요 예술가로서 돈에 눈멀지 않으면 된다. 다음은 차상(茶商)들이다. 국내외의 차나 다구들을 공급할 때 터무니없는 거짓으로 속이거나 폭리를 취해서는 안 되고 상도덕을 지켜야 한다. 셋째는 차 주변 인물들이다. 차를 빌어 이름도 내보고 상류층에 끼어 명사 대접을 받아보려는 사람들이다. 이런 사람들은 입으로 차를 말하지만 진정한 차정신에는 관심이 없고 행사나 집회에만 집착한다. 그러면서 외부에는 차인으로 알려져 차계(茶界)에 영향력을 행사한다. 그리고 마지막으로 참다운 차인이 있다. 드물게 만날 수 있는 이런 고아한 사람들은 그 이름이 거의 알려지지 않고 얼굴을 잘 드러내지 않는다. 탁한 물이 싫어서다. 하지만 우리 차계를 지킬 소금은 이 사람들이다. 아무리 아우성쳐도 그들의 마음은 흔들리지 않고 확고하다. 달콤하게 유혹해도, 으르렁대며 덤벼도, 못본 듯 섞이지 않는다.

차를 사랑하는 여러 동도들이여! 나는 혹은 내 주변에는 어떤 사람들로 둘러싸여 있는지, 그리고 극단적인 말로 남을 비하하는 사람들은 어떤 사람들인지, 돌아보며 차 한잔 들어보시길….

[2009년 어느 날에]

연륜(年輪)

연륜이란 식물에서 목리(木理)라고도 하지만, 우리의 나이나 경력을 뜻하기도 한다. 긴 세월을 경과하면서 만들어진 이 연륜은 거역하기 어려운 노하우가 스며있는 역사적 산물이다. 어떤 방면에 오래 노력을 쌓은 사람들에겐 깊고도 넓은 그만의 스펙을 인정하지 않을 수 없다. 그것이 그에겐 정력을 기울여 쌓은 유산이요 업적이기 때문이다. 하지만 순탄한 시기의 자취는 자연스럽지만, 역경을 만나면 그 연륜도 제대로 형성되지 못하고 왜소해지거나 기형적으로 남는다. 역사도 찬란한 시기에는 발전하고 개선되지만, 굴곡된 시기에는 정체되고 혼란스러워 그늘을 남기게 된다. 따라서 그냥 오래기만 하면 권위 있고 좋은 것이 아니고, 고난의 시기에도 온 정력을 기울여 극복하고 발전한 기록으로 남은 연륜이라야, 후세에 진귀하게 취급되어 귀중한 유산으로 남는 것이다. 그래서 우리는 이 연륜이라는 것에 자부심도 가지고, 자랑도 하고 싶어 한다.

흔히 도공들의 다구 전시회에 가보면 찻그릇 만든 지가 3대(三代) 5대(五代) 운운하면서, 그 역사가 오래되었다는 말을 자주 듣는다. 그만큼 오랜 역사를 가졌기 때문에 더 가치 있고 예술성이 높으니, 가격도 높은 것이 당연시되는 현실이다. 임란(壬亂) 때 일본으로 납치되어서 그곳에 정착한 심수관(沈壽官)이나 이삼평(李參平) 같은 도가(陶家)들이 지금까지 계속해서 이름을 얻고 있다. 이는 그 후손들이 대대로 전통을 계승하면서 더 발전시키고, 조선의 얼을 잃지 않고 도공의 자존심을 지키려고 각고의 노력을 아끼지 않으면서, 끊임없는 열정으로 예술적 역량으로 연륜을 쌓아왔기 때문이다. 생업을 위한 단순한 노작(勞作)이 아니라, 예술가로서의 자존심과 영혼을 심는 아픔이 동반했던 것이다. 그런데 광복 후에 찻잔이 어떻게 생겼는지도 잘 몰랐던 우리 도공들이, 오늘같이 찻그릇을 만든 것은 그리 오래되지는 않았다. 장인으로서 뿌리가 깊다는 주장에 동정은 가지만, 그렇게 한다고 실제로 더 뛰어난 작품을 창작할 수 있다고는 생각되지 않는다. 연륜이 제 값을 하려면, 얼마나 많은 열정으로 심혈을 기울여 창작하여 내면적인 성취를 얻었느냐가 중요하지, 세월이 오랜 것 자체가 중요한 것은 아니다.

차를 마시는 일도 똑같다. 차가 우리 생활에 자리 잡은 역사가 오래고 문화가 찬란하였지만, 20세기에 들면서 암울한 국가적 현실 때문에 그 아름다운 문화를 보존할 수가 없었다. 그리고 일제강점기에 일부 여학교에서 교육한 차문화는 우리 것이라 할 수 없는 외래적인 것이었다. 사정이 그러함에도 지금의 차인들이 자신의 차 이력을 과장해서, 3대 4대가 차를 마셨다던가, 자신은 40년 50년 동안 차를 마셨다고 포장하는 것은 지나치다. 게다가, 차를 오래 마셨다는 것이 그렇게 훈장처럼 대접받아야 할 일도 아니다. 물론 차를 오래 마시면 차의 역사, 내용, 작법에 익숙해져 잘하게 되는 것은 당연하다. 반면 외부적인 것은 숙달되지만 내면적인 차인으로서의 소양은 차 경력과 일치하지 않는다. 아무리 다성(茶性)을 잘 알고 말한다 하더라도, 실제 생활에서 그대로 행하지 못한다면 이는 공염불일 뿐이다. 곧 값어치 없는 연륜이다.

그 연륜이 제값을 하려면, 우리 차문화 발전에 얼마나 기여했는가, 다음으로는 차인으로서 후대 사람들에게 존경받을 만큼의 자국을 얼마나 남겼는가 하는 것이 판단의 기준이 된다. 곧 연륜의 값어치는 내공이 쌓여 주변의 자연스러운 존경을 받는 아름다움에 있다. 그들이 걸어온 한 걸음 한 걸음의 인고(忍苦)가 우리에게 주는 교훈이 있어야 하기 때문이다. 차를 마시며 경지에 이르는 것도 그냥 되는 것은 아니다. 어떤 일에든 맑고 햇볕 드는 날만 있는 것이 아니고, 굴곡지고 눈비 내리는 날이 따르게 마련이다. 이런 일들도 목적지에 도달하는 하나의 과정임을 잊지 말아야 한다. 연륜이란 이 같은 역경을 극복한 자취이기 때문에 뒷날 남겨진 자국이 더욱 의미 있게 보인다. 나무의 나이테도 그렇지 않은가. 먼 훗날 목재를 잘라서 만든 가구에 나타나는 목리를 보면 규칙적으로 고르게 잘 분포된 것은 기후여건이 순조로웠을 때의 자국이고, 간격이 좁거나 굴곡이 많이 진 곳은 주변 여건이 무척 어려웠을 때의 흔적이다. 여기서도 앞의 순조로웠던 자국보다 뒤의 어려웠던 자국이 더 진귀한 것으로 평가된다. 고난을 극복하지 못하고 맞는 행복은 없다는 말이다. 그래서 우리는 삶을 얼마나 풍요롭게 누리고 잘 살았느냐보다는, 얼마나 치열하게 살았느냐에 더 점수를 준다.

　먼 훗날 후대들이 남겨진 나의 자국[연륜]을 어떻게 볼 것인가 생각하면 금방 오금이 저려온다.

왜 하필 차(茶)인가?

이 시대를 살고 있는 우리는 위기의 때를 맞고 있다. 하나는 급속한 과학 문명의 발달로 인한 인간들의 설 곳에 관한 문제이며, 또 하나는 의술의 발전으로 인간 수명의 장수화 시대라는 두 가지의 현실이다. 이는 모두 예상은 하고 있었으나 막상 빠른 속도로 눈앞에 닥치니, 우리로서는 준비 부족으로 당황하지 않을 수 없다.

최근 인류문화가 각 분야별로 심화되어 발전했기 때문에, 자신의 전공 분야에서는 깊은 경지에 이르렀으나, 다른 분야와는 단절되어 상호 유대감을 갖지 못하게 되었다. 이 같은 현상은 우리의 가정을 보아도 곧 확인할 수 있다. 근래에 보편화된 핵가족 상태에서도 한 발 더 나아가 구성원 각자마다 분해되어, 이른바 혼족 상태로 가족 간의 의사소통도 어려울 정도로 각자의 생활 속으로 고립되어 가고 있다. 이로 인한 정신질환이나 사회적인 소통의 문제에 고민해야 할 점이 많다.

이 원인의 첫째가 과학 특히 전자기술 분야의 발전이다. 반세기 전만 해도 꿈에나 상상으로만 그렸던 일들이 현실로 구현되어, 사물인터넷(IoT)의 정보가 수집된(cloud) 빅데이터(big data)를 분석, 모바일(mobile) 장비를 통해 공유하여 정보를 창출하는 이른바 ICBMS라는 꿈같은 경지가 코앞에 와 있다.

인간만이 가지고 있던 사고(思考)의 세계까지 기계들에게 점유당하고 있다. 만약 이 기계들이 정확한 정보를 통합 분석하고, 자의적인 판단력까지 갖춘다면 인간의 설 곳은 어디인가? 이 같은 현상은 벌써 병원 수술실에서 지금도 이루어지고 있다. 담당의는 옆에서 조정만 하고, 수술은 로봇이 정확하게 하여, 의사들까지 감탄을 금치 못하게 한다. 뿐만 아니라 어떤 환자의 상태를 놓고 병의 원인과 치료 방법을 적시하는 능력이 유능한 전문의를 능가하고 있다는 것이다. 그렇다면 앞으로 어떤 환자에 대한 치료 방향을 의논하는 자리에 로봇들만 모여서 하는 때가 곧 오지 않는다고 누가 장담할 것인가. 앞으로의 집도의(執刀醫)는 모모 교수가 아니라, 몇 번 로봇이라고 발표될 날을 상상해 본다. 그리고 우리의 약점은 당장 눈앞의 이익만 생각하고, 10년이나 100년 뒤의 지구에는 관심을 가지지 않으려 한다는 것이다.

여기까지 왔는데도 우리는 위기를 인식하지 못하고 앞으로 더 발전하기만을 위해 투자하며 노력하고 있다. 긴 역사로 보면 저돌적이기도 하고, 어리석게도 보인다. 사실 어떤 미래학자가 예언했듯이 이런 추세로 간다면 인류의 미래는 밝지도 못할 뿐 아니라 멀지도 않을 것이다. 나는 이 말에 전적으로 동의한다. 이제는 발전의 속도와 방향을 재점검하고 늦추어야 할 때가 된 것이다. 그런데도 그런 기미가 전연 보이지 않는 것은, 자신이나 국가 혹은 소속된 단체들의 눈앞의 이익을 먼저 생각하는 이기주의와, 문화 발전에 공헌한다는 허상(虛像)에 잡혀, 그리고 막대한 경제적인 수익성이 탐나서, 그런 연구를 늦추지 못하고 있다.

물론 우리 주변의 문명적 이기들이 모두 꼭 좋은 면만 있는 것도 아니고, 커다란 해독적(害毒的) 요소도 함께하고 있지만, 사용자인 우리가 그 긍정적이고 편리한 면만을 활용하여 여기까지 온 것이다. 하지만 역사상 어느 시대에나 반사회적이고 비도덕적인 탈선자(脫線者)들이 나타나서, 그런 이기(利器)들을 나쁘게 이용하여 우리에게 큰 실망을 안겨주는 일이 비일비재하였음을 간과해서는 안 된다. 더구나 앞으로 나오는 기계들은 그 파급효과가 전 인류에게 치명적일 수도 있다는 것을 잊으면 안 된다. 그러니 이 같은 과학의 발달에 맞추어 과학자들은 물론 정책 입안자들이 도덕성과 인류 미래에 초점을 맞춘 건전한 사상을 반드시 가지도록 해야 한다.

다음으로 장수시대(長壽時代)를 맞아 인간 수명이 3세대(90세)를 넘어 4세대(120세)로 진입하게 되니, 준비 없이 직면하는 당사자들이나 이때까지 부양하던 후대들의 당혹스러움이 현실로 나타나고 있다. 거기에 별스런 우리들의 자식 사랑 때문에 노후에 대한 정신적 물질적 준비도 안 되었고, 남은 세월을 어떻게 보내야 할지, 대책도 마련하지 못하고 있다. 고달픈 생활전선에서 지친 몸을 쉬며 여생을 편하게 즐기려고 하나 뜻 같지 못하다. 심지어 자신의 정체성(正體性)마저 잃고 방황하고 있다. 여기에다가 우리가 태어나면서부터 받은 욕망에의 미련을 놓지 못하고, 매사에 경쟁하고 시기하여, 마음 편한 날이 없다. 세상이 야속하고 주변에 배신감을 가지고, 그러다가 자기 삶의 방관자로 전락하고 만다.

우리가 맞이한 이 두 가지 문제의 명확한 해결방법 먼저 욕망을 버리는 것이다. 욕망이란 원래 끝을 모르는 괴물이어서 멈출 줄을 모른다. 그러니 이것을 버리지 못하면 마음 편할 날이 하루도 없다. 그래서 성현들은 '익지우익(益之又益, 가졌는데 더 가지는 것)'이 아니고 손지우손(損之又損, 버리고 더 버려 비우는 것)'에 생활의 초점을 맞춘 것이다. 이것이 한재가 말한 허실생백(虛室生白, 마음을 비워야 밝음이 들어옴)의 이론인 것이다.

이런 생각은 자연법칙으로 볼 때 너무나 당연한 것이다. 우리가 태어날 때 아무것도 가지지 않고 왔으니 갈 때가 되면 그사이 누렸던 것들을 내려놓을 줄 알아야 자연법칙에 맞는다. 그런데 그 내려놓는 것이 마음같이 쉽지가 않다. 왜냐하면 우리는 경쟁에 길들여져 있기 때문이다.

이때 필요한 것이 차(茶)다. 차의 중심에는 선(禪)이 자리하고 있으며, 자연의 본래 모습을 보여주어서 그리로 회귀하게 만든다. 곧 중정(中正)으로 돌아가 우주적인 큰 법칙에 생각을 맞추면, 그것이 바로 인간성 회복이고 인간 본연의 자리인 것이다. 그 경지에는 욕망이 없으니 경쟁도 없고, 욕됨도 없으며, 모든 사물이 허울을 벗고 참다운 모습으로 선명하게 다가와서, 정확하고 확실하게 보인다.

메말랐던 아취(雅趣)들이 살아나서 아름다움으로 가득 차고, 차라는 벗이 있어서 언제나 즐겁다. 차는 우리의 말초신경을 자극하는 음료가 아니고, 우리의 허상을 벗겨주는 인간 회복의 묘약이다. 그래서 한재는 '내 참다운 삶을 위한다면 차 너를 두고 어디서 무엇을 구하리, 꽃 피는 아침 달뜨는 저녁, 어느 한때도 우리는 떨어져 본 일이 없고, 서로를 거스른 적도 없었다'고 노래했다.

이처럼 우리 역사 속에는 기라성 같은 유명한 차인들이 아름다운 차문화를 꽃피워 왔으니, 이를 이어 인류의 앞날을 행복하게 지키기 위해서는 더욱 발전시켜야 한다. 이제 우리에게 직면한 이 엄중한 현실을 지혜롭게 이끌어 밝은 미래로 나아가게 하기 위해서는, 또 우리의 여생을 행복하게 누리도록 하기 위해서도, 차보다 더 좋은 길은 없다고 감히 주장한다. 현대 인문학의 핵심적인 결실을 위해서는 차가 바로 그 수단이기 때문이다.

[2017년]

왜 우리 차는 안 될까?

사람에게는 선천적 생태적 본능으로 표출되는 본성(本性)도 있지마는, 못지않게 후천적 환경에 의해 얻어지는 습관(習慣)도 무시할 수 없다. 이런 낡은 교육론을 새삼 말하는 것은, 우리의 생활과 기호의 방향을 설정하는 데 아주 중요한 요인이 되기 때문이다. 나이 든 후에도 가끔 어린 시절 어머니의 식탁에서 체험했던, 후각이나 색감을 자극하는 음식 맛이 떠올라 먹고 싶어질 때가 잦다. 이는 바로 그 맛과 냄새에 길들여져, 추억이 서린 맛의 고향을 잊지 못하기 때문이다.

뉴델리 음식 골목의 진한 카레 냄새, 자카르타 교외에서 먹어본 삼불의 맛, 맥도날드 가게에 들어설 때 나는 고기 굽는 냄새, 이런 것들은 그 고장에서 생장하며 거기에 길들여진 사람들에겐 지나쳐버리기 어려운 유혹의 감각들이다. 그런데 이즈음 서울의 거리는 진한 커피 향에 점령당한 지 꽤 오래일 뿐 아니라, 날이 갈수록 점점 더해가고 있다. 따지고 보면 이 시대를 살고 있는 세대들은 원두는 아니지만, 어렸을 적부터 미군의 영향 아래서 커피에 길들여진 사람들이다. 이는 우리나라 사람 모두가 중국 음식인 짜장면을 좋아하는 것과 같은 이치다. 그런데 왜 우리 녹차는 외면당할까. 그건 길들여지지 않았기 때문이고, 또 차는 은은하게 풍기는 것이지 자극적인 것이 아니기 때문에 이 시대의 사람들에게 환영받지 못하는 것이다.

요사이 사람들은 느리고 완만한 것을 좋아하지 않고, 빠르고 화끈한 것을 좋아한다. 같은 맥락에서, 커피집에는 모든 것이 준비되어 있고, 짧은 시간에 받아 마실 수 있으며, 또 그 향이 자극적이어서 젊은이나 늙은이나 남녀를 가릴 것 없이 두루 좋아하게 된 것이다. 그리고 문화란 한 유행 같은 것이어서, 남이 다 마시니 나도 그 대열에 끼어야 할 것 같은 기분이 든다. 이런 일련의 결과가 커피 전성시대를 낳은 것이리라.

한국 차문화의 현주소

앞글

우리를 둘러싼 모든 일들은 지난날의 역사와 현재의 토양에 맞게 성장해 온 것이다. 따라서 현재의 상황을 제대로 알려면, 지난 역사를 먼저 파악해야 가능한 것이다. 우리가 한국의 차문화가 지금 어떤 자리에 어떤 자세로 서있으며, 앞으로 좀 더 바람직하게 발전하려면, 우리 차문화 애호가들이 어떤 방향으로 이끌어야 할 것인가를 꼭 생각해야 할 때가 된 것이다. 그래서 냉철한 안목으로 지금의 실상을 차분하게 분석함으로써, 우리 차문화 발전에 도움을 주고자 한다. 여기에서 말하는 것은 오로지 역사적으로 반성하여 진정 바람직하게 발전하기를 바라는 마음이지, 특정한 단체나 부류의 사람들을 의식한 것은 조금도 없다. 그리고 문화의 갈래가 워낙 여러 갈래이기 때문에, 여기서는 제다, 품종개량, 홍보, 유통 등등의 분야까지는 포함시키지 않았다. 그런 부면들이 중요하지 않아서가 아니고, 우선 집중적으로 당면하고 있는 일차적인 것부터 말하려 함이다.

본글

한국의 차문화가 진정으로 바람직하게 발전하기를 바라는 마음의 제언을 해본다.

첫째, 지금 우리는 눈앞의 찻바람에 쏠려 지난날의 우리 차문화를 제대로 모르고 있다. 그러니 지금 자신이 하고 있는 찻일이 우리의 역사적인 정신과 맞닿아 있는지, 아니면 외래적인 것의 모방인지, 혹은 어떤 개인의 머리 속에서 만들어져서 그 추종자들이 퍼뜨리고 있는지 등을 파악하지 못하고 있다. 다만 자신을 가르친 선생의 말을 진리로 알고 따르고 있을 뿐이다. 이런 와중에서 하나 착각하고 있는 것은, 자신이 하고 있는 찻일이 우리 조상들의 유습과 정신을 따르고 있어서 곧 우리 전통에 닿아있다고 생각하는 것이다.

우리 조상들의 차문화는 거의 남성중심으로 이루어졌었다. 따라서 시서화(詩書畵)는 물론 음악까지 곁들여서 고아한 주제와 풍류적인 흥겨움으로 높고 깊은 정신세계에 우유(優遊)하는 차 마니아들로 이루어졌다. 이는 그들이 각자가 이 같은 분야의 전문가들이기 때문에 가능했다. 그리고 까다로운 격식이나 절차가 있는 것이 아니고 일상적이고 여유로운 그야말로 다반사(茶飯事)였다.

둘째, 우리 차문화에는 차를 위한 단체나 조직이 없었다는 것은 간과(看過)하고 있다. 고려나 조선을 거치면서 차를 마시거나 차를 중심으로 조직을 만든 일은 없다. 기껏해야 다산이 유배 말년에 다신계(茶信稧)라는 것을 만들어 해배(解配) 후를 대비한 것 하나만 전해올 뿐이다. 그것도 지금 우리가 흔히 보는 차 단체와는 거리가 멀다. 따라서 차문화에 관한 한 무슨 유파나 사제관계도 없었고, 그런 기록도 없었다. 왜냐하면 우리의 지난날의 사승제도는 학문이나 인격적인 것을 중심으로 한 것이어서, 차에 관한 것은 크게 부각되지 않았다.

차에 관련된 단체나 유파는 일본 차문화를 접하면서 생겨난 외부적인 영향으로 보인다. 일본은 오래 전부터 차 전문 선생이 있어서 유파의 형성이 확고히 자리 잡은 나라였다. 지난 날 중국도 우리와 같았다. 그런데 이즈음에는 우리와 비슷하게 동호인들의 모임이 생겨나고 있다. 단순한 동호인들의 모임은 큰 사회적인 영향력도 없고 순수하여 별 문제가 없다. 그러나 지금 우리의 차문화 단체들은 어떤가? 단체나 조직에는 반드시 대표와 직책이 주어져서, 본의 아니게 역학적인 관계가 설정되고, 그에서 발생되는 부작용이 적지 않다. 이런 현상은 우리 차문화 발전에 힘을 실어 주는 득(得)도 있지만, 저해요인도 묵과할 수 없을 정도로 심각하다. 특히 차 단체 간의 배타적인 사고라던가, 새로운 구성원들의 진취적인 생각들을 무시하거나, 대외적인 무지에서 오는 자존심에 손상되는 교류라던가, 등의 기현상이 나타나고 있다.

셋째, 우리 차문화에서는 사회적인 명예는 물론 경제적인 이득에 개입한 일이 없다. 그런데 지금의 우리 차계에는 차에 관계되는 일로 생계를 이어가거나, 명예를 함께하려는 오탁(汚濁)함이 생겨났다. 그러니 자연적으로 차 정신과는 거리가 먼 부작용이 함께하고 있다. 결과로 차인들 중에는 상행위에 연관되어, 본의 아니게 차 정신에 어긋나는 일을 하는 경우도 있고, 드물게는 간과하기 힘들게 하는 사례도 있다.

넷째, 우리 차의 기본이 기호품이었기에 마니아(애호가)들이 자기 생활 속에 즐기는 음료로 생각했고 같은 취향을 가진 가까운 사람들이 함께했을 뿐이었다. 그러나 일본의 차문화는 개인적이기보다는 보여 주는 것에 큰 의미가 있었기에, 행다 행위를 예술 활동으로 보고 차인들을 예술가로 생각한다. 당연히 차문화는 종합예술로 취급한다. 그래서 무대에 서기 전에 준비도 많이 하고, 이름도 '시연(試演)'이라 한다. 근래에는 중국도 이런 길을 걷고 있다. 이런 면이 차문화의 홍보나 발전에 도움을 준다고 하더라도, 시연에 치우치다 보면 차의 정신적인 철학은 뒷전으로 밀리고 만다. 우리는 이 같은 아주 다른 데에 뿌리를 내리고 있는 두 문화적인 곳에 양다리를 걸치고 있는 우스꽝스런 형편에 놓여 있음을 간과해서는 안 된다.

다섯째, 우리 차문화에는 내용[수여좌(誰與坐), 분위기(雰圍氣), 연어(軟語), 예술(藝術), 문학(文學) 등]이 중요한 것이었지, 형식은 그 다음이었다. 이 같은 논리는 《논어(論語)》에 "예는 사치하기보다는 차라리 검소한 것이 낫고, 상은 형식적으로 잘 치르기보다는 차라리 슬퍼하는 것이 낫다(禮與其奢也寧儉, 喪與其易也寧戚)"라는 말에 근거를 두고 있다.

여섯째, 우리 차문화에는 다석(茶席)이 지정되어 있지 않았다. 일본은 집집마다 다실이 따로 마련되어 있어서 대부분의 차는 다실에서 행해지지만, 우리는 생활공간 아무데서나 차를 마시고 즐겼다. 우리는 과거 사찰에서 많은 다당(茶堂)이 따로 있었으나, 그것도 차를 준비하는 곳으로서 지정된 것이고 음다행위는 아무데나 지정된 곳이 없었다. 그러니 지난 날 사대부 집이나 명문의 집에서도 다실을 따로 마련한 일은 없었다. 다만 강릉 한송정(寒松亭)이나 자하(紫霞) 신위(申緯)의 한보정(閒步亭) 같은 것은 처음부터 차를 위한 공간으로 마련한 곳이라 하겠다.

일곱째, 우리에게는 궁중의식 다례, 사원다례, 의식다례[제례, 혼례, 연회 등의 의식]와 생활다례가 구분되어 있었다. 이는 궁중의궤, 선원청규, 수많은 예서(禮書) 등에서 많이 보인다. 그리고 생활다례란 생활 속에 녹아 있는 일상적인 것이지, 특별한 행위가 아니었다. 그러니 아주

자연스러운 생활의 일부분으로 인식되어 왔다.

여덟째, 현재 우리 차계는 선차시대(禪茶時代)라고 할 만큼 선차가 넘쳐나고 있다. 원래 선차란 불가에서 존숭(尊崇)과 신앙의 염(念)을 담은 의식에서 출발되어 개인의 선수행이나 깨달음을 위한 수행의 과정에서 발전한 것이었다. 그 근본은 청규(淸規)에서 시작된 것이고 불가의 행사인데도, 지금 우리 차문화에서는 그 범주를 알 수 없을 정도로 넘쳐나고 있으니, 그 까닭을 알 수 없다. 돌이켜서 선차의 개념규정도 잘 인식되지 않고 백인백색의 해석을 하고 있다.

아홉째, 해방 후 우리 차문화는 전통이 단절되었던 상황에서 외부적인 영향을 많이 받지 않을 수 없는 역사적인 현실에 놓이게 된다. 먼저 말차(抹茶) 중심의 일본차(日本茶), 그러다가 오룡(烏龍) 중심에서 보이차(普洱茶)로 옮아간 중국차(中國茶), 다음에는 홍차(紅茶)에서 서구적(西歐的)인 분위기에 매료되고, 지금은 차와 무관한 향도(香道)에까지 왔다. 이 유행이 지나면 아마도 다무(茶舞)나 차의상(茶衣裳) 등등 다른 분야로 가게 될 것 같다.

왜 이런 현상이 일어나는 것일까? 먼저, 차문화에 대한 역사적 의식의 결여로 볼 수 있다. 우리의 전통을 모르니까 외부적인 것에 부화뇌동(附和雷同)할 수밖에 없었다. 다음으로는 차 선생들의 소일거리를 이어가려는 현실적인 여건도 작용하여, 피교육자들의 호기심을 격발시켰다. 이렇게 차인들이 외국을 문 앞 나들이처럼 다녀서 얻어오는 것이 무엇인가? 외국차 많이 사오는 것과, 그들의 차문화에 경탄 내지 찬양하는 것밖에 무엇이 더 있는가? 그리고 우리차는 맛이 없다고 한다. 모든 차에는 각각의 특장이 반드시 있는데, 그것을 어찌 자기의 주관적인 견해로 등급을 지울 수 있는가? 수입차만으로는 한국의 차문화가 명맥을 유지할 수 없다는 것을 우리 시대의 차인들이 사명감을 가지고 반성해야 한다.

열째, 차로서 인성교육(人性敎育)을 하려는 의도는 좋으나, 인성교육이 차를 통해서만 이루어질 수 있다는 착각은 버려야 한다. 지난날 우리 선조들의 교육 내용 중에 가장 중시되었던 항목이 인성이었다. 도덕이나 윤리가 우리교육의 지표였다. 이는 사서삼경(四書三經)은 물론 《동몽선습(童蒙先習)》, 《명심보감(明心寶鑑)》, 《사소절(士小節)》 등의 어린이 교육에서부터, 모든 종교의 경전 법어 들이 다 인성교육의 중요한 교재들이었다. 그러다가 최근 서양문물과 지나칠 정도의 인권 운운하는 현대에 들어오면서, 우리가 오랫동안 중요하게 생각했던 인성 부분이 사라지게 되었다. 결과로 사회는 우리가 예상할 수 없었던 비인간적인 패륜, 범법자들이 난무하게 되니 이제야 인성회복의 중요함이 부각된 것이다. 이에 차를 통해서 인성을 회복해 보고자 한 것이다. 차를 통해서 인성을 회복하려는 생각은 좋은 방법 중의 하나이다. 기존의 다른 교육방법보다 우리 인성회복에 가장 깊게 관계 된 것이 차생활이기 때문이다. 하지만 교육에 종사하는 사람들이 진정 참다운 차인이 아닐 때는 그 부작용과 역효과가 크다는 것을 명심해야 한다.

열한째, 끝으로 우리 차문화가 바르고 바람직하게 발전하려면, 정부의 담당자들의 차문화에 대한 이해와 인식이 바르게 서야 한다. 문화의 방향설정과 리드는 정부에서 이끌고, 차인들이 바르고 옳게 나가도록 지도해야 한다. 그런데 지금은 어떤가? 차문화에 대하여 무지할 뿐 아니라, 차문화에 대한 보조금이라는 것도 진정한 발전을 위한 것이 아니고, 일회성의 전시적인 곳에만 흘러가고 있다. 이를테면 큰 단체나 국가에서 직접 차문화의 홍보나 체험을 위한 곳도 만들고, 모든 행사에서 우리차 마시기 운동도 하고, 지도자들이나 인기인들이 솔선수범한다면, 우리차문화의 앞날은 밝아질 것이다. 현재의 우리 차문화에 대한 정책은 조선 시대보다 좋아진 것이 하나도 없다.

맺는 글
위와 같은 변화는 국가기관, 공공교육기관, 영향력 있는 차 단체에서부터 시작되어야 한다. 거기에 차인들 각자의 심각하고 진정한 자기반성이 뒷받침되어야 성공할 수 있다.

우리 차문화와 일본다도

우리가 차에 매료되는 이유 중의 하나가 세속적인 욕망의 굴레에서 벗어나 자연의 본체 내(內)의 그 한 구성분자로서 돌아가자는 것이다. 이때가 중정(中正)에 이른 것이고 도를 깨닫는 순간이 된다. 내가 개인적으로 일본다도에 매료되지 못하는 까닭의 하나가 자연스럽지 못하다는 점 때문이다. 우리가 추구하는 것은 자신이 노력해서 완전한 자연의 일부가 되기를 바라는데, 일본다도에서는 자연의 일부 같지만 실제로는 처음부터 계획된 인공적 결과물이기 때문이다.

예를 들면 센노리큐[千利休]가 다케노 조오우[武野紹鷗]에게 처음 배우러 갔을 때의 이야기다. 조오우가 처음 온 제자에게 노지(露地)의 청소를 부탁했다. 리큐가 청소하려고 보니 이미 깨끗하게 되어 있었다. 그래서 스승이 시킨 의도를 짐작하고 뜰의 잎이 물든 단풍나무를 한두 번 흔들었더니, 몇 잎이 여기저기 떨어졌다. 그리고는 청소를 다 했다. 조오우가 나와 보고 그 미감(美感)에 감탄했다는 이야기다. 이는 생각해 보면 자연스런 바람에 의해서 떨어진 낙엽이 아니라, 무대 위에서 연출하는 효과 같은 인위적(人爲的)인 것이다.

일본 차인들은 '예법이나 양식(樣式)에 따르면서도 그에 얽매이지 않는 경지'에 이르기를 원한다. 그들은 그런 경지를 견성성불(見性成佛)

에 비유한다. 이에 비해 우리의 선조들이 추구한 자연의 경지는 어떠했는가.

> 성긴 빗방울이
> 파초 잎에 후드기는 저녁 어스름
> 창 열고 푸른 산과 마주 앉아라
>
> 들어도 싫지 않은 물소리기에
> 날마다 바라도 그리운 산아!
>
> 온 아침 나의 꿈을 스쳐 간 구름
> 이 밤을 어디서 쉬리라던고?
> ― 조지훈, 〈파초우〉 중에서

이 시야말로 차인들이 추구하는 중정(中正)에 도달한 완전한 자연귀의(自然歸依)를 이루었다. 창을 열어서 자연 속으로 들어가, 내가 산의 한 부분이 되고 자연의 구성원이 된 것이다. 곧 종일간산불염산(終日看山不厭山, 종일 산을 봐도 산이 싫지가 않다)의 경지다. 이런 경지가 인위적으로 도코노마에 족자를 걸고 화병에 꺾은 꽃을 꽂아 놓은 앞에 앉은 것과 비교가 되겠는가.

이렇게 다른 원인은 그들은 다도를 하나의 예술 행위로 보기 때문이다. 예술이란 먼저 공연할 장소가 정해져 있다. 그곳이 바로 다실이고, 때로는 야외가 될 수도 있다. 언제 어디서든 그들의 찻자리는 철저히 계산된 계획 아래서 시작되고 마무리된다. 그런데 우리는 차를 마시는 장소를 지정하지 않고 생활공간 아무데서나 마셨다. 다음은 복장이다. 공연을 하려면 공연에 맞는 복장과 분장이 필요하고, 연기력이 따라야 한다. 그러니 그들은 다도를 배우는데 10년도 좋고 20년도 좋다고 한다. 아니 평생토록 배우는 것이다. 우리 선조들은 그런 일이 없었다. 깨끗한 평상복으로 평생토록 차 마시는 것을 즐겼을 뿐이다. "꽃 피는 아침과 달뜨는 저녁에 끝없이 즐겼다[花朝月暮, 樂且無斁]." 그러니 찻자리의 예절도 기본적인 식사예절 정도에서 끝냈다.

일찍부터 일본차는 예술 쪽에 힘을 쏟은 흔적이 많이 남아 있다. 일반적으로 차의 개념에도 '예술적 혼과 철학적 사유가 함께한다'고 하여 예술성이 들어 있다. 우선 일본다도에 '일자상전(一子相傳)'이란 말이 있는데, 이는 전해오는 기예(技藝)를 정해진 한 사람에게만 전해지도록 하는 특수부문의 재예전수방식(才藝傳授方式)이다. 또 '일기일회(一期一會)'라는 말을 '지금 이 순간을 중시'하는 뜻으로 보면, 연기(演技)란 공연하는 순간순간마다 모두 다르기 때문에 고도의 예술성을 요구하게 되니, 끝없는 수련이 필요하다고 본 것이다. 끝으로 그들의 다가(茶家)들에 수많은 유파(流派)가 선명하게 발달한 것은 그것이 예술의 범주에 속했기 때문이다. 우리에게도 예술인 경우에는 유파가 형성되어 전승되고 있다. 예를 들면 판소리에 동편제, 서편제, 보성제 등이 있고, 가야금 산조에는 김죽파, 김윤덕파, 성금연파, 황병기파 등 수많은 유파가 있다. 그러나 우리에게 다사(茶事)에 관계되는 유파는 없었다. 예술의 범주에 넣으면 그 목적이 남들에게 보여주는 것에 초점을 맞추기 때문에, 그 안에서 호방하고 현허(玄虛)한 정신세계를 누리기가 힘들어진다. 자칫하면 형식에 얽매여 겉돌기 일쑤다. 그러니 하가(何暇)에 그 심오한 정신적인 세계에 노닐 수 있겠는가?

이렇게 다른 문화형태를 동일선상에 놓고 이해한다면 크게 잘못된 것이다. 그러니 우리 차문화와 일본다도를 함께 뭉치려고 하지 말고, 각자의 전통과 정서에 합당한 특장(特長)을 잘 보존하여 각각의 아름다운 차문화의 꽃을 피워 가는 것이 제대로 가는 길이다.

[2019년 여름]

우리 차정신(茶精神)에 관한 인문학적 접근

학문이란 횡거(橫渠) 장재(張載)의 말을 빌리지 않더라도 "인류가 살고 있는 온 세상의 장래를 위하여, 성현들의 가르침을 계승 발전시키는 데" 그 뜻이 있는 것이다. 이 같은 학문의 목적은 인문학도, 차학도 같다.

전대 우리 사회는 계속되는 물질적 빈곤과 자연적 재해로 어려움을 겪다가, 산업혁명 이후 산업과 경제에 몰입하여 총력을 기울인 결과, 물질적 풍요를 얻었다. 그런데 이 물질적 풍요에 대한 욕망은 끝이 없다. 처음 이루고 싶은 것을 이루면 또 더 높은 것을 원하게 되어, 그칠 줄을 모른다. 그래서 인간은 성공한 인물이든 아니든 마음의 영일(寧日)을 갖지 못하는 불행을 안고 있다. 그렇게 물질적인 풍요를 얻고 보니 차츰 인간이 지녀야 할 삶의 가치에 대한 회의를 가지게 되고, 그때서야 저 멀리 까맣게 버려두었던 인문학의 카드를 꺼내 들고 文.史.哲에 매달리게 된 것이다.

인문학은 잘못 생각하면 높은 인격을 갖춘 위대한 인물들의 잔치로 오인하기 쉬우나, 그 목적은 인문학적 성찰(省察)이 모든 사람들에게 널리 퍼져, 미래에 대한 희망을 갖도록 하는 것이다. '나는 누구이며, 어떻게 살아 갈 것이며, 무엇을 할 것인가?'라는 인문학의 기본화두(基

本話頭)만 보아도, 한 개인에게서 출발하여 온 사회와 인류에게 미치는 큰 학문들이다. 이런 내용은 동서양의 고전에 수많이 나온 선인들의 교훈에도 있지만, 이제까지 우리는 그 쪽에 눈 돌릴 여유도 없이 빠듯하게 살았고 지금도 그렇게 살고 있다.

자연이란 원래 예비적인 징후, 그리고 주요한 변동, 다음에 마무리하는 종결의 단계를 반드시 나타낸다. 그런 현상들이 서서히 그리고 빠짐없는 과정을 밟으며 진행되는 법칙을 가지고 있다. 그러나 우리는 현실에 바빠서 자연이 주는 예고를 알지 못하기도 하고, 때로는 알고도 무시한 채 그냥 넘기다가 커다란 어려움을 겪기도 한다. 지금도 우리는 컴퓨터의 자판과 핸드폰을 주시(注視)하며, 한 순간도 옆을 돌아볼 여력(餘力)을 상실하고 있다. 이런 비인간적인 생활은 자연의 법칙에도 어긋나서, 신체적인 피로는 물론 정신적인 휴식을 취하지 못해서 급기야(及其也) 몸져눕게 된다. 이미 때가 늦은 것이다. 이렇게 되기 전에 우리에게 필요한 것이 무엇인가를 생각했더라면, 이 같은 만시지탄(晚時之歎)은 안 해도 될 것이었다. 그래서 일상생활 속에서도 인문학의 기본 화두를 잊지 않도록 하는 것이 중요하다.

현대인들은 급변하는 물결에 휩쓸려 자신을 지탱하기 힘들어 한다. 문밖엔 고층빌딩이 즐비하고 지하철이 거미줄처럼 얽혀 있으며, 황금의 위력이 모든 것을 밟고 서 있다. 안에서는 가족 모두가 제 일에 밀려 옆도 돌아볼 틈이 없고, 피곤에 지쳐 정겨운 대화는 끊어진 지 오래다. 그래서 우리 마음속에는 영혼이 살아 있는 아날로그에 대한 향수(鄕愁)와 소박한 개성이 돋보이는 자연스런 리듬에 젖은 시간과 공간을 희원(希願)하고 있다. 이런 전통을 이어가고 내가 남과 다름을 알 수 있는 길을 인문학에서 찾아서 차를 마시는 일이다. 촉박함 속에 여유가, 기계적 사유(思惟) 속에 인간미(人間味)를, 조직의 일원이 아닌 나를 찾을 수 있는 시간이기 때문이다. 이른바 지금 우리가 지향하는 힐링이 바로 차에서 쉽게 이루어진다는 것을 쉽게 알 수 있다. 권력과 자본 그리고 조직에 빼앗긴 나의 삶을 찾으려는 노력이 인문학이고, 거기에 중요한 촉매제가 차생활인 것이다.

우리나라는 오래전부터 최근까지 수많은 자연적 혹은 인적 재해(災害)를 겪으며, 그것을 벗어나 보려고 서학(西學)을 수입하고, 이용후생(利用厚生)의 학문을 배워 생활 속에 이용하려고 노력했다. 그러니 기본적인 현실생활의 안정을 위한 길이었기에 좌고우면(左顧右眄)할 여유가 아주 없었다. 그러다가 20세기 후반부터 경제적으로 자립하고 근자에는 역사상 유례를 볼 수 없는 물질적 풍요를 이루어 현실 생활이 대단히 윤택하게 되었다. 인류 문화의 속성이 그렇듯이 "재력이 여유가 있어야 예절도 차릴 수 있고, 먹고 사는 것이 넉넉해야 영화로움과 욕됨을 알 수 있다[倉廩實而知禮節 衣食足而知榮辱 ─《관자(管子)》]." 그래서 자연스럽게 물질이 아닌 정신문화에 새로운 가치를 인정하여 인문학이 중요한 화두로 등장하게 된 것이다. 즉 이제까지는 "달에는 생명체가 없고, 인공위성에 사람이 타고 가서 시료(試料)를 채취했다"라는 것만 중요하게 생각했는데, 이제는 "달 속에 항아(姮娥)와 옥토끼가 살고, 이백(李白)이 시를 읊으며, 초가삼간(草家三間)에 양친부모 모시고 사는 효자가 있다"는 생각도 한다는 말이다. 그러니 인문학일 수밖에 없다.

여기서 잠시 돌이켜보면 우리가 살기 힘들었던 20세기 중반까지도 '국사(國史)'와 '윤리(倫理)'라는 과목이 중·고등학교에서 중요한 과목들이었는데, 경제적 풍요를 위해 밤낮을 가리지 않았던 반세기를 지나며 부터는, 그 과목이 아예 없어지거나 선택으로 되어서, 그 중요성을 인정받지 못했다. 그러다가 최근에 와서 여유를 가지게 되니, 역사도 철학도 문학 등에도 관심을 가지게 된 것이다.

성현들이 남긴 기록들은 표현이 다르고 언어가 다르지만, 우리 정신을 치유하고 바르게 잡는 데는 현실적인 욕심을 버리는 것보다 더 좋은 것은 없다고 했다. 그래서 책을 열심히 읽고 생각해 보지만 크게 얻어 느끼는 것이 마음에 와닿지 않는다. 그렇게 마음을 다스리고 읽은 내용을 터득하고 체험하는 데는 차보다 더 좋은 것이 없다. 차의 성질이 '직근성(直根性), 불이성(不移性), 관동청(貫冬靑), 탁상발추영(濯霜發秋榮), 개결성(介潔性)' 등을 구비하고 있기에, 선정(禪定)이나 수도(修道) 및 수학(修學)에서는 없어서는 안 될 중요한 역할을 했다.

이 같은 차의 특성들은 우리 선조 차인들의 시문이나 유적에서 많이 볼 수 있지만, 오늘은 특히 몇몇 분의 작품을 읽으면서 인문학적인 면으로 접근을 시도해 보기로 한다. 예를 들어 한재(寒齋) 이목(李穆)에게는 차생활의 저변에 노장사상(老莊思想)이 혼재되어 양생(養生)에서 군자지도(君子之道)에 이르는 이상(理想)을 다성(茶性)에 결부시켜 선계(仙界)에 이르기까지 확대시켰다. 그의 차정신(茶精神)은 점필재의 문하답게 도학(道學)정신에 바탕을 두어 철저한 성리학적 사고가 중심이 된다. 공부하려고 집을 떠나는 동생에게 준 시(詩) 〈송사제미지지송경독서(送舍弟微之之松京讀書)〉를 보면 그의 정신이 뚜렷하다.

우리 집안 예로부터 글을 했기에

책을 즐겨 하고 재물에는 생각 없었네.

부모님 이미 늙으시고

우리는 아직도 서생의 몸이라네.

바위 옆 노송 위에 학의 꿈 영글고

달빛 아래 집주변엔 차 연기 피어나네.

도를 구함에 한결같이 하고

산봉우리 위의 구름엘랑 한눈팔지 말게나.

李氏自文學 愛書不愛金 爺孃已白首 吾汝猶青衿

鶴夢巖松老 茶煙洞月陰 慇懃求道處 且莫看雲岑

차는 무한한 자기세계가 있어서 다가오는 대상에 맞추어 자기를 보여준다는 면에서 성현의 말씀과 같다. 그래서 아무리 명인이 만든 명품차라고 해도 제대로 된 차인을 만나지 못하면 제 값을 발휘할 수가 없다. 역(逆)으로 말하면 명품을 알아보는 안목이 있어야 좋은 차를 즐길 수 있다. 이는 흡사 한유(韓愈)의 《잡설(雜說)》을 떠올리게 한다. 차는 역사와 추억이 서린 음료이기 때문에 마시면 마음이 맑고 깊어진다. 이는 차에 수반(隨伴)되는 여러 과정이 다분히 예술적으로 이루어지는 데서 추리된다. 양다(養茶)-채다(採茶)-제다(製茶)-보관(保管)-팽다(烹茶)-철다(啜茶)의 과정 어디 하나라도 소홀히 해서는 안된다. 그렇다고 부담을 가질 필요는 전혀 없다. 그냥 좋아서 가까이 하다가보면 간격이 없이 자연스럽게 즐거워진다.

그렇다면 차를 마셨던 선인들이 공통적으로 가졌던 사상이란 어떤 것이었나?

1. 중정사상(中正思想)

이는 유가(儒家)에서 보면 중용(中庸)의 변형으로 구체적 표현은 '심재(心齋)' '조철(朝澈)' '좌망(坐忘)'이고, 선가(禪家)에서는 '본래심(本來心)'이며, 연암(燕巖)은 '진심(眞心)', 이지(李贄)는 '동심(童心)', 이덕무(李德懋)는 '영처심(嬰處心)'이라 했고, 일반적으로는 '소심(素心)' '중정(中正)' 등으로 표현되고 있다. 이는 곧 차를 제대로 마시면 누구나 이런 경지에 이르러, 마음을 비우고 고뇌를 벗어나서 자신은 물론 현실을 바르게 볼 수 있게 된다.

첫째, 마음이 편안해지고 고뇌에서 벗어났다.

세상사 모든 것이 괴로움을 동반하지 않는 것이 드물고 사람의 본성이 간택(揀擇)을 버리지 못하니 마음 편할 날이 없다. 더구나 지금의 세상에서는 모든 것을 이분법(二分法)에 적용시켜 우리로 하여금 둘 중에 하나를 선택하도록 강요한다. 곧 '심신(心身)'이라는 말에서 몸을 중시하는 것은 땅의 논리고, 마음을 중시하는 것은 하늘의 논리인데, 현재 우리는 몸이 더 중요한 것으로 생각하고 있다. 이는 몸이 잘 생겨야좋은 자리와 많은 인기를 얻고, 거기에 자신만이 가진 특기가 많으면 많을수록 경제적으로 큰 이득을 받을 수 있다. 노래, 연기, 춤, 운동, 손재주, 말재주 등등이다.

그러나 세월이 지나면 이런 것들을 계속해서 얻을 수는 없다. 반면에 우리가 체득한 사상만은 세월이 지나도 없어지지 않고, 영원히 자신의 것으로 전해진다. 누가 와서 그만두라고도 할 수도 없고, 시간이 지날수록 빛나고 풍부해 진다. 이런 이들에게 늙는다는 것은 의식(意

識)의 문제이지 시간의 문제는 아니다. 이렇게 본다면 현실적인 욕망만을 추구하는 사람에게는 세상이 지옥이지만, 욕망과 간택을 버리면 모든 것이 제자리로 온다. 그래서 "중화의 경지에 이르면 천지도 제자리를 잡고 만물도 제대로 육성된다(致中和 天地位焉 萬物育焉)"고 했다. 이런 와중(渦中)에 살고 있는 우리가 한가한 시간을 타서 차를 마시면 잃었던 자신의 본래의 모습을 찾을 수 있게 되고, 마음이 가라앉게 되는 것이다. '일체유심조(一切唯心造)'라는 말도 모두 잃어버린 평상심을 찾으면 삼라만상(森羅萬象)이 제자리로 돌아와 생각이 바로 서게 된다. 그러니 마음에 걱정이 사라지고 평정을 회복한다. 범해각안(梵海覺岸)의 〈다가(茶歌)〉를 보자.

마음속 거리낌 한꺼번에 사라지고
정신이 깨끗이 맑아 한나절을 더하네
졸음 쫓아내니 눈앞이 환해지고
먹은 것 잘 내려가 마음 훤히 열리네
괴로움 멈추어 사라짐 일찍이 경험했고
한기와 독 풀려 막힘이 없네
心累消磨一時盡 神光淨明半日增
睡魔戰退起眼花 食氣放下開心膺
苦利停除曾經驗 寒感解毒又通明

다음은 이숭인(李崇仁)의 〈백렴사혜차(白廉使惠茶)〉이다.

활화에 맑은 물로 손수 차 끓이니
푸른 잔 차 향기로 찌든 창자 씻어내네.

活火清泉手自煎 香浮碧碗先暈羶

다음은 김극기(金克己)의 〈황룡사(黃龍寺)〉다.

활화로 향기로운 차 시험하니
꽃무늬 차사발에 흰젖 떠오르네
향기롭고 달콤한 맛 너무 좋아
한 모금 마시니 온갖 근심 사라지네.
活火試芳茶 花甕浮白乳
香餂味充永 一啜空百慮

둘째, 기억력이 증진되고 문사(文思)가 살아난다.

일상 현실의 생활 속에 헤매니까 눈앞의 일에 집착하느라고 참다운 중요하고 근본적인 것을 생각하지 못하고 산다. 더구나 예술적으로 고도의 사고를 요하고 사량(思量, 생각하여 헤아림)을 필요로 하는 정신세계에 등한히 할 때가 많다. 이때에 차를 마시면 막혔던 생각이 트이고 답답하던 사고력이 물줄기처럼 흐르게 되니 문사(文思)는 물론 모든 예술적 철학적 형이상적 세계가 열린다. 다음은 원천석(元天錫)의 〈사이의차사백혜차(謝李宜差師伯惠茶)〉이다.

마른 창자 윤기 흘러 깨끗해지고
흐린 눈 맑아져 현기증 사라지네.
枯腸潤處無查諦 病眼開時絶眩花

다음은 신위(申緯)의 〈한보정(閑步亭)〉이다.

수레 멈추고 천천히 걸어가면

갓처럼 생긴 작은 정자 하나 있다네

시를 쓰려고 바위 골라 벼루 놓고

샘물 길어 찻잔에 붓네.

當車緩步處 如笠小亭開 選石安詩硯 斟泉注茗杯

한보정은 자하의 다력(茶歷)에서 중요한 장소다. 그 자신이 주를 달기를 "관아 서쪽 조그만 물을 건너서 둑길을 따라가면 가마에서 내려 한가로이 거닐만한 곳이 있는데, 바로 남산의 북쪽이다. 바위 밑에 샘이 있어 고을에서 첫째로 꼽으니 오래 마시면 온갖 병에 좋다. 그 옆에 정자를 지어 샘물로 차를 끓이는 곳으로 삼고서, 예천명(醴泉銘)의 '서쪽 성에 한가로이 거닌다'라는 구절을 취하여 한보정(閑步亭)이라 한다"고 했다. 교외의 한가한 남산 아래 좋은 샘 있고 그 곳에 다정(茶亭)이 있으면 차인에겐 행복이다. 그는 이것이 자신의 공간만이 아니며, 차를 마시고 시를 아는 어느 누구나 즐길 수 있는 것이니 흔쾌히 맡기고 떠난다는 드넓은 초탈의 경지에 도달해 있다. 자하의 시문 속에는 그의 끝없는 예술세계가 깊이를 모르게 펼쳐지고, 그것은 선(禪)의 경지와 구분되지 않는 일체감을 보여준다. 그림 속에 시와 글씨가 있고 그것이 차향(茶香)과 함께 선의 세계를 이루었으니 이것이 그의 삶이었다.

다음은 이상적(李尙迪)의 〈다연(茶煙)〉이다.

죽로와 돌솥은 서로 정취에 잘 맞아,

눈 녹인 물 활화에 새로 끓일 때

평상에 바람 일어 붉은 수염 날리고,

발 밖에 이슬비 내려 꽃가지 흔드네.

꿈에서 막 깨니 청주보다 맑은 빛,

향 피운 듯 차 향기 시정으로 이끄네.

그윽한 아취 어느 곳이 좋을까

푸른 솔 그늘 아래 파란 개울 옆이지.

竹爐石銚雅相宜 活火新烹雪水時

一榻風輕紫鬢影 重簾雨細綴花枝

清於煮酒初回夢 韻似燒香半入詩

領略幽情何處好 蒼松陰裏碧溪涯

죽로엔 쇠솥보다 돌솥이 잘 어울린다. 눈 녹인 물로 차 달이는데 계절을 재촉하는 부슬비 내려 창밖의 매화가지 적신다. 달인 차의 맑기가 청주보다 더하고 그 향기 피어올라 사상에 젖게 한다. 이런 아취를 마음껏 펼칠 수 있는 곳은 창송 아래 파란 냇가보다 더 좋은 곳 있겠는가.

셋째, 마음이 가라앉으니 현담(玄談)을 나누고 싶어진다.

인간의 본원적 고향이 자연스럽고 한유한 고독의 경지라면 차를 마시는 일은 우리에게 그 같은 경지를 가지게 한다. 그러니 그리움에 뿌리내린 아름다운 정서가 분출(噴出)하여 마음 맞는 사람과 밤새워 얘기하고 싶고, 먼 이상에 대한 그리움도 솟게 되는 것이다.

다음은 김수온(金守溫)의 〈증성철상인(贈性哲上人)〉이다.

차 달여 마시며 부드러운 말로

도란도란 무릎을 서로 맞대고

노선사께 현기를 물어보고

낮은 소리로 묘한 비결 물어도 보네.

煮茗接軟語 團欒初促膝 玄機訊老禪 微言扣妙訣

넷째, 중정(中正)으로 돌아가 사물을 바로 보게 한다.

먼저 이목(李穆)의 〈다부(茶賦)〉 가운데 한 구절이다.

때맞춰 웃음 띠고 혼자 따라 마시니

흐렸던 두 눈이 맑아지네 (중략)

여섯째 잔을 마시니

해와 달이 내 마음속에 있고

모든 사물이 거적때기에 불과하네.

俄自笑而自酌 亂雙眸之明滅 (中略)

其六椀也 方寸日月 萬類簾篠

김시습(金時習)의 〈고풍(古風)〉도 보자.

마음 바탕 깨끗하기 물과 같고

혼연히 트여서 막힘이 없다네

이것이 바로 우리 모두를 잊는 것

찻잔 가득 차 따라 마신다네.

心地淨如水 翛然無礙隔 正是忘物我 茗椀宜自酌

세속에 살면서 속진(俗塵)에 초연하기란 힘든 일이다. 그래서 선력

(禪力)이 높은 잠상인(岑上人)과 고아한 얘기를 나누어서 속기(俗氣)를

없애려 한다. "다른 날 고승과 함께 선문답하고 돌솥에 솔바람 소리 나게 차 달이며 보내리(移時軟共高僧話 石鼎松聲送煮茶)"라는 시 구절도 같은 맥락에서 감상할 수 있다.

2. 은둔사상(隱遁思想)

우리가 가진 대부분의 욕망들은 세속적이고 유해한 것들이다. 그래서 자연의 법칙을 벗어난 것들에 집착하기 때문에 육체적 정신적 병이 생기는 것이다. 병을 고치려면 마음속의 적을 쫓아내야 한다. 태어날 때처럼 마음이 자연으로 돌아가 나 자신만을 위해서가 아니라 다른 사람들을 위하도록 해야 한다. 이 때 외물(外物)의 영향을 받으면 안된다. 세속과의 인연을 끊고, 생활을 자연과 더불어 즐기게 해야 한다.

이는 곧 그 복잡다단한 세속을 벗어나서 광대한 자연의 품속으로 숨는 것이다. 속인이 출가입산(出家入山)한다든가, 선비가 벼슬을 버리고 고향으로 돌아가 자연의 품에 안기는 것을, 선인들은 자랑스럽게 생각했다. 그리고 차를 마시는 것이었다.

먼저 김시습(金時習)의 〈장안사(長安寺)〉를 보자.

새벽해 떠오르면 금빛 전각 빛나고
차 연기 흩날리면 서린 용이 난다네.
맑고 한가로운 곳에 노닐면서
세상의 영욕 모두 잊었다네.
曉日升時金殿耀 茶煙颺處蟄龍翔

自從遊歷淸閑境 榮辱到頭渾兩忘

권력의 속성이 자신의 본체를 모르면서 타인을 지배하고 그 객체들로부터 자신의 존재를 확인하기 때문에 아주 위험하다. 그 위험을 탈출하려면 자신이 처한 지위나 조직을 벗어날 수밖에 없다. 남자들에게 가장 떨치기 힘든 것이 조직과 부귀를 버리는 것이다. 더구나 뛰어난 재주를 지녀 촉망받았던 선비로서 관계(官界)의 모든 희망을 뒤로하고 입산(入山)한다는 것은 대단한 결단이다. 이 모든 것이 차의 힘을 입었다.

다음은 임수간(任守幹)의 〈차방옹시윤직경(次放翁示尹直卿)〉이다.

봄이 와서 바라보니 들의 정자 고요하고,
산수의 경관은 그림보다 아름답구나.
좋은 물로 몸소 달이는 건 양선차이고,
서안에 쌓인 전들은 왕우군의 글씨라네.
처마 아래엔 고운 꽃 기르고,
곡우 즈음엔 반드시 그물을 짜네.
집앞 무논엔 모내기 한창 바쁜데
한 떼의 갈매기와 해로라기 고기잡이 하고 있네.
春來憑眺野亭虛 湖色山光畫不如 品水自煎陽羨茗 疊牋開榻晉賢書
栽花故近茅簷下 結網宜須穀雨初 門外水田耕種急 一群鷗鷺自春鋤

다음은 이하곤(李夏坤)의 〈재거(齋居)〉이다.

선반 위의 구리솥과 작은 상 하나,

산집이 쓸쓸하기 선방 같다네.
한가할 땐 몸소 팽다법을 기록하고,
긴긴날 나무 심는 법 읽는다네.
비 내리면 중에게 국화모종 옮기게 하고,
날이 개면 종들에게 모심게 하네.
끝내 별일 없는 속에서 할일 많으니
몸과 맘 모두를 잊는 것만 못하네.

一架銅爐數尺床 山齋蕭寂似禪房

閑時自錄烹茶法 長日惟看種樹方

雨倩隣僧移稚菊 晴敎僮僕挿新秧

終知無事還多事 莫若身心得兩忘

한가로운 시골 선비의 평온한 생활을 노래한 것이다. 찾는 이 아무도 없기에 자기 시간이 많다. 그래서 차도 즐기고 나무와 꽃도 기르며, 농사일도 게을리 할 수 없다. 호화롭게 고급스런 다구도 아니고, 숫자도 달랑 하나씩만 가지고 있다.

다음은 백암성총(栢庵性聰)의 〈시장수재(示張秀才)〉이다.

계곡물 길어 돌솥에 차 달이니,
사립문 밖 티끌세상 멀기도 해라.
장래에 영과 욕을 함께해야 할 텐데,
백년 인생에 헛된 짐이 많구려.

石鼎烹溪蘋 柴門遠市塵

肯將榮與辱 虛負百年身

그때엔 선승들의 생활이 정말 궁벽한 곳에서 수행하기 때문에 찾는 이가 드물었다. 그래서 그땐 요사이처럼 차타고 몰려들어 조용히 수행해야할 사찰을 속진(俗塵)으로 뒤덮어, 스님들까지 세속으로 끌어내지는 않았다. 그러니 자연과 내가 있을 뿐이니 사람과의 관계에서 쓰는 마음은 저절로 버리게 된다. 중정으로 돌아갈 수밖에 없다. 그러나 장수재에게 준 시에서는 탈속인이 바라본 속세의 어려움을 차를 매개로 표현했다. 그도 "사미승이 물 길어 차를 달이니, 한 줄기 연기가 대숲으로 피어난다[沙彌汲澗煮新茗 一縷細烟生竹森]"라고 한 것으로 보아, 일반적인 풍습대로 차는 사미가 달이도록 맡겨 둔 듯하다.

3. 신선사상(神仙思想)

서양인들도 좋은 일을 많이 하고 신의 계율을 잘 지키면 천국으로 간다고 생각하듯이, 동양에서도 종교의 계율을 잘 지키고 신불을 경배하며, 선행을 쌓으면 내세(來世)에 좋은 곳으로 간다고 믿는다. 하지만 도교에서는 신체를 잘 수련하고 정신을 잘 다스리면 선계에 오를 수 있다고 생각해서 선도(仙道)를 믿고 닦는 사람들이 많았다. 신선들은 우리와 다른 깊은 산속이나 인적미답(人跡未踏)의 유심(幽深)한 곳에 거처한다고 생각했기 때문에, 선비들이 세속을 버리는 것은 곧 선계에 좀 더 가까이 가는 것이라 생각했다. 이는 우리 역사에도 아주 이른 시기부터 뿌리를 내린 사상으로 지금도 믿는 사람들이 많다. 그들은 선식을 먹고 기(氣)를 단련하며 차를 마신다.

실제로 선비가 이를 신봉한 사람은 극히 소수지만, 그래도 마음속에서만은 동경의 대상인 것만은 사실이었다. 왜냐하면 신선들은 정말 우리가 바라는 이상적인 완벽한 대상이었고, 수명을 초월하여 현계(玄界)를 넘나드는 초인적인 능력을 가지고 있다고 믿었기 때문이다.

먼저 조준(趙浚)의 〈사사송다(謝師送茶)〉이다.

돌 솥에 물 끓는 소리 이니
유화 떠서 구슬 꽃 피네.
한 잔 마시니 날개 돋은 듯 가볍고,
두 잔 마시니 청풍 일 듯 상쾌하네.
松濤起石鼎 雪乳開瓊花
一甌羽翼生 二甌淸風多

다음은 이목(李穆)의 〈다부(茶賦)〉 한 구절이다.

내 정신은 소보와 허유를 마부 삼고 백이 숙제를 종을 삼아
하늘의 상제께 읍하노라
어이하여 일곱째 잔은 반도 안 마셔
울금향 같은 맑은 차 향기 옷깃에 일고
하늘 문 바라보니 바로 곁에는
소삼한 봉래산이로구나
神兮若驅巢許而僕夷齊
揖上帝於玄虛
何七椀之未半
鬱淸風之生襟
望閶闔兮孔邇

隔蓬萊之蕭森

다음은 구봉령(具鳳齡)의 〈독다경(讀茶經)〉이다.

이에 다시 좋은 차 한 모금 마시니
양쪽 겨드랑에 바람이 솔솔 이는 듯.
의연히 내 신선 되어 학을 타고
신선 세계로 날아 오른다네.
因復啜玉乳 習習風生腋.
依然駕我仙 飛上淸都月

　자고로 인간의 염원이 영생불사하는 평화향 곧 유토피아에 대한 희
원을 버릴 수 없었다. 그러니 모두 종교를 믿고 선도(仙道)를 닦으며 양
생에 힘써 온 것이다. 그런데 차의 세계는 그런 염원의 일단을 선경(禪
境)으로 접근시키고 있음은 부인할 수 없다. 그것이 육체적 현실적으로
도 양생에 도움을 주지만, 특히 정신적 접근을 용이케 한다. 보잘것없
는 소아(小我)를 범우주적 대아(大我)로 확대하고 순간적 생명을 영생화
하려는 충분한 다성(茶性)을 가졌기 때문이다.

4. 개결(介潔)과 절의사상(節義思想)

　이는 일이관지(一以貫之)하는 청결주의(淸潔主義)다. 차를 마시면 마
음이 가라앉고 정신이 맑아져서 올바른 가치관을 가지게 되고, 세속의
혼탁한 현실을 바로 보아서 바르게 처리를 한다. 그리고 선비들의 귀
중한 덕목 중의 하나가 초지일관하는 지절(志節)이었으니, 차인이 가지

는 중요한 덕목 중의 하나가 된 것이다.

만해(卍海)의 〈오세암(五歲庵)〉을 보자.

구름 있고 물 있으니 족히 이웃될 만하고
보리도 잊었거늘 황차 다시 인이겠는가
저자가 머니 약 대신 솔차를 달이고
깊은 산엔 고기와 새뿐 어쩌다 사람 구경하네
아무 일 하나 없음이 정말 고요함은 아니고
처음 맹서 어기지 않음 그게 곧 새로움이지
비 맞은 후 여유롭게 선 파초 같을 수 있다면
이 몸 어이 티끌세상 달리기를 꺼리겠는가

有雲有水足相隣 忘却菩提況復仁

市遠松茶堪煎藥 山窮魚鳥忽逢人

絕無一事還非靜 莫負初盟是爲新

倘若芭蕉雨後立 此身何厭走黃塵

수련(首聯)은 자연의 일부가 된 상태인 심재(心齋)의 경지라 하겠다.
운수(雲水) 그 자체가 정처 없고 우리 또한 정해진 것이 없으니, 서로 섞
인들 다를 것이 없다. 그러니 그 안에 불도(佛道)나 진리마저 없거늘 어
찌 인(仁)을 말할 수 있으리. 함련(頷聯)에서는 궁벽한 산속이라 인적 드
물어 고요하지만, 아무것 하나 이루어지는 것 없는 고요는 고요가 아닌
죽은 것이라 단호히 말했다. 이어서 경련(頸聯)에서는 부처와 나라 위
한 일념은 절대 변하지 않음을 다짐하고, 끝으로 미련(尾聯)에서는 어
떤 어려움이 닥쳐도 의연한 자세로 당당히 매진할 각오를 피력했다.

다음은 서거정(徐居正)의 〈차운잠상인(次韻岑上人)〉이다.

공명은 진정 그림의 떡과 같고
속세에 사는 몸, 세파를 따르는 어려움 있네
때마침 산승이 이르렀기에
한 잔 차 앞에 놓고 청담을 논한다네

功名眞畫餅 身世愧隨波
時有山僧到 淸談一椀茶

세속에 살면서 속진(俗塵)에 초연하기란 힘든 일이다. 그래서 선력
(禪力)이 높은 잠상인과 고아한 얘기를 나누어서 속기(俗氣)를 없애려
한다. "다른 날 고승과 함께 선문답하고, 돌솥에 솔바람 소리 나게 차
달이며 보내리[移時軟共高僧話 石鼎松聲送煮茶]"라는 시 구절도 같은 맥
락에서 감상할 수 있다.

끝맺는 말

우리가 세상을 살아가면서 차지하는 자리는 두 가지가 있다. 하나
는 다른 사람이 만들어주는 자리이니, 모든 공무원이나 회사원, 군인,
선출직이나 임명직, 그리고 조직의 일원으로 활동하는 것의 대부분이
여기에 속한다. 그들은 그 자리로 인해서 역할도 생기고, 권력도 가지
며, 생활도 보장받지만 자기에게 자리를 준 사람이 그만두라면 언제
든지 그만두어야 한다. 그러나 우리 대부분의 사람들은 그 자리를 위
해 공부도 하고, 운동도 하며 불철주야(不撤晝夜) 전력을 다해서 뛴다.
다른 하나의 자리는 자신이 노력해서 자기 힘으로 얻은 아무도 간여할

수 없는 자리다. 오랜 독서 끝에 얻은 자신의 사상이나 세계관 혹은 인생관은 물론이고, 문학 예술이나 기호 등은 자신이 선택하여 정진하여 얻은 자기 것이기 때문에 아무도 그 영역을 허물 수가 없게 된다. 우리가 처음엔 다른 사람이 만들어 준 자리에서 돈도 벌고, 열심히 일한 덕에 기반이 잡히면, 그 다음에는 다른 사람의 간여를 받지 않는, 자기가 좋아하는 자기만의 세계로 들어가고 싶어 한다. 이때에 필요한 것이 인문학이고, 그런 사고를 도우는 것이 차생활이다. 그렇기 때문에 진정 인문학이 생활 속으로 옮겨지려면 차생활보다 더 적합한 것은 없다고 하겠다. 이는 우리 차문화사를 통해서 수많은 선조 차인들의 작품들에서 그 예를 읽을 수 있다.

이상에서 우리의 차문화 속에 깔린 정신 그 자체가 현금(現今) 우리가 추구하는 인문학의 중요한 한 분야인데도 불구하고, 차학이라면 흡사 주변적인 학문인 것처럼 오인하고 있으니 한심스럽다. 앞으로는 이 자랑스러운 우리 차문화를 더욱 발전시켜서, 많은 사람들이 깊은 차의 정신세계에 노닐도록 그 기반을 넓혀야 한다.

예절과 차 교육

1. 예(禮)란 어디서 출발하는 것인가?

이는 '예의 연원(淵源)은 어디에서부터 나오는 것인가?'의 문제다. 사전들에 의하면 예(禮)란,

- 사람이 마땅히 지켜야 할 의칙(儀則).
- 예법.
- 고마운 뜻을 나타내는 언행.[謝禮]
- 경례(敬禮), 예배심(禮拜心)
- 경신(敬神).
- 풍속습관(風俗習慣)의 행위준칙(行爲準則).
- 위의(威儀) : 융숭한 의식

등이다. 다음, 예절(禮節)에 대하여서는,

- 예의범절(禮儀凡節)의 준말로 행례지사(行禮之事) 혹은 예제(禮制), 예속(禮俗), 예도(禮度), 예법(禮法), 예의규구(禮儀規矩) 등으로 부르기도 한다.
- 《예기(禮記)》〈유행(儒行)〉에는 '예절자(禮節者) 인지모야(仁之貌也)'

라 하니, '예절은 어진 모습이다'라는 말이다.

다음 예의(禮義)에 대하여서는, 위의 예절의 뜻 중에서 예의범절을 말하고 특히 예배(禮拜)등의 예절적 의식(儀式)이라 했다.

이런 해석들에서도 예의 개념만을 설명한 것이지, 예 자체의 연원은 밝히지 않고 있다. 그리고 예와 예절의 차이는 유형적으로 나타나는 의식이라고 보았다. 나는 이에 대하여 보다 근본적인 것에 소급하면 예(禮)란 "상대를 배려(配慮)하는 마음에서 나온다"고 믿는다. 이런 마음은, 첫째 형이상적으로 마음으로 표출되는데, 이를 표정이나 모습에서 읽을 수도 있다. 옛사람들은 '예위정모(禮爲情貌)'라고 표현했다. 둘째 형이하적으로 표정, 언어 등의 행위나 물질적으로 혹은 의식(儀式)을 통해서 표출되는 것이다. 문제는 그런 표출이 얼마나 상대를 배려하는 진실됨에 근접한 것이냐에 있다. 그래서 선인들은 '예번즉란(禮煩則亂) 예승즉리(禮勝則離)'라 하여 예가 번잡하거나 지나치면 본래의 의도와는 달라지게 되는 것을 경계했다. 공자께서도 임방(林放)의 물음에 대해 《논어(論語)》에서 "예는 사치하기보다는 차라리 검소한 것이 낫고, 상은 형식적으로 잘 치르기보다는 차라리 슬퍼하는 것이 낫다(禮與其奢也寧儉 與其易也寧戚)"라 한 것은 바로 "예의 쓰임은 조화를 귀하게 여긴다(禮之用 和爲貴)"라는 정신에 맞는 것이다. 이는 우리가 자주 겪는 의식들에서, 지나치게 풍성하게 차린다던가, 너무 엄숙하여 숨도 제대로 쉴 수 없는 경우를 지칭한 것이다. 예란 마음에서 우러나는 진실 된 배려의 표현이어야 한다는 말이다. 곧 "예의 근본은 사람들의 정에서 나오는 것이고, 그 형식들은 백성들의 풍속에서 나오는 것이다(禮之本 出於民之情 禮之器 出於民之俗)"라고 했다. 그러니 예절에 참여하는 각개가 모두 존경하는 마음과 온화한 마음으로 기쁘게 참배하는 것이 가장 중요한 것이다.

2. 예란 우리의 생활에 어떤 의미를 가지는가?

자고로 동양에서는 예가 육체와 정신을 막론하고, 인간에게 가장 소중한 가치의 기준이었다. 그들 교육의 첫째 항목이 예였다.《효경(孝經)》에 실린 말이다. 우리의 삶은 사회를 이루어야 하기 때문에 이 예를 떠나서는 살기가 어려워진다. 이는 곧 나 이외의 상대가 있다는 말이다. 상대가 있으면 당연히 배려하지 않으면 안 된다. 예란 일상적 항다반사(恒茶飯事)에서 이루어지기 때문에 생활과 분리될 수 없다. 예는 사람과 짐승을 구분 짓는 척도가 되기 때문에 우리 일상과는 떨어질 수가 없었다. [무릇 사람이 짐승보다 귀한 것은 예의가 있기 때문이다(凡人之所以貴於禽獸者 以有禮也) -《안자춘추(晏子春秋)》/ 사람으로써 예의가 없는 이는 어찌하여 빨리 죽지 않는가. 예가 없어서는 안 된다[人而無禮 胡不遄死 禮不可無也)] -《시경(詩經)》/ 문으로 나의 지식을 넓혀주고, 예로써 나의 행동을 단속하여 주셨다(博我以文 約我以禮) -《논어(論語)》자한(子罕)]

그래서 예는 일찍부터 가르쳐야 한다. [그 자신이나, 그 집안이나, 그 국가나, 천하까지도 그것으로 행하여, 예가 다스려지면 다스려지고, 예가 어지러우면 어지럽고, 예가 있으면 존립하며, 예가 망하면 망한다[其身與其家與其國與天下 禮治則治 禮亂則亂 禮有則存 禮亡則亡)] -《가례(家禮)》〈이천서(伊川序)〉].

하지만 예도 그때그때의 형편에 따라 달라지는 것이 당연하다. [예는 항상 변화가 있다(禮常有變);《상변통고(常變通考)》〈총목(總目)〉/ 예는 천지자연의 이치이니, 이치를 이해하게 되면 번거로운 조문과 자질구레한 절차

가 모두 그 안에 있다(禮是天地自然之理 理會得時 繁文末節 皆在其中);《상변
통고(常變通考)》]

또 이런 중요한 예라도 정도가 지나치면 어려움이 따르고 허례와
허식으로 흐르게 마련이다. 이를 경계하여 관중(管仲)은《관자(管子)》에
서 "재력이 여유가 있어야 예절도 차릴 수 있다(倉廩實而知禮節)"라고
했다. 결국 "예의 근본은 명분을 지키고 사랑하고 존경하는 마음바탕
[禮有本 名分之守 敬愛之實 其本也. - 주희(朱熹)의《가례서(家禮序)》]"에서
알맞게 이루어져야 했다.

3. 그 내용은 형이상적인 것과 형이하적인 것

앞에서 말한 예와 예절의 문제도 있지만, 그 대상이 눈앞에 있는 사
람이냐 혹은 신이나 귀신이냐의 문제도 있고, 더 넓게 보아서 모든 동
식물은 물론 자연물에도 예를 베풀어야 한다고 믿었다. 이는 자연숭배
사상에서 유래했다지만, 현대적인 공존의 의미로도 새겨보아야 한다.
이에 대한 공자의 표현은 극명하다.《논어》에 "제사를 지낼 때에는 조
상이 계신 듯이 하였고 신에게 제사 지낼 때에는 신이 계신 듯이 하였
다[祭如在 祭神如神在]"라고 했다. 그러니 제의에도 그 상대를 배려하는
마음이 먼저라는 말이다. 이렇게 본다면 현상적으로 나타내는 범절은
수단일 뿐이고, 근본은 배려심에 있었다. 이것을 확대해 보면 오래된
나무나, 장수하는 짐승들, 하늘은 물론 강과 바다, 그리고 지금 함께
같이 지내고 있는 온갖 것들에게도 배려심은 필요한 것이다.

4. 차문화와 예절 교육

과거의 우리 교육은 내면과 외형의 일치를 제일의 목표로 삼았는데, 현재는 외형적인 기능에 그 기준을 둔다. 즉 우리 선조들은 언행일치나 실천궁행(實踐躬行)을 중시하여 마음을 중시했는데, 지금은 어떤 기능을 가지느냐를 더 중시한다. 그러니 자연적으로 도덕적 기준이 변질되거나 약해지게 마련이고, 이어서 많은 패륜적인 일들이 많아지는 것이다. 이는 인간관계의 소원함에서 비롯한다. 현대문명의 발전으로 가족적인 유대가 느슨해지고, 고립된다. 이런 생활에는 오직 자기중심적인 것만 남고, 남을 배려하는 마음은 적어지게 마련이다. 이를 극복하지 못하면 인간관계가 붕괴되고 만다.

그래서 예절 교육이 필요하고, 가능하면 조기교육이 절실하다. 그러려면 어려서부터 생활 속에서 자연스럽게 터득할 수 있는 방법이 가장 좋다. 차교육 이야말로 이런 인성함양에 제일 적합한 분야이다. 우선 차를 만드는 일에서부터 기물(器物)을 준비하고, 물을 끓이고 정도에 알맞게 우려서 내는 일체의 행위가 모두 상대에 대한 배려심에서 나오는 것이다. 이 같은 일들은 별다른 교육장을 마련하여 전달되는 것보다, 생활 속에서 자연스럽게 습득되는 것 더 효과적이다. 전술(前述)한 항다반사(恒茶飯事)란 바로 생활 속에서 언제나 자주 이루어지는 일이란 말이다. 이는 차 교육이라 하여 전문적인 선생이 하는 교육과는 차원이 다른 모범적인 방법이다. 이렇게 받은 교육 효과는 일상적일 뿐 아니라 항구적이다. 교육은 언행이나 문자를 통해서 시청각으로 전달되는 것이다. 하지만 이런 외형적인 인지(認知)보다는 눈에 보이지 않는 형이상적인 분야가 훨씬 많고 또 중요한 부분이다. 이런 면에서 차 교육은 아주 적합하고

용이하다. 즉 체용론(體用論)에서 말하는 "눈으로 볼 수도 없고, 만질 수도 없으나, 느낄 수만 있다"라는 것이다. 이런 교육은 어려서부터 조부모나 가족들에게서 이루지게 마련이다.

차가 가진 직근성(直根性)에서 일관성을 배우고, 관동청(貫冬靑)에서 지조를, 다례 속에서 상대를 배려하는 유대 관계를 배우게 된다면, 차 교육은 성공한 것이다. 일상생활 속에서 자연스럽게 이루어지는 교육의 효과보다 더 큰 것은 없다. 차 자리에서 말도 제대로 못하고, 숨도 크게 못 쉬게 하는 것은 예능인을 기르자는 것이고, 우리는 즐거운 자리를 만들어서 즐기자는 것이다. 그런 곳에서 배려심이 생기고 자연스럽게 예절 교육이 이루어지게 마련이다.

차에 대한 기본을 알려면
다서(茶書)를 읽어야 한다

〈용비어천가(龍飛御天歌)〉 2장에 "뿌리 깊은 나무는 바람에 흔들리지 않고 꽃이 많이 피어 열매를 맺으며, 수원(水源)이 깊은 물은 가뭄이 와도 그치지 않고 내를 이루어 바다에 이른다"고 했다.

뜻있는 차인들이 작금의 우리 차계(茶界)를 무척 염려하는 것은 차에 대한 뿌리가 깊지 못하다는 것이다. 뿌리란 꼭 역사가 길어야 한다는 의미는 아니다. 하기야 우리차의 역사가 2000년에 가까우니 그런 면에서 본다면 깊기도 하겠지만, 여기선 그런 뜻이 아니라 차인 각자가 기본적인 차정신을 제대로 모르고 지난날 선조들이 걸었던 그 운치 있는 차생활을 알지 못하는 현상을 일컬음이다. 대부분 차에 입문하는 사람들이 행다부터 배워서 집단으로 몰려다니면서 일종의 퍼포먼스에 전념하고 있다. 그러고는 그런 일이 차의 전부인양 생각하고 있다. 이는 용(用)만 있고 체(體)를 모르는 것이니 곧 뿌리가 없기 때문에 나타나는 현상이다. 몇 년 전까지는 일본도 바람이 전국을 휩쓸어서 가루차를 하지 않으면 참 차인이 될 수 없는 것처럼 말했다. 그래서 부인들이 방바닥에 무릎을 꿇고 기어 다니기 수년을 했으니 그 관절은 보지 않아도 알 만하다. 이번에는 중국다예 차례. 수많은 차인들과 단체, 심지어 대학에서 차를 전공하는 학생들까지 우르르 몰려가서 중국다예사 자격증을 획득하느라 야단법석이다. 흡사 바람에 불리는 갈대 같다는 생각이 든다. 무엇 때문에 저토록 해야 되는 지를 아무리 생각해도 모르겠다. 분명 그것은 바람이다. 그렇게 유행 따라 몰려다니는 것은 바람일 뿐이지 진정한 차인이 되는 것과는 거리가 멀다. "절대진리(絕對眞理)는 그 앞에서 모든 언어가 주눅들게 된다"고 한 8세기 말의 인도 철학자 샹카라나, "진리를 말로 표현할 수 있다면 그것은 진정한 진리가 아니다[道可道非常道]"라고 한 노자의 뜻을 헤아려야 한다.

참다운 차정신이란 행다를 많이 하고 행사에 많이 참여하며 무슨 자격증을 따는데 있는 것이 아니고, 기초적인 다서들을 읽고 지난날의 참다운 차인들의 기록을 읽어보며 자신의 길을 생각해 보는데서 힘이 생기는 것이다. 지금 우리 차학의 방향이 어디로 향하고 있는지를 보면 더욱 명확해 진다. 대부분의 차 전문 교육을 하고 있는 대학이나 대학원의 이름들이 거의 예다학과(禮茶學科)로 되어 있다. 그리고 그 커리큐럼을 보면 4-6학기 동안 차에 관한 이수과목, 특히 차고전(茶古典)이나 다사(茶史)는 비중이 적고, 그 깊이도 얕다. 구체적으로 아주 기본인 《다경(茶經)》, 《동다송(東茶頌)》, 《다부(茶賦)》, 《다신전(茶神傳)》 등이나 우리 차문화사의 내용도 제대로 공부하지 못하고 졸업하게 된다. 그리고 《다경》이나 문화사를 한 학기정도로 배정해 놓은 실정이다. 그 내용을 공부하려면 최소 두 학기 동안은 되어야 하는데 그저 수박 겉핥기 식으로 했다는 형식만 갖추는 것이다. 그리고 석사학위 과정이면 여기에 《대관다론(大觀茶論)》, 《다소(茶疏)》, 《끽다양생기(喫茶養生記)》 정도는 이수해야 하겠지만 그런 곳은 한 곳도 없다. 어쩌면 대학원을 나오고도 《다경》도 제대로 강의할 수 없는 경우가 많다. 그러니 너무 외적인 것에 치중하지 말고 그런 시간에 차분히 다서를 읽어서 내적 정신을 풍요롭게 해야 한다. 누구에게 무엇을 보이려고 하면 그는 벌써 다성(茶性)에서 멀어져 가게 마련이다. 양보(楊黼)가 무제보살(無際菩薩)을 만나러 갔다가 집에 가면 부처가 있다는 보살의 말에 돌아오니 한밤중에 뛰어나오는 어머니가 정말 부처임을 깨달았다. 참다운 차인이 되는데 왜 일본이나 중국을 문앞 나들듯이 해야 하고, 차와 아무 관련도 없는 행사에 따라다니며 다모(茶母)노릇을 하는지 모르겠다. 물론 문화의 양태에는 의식적인 행사도 필요하고 시대에 맞춰 특징도 있겠지만 그렇다고 근거도 없는 것을 마음대로 만들어서 경쟁하듯 행다의식을 만들어내는 것은 문제가 아닌가.

사실 그렇게 많은 격식들이 다기의 위치나 의상, 또는 동작의 뉘앙스를 벗기면 차이는 거의 없다. 그 차이도 외국에 나가 하는 다예들을 보노라면 거기서 따온 것이 한두 가지가 아니다. 우리의 다사를 이해한 후에 중국의 다예를 배우든 일본의 다도를 배우든 그것은 자유다. 하지만 제 것도 모르면서 남의 것만 배우는 것은 한심한 일이 아닌가. 다서들도 많이 번역되어 있고 읽을 만한 책들도 더러 있으니 열심히 읽어야 기본이 설 것이다. 대부분 한자로 된 것이기에 힘들기도 하겠지만, 선승(禪僧) 황벽희운(黃檗希運)이 말한 바,

"뼈에 사무치는 추위 한 번 겪지 않고, 어찌 매화 향기 맡을 수 있으리
[不是一番寒徹骨, 爭得梅花撲鼻香]"

라고 한 그런 각고의 노력 없이는 차정신이 쉽게 얻어지는 것이 아니라는 뜻이다. 차란 단순한 음료가 아니라 의미를 주었을 때 감로(甘露)로 변한다. 만약 경지에 이른 이라면 차를 마시지 않을 때도 다성(茶性)에 젖어 평상심을 가질 수 있다. 차를 마시면 세속적 물루(物累)를 잊고

시공을 초월하여 공자나 노자, 장자와 만날 수 있고 석가와 혜능, 조주
도 만날 수 있다. 내 마음이 청정해져 영원과 통하고 사량(思量)과 간택
(揀擇)이 사라지게 된다. 이런 능력은 선인들의 말씀과 기록에서 찾을
수밖에 없고, 그 지름길은 독서다.

《이원결사 문집》에 붙여

작년(2016년) 봄 어느 날 우리는 배꽃이 만개한 불암산 자락에서, 멀리 남도에서 달려온 조기정 교수를 비롯한 몇 사람들이, 달빛 아래서 차도 마시고 술도 마셨다. 돌아보니 모인 면면이 모두 차를 아끼고 사랑하는 공통분모가 있어서, 누가 먼저 제안했는지 기억하지 못하나, 의기가 소통하여 연(緣)을 이어가자고 했다. 아무도 반대하는 이 하나 없어서 굳게 약속하고, 모임의 이름도 '이원결사(梨園結社)'라 했다.

각자가 하는 일들은 다르지만 우리 차문화를 사랑하는 결의가 대단해서 붙인 이름이다. 대학에서 차문화 발전에 종사하거나, 차 도구를 연구하거나, 학문을 하거나, 차 교육에 힘쓰거나, 법률계에 종사하거나, 예술을 하거나, 음식문화를 연구하는 등 정말로 다양한 구성인자를 가진 우리 차계의 산 증인들의 모임이다.

이왕 이렇게 모였으니 좀 더 보람 있는 자욱을 남겨 보는 것도 의미 있을 듯해서, 각자의 차문화에 관한 생각들을 모아 보기로 했다. 그러나 그것이 어디 말처럼 쉬운 일인가? 일을 맡은 신수길 교수와 유동훈 박사가 여러 번의 독촉을 보낸 후에야, 이렇게 하나의 기록들이 모으게 되었다. 이 내용들이 차인 여러분들은 물론 우리 문화에 관심 있는 분들께, 약간의 참고라도 된다면 하는 바람이다.

지금 우리 차계의 현실이 답답하고 안타까운 형편에 놓여 있는 것을 볼 때마다, 이렇게 가서는 안 된다는 생각이 치밀어 오르곤 한다. 우리는 이런 현실에 공감하고 있다. 커피업종의 1년 매출이 8조 원이 넘고, 그중 한 회사의 매출만도 1조 3천억이나 된다는데, 우리나라 전체 차 매출이 얼마나 되는가와 비교하면 부끄럽기 그지없다. 그래도 5월만 되면 하루가 멀다고 전국이 떠들썩하게 차 행사가 여기저기서 열린다. 막대한 비용이 들어가는 그런 행사가 우리 차문화 발전에 얼마나 도움이 되고 있는가. 제대로 우리 차에 대한 홍보도 되지 않고, 외국 차가 태반이고, 이득을 얻으려는 상인들의 잔치일 뿐이다. 우리에게 가장 시급한 것이 품질이 좋은 차를 잘 만들어내는 것이고, 우리 차의 좋은 점을 제대로 알리는 것이다. 그런데도 매년 같은 수준의 차를 품종개량, 기술증진도 없이 가지고 나온다. 거기에 외국 차 상인들이 몰려들어, 우리 차가 맛없다는 이야기만 한다. 이윤의 차이가 비교 불가이니, 상인들이야 당연히 그렇게 할 수밖에 없다.

국가나 시도 혹은 군에서 나가는 보조금도 차문화 발전에 원동력이 되는 데 쓰이는 것이 아니고, 힘센 사람들의 나누어 먹기 식이다. 혹 어떤 이들은 이런 행사가 정치적인 흐름에 연관되기도 하고, 먹고 노는 잔치판 같다고도 한다. 영세한 자본으로 차 농사 짓는 작은 규모의 제다인들로서는 천문학적인 거대 자본의 외국 차들과 경쟁하는 것 자체가 어렵다. 거기에다 대부분의 메스컴들이 커피나 보이차의 선전에 열을 올리고 있는 것도 사실이다. 외국에 나가기만 하면 보따리 보따리 차와 다구들을 사오는 우리 차인들도 깊이 반성해야 할 때다. 정부의 보조는 그런 약점을 메워서 좀 더 좋은 품질의 우리 차가 많이 생산되는 데 도움을 주자는 것이다.

우리가 함께 생각하는 바가 이 같은 것들이다. 그래서 여러분들과 함께 공유하자는 의미로 엮었으니, 뜻있게 보아주시길 빈다.

[2017년 어느 봄날에]

청도재다회기 (聽濤齋茶會記)

　　작년 가을 춘천을 대표하는 차문화 공간인 '준혜헌(駿惠軒)' 주인의 청으로 우리 포럼 식구와 '심수회(心水會)' 회원 40여 명이 함께 강촌의 '청도재'를 방문하여 좋은 자리를 가진 일이 있다. 이번 행사는 청도재 주인인 송 회장이 오래전 내 강의를 들으며 함께 공부한 인연으로 해서였다. 워낙 위치가 좋고 넓은 층수에 내장(內裝)이 다양하게 갖추어졌는데, 그에 걸맞게 경주의 심수회 회원들이 찻자리를 잘 준비하였다. 덕분에 드물게 맞는 낭만과 아름다운 추억을 남기고 왔다.

　　먼저 강촌에서 만나 그 유명한 춘천 닭갈비로 맛있게 저녁을 먹었다. 그리고 자리를 옮겨, 아래층 넓은 방에서 김세리 박사가 월례논문 발표를 하고, 안혜숙 교수의 축시 낭독이 이어졌다. 그리고 특강을 들었다. 다시 3층 청도재에서 포럼 대표인 난전(蘭田) 강박사(康博士)가 쓴 시나리오 〈추사 제주 유배지의 찻자리〉를 재현하여, 모두 즐기며 관람했다. 우리 선비 찻자리의 재현을 위한 한 시도(試圖)였다. 이어서 각 방을 우리의 전통차, 일본차, 중국차(6대 다류), 곡차의 공간들로 따로따로 지정하여 준비해 온 각 팀이 자리 잡고, 나머지 참여한 분들을 4팀으로 나누어 각 다실을 순회하는 방식으로 차 모임을 새벽까지 즐겼다.

청도재는 검봉산(劍峰山) 자락의 북한강변 강촌에 자리하여 풍광이 아름답고, 강 건너에는 상선봉(上仙峰) 줄기 끝에 금강산의 명경대 같은 강선봉(降仙峰)이 솟아서 해와 달이 뜨고 지는 표적이 되고, 때로는 찻잔을 마주했을 때 다우(茶友)도 되고, 술잔을 대하면 술벗도 되는 명당이다. 강촌은 김유정(金裕貞)의 문학정신이 잉태되고, 류인석(柳麟錫)의 독립투쟁 자욱이 남은 곳이다. 지금 중년을 넘어선 세대들에게 강촌은 젊었을 때의 낭만이 배어 있는 곳이다. 검봉산, 구곡폭포, 맑은 북한강의 유원지 등 캠핑과 MT 장소로 너무나 친근한 배경이었다. 시간이 지나면서 많이 변해 다른 유원지와 같아졌지만, 레일바이크가 유행하면서 또 다른 컬러를 띠고 있었다.

원래 누정(樓亭)은 벼슬에서 물러나거나 관직에 뜻을 버린 선비가, 소박한 정자 한 칸을 마련하여 저술과 강학(講學)을 하던 곳이다. 그런데 이곳은 세속을 벗어나 휴식하고, 고아한 풍류를 즐길 수 있는, 품이 넓고 여유로운 곳이다. 청도재는 옥중옥(屋中屋)으로 건물 전체의 중정(中庭)에 위치하고 있다. 마룻바닥에서 몇 자 더 높여 두어 칸을 난간으로 둘리고, 옆으로 오르는 계단이 있고, 뒤쪽에는 차를 준비하여 내도록 출입문이 나 있다. 그리고 전면과 좌우에는 널직한 공간을 두어 여러 사람이 앉을 수 있다. 일반적인 누정은 벽이 없는 개방형이지만 청도재는 집 안에 문이 있어서, 자리에 앉으면 계절과 조석에 따라 창밖에서 들리는 소리들과, 다로(茶爐)의 탕비(湯沸) 소리가 혼연일체가 된다. 때로는 바람 소리, 혹은 물소리 혹은 빗소리도 들린다. 찻자리는 말할 것도 없고, 완경(玩景), 음시(吟詩), 집회(集會), 소요자적(逍遙自適)에는 더할 나위 없는 명소다.

주인이 어렵게 진심으로 당호(堂號)를 지어달라기에, 장고(長考) 끝에 '청도재(聽濤齋)'라 명명했다. '청(聽)'이란 고요한 속에 자연과 통한다는 뜻이고, '도(濤)'란 크고 작은 파도 소리이니, 명대(明代) 왕세정(王世貞)의 시에 "그늘진 골짜기 찬바람이 온 나무를 흔들어 부는 소리[陰壑寒生萬樹聲]"라 했다. 〈강부(江賦)〉에서는 사나운 형세의 물소리라 했으니, 정리하면 "도도히 흐르는 강물 소리, 바람에 의한 파도 소리, 빗물이 불어서 넘쳐흐르는 물소리" 등으로 정리된다. '재(齋)'란 심원한 곳에 있는 무게 있는 사람의 거처[重厚深遠之居]를 뜻한다.

가만히 청도재에 앉으면 문이 닫혀 있어도, 계절 따라, 날마다의 시간 따라, 그 들리는 소리가 같지 않다. 한데 이 온갖 소리는 다탕이 끓는 소리 속에 빠짐없이 구비되어있다.

> 돌솥에 솔바람 소리 일고
> 구슬꽃 같은 흰 거품 뜨네.
> 한 잔 마시니 날개 돋아나고,
> 두 잔 마시니 날아오른다네.
> 松濤起石鼎 雪乳開瓊花 一甌羽翼生 二甌淸風多

탕비의 소리를 솔바람 소리로 노래한 조준(趙浚)의 시다. 또 후대의 유명한 차인 이단하(李端夏)도 "문 닫고 한가로이 앉아 눈 녹인 물로 차 달이며, 그 끓는 소리 듣는 것 아주 좋아한다네[最好閉門閑坐處 茶煎雪水聽濤波]"라고 노래했다.

청도재가 위치한 자연적 여건이 뛰어나고 풍광의 아름다움이 수려

(秀麗)하며, 주인의 바라는 바와 열의가 더할 나위 없으니 다행스럽다. 다만 염려스러운 것은 수많은 사람이 다녀가면서 남긴 한마디씩이 조금씩 수정(修訂)을 가하여, 다양성은 더해질지 모르나 원래 이곳만의 특징이 약해질까 걱정스럽기도 하다. 황학루(黃鶴樓)의 전설이나 식영정(息影亭)의 문적(文蹟)들처럼 시간이 쌓여서 길이 보존되기를 빈다.

뜰에는 태초부터 박혀있던 백색의 암반이 오랜 세월 물에 깎여 홈이 생기고, 그 홈들에는 물이 고여 있어 세월의 흔적을 찾게 한다. 왼쪽 끝자락에 자리한 정자에 앉으면 눈앞이 바로 물이고 고개만 돌리면 양안(兩岸)에 꽃들이 수면에 떠오른다. 이런 곳이 바로 은자의 거처가 될 만하니, 세속에서 한층 더 멀게 느껴진다. 택당 이식(李植)의 "넓은 강 양 기슭에 붉은 복숭아 꽃 아름다운데, 풍로와 차맷돌 싣고 뱃전에 앉아 있네[兩岸桃紅春漲闊 風爐竹碾倚歸舟]"라는 시상에 알맞은 장소다. 구미의 매학정(梅鶴亭)에 가면 유사한 정경을 그린 황필의 시가 걸려 있다.

우리 집이 어디쯤이냐고 그대 묻기에
산자락 물기슭에 사립문 어렴풋한 집이라오.
옅은 구름 모래 벌에 가라앉을 때면
사립은 뵈지 않고 구름만 보인다오.
君問我家何處注 依山臨水掩荊門
有時雲淡沙場路 不見荊門只見雲

봄이 오면 골짜기마다 눈 녹은 물이 생명들을 키우려 흐르기 시작하는데, 물안개 피어올라 몽환적인 세계가 펼쳐지고, 여름날 백두대간의 자락들에서 모인 물이 양 언덕 가득 메우면 무지개 선녀들이 내려와 춤추며 노닐 것이다. 파란 가을 하늘 맑은 물 위에 작은 배들이 오가는데 아득한 청산 점점이 떠 있고, 포도(鋪道)에 낙엽 뒹굴 때면 세차게 나부끼는 깃발 소리가 들려온다. 겨울이면 온 산천에 흰 눈이 소록소록 내려 쌓여 요대(瑤臺)를 방불케 할 것이다. 그 속에서 새소리 빗소리 바람 소리 잎 떨어지는 소리 물소리가, 때로는 함께, 때로는 따로따로 스쳐 가는데, 청도재에는 언제나 탕비(湯沸) 소리로 가득하다. 그리고 차 한잔을 마시고 눈 감으면 온 우주가 방 안에 다 있고, 모든 자연의 소리가 마음에 다 있다. 심군(心君)은 다연(茶煙)을 타고 물 위로 날아 물새들과 함께 즐기고, 학을 타고 산 위에 앉아본다. 이때 차 향기 피어올라 코도 눈도 마음도 깨끗하게 씻어주면, 앉은 자리가 수미단(須彌壇)이 되고, 창합(閶闔)을 지나 봉래산에서 《남화경(南華經)》을 읽는다. 이곳이 다선일미(茶禪一味)의 세계요 장주호접(莊周胡蝶)의 소요유(逍遙遊) 세계가 아니겠는가.

[2018년 햇차가 날 무렵에]

심여 (心餘) 김병국론 (金炳國論)
- 오늘 같은 날, 찻자리를 함께하고 싶은 차인

다단했던 한 해를 또 보내면서, 이렇게 한가하고 여유로운 날에는 아무나 만나서 차를 마시고 싶지 않다. 오늘은 그런 날이다. 우리가 세상에 태어나서 같은 시대를 살아가면서 얼마나 많은 사람들과 인연을 맺고 살고 있는지를 생각해 보면, 상상외로 그 숫자가 많지 않다. 생각하기에 따라 아주 많은 사람도 있겠지만, 어느 정도의 관계를 연(緣)이라 할지 모르나, 그래도 인사를 할 정도의 연은 되어야 한다고 보면, 그리 많지는 않다. 그 중에도 좋아하는 바가 같아서 더욱 가깝게 지낸다고 할 만한 사람이 몇이나 되겠는가.

나도 평생을 교직에 몸담았기에 그 수가 적지는 않지만, 그동안 내가 만난 사람 중에서 심여는 지근(至近)한 거리에서 아주 가깝게 지냈기에 할 말이 많다. 《세설(世說)》에 보면, 왕몽(王濛)과 유담(劉惔)이 은호(殷浩)를 만나서 '나보다 나를 더 잘 아는 친구(知我勝我自知)'라고 했다는 이야기가 나온다. 심여와 내가 그런 관계라면 나더러 착각이라고는 하지 않을 것이다. 먼저 우리가 만난 지가 아주 오래되었다. 60여년 전 어느 봄날 연건동 신입생 입학식에서부터다. 긴 세월이다. 중키에 반짝이는 눈, 또랑또랑한 음성이 인상적이어서, 과우(科友) 중에서 존재감이 뚜렷했다.

경주김씨의 유서 깊은 집안에서 한약방 하시던 아버지를 따라, 강원도 산골 대화에서 어린 시절을 지내고 원주에서 소년기를 보낸 후, 춘천사범을 거쳐 서울대학교 사범대학에 진학했다. 스승의 길로 마음 먹고 들어선 재기(才氣)발랄한 청년이었다. 다형제(多兄弟) 중 둘째로 형님은 서울 상대를 나와 재무부를 거쳐 은행장까지 지냈고, 동생들도 다 명문학교를 나온 재능 있는 가문이다.

우리는 2학년이 되면서 잘 어울리는 8명의 친구들이 모여, 틈만 나면 여기저기 몰려다니게 되었다. 나중에 이름하여 '중광회(重光會)'라 했다. 자연스럽게 친근하게 지냈는데, 그 중에도 그는 효천(曉泉) 천병식(千柄植) 교수와 더 친밀했고, 그 연으로 후에 천 교수가 만든 모임인 '우리차회(茶會)'의 멤버가 되기도 했다. 돌이켜 보면 나와는 산행(山行)으로 가깝게 되었고, 차(茶)로 인해 더욱 허물없이 지낸 것 같다. 특히 그가 공군사관학교 교관으로 있을 때, 동료인 박영신, 김종국, 이상택, 주영일 등과 어울려 등산클럽 '에코'를 만들면서 서로를 더 잘 알게 되었다. 제대 후 서울대학교 대학원에 들어갔고, 또 중고등학교에서 교편도 잡으며 열심히 살았다. 그리고 남한산성의 석가장 집안 출신 규수 석현징[石賢澄] 여사와 결혼했다. 석 여사는 연세대학 출신으로 모교 도서관에서 봉직하면서 그에게 많은 내조를 한 현숙(賢淑)한 양처(良妻)다. 슬하에는 수영, 경수 남매가 잘 성장하였으며, 자제인 경수는 서울대학을 졸업하여 아버지와 동문이다.

사람 일생에 굴곡이 많은 것은 자연의 법칙이다. 아무리 좋은 시대 순경(順境) 속에 태어나도 평생을 살다 보면, 시대적 고뇌나 대인 관계에서나 환경의 변화 등에서 어려움을 겪지 않을 수 없다. 그에게도 서른이 넘으면서 이른 나이에 류머티즘성 관절염이 생기게 되었다. 원인도 잘 몰랐다. 바야흐로 그의 투병의 역사가 시작된 것이었다. 그러면서도 서울대학교 대학원에서 석사학위 논문을 썼다. 뒤에 재외국인학교 교수로 있다가 서울대학으로 자리를 옮겼다. 옆에서 보기에도 힘겹고 때로는 짜증스러워 보였으나, 본인이 잘 참고 약도 잘 복용하고 운동도 하며 치료에 열심이었다. 놀라운 것은 그러면서도 그의 학문적 연구가 그칠 줄 몰랐다는 것이다. 역경이라고 실망하여 포기하지 않고, 순경이라고 좋아하지도 않았다. 이는 바로 깨달은 차인의 생각이다.

1986년의 석사학위 논문 〈구운몽 연구 - 그 현상적 구조의 심리적 고찰〉을 시작으로 《서포연보》(1992), 《한국고전문학의 비평적 이해》(1995), 《서포 김만중의 생애와 문학》(2001), 《구운몽》(2007) 등의 저술을 계속 출간했다. 평상인들도 이루기 힘든 학문적 업적을 투병하면서 이루었으니 엄청난 성공이다. 선비의 곧고 오롯한 자부심과 차인의 항심(恒心)이 아니었다면 이루기 힘든 업적이다. 이런 저서들 중 《구운몽》은 서울대학교 한국학연구사업위원회의 경비로 출간된 역작이었다. 당시의 정황과 학문연구에 관해 그는 나중에 이렇게 술회했다. "1967년 초겨울 나의 논문이 장별(章別)로 매듭지어질 때마다, 지도교수이셨던 고 정병욱(鄭炳昱) 선생님께서는 짐짓 당신의 연구실에서 나오셔서 나를 앞에 놓고, 내 논문의 초고를 읽어 주셨다. 그분의 이런 자상하고도 엄격한 논문지도는 그분에게 있어서도 전무후무(前無後無)하였다고 한다."(《구운몽》 머리말 중에서) 아름다운 장면이다. 훌륭한 지도교수 아래 좋은 싹을 틔우는 제자가 잘 어울리는 광경이다. 우리 후학들이 본받아야 할 일이다. 그 후 미국의 하버드대학에 교환교수로 다녀왔고, 또 일본 도쿄대학에도 교환교수로 1년을 다녀왔다. 그러는 중에도 투병 생활은 그치지 않았으니 놀랍다. 몽자류(夢字類) 소설에 관한 그의 연구는 아주 새로운 것이었으니, 프로이트와 융의 분석심리학적 이론과의 접목(接木)에서 창출된 내용들이었기에, 우리 학계에서는 새로운 독보적 영역이기도 했다. 몽자류 소설뿐 아니라 우리 문학계에서 아무도 시도해 보지 못한 신선한 방법이었기에, 큰 반응을 일으켰다. 그는 지금까지도 프로이트와 융에 관한 한, 깊이가 깊다. 그래서 나는 그에 대한 학문적인 외경심(畏敬心)을 버리지 못하고 있다.

옛날처럼 등산이 힘드니까, 새로운 취미를 개척하였으니, 음악이요 사진이었다. 그의 집에는 아마추어들이 보면 부러워할 정도로 좋은 기기(器機)와 음반들이 있어서, 나도 때로는 귀를 호강시키기도 한다. 죽이 잘 맞는 한계전(韓啓傳) 교수의 영향도 컸으리라 본다. 거기에 커피 마니아이기도 하고, 우리 전통차에도 깊이 매료(魅了)된 차인이다. 내가 함께 다닐 때마다 차를 준비하는 까닭도 그가 좋아하기 때문이다. 뿐만 아니라 우리 창(唱)에도 관심을 가져 한때 동호인 모임에도 참석할 정도였다. 그의 방에는 카메라도 많다. 사진이 좋아서 시작한 것인데, 어설픈 것이 아니고 본격적으로 교습도 받고 실사(實寫)도 다녔으나, 건강상 정열을 발산시키지는 못하고 있지만, 미련은 아직도 버리지 않았다. 그래도 아마추어의 경지는 넘어선 정도다. 망중한(忙中閑)에는 이즈음에도 부인과 함께 차를 몰고 천하를 주유(周遊)하고 있다. 때로는 나와도 하루나 이틀 동안 마음 내키는 대로 발길 닿는 대로 훌쩍 다녀올 때가 많다. 나는 아직까지 이보다 더 즐겁고 마음 편한 여행을 가본 적이 없다.

만날 때마다 그 변함없는 심지(心地)와 근검한 자세에 놀란다. 그리고 나는 "자네는 훌륭하게 성공한 삶의 본보기"라고 말한다. 어느 누가 그 지독하고 긴 투병 생활을 하면서, 그 같은 빛나는 학문적 성취를 하고, 정년퇴직까지 한 사람이 있는가? 거기에 산수(傘壽)를 넘기면서까지 운동, 운전, 취미, 독서, 사색, 음악 등등 부족함이 없다. 더구나 반려자와 함께이니, 무엇을 더 바라겠는가. 더욱 놀라운 것은 젊은 날부터 그는 재물에 관한 한 담백하다. 그런데도 통장이 마이너스로 돌아서도, 인사할 곳은 또 빠뜨리지 않는다. 그리고 어떤 자리에서도 남의 말 하지 않는 군자다운 차인의 풍모를 갖추었다. 이 같은 청복(淸福)은 아무나 누릴 수 있는 것이 아니다. 그리고 정년 후에는 명예교수지만 강의를 나가지 않고, 후배들에게 한 시간이라도 자리를 양보했으니, 비울 줄 아는 차인이다. 하나만 더 붙인다면, 그와의 찻자리에는 별다른 준비도, 사전 지식도 필요치 않다. 워낙 박학하니 화제(話題)를 아무데나 옮겨도, 마음 편하게 다화(茶話)를 나눌 수 있기 때문이다.

참 좋구려. 심여(心餘)! 그리고 자네 같은 다우(茶友)가 옆에 있어서 더욱 흐뭇하다네.

[2017년 세모에]

고인(古人)들의 멋

선인들의 글을 읽다 보면 그 느낌이 저리게 와닿는 때가 많다. 내가 차를 좋아하다보니 차에 관한 시문들을 많이 접하게 되는데, 차생활에는 예로부터 좋은 차를 만들어서, 믿을 만한 차벗[茶友]에게 보내서 작명(作名)을 부탁하는 일들이 종종 있었다. 한번은 《동국이상국집》 13권에 나오는 이규보의 〈운봉에 사는 노규선사(老珪禪師)가 조아차(早芽茶)를 얻어 내게 보여주므로 내가 이를 가리켜 유차(孺茶)라 하니, 스님이 시를 청하므로 그를 위해 짓다(雲峯住老珪禪師 得早芽茶示之 子目爲孺茶 師請詩爲賦之)〉라는 긴 제목의 시를 읊으며 감동하였다. 사연은 이렇다.

운봉의 노규선사가 햇차를 얻어 처음 이규보에게 보내면서, 이 차를 마셔 보고 걸맞은 시를 지어달라고 했다. 그래서 정성을 다해 끓여서 마시려니, 코를 스치는 것이 어렸을 적에 먹던 어머니의 젖내[乳香]가 아닌가. 이에 차 이름을 '유차(孺茶)'라고 했다는 것이다.

스님은 이 좋은 차 어디에서 얻으셨는지
손닿자 그 향기에 코가 확 트이는구려
벽돌 풍로의 숯불로 직접 달였더니
꽃무늬 찻잔에 색과 맛 뛰어나네

입안에 닿으니 연하고 부드러워

애기 적의 젖 냄새 그대로구려. [譯詩;필자]

師從何處得此品 入手先驚香撲鼻

博爐活火試自煎 手點花甕誇色味

黏黏入口脆且柔 有如乳臭兒與稚

차를 정성껏 지기(知己)에게 보내서 그 이름을 구하는 것 자체가 벌써 보기 드문 아사(雅事)지만, 내가 처음 우전(雨前)을 마셨을 때, 유년 시절의 어머니 젖가슴이 불현듯 떠올랐던 것과 너무나 같은 공감대를, 800여 년을 넘어 느끼게 되었다는 것이야말로 멋스럽고 감탄스럽지 않을 수가 없었다.

또 하나.

내 지난 불혹의 나이 즈음에 《상촌집(象村集)》을 넘기다가 〈야언(野言)〉을 만나게 되었다. 그 후 나이 들수록 공감하는 내용이 점점 절실하고 많아졌다.

짧은 돛에 가벼운 노를 장치한 작은 배 한 척을 마련하여 그 속에 도서(圖書)며 솥이며 술과 음료수며 차(茶)며 마른 포(脯) 등속을 싣고는 바람이 순조롭고 길이 편하면 친구들을 방문하기도 하고 명찰(名刹)을 탐방하기도 한다. 그리고 노래 잘하는 미인 한 명과 피리 부는 동자 한 명과 거문고 타는 한 사내와 아이를 태우고는 안개 감도는 물결을 헤치고, 마음 내키는 대로 왕래하면서 적막하고 고요한 심회를 푼다. 이 것은 더할 나위 없이 좋은 일이다.

須一小舟 短帆輕棹 舟中雜置圖書鼎彝酒漿奔脯 風利道便 或訪故人 或訪名

利 且畜一歌娃一笛童一琴奚 與兒小 隨意往來煙波間 以弭寥靜 最勝致.

　　사람의 마음은 원래 비어 있어서 아무 형체도 없지만, 사물에 닿으면 그에 맞추어 자취를 남기는 것이다. 우리의 생활과 자연 사이에는 본래 차별이 없었다. 그러나 우리에게 마음이라는 것이 있어서 자기 나름대로 해석하고 판단하여, 그 관계를 구분 짓고 흔들어 놓는다. 이때 자신을 돌아보고 마음을 비우면 다시 본래의 위치로 돌아가게 된다. 주인공은 조그만 배 한 척에 마음을 정화시킬 소박하고 고운 것들을 싣고, 본원적(本源的) 고향을 찾아 나선다.

　　때로는 낚시를 던지기도 하고, 약초를 캐기도 하며, 꽃을 기르기도 한다. 그런데 상촌(象村)은 가벼운 배로 산뜻한 강바람에 옷깃을 내리고, 흥겨우면 소박한 한 잔에 시를 읊기도 하며, 배 가는 대로 맡겨서 때로는 벗을 찾기도 한다. 그러다가 달 밝은 저녁이면 거문고나 노래를 듣기도 하니, 이야말로 세속의 때를 훌쩍 벗어던진 참 자연 속의 진인(眞人)이 아닌가. 이 대목은 다산의 《산행일기(汕行日記)》에 나오는 '사라담에서 수종사를 바라보다(紗羅潭望水鐘寺)' 내용과 아주 닮았다.

　　하나만 더.
　　다음은 《세설신어(世說新語)》에 나오는 양기성(梁箕星)의 〈섬계회도(剡溪回棹)〉 이야기다.

　　왕휘지(王徽之)가 어느 날 저녁, 문을 열고 술을 마시려 하는데, 눈이 많이 내려 좌사(左思)의 초은시(招隱詩)를 읊다가, 홀연히 섬계(剡溪)에 사는 대규(戴逵) 생각이 나서 배를 몰고 섬계로 향했다. 이제 안도[安道, 대규의 자(字)]의 집이 눈앞에 닿았는데, 다시 뱃머리를 돌려 집으로 돌아가 버렸다. 사람들이 그 까닭을 물으니, "흥이 나서 갔고, 흥이 다해서 돌아온 것이다[乘興而行 興盡而反]"라고 했다.

이 이야기에서 이른바 '섬계회도(剡溪回棹)'라는 말이 나왔으니, 섬계에서 배를 돌린다는 말이다. 그렇다면 왕휘지가 읊었다는 좌사의 〈초은〉은 어떤 시일까? 시의 제목에 나오는 '초은(招隱)'은 은사를 존경해서 찾아본다는 의미다. 이 시를 옮겨보면 이렇다.

죽장 짚고 은사를 찾아가는데
오래 버려둔 길 황량해졌네.
집도 없이 바위굴 그대로인데
그 언덕에서 거문고 소리 퍼지네.
흰 구름 북녘 산등성이에 걸려 있고
고운 꽃 남쪽 숲속에 피었네.
바위서 솟는 샘물은 돌을 씻어 반짝이게 하고
고운 비늘의 물고기가 더러 보이기도 하네.
꼭 거문고와 피리 같은 악기가 아니라도
자연이 아름다운 소리 지니고 있다네.
어찌 인위적인 노래 소리를 기다리랴.
이어진 숲에선 절로 슬픈 읊조림 들리네.
가을 국화로는 양식을 겸하기도 하고
그윽한 난초는 옷깃에 갈무리하리.
서성이며 오간들 피곤할 뿐이니
오로지 다 벗어던지고 편안해져야지. [譯詩;필자]
杖策招隱士 荒途橫古今 巖穴無結構 丘中有鳴琴

白雲停陰岡 丹葩曜陽林 石泉漱瓊瑤 纖鱗或浮沈

非必絲與竹 山水有清音 何事待嘯歌 灌木自悲吟

秋菊兼餱糧 幽蘭間重襟 躊躇足力煩 聊欲投吾簪

　　설경을 바라보다가 시흥이 솟는 것은 문인이라면 누구에게나 흔한 일이다. 그래서 좌사의 〈초은〉 시가 입에서 자연스럽게 흘러나왔고, 그러다 보니 고즈넉하게 자리 잡은 은자의 거처와 자연을 벗 삼고 지내던 도잠이나 굴원이 생각나고, 문득 자신이 전에 보았던 대규(戴逵)의 거처와 그 인품이 지금의 자기 감흥과 걸맞을 것 같아서, 곧장 배를 몰아서 달리며 그 환상적인 방문을 아름답게 그렸을 것이다. 이는 극히 이상적으로 미화된 아름다운 그림이었을 것이다. 그러나 막상 와보니 역시 하나의 현실적인 세속일 뿐이었다. 그렇다고 밤새 그렸던 머릿속의 아름다운 그림을 찢고 싶지 않았다. 그러니 돌아설 수밖에.

　　참 멋진 장면들이 아닌가. 햇차를 먼저 받는 흐뭇함에다, 걸맞은 이름 유차라 붙인 이규보, 자유롭게 자신을 내맡기고 자연의 일부가 된 상촌, 시상(詩想)을 못 이겨 훌쩍 내달았다가, 그 머릿속의 꿈을 깨기 싫어 돌아선 왕휘지. 이 모두가 풍류 속의 차인들이었다.

[2020년 어느 가을날에]

차의 명가 이약(李約)의 차 사랑
- 참된 차인상(茶人像)

차가 약용에서 기호음용(嗜好飮用)으로 바뀐 것은 사회문화 발전의 역사와 관계가 깊다. 처음 차의 역할이야 당연히 해갈(解渴)과 약용(藥用)이었을 것이고, 후에 색향기미(色香氣味)를 따지는 품미(品味)의 경지로 상승했으리라. 여기에 더 철학적인 것까지 더해진 것은 말할 필요도 없이 그것을 향유하는 계층이 유식한 지배층으로 끊임없는 정신 활동을 하는 사람들이라는 것이 그 원인이라 하겠다. 그래서 당대(唐代)는 중국의 차문화사상 큰 변혁을 가져온 시기라고 본다. 육우(陸羽)를 비롯해서 교연(皎然), 안진경(顔眞卿), 이덕유(李德裕) 같은 차인들이 배출되고, 《다경(茶經)》도 나왔다. 그리고 얼마 지나지 않아 이면(李勉) 부자(父子) 같은 명인도 배출되었다.

이면(李勉)은 당황조(唐皇朝)의 종실(宗室)로 벼슬은 재상(宰相)에 이르렀고, 청렴간결(淸廉簡潔)하여 주변의 칭송을 받아 덕종(德宗) 때(8~9세기) 견국공(汧國公)으로 봉해진 차인이다. 《구당서(舊唐書)》〈이면전(李勉傳)〉에 의하면, 그는 성격이 소박담박(素朴淡泊)하고 옛것을 좋아했으며, 선고금(善敲琴)하고 시와 차를 좋아했다. 특히 음률(音律)에 정통하여 거문고를 만들어서 세인의 감탄을 받았으니, 그가 만든 '향천(響泉)'과 '운경(韻磬)'은 천하의 명금(名琴)으로 지금까지 알려져 왔다.

그 아들 이약(李約)도 어려서부터 아버지의 고아한 풍류(風流)를 좋아하였다. 거기에 해서(楷書)와 예서(隸書)에 정통하였고, 매화(梅花) 그림에 능했으며, 거문고는 물론 시 속에서 자랐다. 술과 차를 좋아하였고, 특히 다예(茶藝)에 정통했다. 혼사(婚事)로 인척이 된 문인 조린(趙璘)의 《인화록(因話錄)》에서는 그를 이렇게 기술했다.

"높고 깊은 마음과 덕행이 빛났고, 산림에 묻혀 세속을 멀리했다. 그는 천성이 차를 좋아하여 진신선(眞神仙)이었다. 우연히 쇠북 하나를 얻어서 두드리고 거문고를 퉁기며 놀았다. 집에서 '소공(小公)'이라는 원숭이를 옆에 두고 기르는데, 항상 함께 다녔다. 어느 해 달 밝은 밤에 강에 배를 띄우고 차를 마신 후 금산(金山)에 올라 쇠북을 치며 거문고를 퉁기니, 소공이 그 장단에 맞추어 휘파람을 불며 밤새 놀고 아침에 내려온 일도 있었다."

이작(李綽)도 《상서고실(商書古實)》에서 "아는 것이 많고 넓으며, 속된 것에 관심이 없었다"고 했고, 온정균(溫庭筠)도 《채다록(採茶錄)》에서 "일생 여인을 가까이하지 않았고, 고아한 길을 택해서 자연 속에서 차와 함께했다"고 하였다. 또 "약한 불로 차를 굽고, 살아있는 불로 차를 끓여야 한다[茶須緩火炙 活火煎]"는 이약의 주장도 소개했다.

이조(李肇)는 《국사보(國史補)》에서 이약을 이렇게 기록했다.

"남조(南朝) 양(梁) 무제(武帝) 때 청건사묘(廳建寺廟)에 당시의 대서법가(大書法家)인 소자운(蕭子雲)이 그 판액(板額)을 썼는데, 비백(飛白)으로 걸작이었다. 오랜 세월이 흐른 후 이약이 강남에서 그의 비백서 한 폭을 발견하였는데, 그 글씨 중에 크게 쓴 '소(蕭)'자를 특히 보배로이 여겨 거금을 들여 구입해서, 배로 강남에서 낙양까지 옮기고, 새로 정자를 지어서 판액을 '소재(蕭齋)'라고 달았다. 시간이 날 때마다 차를 마시며 거문고를 타고 그 묵적(墨跡)을 감상하니, 사람들이 그 고매함을 칭송했다."

그는 가정도 갖추지 않고 차에 심취해서 일생 생업에도 관심을 가지지 않았다. 차에 관한 한 택수(擇水), 전다(煎茶), 품음(品飮)은 물론 차를 불에 말리는 일과 연(碾)으로 가루 내어 채로 치는 과정을 중시했다. 또 삼비지법(三沸之法)에 관하여 자세한 기록을 남겼다.

처음에는 고기 눈 같은 물방울이 여기저기 생기고 낮은 소리가 나다가, 조금 지나면 사방에서 물이 솟고, 구슬을 꿴 줄들이 올라오며, 마지막엔 물결이 솟고 파도가 쳐서 물기운이 완전히 사그라드는데, 이것을 노탕(老湯)이라 한다. 삼비지법은 활화(活火)가 아니면 이룰 수 없다.

始則魚目散布 微微有聲 中則四邊泉涌 累累連珠 終則騰波鼓浪 水氣全消 此謂老湯 三沸之法 非活火 不能成也.[1]

이 내용은 《다경(茶經)》〈오지자(五之煮)〉의 내용과 같다. 그는 정말 다벽(茶癖)이 심했으니 젊은 날 관(官)에 봉직하고 있을 때, 섬주(陝州)의 한 강물이 차 끓이기에 좋은 것을 발견하고, 하류에서부터 상류까지 오르면서 열흘 동안이나 열중하였다는 후일담이 전한다. 물론 어느 곳의 물이 제일 알맞은지를 시험한 것이다.

---

1   온정균(溫庭筠), 《채다록(採茶錄)》

덧붙이는 이야기가 있다. 어느 생면부지(生面不知)의 서역 부상(富商)이 심한 병고(病苦)로 아주 많은 재산과 어린 여아(女兒) 둘을 이약에게 부탁하였다. 그리고 꽤 많은 세월이 흘러간 훗날 그 부상이 완쾌하여 돌아왔을 때, 아리땁게 성장한 두 여인과 함께, 맡았던 보배들을 하나도 남김없이 그대로 돌려준 이야기는 그가 어떤 차인이었는지를 잘 증명해 주고 있다.

찻잔을 앞에 놓고 생각할 일이다.
"욕망을 버리면 중정(中正)에 도달할 수 있다."

무의자(無衣子)의 다시(茶詩) 한 수

우뚝 솟은 암봉(巖峰)들 그 높이 얼마인가

높이 솟은 대(臺)들은 하늘에 닿아 있네

북두(北斗)로 은하 물 길어 밤차 달이니

차 연기 피어올라 달에 계수나무 그리네

巖叢屹屹知幾尋 上有高臺接天際

斗酌星河煮夜茶 茶烟冷鎖月中桂

여대(麗代)의 명승(名僧) 무의자(無衣子) 진각혜심(眞覺慧諶)이 밤차를 달이며 인월대(隣月臺)를 읊은 시이다. 〈선사를 모신 방장실에서 설수(雪水)로 차를 끓이며[陪先師丈室煮雪茶筵]〉에서 그 유명한 "내 묻지 않는 법을 묻고자, 스승께 무설법을 설하길 청한다네[我慾不問問, 請師無說說]"를 남긴 선다승(禪茶僧)이었다. 그런데도 내가 하필 이 시에 매료되어 소개하는 데는 한두 가지 까닭이 있다.

먼저 오도(悟道)를 위한 청정(淸淨)한 수도승(修道僧)의 기개(氣槪)가 살아 있다. 기구(起句)의 내용이 바로 그렇다. 여러 암봉(巖峰)들이 높이를 알기 힘들 정도로 솟아 있는 기개다. 여럿이기에 한두 개보다는 힘이 강하게 느껴진다. 승려가 불도를 깨닫는 것은, 선비가 성현의 경지에 이르는 것과 같다. 자연스럽고 쉽게 이를 수 없는 경지다. 그러니 마음의 각오를 강인하게 가져야 가능한 일이다. 여기에 등장하는 암봉들은 바로 그런 기개의 상징이다. '지기심(知幾尋)'에서는 우리의 이상인 하늘과 맞닿은 경지를 상정(想定)한다. 그리고 바위는 예로부터 산의 정기(精氣)가 응축(凝縮)된 것이기에 신선하고 무한의 기(氣)가 내재되었다고 생각했다. 선인들은 바위를 운근(雲根)이라 할 정도로 기의 표상이었다. 구름이 걸쳐진 바위 봉우리가 하늘 높이 죽순(竹筍)처럼 족출(簇出)한 강인(强忍)한 모습이다. 뿐만 아니라 진리를 추구하여 오도(悟道)를 향한 선승들의 수가 한둘이 아님을 노래했다.

더욱이 하늘이란 그들에게 절대가치의 기준인 진리(眞理)의 표상(表象)이고 염원의 대상이었으며, 도달하고 싶은 이상세계였다. 그래서 '천성(天性), 천은(天恩), 천벌(天罰), 천국(天國)이었다.' 다음은 '냉쇄(冷鎖)'다. 품기는 어감이 냉엄(冷嚴)하면서도 숙연(肅然)하다. 곧 주희(朱熹)가 읊은 "가을 달이 찬 강물을 비추는 듯하다(秋月照寒水)"의 분위기다. 진리를 추구하는 승려의 입장이라면 구도의 길이 험난하니, 마음가짐이 청경하고 준엄(峻嚴)해야 할 것이다. 그렇다고 딱딱한 것만 아니고 주변이 수도(修道)에 거슬리지 않을 뿐 아니라 잘 도와주고 있다. 피어오르는 다연(茶煙)이 염원의 상징이라면, 그 간절함이 피어올라 달빛마저 가리어, 멋있게 계수나무로 승화(昇華)된다.

다음은 중의적(重意的) 소재들의 활용이다. '두작(斗酌)'은 북두칠성(北斗七星)이 국자 모양을 하고 있어서 예부터 자주 쓰인 것이고, '성하(星河)'는 은하수를 말하는 것이니, 같은 하늘나라로 연계(連繫)가 자연스럽다. 몸은 비록 지상에 있지만, 마음은 벌써 천상의 세계로 승화되어버린 상태를 연출하고 있다. 찻물을 길어오려 냇가에 이르니, 수면에

은하와 북두성이 비추어 있다. 이것이 바로 '두작성하(斗酌星河)'로 표현된 것이다. 능란한 시작(詩作)의 솜씨다. 더구나 시간을 밤으로 설정한 것이 어울린다. 밤이 아니면 이런 시적 분위기가 불가능하게 된다.

다연(茶烟)은 흔히 '연기, 김, 향기' 등으로 풀이하는데, 여기서는 다탕이 끓을 때 피어오르는 김이다. 연기는 멋없고 향기는 지나치다. 물론 그 김 속에는 향기도 함께 피어오를 수 있다. 김은 곧 '氣'로서 끓이는 사람의 염원의 상징이고, 또 세속과 천상을 연계시키는 매체 역할도 한다. 밤중에 밝은 달빛 아래서 세속을 떠나 인월대에서 차를 달이니, 탕수(湯水)의 김이 피어올라 달의 계수나무로 덮이는 장면은 한 폭의 선화(禪畵)다. 이 순간에 벌써 스님 자신이 오도(悟道)에 이른 경지다.

그 청정(淸淨)함, 소삼(蕭森)함, 적료(寂廖)함이 오직 스치는 바람과 달빛 속에서 스님의 손끝으로 이루어지고 있는 것이다. 읽는 나 자신이 벌써 그 다석(茶席)에 참여하고 있는 듯 착각하게 된다. 그래서 나는 이 시구(詩句)를 잊지 못한다.

정섭(鄭燮)의 기이한 차 인연

【병서(竝書)】

역사가 오래되면 사건도 많지만 인구(人口)에 회자(膾炙)되는 감명 깊은 이야기도 많다. 내가 차계에 몸담고 들본 이야기 중에도 적지 않는 예가 있다. 육우(陸羽)와 이계경(李季卿)이 양자역(揚子驛)에서 수품(水品)을 논한 이야기, 동파(東坡)와 왕안석(王安石)의 물 이야기, 채양(蔡襄)과 가기(歌妓) 주소(周詔)와의 품다 이야기, 장대(張岱)와 민문수(閔文洙)의 품다 이야기, 기우자(騎牛子) 이행(李行)과 성석연(成石珚)의 수품 이야기 등등 일일이 매거할 수 없을 정도다.

그 중에도 언제나 흐뭇하게 느껴지는 일화(逸話)가 있다. 바로 18세기 전기 청대(淸代)에 살았던 양주팔괴(揚州八怪)의 한 사람으로, 우리나라에도 다녀간 일이 있는, 판교(板橋) 정섭(鄭燮)의 이야기다. 원래 그는 차를 무척 좋아하는 매니아(애호가)였다. 그의 자(字)는 극유(克柔), 호(號)가 판교(板橋)로 강소성(江蘇省) 흥화(興化) 사람이었다. 건륭 때 진사시에 급제하여, 산동의 범현(范縣)과 탄현(灘縣)에서 12년간이나 현령으로 있었다. 그러나 성격이 청렴강정(淸廉剛正)하여 관계(官界)의 오탁(汚濁)에 실망하고, 의연히 관직을 버리고 그림과 글씨를 팔아 생활했다. 그는 시서화(詩書畵)를 두루 잘해서 사람들이 삼절(三絕)이라 불렀고, 특히 차를 품하기를 잘 해서 많은 이야기를 남겼다.

첫 번째 이야기.

판교는 문인화가로 묵죽난석(墨竹蘭石)과 화제(畵題)를 많이 남긴 예술가다. 그는 팔대산인 석도(石濤) 이후 노장사상(老莊思想)에 젖은 예술론을 그림에서 펼쳤다. 의재필선(意在必先: 붓 끝에 뜻을 반드시 먼저 세우도록 해야 한다)을 주장하며 반형식적이고 개성적인 이단미술(異端美術)을 지향했다. 그의 글씨 중 난득호도(難得糊塗)와 끽휴시복(喫虧是福)은 우리에게 많이 알려진 명구로, 바로 그의 차인으로서의 철학이 함축된 말이다. 늦게 출사(出仕)하여 지방관으로 지나면서 민중들의 어려움을 동정하였다. 그래서 이 탐욕스런 세상을 구하여 평등하게 사는 세상을 희원했다. 이런 사상은 바로 작품으로 나타났으니, 어떤 대나무 그림의 화제에 "관청에서 들리는 대바람 소리가, 흡사 민중들의 고통소리로 들린다[衙齋臥聽蕭蕭竹, 疑是民間疾苦聲]"고 했다.

항상 고아한 품행과 즐거운 마음으로 살며, 차 마시고 글씨 쓰고 그림 그리는 아취가 충만했다. 이 같은 담박(澹泊)한 차생활은 그로 하여금 속진(俗塵)에서 벗어나게 하였다. 그가 차를 즐겨 마시고 품평하는 것이, 한 분야의 예술적 경지로 승화되어, 다른 문인들에게도 창작에 도움을 주는 환경 여건을 만들었고, 시인묵객(詩人墨客)들도 더욱 차를 가까이하여 차원 높은 경지에 이르게 했다.

그는 〈염연자적(恬然自適)〉이라는 글에서 이렇게 기술했다.

조그만 띠집에 봄바람이 불면, 창 안에는 유란(幽蘭)이 피고 창밖엔 대나무가 서 있으니, 이 같은 고아한 취향은 평온하게 현실에 안주하는 사람들은 느끼지 못한다. 빈고(貧苦)에 시달려 즐거움을 모르고 고달프게 사는 사람들이, 어쩌다가 며칠의 한가로운 시간이 생기면 사립을 걸고 대나무 숲길을 쓸며, 향기로운 난초를 살피고 차를 마신다. 때마침 봄바람이 이슬비를 몰고 오면, 주변의 모든 것에 생기가 돌고 속객(俗客)은 오지 않는데, 홀연히 마음 통하는 벗이 이르면 그날은 차 마시기 좋은 날이다. 내가 난초와 대나무를 그리는 것은, 그런 세상살이에 고달픈 사람들을 위로하려는 것이지, 편안하게 누리는 사람들을 위한 것이 아니다.

그의 문인적 기질은 차와 많이 연관되어서, 그윽하고 한가로운 환경을 만들었다. 그래서 벼슬살이를 일찍 그만두고 유유자적한 생활 속에서, 정신을 맑게 가지고 세속을 초월하여, 창작에 힘쓸 수 있었다. 차가 그를 탈속하게 했고 고아한 아취에 젖게 했으니, 어려운 생활에 고달팠기에, 그런 경지까지 이를 수 있었던 것이다.

그가 쓴 화제(畫題) 중에 이런 것이 있다.

띠집 한 칸 옆에 몇 줄기 대나무가 섰고, 흰 종이창에 푸른색이 비추어 감돈다. 이때 혼자 앉아 우전 차 한 잔을 마시고, 한 쪽에 단계연(端溪硯)에 먹을 갈아, 한 장의 선주지(宣州紙)에 절지화(折枝花)를 그린다. 때맞추어 벗이 오고 대바람이 불면, 떠들썩하다가 곧 조용하게 된다.

자연의 소리와 사람의 소리가 다르지 않게 느껴지는, 해조(諧調)의 경지다. 그는 좋은 경치를 대하면 차를 마셨으니, 〈의진현강촌다사기사제(儀眞縣江村茶社寄舍弟)〉라는 글에서는 이렇게 말했다.

강남에 첫 비 내리면 안개 모두 걷히고, 버드나무 푸른 숲속에 꽃들이 피어서, 주위가 산뜻하게 아침을 맞고, 새들은 교태롭게 사람들을 부른다. 그리고 오[吳]와 초[楚]의 여러 산들이 푸르게 솟은 풍경이 강 너머에 보인다. 이런 때에 물 옆 전각에 앉아 좋은 차를 끓이거나 향을 피우며, 벗에게 피리를 불게 하고 낙매화(落梅花) 한 수를 지으면, 이야말로 이 세상이 곧 신선의 세계가 아니겠는가.

이는 판교 자신이 아름다운 경관과 향기로운 차에 도취되지만, 한 가지 부족함은 다객(茶客)인 좋은 벗이 없다는 것이다. 차인에게 기쁘고 즐거운 일은 찻 자리에서일 것이니, 그는 언제나 차를 마시고 품(品)하며, 그윽하고 고아하게 세속을 벗어나 청정한 경지에 노닐었다. 그의 일상이나 예술 창작은 거의 차와 연관되어 있었다. 이는 그 많은 차시(茶詩)들이 증명해 준다. 〈소랑(小廊)〉을 보자.

작은 집에 차 달인 후 연기 벌써 사라지고
가을 꽃 꺾어보니 꽃 또한 야위었네
찾는 이 없는 사립 앞엔 가을물 넘치고
까마귀만 시끄럽게 가을볕을 쪼아대네.
小廊茶熟已無烟 折取寒花瘦可怜
寂寂柴門秋水闊 亂鴉揉碎夕陽天

하늘 높고 구름 맑은데 찬 냇물 흐르고, 숲에선 까마귀들이 지저귄다. 석양 무렵 조용히 조그만 집에 앉아 경관을 감상하고 차를 음미한다. 가을꽃은 바로 세속적인 기름기가 다 빠진 수척해진 자신의 투영(投影)이라 하겠다. 찾는 이 없는 유곡(幽谷)에 가을 물이 풍성함은 그

거처가 속세와는 아주 멀리 떨어져 있음을 뜻한다. 주인공의 심신이 늦가을의 저녁 풍경과 혼연일치(渾然一致)된 상태다. 〈제화(題畵)〉라는 시를 보자.

비바람 하나 없이 아주 맑고 온화한데
푸른 대 우뚝우뚝 마디 모양 뚜렷하네
이 좋은 서늘한 저녁 좋은 친구 이르니
송라 햇 차를 한 병 가득 우린다네.
不風不雨正晴和 翠竹亭亭好節柯
最愛晩涼佳客至 一壺新茗泡松籮

분명 대나무 그림의 명인다운 그림이요 그 화제다. 선명한 마디의 대나무 운치와 차의 향기가 어울려 주인공의 정취가 깊어진다. 승구(承句)의 푸른 대나무의 정정함은 뻗어 오르는 생동감과 약동하는 기운이 서렸고, 전구(轉句)에서 분위기는 사념을 깊게 해준다. 향기로운 차, 푸른 대, 좋은 벗, 맑은 바람 어느 것 하나 범연한 것이 없다. 그러니 그렇게 아끼던 귀한 송라차를 아낌없이 듬뿍 우려낸다. 그림 속에서 읽어 내는 수많은 사연이 품평의 안목을 높여 준다.

또 다른 시도 있다.

대나무 가지마다 햇잎에 바람소리 일고
몇 번의 붓끝에서 산줄기 산뜻하게 펼쳐졌네
때마침 청명 곡우 함께한 좋은 시절이니
한 잔의 향차 마시며 그 속에 앉았다네.

凡枝新葉蕭蕭竹 數筆橫皴淡淡山

正好淸明連穀雨 一杯香茗坐其間

　그림 속의 주인공은 대나무 우거진 산자락에 자연의 일부로 동화 되어 있다. 바로 자연과 내가 둘이 아니요 하나이며, 차와 선이 같음을 노래했다. 바람이 댓잎을 흔드는 것이 아니라, 바람이 곧 댓잎이요 댓잎이 바로 바람이라는 말이다. 더구나 붓을 들고 이런 선화(禪畵)를 그리는 판교 자신이야말로, 새로운 선계(仙界)의 창시자가 아니고 무엇인가.

　〈초은사방구(招隱寺訪舊)〉라는 시를 보자.

　절집 붓과 벼루 정교하기도 하고
　창에도 푸른 비단으로 발랐다네
　붓을 빨아 주는 정성 따뜻하여
　읊조리는 시는 맑고 부드럽다네
　새로 돋은 차순을 따니 가녀리고
　연잎에 이슬은 구슬처럼 구르네
　작은 잔엔 차탕이 소리내며 끓으니
　탕면에 푸른 빛 얇게 떠오르네
　禪房精筆硯 窗又碧紗糊 吮墨情溫細 吟詩味淡腴
　茶槍新摘蕊 蓮露旋收珠 小盞烹涓滴 靑光淺淺浮

　비교적 살림이 유족한 절인 듯싶다. 좋은 붓과 벼루를 소장하고, 창에는 비단으로 발라 아취가 있고, 또 작가가 시화작성에 전념하도록 붓을 잘 매만져주고, 시를 사랑하는 사람이다. 이제 막 돋은 차잎으로 만든 좋은 차를 연잎에 고인 이슬을 받아 다리니, 유화(乳華)가 잔면에 떠오르는 모양이다. 아! 그 아취를 어디에다 비교할 것인가. 작가 자신이 만족스런 여건에서 작품에 전념할 수 있었으리라.

또 〈산중야좌재배기상인작(山中夜坐再陪起上人作)〉이라는 시의 둘째 수(首)를 보자.

고집 센 종놈은 차 끓이기 싫어서,
물 끓이는 불은 벌써 꺼버렸다네.
할 수 없이 가을 샘물 마시니,
온 몸이 아주 시원해지는구나.
뭇 꽃들은 밤이슬 맞아 윤기 나고,
어린 싹들은 돌 위로 돋아나네.
늙은 느티나무는 기력이 여전하더니,
바람에 굵은 가지 부러졌다네.
늦도록 앉았으니 달이 중천에 솟고,
찬 기운은 피부에 스며든다네.
찬 가을 샘물만 마셨을 뿐인데,
이 마음 어찌 이리 따뜻해지는가.

頑奴倦烹茶 湯沸火已滅 冷然酌秋泉 心肺總寒冽
衆花夜露滋 細媚石上苗 老槐恃氣力 排風骨正折
坐久月當中 寒光射毛髮 不但飮秋泉 此心何得熱

이는 차와 선의 경지가 다르지 않음을 노래한 것이다. 차를 마시지 않고도 차를 마신 경지와 다르지 않다는 것은, 바로 한재(寒齋)가 말한 오심지차(吾心之茶)라는 경지다. 색과 공의 한계를 초탈한 심제(心齊)의 상태에 이르렀다. 고요하며 그윽하여 맑은 아취가 서린 시다. 그래서 마음이 가라앉고 기운이 상쾌하여 다선일미(茶禪一味)의 진체(眞諦)를 느껴지게 한다.

두 번째 이야기.

이처럼 차의 마니아인 그에게서, 흔히 듣기 힘든 차를 인연으로 한 젊었던 날의 이야기가 《양주잡기(揚州雜記)》에 전한다.

1735년(雍正 13) 2월 어느 날 새벽 일찍 일어나서, 좀 멀리 걷고 싶어 방화촌(傍花村)의 홍교(虹橋)를 지나, 바로 양주성 밖 10여 리 지점인 뇌당(雷塘)에 이르렀다. 거기서 그는 산 쪽에 붙은 조그만 숲 속에, 뜰 안으로 살구꽃이 만개한 호젓한 집 한 채를 발견하였다. 원문(院門)이 열려 있어서 가볍게 기척을 하고, 꽃길을 따라 꽃과 나무들을 구경하며 정원을 어슬렁거렸다. 그런데 그 집은 연전에 주인이 거세(去世)하고 다섯 딸과 어머니가 살다가, 그 사이 위로 네 딸은 출가하고, 막내 오고랑(五姑娘)이 늙은 어머니를 돌보며 살고 있었다.

마침 늙은 어머니가 뜰에 범속하지 않은 손님이 온 것을 알고, 성의(誠意)로 권하여 집안에 모시고, 차 한 잔을 대접했다. 판교는 그 품위를 갖춘 노부인이 내는 차를 음미하면서, 한 편으로는 벽에 걸린 서화 작품을 보다가, 그중 자신의 작품 하나를 발견한다. 그래서 부인께 묻기를, "정판교를 아십니까?"

부인이 답하기를, "그 명성은 오래 전부터 들어왔으나, 아직 만난 적은 없습니다."

판교가 웃으며, "제가 바로 정판교입니다."

노부인이 화들짝 놀라며 급히 집안 쪽을 향해, "애야 빨리 나와 봐라. 정판교 선생께서 오셨다"고 소리질렀다.

이런 저런 이야기를 주고받는 사이에 시간이 흘러 한낮이 되어 시장기를 느끼는데, 노부인이 분주히 점심을 준비하여 대접했다. 그리고 곧 이어서 오고랑이 옷매무새를 고치고 나와, 판교에게 정중히 절하고 말하기를, "선생님의 대명을 들은 지 오래되었고, 또 선생님의 시사(詩詞)를 즐겨 읽었습니다. 특히 〈도정(道情)〉 열 수(首)를 좋아하는데, 마침 오셨으니 오늘 소녀를 위해 한 폭을 써주실 수 있으신지요?"
판교가 오고랑을 보고, 아름다운 얼굴에다 다정한 언행과 시문을 좋아하는 것에 마음이 끌려, 첫 마디에 흔쾌히 허락했다. 휴대용 서낭(書囊)에서, 송강(松江)에서 생산되는 밀색화전(蜜色花箋)에, 호주필(湖州筆)과 단주연(端州硯)을 꺼내놓고, 오고랑이 간 먹으로 한 폭을 단숨에 쓰고 난 후, 의취(意趣)가 미진하여 〈서강월(西江月)〉이라는 다사(茶詞) 한 수를 그녀에게 써주었다.

내리던 부슬비 새벽바람에 개고
사창으로 비치는 아침 해 따스하기도 해라
수놓은 휘장에 단꿈 아직 몽롱하고
창밖의 앵무새도 이제껏 조용하네.
처음 끓는 다탕 소리 잔잔하게 들리고
하수의 주기(酒旗)는 가볍게 팔락이네
매화 진 후 살구꽃이 흐드러진 때
밤마다 화장 고치며 외로울까 두렵네.
微雨曉風被歇 紗窓旭日才溫

繡幃香夢半朦騰 窓外鸚哥未醒

蟹眼茶聲靜悄 蝦須簾影輕明

梅花老去杏花匀 夜夜胭脂怯冷

판교의 이 시는 지금 눈앞의 일과 사람을 상대로 쓴 것이기에, 순진하
지만 총명한 오고랑이 그 뜻을 알아차리고, 판교의 시를 읊은 후 얼굴
을 붉히며 고개를 숙였다. 이에 판교가 오고랑의 나이와 성씨를 물으
니, "성은 요(饒)이옵고, 이름은 오고랑이며, 나이는 열일곱이옵니다."
노부인이 처음부터 보고 있다가 두 사람의 뜻을 읽고, 좋은 기회를 놓
칠 수 없어서, 창을 열고 먼 산을 바라보며 말하기를, "선생이 상배(喪
配)하고 아직 홑몸이신데, 이렇게 선생의 재화(才華)를 간절히 애모하
는 어린 처녀를 짝으로 삼을 생각은 없으신가요?"
판교도 마음이 동(動)하여, "나는 한 가난한 선비로 이같이 아름다운
여인을 맞을 형편이 못되고, 분수에 넘치는 일입니다."
노부인이, "우리 모녀가 부귀영화를 구하는 것도 아니고, 나의 노년을
마음 편하게 보내고 싶을 뿐입니다."
판교가 듣고 기뻐하며 그 자리에서 바로 허락하였다. "다만 내가 내년
에 서울에 올라가 과거를 볼 예정인데, 진사로 급제하고 돌아오는 길
에 반드시 오고랑을 맞도록 하면 되겠습니까?"
노부인과 오고랑이 기쁨을 감추지 못하고, 그대로 하겠다고 약속했다.
이는 〈서강월〉이란 시가 혼인으로 짝을 구하겠다는 내용이었기 때문
에, 노부인과 오고랑이 그 속뜻을 알고 마음을 펼쳐 보인 것이다.

다음해에 판교가 진사에 급제하고, 일들이 많아서 곧 양주로 돌아오
지 못하고 서울에 머물렀다. 그 사이 요씨 모녀는 생활이 곤궁하여, 가

지고 있던 돈이 될 만한 금은 장식들을 모두 팔았고, 짚 옆에 딸린 오묘(五畝) 정도의 땅도 남에게 팔았다. 그래서 어려움에 놓였는데, 마침 한 부요(富饒)한 상인이 오고랑 모녀가 오갈 데 없다는 소식을 듣고, 은자 칠백 량으로 오고랑을 사서 첩으로 삼고자 하였다. 오고랑이 그 말을 듣고 한 마디로 거절하며 말하기를 "나는 이미 정선생과 혼인 약속을 했는데, 이를 배신하는 것은 의롭지 못한 사람이다"하고 은자를 모두 돌려보냈다. 그리고 "일 년 안에 정선생이 반드시 돌아올 것이다"고 했다.

그 때 강서(江西) 요주(蓼州) 사람 정우신(程羽宸)이 진주(眞州)를 지나다가, 강 위에 뜬 한 다루(茶樓)에서 한 폭의 대련을 보게 되었다.

산 그림자 물에 비치는데 아침 비 내리고
강물 휘돌며 느린 물결 일으키네.
山光扑面因朝雨 江水回頭爲晚潮

낙관을 보니 '판교정섭제(板橋鄭燮題)'라고 했다. 정우신이 그 글과 글씨체가 독창적이고 보기 드문 작품이기에, 정판교가 누구냐고 물었다. 다루의 주인이 말하기를 "양주 일대에서 정판교를 모르는 이는 한 사람도 없을 것입니다"고 했다. 정우신이 양주에 이르러서 비로소 판교가 시서화의 대가로 이 일대에서 모른 이가 없음을 확인하고, 하루빨리 만나보고 싶어서 수소문한 결과, 판교가 아직도 서울에 머물고 있다는 것을 듣고, 오고랑이 처한 어려운 형편도 들었다. 아직 판교를 한 번도 만난 일이 없는 정우신이, 옛 문화를 사랑하는 열정으로 판교를 도우려는 신교지심(神交之心)이 발동하여, 그 자리에서 은자 오백 량을 판교의 이름으로 요가 모녀에게 전하여 우선 급한 곳에 쓰게 했다. 그리고 다음 해에 판교가 양주로 갈 때, 우신이 또 오백 량 은자를 보내 그 두 사람의 결혼을 무사히 치르도록 했다고 한다.

판교가 답청절(踏靑節)에 꽃구경을 나갔다가, 호젓한 향촌에서 차를 매개로 아름다운 인연을 맺은, 드물게 보는 풍류적인 이야기다. 더구나 자기의 문학적 기품에 감격한 열혈적인 펜 정우신과 교유하게 된 것도 적은 일이라 할 수 없다. 이야말로 "모든 찻일과 차 글들은 차와 인연이 닿아 있다[茶詞茶書締茶緣]"라고 할 만하지 않은가?

한재(寒齋) 이목(李穆) 선생의 생애와 사상

한재는 전주인(全州人) 참의공(參議公) 윤생(閏生)과 남양 홍씨(洪氏)의 둘째 아들로, 현재의 김포 가금리에서 탄생했다. 14세에 점필재(佔畢齋) 김종직(金宗直)의 문하로 들어가서 김굉필(金宏弼), 정여창(鄭汝昌), 남효온(南孝溫), 김일손(金馹孫) 등과 같이 학업에 전념했다.

19세에 과거에 합격하여 성균관에 들어가서 공부할 때 대사성(大司成) 김수손(金首孫)이 선생을 사위로 삼았다. 성격이 바르고 곧아 옳지 못한 일을 지나치지 않았고, 매사에 당당하게 임했다. 20세에 영의정 윤필상(尹弼商)을 탄핵하다가 공주로 정배되고, 이듬해에 풀렸다. 24세에 장인을 따라 연경(燕京)을 다녀오고, 다음 해에 별시문과(別試文科)〔大科〕에 장원으로 급제했다. 26세에 영안남도병마평사(永安南道兵馬評事)가 되고, 다음해에 사가독서(賜暇讀書)로 호당(湖堂)에 들었다. 《다부(茶賦)》는 이 한두 해 즈음에 썼을 것으로 추정되며, 그것은 중국에서 6개월간 생활하면서 얻은 생생한 체험 위에 선생의 사상을 넣어 찬술했다. 28세에 동문인 김일손이 점필재의 조의제문(弔義帝文)을 사초(史草)에 실은 것이 문제가 되어 참형을 당하니 이른바 무오사화(戊午士禍)다. 그 후 갑자사화 때 다시 부관참시 되고, 2년 뒤인 중종 원년에 면과복관(免過復官)된다. 뒤에 공주 충현서원(忠賢書院)에 배향되고 자헌대부(資憲大夫) 이조판서(吏曹判書)에 가증(加贈)되고, 시호(諡號)를 정간공(貞

簡公)이라 했다. 그리고 2004년 여름 한국차인회에서 연전에 초의선사를 다성(茶聖)으로 모셨듯이, 한재선생을 다선(茶仙)으로 모시고 헌다행사(獻茶行事)를 했다. 저술로《한재문집(寒齋文集)》3권이 전한다.

선생은 학통이 그렇듯이 성리학의 도학정신(道學精神)이 생활의 지표였으니, 이는 곧 군자(君子)의 도(道)를 생명보다 중시하는 신조를 실천궁행(實踐躬行)한 학자였다. 당시의 조정에는 훈구파(勳舊派)로 불리는 대신들이 권력을 장악하고 벼슬자리를 권신들의 자손들에게 많이 내어주므로, 신진사류(新進士類)들이 발붙이기 힘든 형편이었다. 이런 불의를 바로잡기 위해 영의정을 탄핵하고, 대비(大妃)가 시킨 무녀들의 굿을 못하게 했다. 이것이 일신의 영달이나 가문(家門)을 위한 것이 아니라 임금 곧 나라를 위한 도학정신의 발로였다.

이런 정신적 이론의 근거는 성리학의 심성론(心性論)에 있으니, 우리는 천부의 본성(本性)을 가졌는데 그것은 선(善)한 것이다. 이 선성(善性)을 가르치고 몸소 실행하여 모든 백성들을 생각하는 인의(仁義)의 정치를 베풀어야 한다고 주장한 것이다. 그것은 인간이 이기적인 욕심을 버리고 평상적인 본성을 지키면 된다. 그런 면에서 선생이 택한 것이 차(茶)이다. 다성(茶性)이야말로 사람들이 본성에서 이탈되지 않도록 경각심을 주고, 자신을 반성해 볼 수 있는 계기를 주는 진귀한 식물이라 생각했다. 그 생육조건의 어려움이나 개결(介潔)하기 이를 데 없는 고귀성이 군자의 길과 너무도 닮았다. 차가 추위를 이기며 겨울을 나고, 가을에 꽃이 피는 것들은 바로 군자들의 선구자적 정신에 부합되는 것이었다.

차문화유적의 발굴과 복원에 대하여
- 이유원의 차 유적지 발굴을 계기로

지상의 어떤 씨족이나 민족이라도 자기 후손들이 영원히 번성하여 계승되기를 바라지 않는 족속은 없다. 이것이 바로 역사 계승과 문화 발전의 동력이다. 역사란 실제 존재했던 사실이 그대로 사진처럼 기술되어 재현되는 것이 아니고, 사가(史家)의 식견과 주관, 그리고 시대적 사상이 가미되어 새로이 해석되는 것이다. 즉 후대인들의 문화적 창조력과 상상력이 동원되어, 그들의 필요에 의해 역사가 쓰여 진다는 말이다. 우리가 다녀본 세계 어디든 그들의 역사적 자취를 중시하지 않는 곳은 없다. 이는 그들의 문화에 대한 향념(向念)이 짙을수록 더 많이 발굴 정비되고, 포장하여 현창(顯彰)되어 보는 사람들을 감동시킨다. 이것이 바로 역사의 재생산이요 발현인 것이다.

우리 차문화는 그간 역사적 굴곡이 있기는 했지만 1,500년이 넘는 긴 역사 속에 기라성(綺羅星)같은 빛나는 차인들을 많이 배출했다. 더구나 우리 정신사는 물론 자기문화(磁器文化)와 시화(詩畵)의 예술성을 선도하고 발흥하는데 큰 힘이 되었다. 특히 어느 나라의 다사(茶史)에서도 만나기 힘드는 현허(玄虛)한 차의 철학을 가진 것은 바로 차문화의 깊이를 증명해 준다.

찬란했던 역사도 수많은 병란과 외침(外侵)으로 기록은 물론 유적마저 대부분 없어지고, 어렵게 남은 일부를 이어받고 있는 실정이다. 이제 우리도 의식주에 관한 기본적인 것은 어느 정도 궤도에 올랐으니, 문화에 관한 의욕들이 피기 시작한 지 오래다. 그래서 유적을 복원하고 테마가 있는 지역적 문화적인 특성을 살리느라 애쓰고 있다. 하지만 우리 차문화 쪽은 아직도 깊은 잠 속에 빠져 깰 줄 모르고 있다. 다만 행다의 퍼포먼스에 경도(傾倒)되어 행사에 열중할 뿐, 유적을 발굴하거나 복원하는 일은 별 관심도 얻지 못하고, 남아 있는 유적을 보존하고 관리하는 데에도 힘을 기울이지 않고 있다. 광복 후 오늘까지 그저 일지암 복원이나 시비 몇을 건립한 정도에 그친다. 그러면서도 외국의 차문화유적은 열심히 보고 감탄한다. 근년 우리가 전국에서 하는 차 행사에 들어가는 돈을 합하면 그 액수가 천문학적이다. 그렇다고 누구에게 물어보든 그 행사들이 모두 알차고 문화적 가치가 있는 할 만한 행사라는 이는 드물다. 그저 흥청거리는 한 판의 축제일 뿐이다. 그렇다면 그런데 쏟아 붓는 일부만이라도 이런 역사적인 차 유적의 복원이나, 장래가 있는 차학도들의 장학에 쓴다면 그야말로 좋은 일이 아니겠는가?

작년에 발굴된 귤산(橘山) 이유원(李裕元)의 유적 중에서 차문화에 관계된 부분은 눈여겨볼 만한 일이다. 그는 《임하필기(林下筆記)》, 《가오고략(嘉梧藁略)》의 저자로 역사적인 자취뿐만 아니라 차학계에도 이미 잘 알려진 차인이다. 그러나 그의 기다(嗜茶) 행적 중에 '춘풍철명실'이란 다정(茶亭)을 짓고 차를 즐겼으며, 아직도 그의 유적을 보아서 기억하는 사람이 있다는 것은 매우 중요한 일이다. 이런 일은 시기를 놓지면 복원이 어려워진다. 공연히 그 자리에 가서 차올릴 생각하지 말고, 어쩌면 이를 복원하여 잘 보존할 수 있을가에 주력해야 하지 않을까. 만약 굴산의 다정이 실존했던 것이라면 이는 매우 중요한 사적이된다. 우리 차문화상에 오직 음다(飮茶)를 위한 공간으로 세워진 정자는 아주 드물다. 다만 자하(紫霞) 신위(申緯)가 자기 집 가까이에 있던 목멱산[남산] 기슭에 다천(茶泉)을 파고, 산위에 차를 마시고 시를 읊기위해 한보정(閒步亭)을 지었다고 기록에 전해 올 뿐이다. 지금으로선그 위치나 규모를 알 길이 아득하니 유적의 복원이 시기를 놓치면 얼마나 힘들다는 것을 알 수 있다. 만약 지금 남산에 선조가 남긴 다천과다정이 남아 있다면, 생각만 해도 가슴 설레는 일이 아닐 수 없다.

문화 발전의 목표는 미래지만 그 미래의 뿌리는 과거에 내려져 있다. 올바른 과거의 인식 없이는 아름다운 미래는 어렵다. 역사를 배우는 목적이 바로 여기에 있는 것이다. 우리가 조상들이 남긴 업적과 정신을 잘 지키고 계승 발전시키지 못해서, 발해나 고구려에 관계되는역사적 문제가 대두되고, 독도 문제가 생긴 것이다. 그러니 선조들이남긴 역사적 문화적 업적을 복원하고 계승하여 그 참다운 가치를 구현하여 후손들에게 물려주는 문화적 계승자가 되어야 할 의무가 있다는것이다. 광화문과 숭례문을 복원하고 잃었던 문화유산을 찾으려는 까닭이 그것이다.

우리는 평소에 이런 데 무관심하게 지내다가 어떤 문제가 생기면그 때 가서 유별나게 호들갑을 떨며 야단스러울 정도로 여론이 비등했다가, 또 얼마가 지나면 언제 그랬더냐는 식으로 잊어버린다. 그야말로 양은 냄비식이다. 지금 복원을 기다리는 차의 유적은 너무나 많다. 경덕왕이 충담을 만나 차를 나누었던 귀정문(歸正門), 18세기 후반에채팽윤(蔡彭胤)이 기록한 한송사(寒松寺)와 한송정(寒松亭), 점필재(佔畢

齋)가 시작한 엄천사(嚴川寺)의 죽로다원, 해거도인 홍현주(洪顯周)와 숙선옹주(淑善翁主)의 묘소이전 문제, 초의가 홍현주를 만났던 청량송헌(淸凉松軒) 등은 시간을 자꾸 늦출 일이 아니다. 행정당국에서 별 효용도 없는 차 행사에 보조금을 줄 일이 아니고, 이런 가치 있는 일에 투자하는 것이 너무나 당연하다. 또 이 같은 차문화 유적이 복원되면 국가 전체는 물론 그 지역사회의 문화적 자긍심도 고양되고, 문화관광벨트를 조성하여 수준 높은 경제적 수익도 올릴 수 있을 것이다. 다만 이런 유적을 복원하기 전에 그 사료와 학문적인 연구가 선행되어 오류가 없도록 해야 하는 것은 당연하다.

한재다부상 수상에 붙여

우리의 삶에 연(緣)이 있듯 학문의 세계에도 연이라는 것이 있다. 우연히 얻어 마신 차가 좋아서 다학(茶學)에 몸담게 되었고, 한재학(寒齋學)에 발 들여놓게 된 것이다. 1980년대 중반 어느 겨울날 지인(知人) 한 분이 전화로《다부(茶賦)》에 나오는 '방촌일월(方寸日月)'에 관해 묻기에 간략히 설명하고서, 한재종중(寒齋宗中)에서 1981년 발간한《이평사집(李評使集)》을 번역한《한재문집(寒齋文集)》을 보라고 했더니, 번역한 것을 읽어도 무슨 말인지 모르겠다고 해서, 얼마 후 다시 만나 자세히 설명하고, 그것이 인연이 되어《다부(茶賦)》를 연토(硏討)하기 시작한 것이다.

그때까지 내가 읽은 어떤 다서(茶書)보다 차의 철학이 심오하고, 도학정신과 잘 조화를 이룬 명작이었다.《다경(茶經)》에서 부족했던 정신적 면을 채웠고 어느 문학 작품보다 문장이 유려(流麗)했다. 읽을수록 깊고 생각할수록 즐거움이 쌓여갔다. 그래서 당시 나에게 화급한 과제였던《한국차문화사》를 탈고(脫稿)한 직후 시작한 첫 작업이《다부주해(茶賦註解)》였다.

많은 천재 예술가들이 약년(弱年)에 명작을 남긴다지만, 학자로서 28년은 너무도 짧은 일생이다. 그런데도《다부(茶賦)》안에 빛을 발하고 있는 신선함, 패기(覇氣), 순수성에다가 그 웅혼한 필치(筆致), 심오한 철학 등이 나를 놓아주지 않았다. 그때부터 나는 이 글을 연인처럼 좋아했고, 아직도 그 달콤한 꿈에서 깨어나지 못하고 있다.

그런데 이번에 막상 상을 준다고 하니 외람되기도 하고 송구스럽기도 하다. 사실 이 상을 먼저 받을 분은 박권흠 회장님이다. 왜인가? 90년대 말에 내가 밖에서 《다부》 강의를 시작한 지 2~3년쯤 후에, 회장님의 권유로 연합회에 출강해서 이후 20년이라는 긴 세월 동안 한 시간도 빠지지 않고 계속되었다. 그 사이에 연합회에서 한재를 '다선(茶仙)'으로 추존(追尊)하여 매년 기념했고, 연전에는 '한재기념사업회'의 일을 맡기도 하였으며, 아직도 고문으로 많은 관심을 쏟고 계시기 때문이다.

돌이켜보면 그 긴 시간에 얼마나 많은 사람들에게 한재 정신이 전해졌을지는 알 수 없다. 그러나 이런 빛나는 작품이 전해지고 있는 한, 그 정신이 밀알이 되어 싹트고 꽃피울 날이 올 것을 믿어 의심치 않는다.

이번의 이 시상이 뒷사람들에게 조금이나마 희망과 용기를 주는 계기가 될 수도 있겠기에 영처심(嬰處心)을 안고 고맙게 받는다. 우리 차인 모두는 조상들이 구현해 놓은 이 빛나는 정신 유산들을 더욱 갈고 닦아서 후손들에게 물려주길 바란다. 잊지 말아야 할 것은 이런 도학 사상이 차를 통해서 실천궁행(實踐躬行)한 결과물이라는 것이다.

나도 앞으로 힘닿는 데까지 한재 사상을 구현하는 데에 노력할 것을 다짐하며, 수상의 소감에 가름하고 또 감사하게 생각한다.

[경자(庚子)년 겨울에, 무액다실(無額茶室)에서]

다산다인상 수상에 붙여

지난 12월 12일에는 다산연구소에서 주는 '다산다인상'을 받고, 15
일에는 한국차인연합회에서 주는 '올해의 명예차인상'을 받았다. 상복
이 터졌다고 주변에서 말하지만, 나는 조심스럽다. 노자가 이르기를
"만족할 줄 알면 욕됨이 없고, 그칠 줄 알면 위태롭지 않다[知足不辱 知
止不殆]"고 했다. 학문을 한다는 사람이 그것으로 족하게 생각하고 분
수를 지켜야 할 텐데, 여기저기 기웃거리며 상 타는 자리에 나온다는
말을 들을 것 같아 걱정이다. 차인연합회 쪽은 그래도 14~15년 동안
강의를 했으니 핑계가 되지만, 다산연구소의 상은 정말 의외다. 우리
차문화를 위해 약간의 공로가 있다면, 전혀 외부의 도움 없이 혼자서
황무지로 있던 한국의 차문화사를 처음 개척했다는 점, 동양 삼국의
기본적 차 고전 15편을 자상히 주석 발간했다는 점, 그리고 20여 년을
차문화 창달을 위해 열심히 강의했다는 것들이다.

특히 다산학회의 다인상은 나에게 특별한 의미가 있었다. 다산의
저술인《목민심서》에 목민관의 표본으로 나의 8대조 되시는 삼산(三山)
류정원(柳正源) 선생의 이야기가 열두 번이나 나온다. 그런데 200여 년
후에 그 자손이 다산다인상을 받는다는 숙연(宿緣) 때문이다. 돌아다보
면 나는 차인으로서는 아직도 부족함이 많다. 쉽게 모든 것을 털어내
어 마음을 비우지 못할 때도 있고, 간택(揀擇)에서도 자유롭지 못한 것

이 사실이다. 그러나 주변에서 주는 높은 평점은 차라리 그들의 간절한 기대이리라 생각하고, 다시 진일보할 것을 다짐하는 계기로 삼으려한다.

명예차인상 수상에 붙여

　　명예차인상이라는 이름, 그 자리에 내가 설 만한 사람인가를 생각하면, 아무래도 당당하지 못한 마음이다. 나는 아직도 차인으로는 부족함이 많다. 마음을 비우는 일에서부터 간택(揀擇)하는 것까지 실천궁행하는 데에 아직 많이 부족하다. 그러나 우리 차문화 발전에 약간의 기여한 바가 인정된 듯하다. 한국차문화사의 큰길을 개척한 것이나, 한중일의 고전 다서 15편을 상세히 주석한 것, 먼 미래를 바라보는 한국차문화의 지표에 대하여 열심히 강의한 것들이다. 특히 한국차인연합회에서는 벌써 14~15년이라는 긴 시간 동안 강의했고, 그 사이 1,500여 명 이상의 회원들과 함께 공부했으니, 그 인연 또한 가벼운 것은 아니다. 그래서 정이 가고 푸근하게 느껴지는 것이다.

　　나에게 허여된 남은 시간도 기회가 올 때마다, 나는 우리 차문화의 먼 장래를 위해서 변하지 않고 노력할 것이다. 우리가 지금도 지난 역사 속에서 목은(牧隱)과 한재(寒齋)를 생각하고 다산(茶山)과 초의(艸衣)를 회고하듯이, 100년 200년 후의 후손들에게 부끄럽지 않은 차문화를 남겨야겠다는 일념뿐이다. 이런 좋은 용기를 주신 박권흠 회장님과 임원 여러분께 감사한다.

다도대학원 강의를 그치며[2]

왕년(往年)에 집착(執着) 말고 앞일에 전심(傳心)하자지만 개인의 지난날, 곧 인생역정(人生歷程)을 돌아보지 않는다면 무슨 재미가 있고 발전(發展)이 있겠는가?

2001년이라고 기억된다. 수운회관(水雲會館) 좁디좁은 방에서 정사(正師) 강의를 시작한 해다. 그러고 보면 어언 20개 성상(星霜)에 미친다. 그래도 그때의 추억은 아름답다. 그 부족한 여건에서도 학구열은 하늘에 미쳤고 전국 각지에서 모여온 차인들의 열정이 녹아 있었다. 그동안 혼신의 정열을 기울여 내가 바라는 정신을 벗어나지 않으려고 무던히 애썼지만, 아직도 마음속으로 흡족하지 않다. 하긴 인간사에 흡족이란 없는 것이다. 그저 바라는 탐욕(貪慾)일 뿐이다.

그 사이 수년 전부터 강의 자리를 떠나야겠다고 마음먹었으나, 그 사이 정들었던 분들, 받은 마음의 값을 조금이라도 갚아야 한다는 생각으로 오늘까지 오게 되었다. 그러나 이제는 더 가서는 안 된다고 다짐하고 떠나려 한다.

---

2 【편집자 주】2021년경 한국차인연합회 다도대학원의 강단을 떠나시려고 남기신 인사말 원고로 추정된다.

대부분 사람들 일이 그렇듯이 자주 만나지 않으면 관계가 소원해져서 소통의 고리가 끊기고 만다. 그것이 두렵다. 아마 나에게 가까이 연락하기가 거북한 모양이다. 전혀 그렇지 않게 생각하고 있는데도 말이다.

아직도 내 머리는 청춘(靑春)이다. 그러니 잡문(雜文)이라도 원고나 쓰고 아직도 미진한 고전 부분을 보충(補充)하는 데 시간을 쓰려 한다. 차 한잔 하시고 싶을 때, 언제나 불러주시길 기다린다.

끝으로 차인(茶人) 제위(諸位)의 건강과 행복된 차생활이 계속되길 기원한다.

2

그림 속
다선(茶仙)이 되어

산수화 속으로의 여정(旅情), 그중 하루

지난 7월부터 전시한 중앙박물관의 〈산수화, 이상향을 꿈꾸다〉는 나에겐 좀 특별한 전시였다. 농촌에서 유년을 보낸 영향인지 몰라도 철이 들면서 산야에 뛰놀기를 좋아했고, 학창시절에는 동양적 산수를 그리워했다. 그동안 단편적인 산수화 명품들을 감상할 기회가 있었으나, 이번처럼 동양 삼국의 대작들을 함께 볼 기회는 없었기에, 흥분은 쉽게 가라앉지 않았다.

이번 전시의 의도는, 청정한 이상적 산수 속에 노닐고 싶은 욕망의 표현들인 명품 산수화를 한자리에 모아놓고, 그들 사이에 연관된 모티브를 찾으려는 것이지, 표현의 기법이나 미술사적 의미를 주제로 한 것 같지는 않았다. 그러니 육법(六法)이며 준법(皴法)들을 떠나 현실 세계, 자연, 꿈으로 대변되는, 없으면서도 있는 듯한 세계를 우리는 어떻게 생각하고 있는지를 말이 아닌 붓으로 표현한 것이니, 먼저 눈으로 보고 마음으로 느끼며 머리로 해석할 수밖에 없다.

우리는 구경할 곳이 많으면, 맛 좋은 음식이 많을 때처럼 행복감을 느낀다. 더구나 대상이 오랫동안 꿈꾸던 이상적 세계라면, 두 말이 필요치 않다. 이럴 때 범하기 쉬운 오류가 차분히 대처하지 못하여 그 작품에 내재된 핵심적 정신을 놓치는 일이다. 그래서 이번에는 아예 화면 밖에서 보지 않고, 화폭 속으로의 여행을 시도했다. 그 속의 경관은 물론 인물들과도 만나고 싶었다. 도원에 이르는 것은 연(緣)이 닿지 않으면 불가하다 하지 않았던가. 선연(仙緣), 이는 분명 나 같은 사람에게 과분하다는 생각도 들었다. 하지만 시공을 이동한다는 것도 꿈같고, 호기심도 강해져서 용기를 내었다. 나는 곧 무릉도원(武陵桃源)을 찾아 간 어주자(魚舟子)가 되기로 했다.

전시 기간 동안 가능한 한 여가를 내어서 한 달여의 긴 여정(旅程)을 끝마쳤다. 하루 한 곳이 원칙이었으나 어떤 날은 두세 곳씩 들리기도 했다. 불편한 것이라면 조명이 너무 어두워서 묵적(墨跡)과 색감을 읽기가 힘든 곳도 있었지만, 그림 속의 세계에서는 별로 문제 되지 않게 작자의 의취(意趣)를 찾을 수 있었다. 13세기 후반 조창운(趙蒼雲)의 〈유신완조입천태산도(劉晨阮肇入天台山圖)〉부터 21세기 장욱진의 〈풍경〉까지 수십 점인데, 그 대부분은 팔경, 구곡 등 연작으로 하나하나의 작품 수는 150여 점을 상회하는 방대한 수량이었다. 특히 이인문(李寅文)의 〈강산무진도(江山無盡圖)〉에서는 무려 삼박사일이라는 긴 시간을 보냈다. 이처럼 긴 여정에 많은 얘기를 담았으나, 이번에는 지면상 그 한 작품만을 발췌하였다.

이번에 전시된 소상팔경은 송대 하규(夏珪)의 〈산시청람(山市晴嵐)〉한 폭부터, 문징명(文徵明)의 작품, 16세기 전반에 그린 작자 미상의 작품(진주박물관), 또 하나의 유사한 작품, 그리고 이징(李澄)의 작품, 메트로폴리탄 박물관이 소장한 16세기 초 소아미[相阿彌, 일본]가 그린 12폭의 이어진 그림 등이었다. 그리고 가능한 한 여덟 곳을 다른 작가의 작품 속으로 고루 여행하기로 하고, 오늘은 진주박물관 소장의 셋째 번이

자 어촌의 저녁 풍경을 그린 〈어촌석조(漁村夕照)〉라는 작품이다. 세로 91㎝, 가로 48㎝의 종이에 먹으로 그렸고, 안견풍(安堅風)의 단선점준(短線點皴)을 많이 써서 사물의 형상묘사[應物象形]에 뛰어난 작품이다.

　푸르름이 목이 말라 구름을 다 삼키고 가을이 나무를 타고 오르는 계절에, 나는 신록의 강마을로 들어간다. 신발을 다잡아 신고 그림의 오른쪽 하단부로 발을 들여놓았다. 기암 사이의 언덕길을 오르노라면, 양쪽에 책(柵)을 친 정갈한 집들이 섰고, 호구(虎口)처럼 생긴 언덕 위에는 관목 세 그루가 암반 위에 뿌리내려 오랜 연륜을 말해 주었다. 나무 아래로 돌아 내려가면 물가 버드나무 곁에 집 하나가 얌전히 섰는데, 이제 막 나선 어부는 "창랑의 물 맑으면 내 갓끈을 씻고, 창랑의 물 흐리면 내 발을 씻겠네[滄浪之水淸兮 可以濯吾纓 滄浪之水濁兮 可以濯吾足]"를 노래하며 그물을 걷으러 간다고 했다. 역시 굴원(屈原)의 충절의 넋이 이 지역에서는 아직도 그들의 마음속에 살아있음을 느꼈다.

　또 얼마 멀지 않는 곳에서는 사립을 쓴 두 사람이 그물을 당기느라 힘을 쏟는 것으로 보아, 고기가 꽤 많이 잡힌 모양이다. 그리고 저 멀리 마을 앞 물가에 기둥을 꽂고 그물을 친 것이, 밖에서 볼 때는 화가가 일필로 간략히 처리했는데, 실제로 와 보니 상당히 길게 쳐놓은 것이었다. 참으로 평화로운 곳이다. 이 세상엔 주인이 따로 없다. 모두가 주인이기도 하고, 모두가 객이기도 하다. 때로는 바람이 주인이 되어 새와 구름에게 시를 읊어주기도 하고, 혹 새가 주인이 되어 아름다운 소리로 주변을 기쁘게 하기도 한다.

　오른쪽 숲과 안개에 싸인 강마을에는 주기(酒旗) 두엇이 바람에 나부끼고, 몇몇 지붕만이 연기 속에 보인다. 집 옆 오르막 계단을 얼마 오르면 숲속에 길이 둘인데, 아랫길은 강마을로 가고 윗길은 고개 너머 사원으로 통한다. 하오의 강마을엔 옹기종기 집들이 자리하고 있는데, 깃발 있는 집 앞에 이르니, 주모인 듯한 중늙은이가 반색하며 평상 위에 앉으란다. 곧 술 한 주전자와 술국에 건어포(乾魚脯) 두어 마리가 함께 나왔다. 이곳에서는 고기를 잡아 볕에 말려 먼 곳으로 가서 곡식과 바꾸어 온다고 한다. 술잔을 다 비우고 더없는 충만감에 기우는 햇빛을 등지고 등성이를 넘어 산사로 향했다. 좀 늦었지만 저무는 사원의 경관을 놓칠 수 없었다.

일주문을 지나 천왕문과 불이문을 거쳐 이층의 누문(樓門)에 이르니, 뒤쪽의 위봉(危峰)들은 위엄 있게 솟았고 그 뒤 먼 첨봉은 아련히 푸르다. 순간 목월(木月)의 시 〈청노루〉 속을 산책하는 듯했다. 누문을 지나 계단을 오르니 고색창연한 대광명전(大光明殿)이 아름다운 단청을 입고 섰다. 전면 다섯 간, 측면 세 간의 다포집에 둥근 기둥들이 팔작지붕을 머리에 이고 버티고 서 있었다. 마침 불전에서 나오는 노스님을 따라 방장실에 이르니, 미륵 같은 상호(相好)에 미소를 머금고 맑은 차 향기로 인사를 대신한다. 인위적 정돈이나 고요가 아닌 자연이 숨 쉬는 리듬과 바람 불고 구름 흐르는 듯한 분위기다. 작은 경상 위에 두어 권의 경서와 필기구, 그리고 다관과 잔이 있을 뿐이다. '무슨 인연이 닿아 이렇게 찻자리를 함께하는지'를 생각하며 말없이 일어나 합장으로 작별했다.

산문을 나서 정면으로 바라본 경관은 언어를 넘어선 감개와 찬탄이 있을 뿐이었다. 앞으로 멀리 보이는 산마루엔 반 넘어 잠긴 저녁 해가 마지막 순간을 불사르고, 그 위로 떠가는 구름은 말을 잊게 했다. 화가가 담묵으로 적당히 처리한 그 그림 속에 이 같은 경이로운 아름다움과 말문을 막는 현허(玄虛)한 세계가 있으리라고는 생각지 못했다. 500여 년 전에 어떤 예술가가 설계한 별천지에, 이 나그네가 다녀가는 것도 숙연(宿緣)이 아닐까. '이 속에 참다운 뜻 있으니, 적당한 말을 찾을 수 없구나[此間有眞意 欲辯已忘言].'

입구에 이르니 뒤로 산사의 저녁 종소리가 은은히 들려왔다.

붓끝에서 피어난 국화

중국은 일찍이 3,000년 전 《주례(周禮)》에 벌써 국화가 등장하고, 진(晋)의 도연명(陶淵明)은 '채국동리하(採菊東籬下) 유연견남산(悠然見南山)'의 명구를 남겼을 뿐 아니라, '암암담담자(暗暗淡淡紫) 융융엽엽황(融融蝶葉黃)'이라 하여 이미 국화의 색채가 여러 종류였음을 알리고 있다. 국화의 기원은 확실치 않으나 예부터 차(茶)와 함께 사람들의 관심을 끌어 시문에 먼저 등장했고, 다음에 회화로 발전한 것은 다른 화훼화(花卉畵)와 함께 당대(唐代)에서 그 연원을 찾고 있다. 송대(宋代)에 이르러서는 황전(黃筌), 조창(趙昌), 구경여(丘慶餘) 등이 한국(寒菊)을 그렸고, 범석호(范石湖) 등이 전문적으로 국화를 그렸다. 그 후 남송(南末)·원(元)·명(明)으로 오면서 문인일사(文人逸士)들이 그 청고(淸高)하고 그윽한 향기에 매료되어 조이재(趙彝齋), 이소(李昭), 가단구(柯丹邱), 문징명(文徵明) 등이 국화를 잘 그렸고, 뒤에 오창석(吳昌碩), 제백석(齊白石)으로 이어졌다.

우리나라에 국화가 들어온 것은 고려 충숙왕(忠肅王) 대(代)라고 《양화소록(養花小錄)》에 기록되어 있다. 다음 16세기 초 풍운(風雲)의 소용돌이 속에 주역을 맡았던 희락당(希樂堂) 김안로(金安老)의 시에 국화가 나오고, 17세기에는 이산해(李山海), 함제건(咸悌健) 등이 그림을 그렸고, 18세기에 들어와서 난(蘭)과 함께 많이 그렸다. 당시 사회가 지절

(志節)을 요하는 유교적 이념이 풍미했으니, 자연 사군자를 칭송했고, 국화는 특히 맑고 깨끗하여 굽히지 않는 성품과 가절만향(佳色晚香)이 유학자들의 고아한 취향에 맞아 사랑받게 되었다.

국화는 원래 깨끗하여 흔연히 하늘과 땅 사이에 맑고 시린 향기를 뿌려 노군미(老君眉), 홍십팔(紅十八), 설중학(雪中鶴), 오상화(傲霜花), 전연년(傳延年) 등의 운치 있는 이름들을 얻었다. 따라서 섬세한 필치와 색채로 외형적 아름다움을 추구한 공필화(工筆畵)보다는 그 강인함과 소박함을 표현하는 사의화(寫意畵) 쪽의 그림이 많다.

국화는 대나무와 달리 큰 잎을 가지고 있어서 수묵화에서 먹의 농담을 배울 수 있는 좋은 소재였다. 난 잎의 선, 대 줄기에의 필력, 매화 가지의 구성 등 종합적인 기법이 요구되기 때문에 국화를 맨 마지막에 그린다. 그러나 국화는 세한삼우(歲寒三友)에 들지 못해서 괴석이나 울타리에 곁들여 그려지다가 송(宋)·원(元)을 거쳐오면서 차츰 단일 소재로 다루어졌다. 그럼에도 국화를 전문적으로 그린 화가는 적고 작품도 드물어 찾아보기 어렵다. 그런 중에도 묵국화(墨菊畵)를 그린 화가는 더러 있지만 화보(畵譜)를 남긴 사람은 많지 않다.

국화 그림은 그 빛깔과 형태가 다양하므로 구륵(鉤勒, 윤곽을 선으로 그리고 가운데 채색함)과 선염(渲染, 濃淡 처리의 한 방법)의 화법들을 능숙하게 쓰지 않고서는 잘 그릴 수가 없다. 후대에 내려올수록 채색을 안하고 수묵(水墨)만으로 그리게 되어 더욱 맑고 드높은 국화의 기상을 표현했다.

국화법(菊畵法)은 꽃은 잎을 덮고 잎은 가지를 덮어야 한다. 먼저 꽃을 그리고 다음에 잎과 뿌리를 그리는 것이다. 뿌리는 늙은 맛이 있고 고고한 기(氣)가 풍겨야 하며, 잎이 꼿꼿하게 뻗으면 쑥잎 같아서 안 된다. 뿌리 부분에 다른 풀을 그려 넣어서 국화의 가지와 대응이 되도록 하면 더욱 좋다. 붓놀림은 맑고 고상해야 하며 거친 것을 가장 꺼린다. 잎이 적고 꽃이 많은 것, 가지가 강하고 줄기가 약한 것, 꽃이 가지에 어울리지 않는 것, 통틀어 발랄한 생기나 정취가 없는 것 등은 국화를 그릴 때 꺼려야 할 일들이다.

당대에 국화 그림에서 이름을 얻은 화가들의 작품 몇을 보자.

방장산인(方丈山人) 홍진구(洪晋龜)는 17세기 중엽의 화가로 〈국도(菊圖)〉를 남겼다. 꽃이 아래위로 향한 것이 번거롭지 않으며 잎의 부앙(俯仰)이 어지럽지 않고, 줄기가 힘차게 뻗어 잡스럽지 않아 그 당당한 품위를 지키고 있다. 붓놀림이 세련되고 먹의 짙고 옅음이 매우 능숙한 작품이다.

능호관(凌壺館) 이인상(李麟祥, 1710~1760)은 〈병국도(病菊圖)〉를 그렸다. 꽃과 잎, 줄기까지 구륵법(鉤勒法)을 사용하여 절제된 화의(畵意)를 표현했고, 앙상한 줄기가 바로 버티고 선 것은 아직도 서리에 오만(傲慢)함이 남아 있다. 하지만 병든 몸을 의지로 버티긴 하나 끝쪽의 연한 가지와 잎, 꽃 모두 아래로 처져 기력이 쇠진함을 보여준다. 여기서 그는 놀랍게도 그 사이에 죽간(竹幹) 하나를 세우고 다시 층암(層巖)을 그려 넣어서 의재고고(意在孤高)함을 잘 나타낸 명품이다.

표암(豹庵) 강세황(姜世晃, 1713~1791)은 호조참판(戶曹參判)을 지낸 명문 출신의 서화가로 〈국충도(菊虫圖)〉를 남겼다. 만개한 야국(野菊) 두 송이가 핀 옆에 이제 막 꽃잎을 드러내는 봉오리가 있고 담묵으로 처리된 잎, 그리고 조그만 여치가 풀잎에 앉은 재미있는 그림이다. 괴석이 꿈틀거리며 솟아 그 앙상한 골격이 기품 있는 도인 같다.

정조대왕(正祖大王, 1752~1800, 號 弘齋)은 영조의 뒤를 이어 문예 부흥을 일으켰던 분으로 사군자를 잘 그렸다. 지금 남아 있는 〈야국도(野菊圖)〉는 수직구도로는 보기 힘든 안정감과 의연함이 있으며 담백간결(淡白簡潔)함이 돋보여 고아한 정취를 느끼게 하고, 꽃 위에 앉은 풀벌레는 그림에 액센트를 주어 화폭 전체에 생기를 불어넣었다. 중간에 바위를 그려 안정감을 줄 뿐 아니라 연년(年年)이 새로 피는 국화와 대조를 이루어 석국동심(石菊同心)의 익수(益壽)와 지절(志節)을 읽게 했다. 잎은 진하여 윤기가 흐르며 화의(畵意)가 맑고 고상하여 왕자(王者)의 고귀함이 느껴지는 작품이다.

현재(玄齋) 심사정(沈師正, 1707~1769)은 겸재(謙齋)에게서 배워 화훼(花卉)·초충(草虫)에 능했으며, 〈황국도(黃菊圖)〉와 몇 개의 국화 그림이 있다. 〈황국도〉는 갈필(渴筆)로 오엽반정법(五葉反正法)에 맞게 큰 줄기 하나를 세우고, 전방정면(全放正面)과 전방측면(全放側面)의 꽃 두 송이가 서로 바라보게 그렸다. 꽃이나 잎이 같은 것이 없도록 하고 뿌리 옆에 갈대를 그려 가을의 소삼(蕭森)함과 국화의 오연(傲然)함이 짝을 이루었다. 뭉뚝한 대부벽준(大斧劈皴)의 바위를 세워 청고(淸高)한 맛이 짙다.

학산(鶴山) 윤제홍(尹濟弘, 1764~1840?)의 〈난국괴석도(蘭菊怪石圖)〉는 대담하기 짝이 없는 파격의 화풍과 짙은 먹을 거칠게 써서 사물이 한 덩어리로 보이는 폭발적인 힘이 있다.

매수(梅叟) 조희룡(趙熙龍, 1797~1859)은 호산(壺山), 우봉(又峰) 등의 호를 가진 추사문인(秋史門人)이다. 그가 그린 〈국화도(菊花圖)〉는 잎사귀가 꽃송이를 제치고 아름다운 선을 연출해내고, 여백이 지닌 넓이와 깊이가 의표(意表)를 자극한다. 그는 〈매화서옥도(梅花書屋圖)〉에서처럼 여기서도 양식을 넘어 분방한 천재성을 보여준다. 화도무문(畫道無門)이라 할 만치 법을 넘은 세계 속에서도 배경에 바위를 그려 창로(蒼老)한 높은 뜻을 잊지 않았다.

애춘(靄春) 신명연(申命衍, 1809~1886?)의 〈석국(石菊)〉은 수묵으로 그린 대담한 구도와 활달한 붓놀림이 빼어난 작품이다. 담묵의 바위에 누운 듯이 뻗어서 위쪽에 꽃을 피운 구도가 남다르다.

북산(北山) 김수철(金秀哲)은 19세기 중엽에 점과 선을 자유자재로 구사하고, 담채(淡彩)를 쓰며 거칠고 간략한 특이한 화풍을 지녔던 화가다. 〈묵국도(墨菊圖)〉는 꽃잎이 성글고 잎이 작아서 야국(野菊) 특유의 맛이 있다. 운필이 빠른 특성을 살려 활달하게 그리면서도 화내유정(花乃有情)의 묘(妙)를 살렸다. 몇 안 되는 국화를 그린 사람 가운데 문기(文氣)를 잘 살린 손꼽히는 화가였다.

고람(古藍) 전기(田琦, 1825~1854)의 〈묵국(墨菊)〉은 줄기와 잎을 짙게 처리해서 생명감이 넘치고, 구륵법의 꽃잎과 꽃봉오리는 구름이 일

듯 흐드러지게 그렸다. 간필(簡筆)의 묘(妙) 속에 강한 흡인력을 느끼게 하는 남종화적 기질이 드러난 작품이다.

구룡산인(九龍山人) 김용진(金容鎭, 1878~1968)은 작품도 많거니와 묵국이나 채국을 두루 잘 그렸다. 화면 가득하게 채우는 그의 국화는 중국의 오창석(吳昌碩)과 견주기도 한다.

여기 소개한 화가 외에도 19세기를 지나면서 국화 그림을 잘 그린 이가 많았다. 활달한 오원(吾園) 장승업(張承業), 안정감 넘치는 심전(心田) 안중식(安仲植), 청아한 청전(靑田) 이상범(李象範), 단아함이 가득했던 관재(貫齋) 이도영(李道榮) 등이 나와 많은 작품을 남겨 국화 그림이 다음 단계로 발전하는 데 이바지했다.

우리 민족이 창조한 미술품은 중국이나 일본과는 다르게 조용한 속에 생동하고 한유한 속에 멋이 스며있다. 묵국화(墨菊畵)는 중국에서 배운 화법이었지만 그들의 기름진 맛을 제거하고, 담박하고 소탈한 맛을 강조한 것은 선인들의 예술적 창조력이다. 그들이 무엇을 그릴 것인가 보다는 어떻게 그릴 것인가를 염두에 두고 독창적 세계를 펼친 것이 존경스럽다.

다음은 고려 후기의 문신으로 좌사의대부(左司議大夫)를 지낸 정포(鄭誧, 1309~1345)가 국화를 읊은 시를 필자가 옮겨본 것이다.

〈영국(詠菊)〉

- 정포(鄭誧)

황금빛 국화 곱기도 하이

매서운 서리 이기고 피어

홀로 의젓해 더욱 기품 있는데

누가 그 고움 가녀리다 이르리

풍상이 아무리 차고 매우나

그 위엄 두렵지 않네

국화를 먹는 것이 회춘에 좋다지만

나는 그에게서 정신을 살찌우네.

我愛黃金菊 凌霜有光輝 獨立晩更好 熟謂孤芳微

風霜雖凜列 亦不畏其威 足以制頹齡 匪獨救我飢

《운외몽중첩(雲外夢中帖)》

　　정조대왕의 사위로 병조참판을 지낸 해거재(海居齋) 홍현주(洪顯周)가 어느 날 꿈속에서 선게(禪偈) 여러 수(首)를 지었는데 자기가 생각해도 만족스러웠다. 그런데 꿈에서 깨어보니 앞머리 13저(字)만 생각나고 도무지 기억할 수 없었다. 그는 생각나는 몽게(夢偈) "깨어보니 한 점의 청산만 아련한데[還有一點靑山麽], 구름 밖의 구름이요 꿈속의 꿈이더라[雲外雲 夢中夢]"를 자하(紫霞) 신위(申緯)에게 적어서 보내며, 나머지 생각나지 않는 구절에 대한 안타까움을 동봉하여, 대구(對句)를 청했다.

　　이에 신위는 절구(絶句) 3수(首)와 율시(律詩) 한 수를 지어서 보냈으니, 그 시는 처음에 "꿈속의 꿈과 구름 위의 구름 환상임을 알았으니[夢夢雲雲悟幻形], 수레를 타고 탑상에 기대어 잠듦은 곧 선이라네[副車眠榻卽禪扃]"로 시작해서 "낙엽을 쓸고 있는 두타는 선이 바로 글 쓰는 일이고[掃葉頭陀禪是墨], 구름 속 잠든 도인은 게송이 바로 시라네[眠雲道士偈爲詩], 꿈에서 깨어나 속세로 돌아오니[喚廻塵世遽遽夢], 한 점 청산만이 연지(硯池)에 빠져 있네[一點靑山落硯池]"라고 끝냈다.

　　이 시를 읽은 홍현주가 화답 형식의 4수의 시를 쓰고 또 한 수를 더하여 신위에게 보냈다. "깬 것도 아니요 꿈도 아니니[不是惺不是夢],

게송도 없었고 시도 없었다네(也無偈也也無詩)"라는 내용이었다. 자하가 읽고 부기(附記)를 붙여 시 한 수를 다시 보내고, 그에 대해 해거도 또 한 수를 붙였다. 그리고 얼마 후에 이를 읽은 추사(秋史)가 자신의 시 3수를 합쳐 모두 13 수의 시를 직접 써서 첩(帖)으로 만들었으니, 이것이 그 유명한 《운외몽중첩(雲外夢中帖)》이다.

그야말로 현실과 꿈, 시와 선과 그림과 글씨가 구분되지 않는 세계다. 이들 모두가 참다운 차인이었기에 다성에서 깨달은 멋이었으리라. 그래서 얻은 한마디가 "이승 모두가 꿈이라네(此生未必都非夢)"라는 구절로, 현실도 꿈이요 꿈속의 꿈도 꿈이라는 도(道)를 체득한 것이다.

꿈이란 원래 허탄한 것만이 아니라, 때로는 우리가 그리는 이상세계를 체험하기도 하고, 현실에서 맛보지 못하는 풍경 속에 노닐 수도 있으며, 존경스런 사람과 사귈 수도 있고, 아름다운 이와 사랑할 수도 있다. 때로는 이루기 어려운 큰 이상을 꿈속에서 이루기도 한다. 그런데 이 꿈의 세계를 나서면 그 내용을 하나도 제대로 기억할 수 없는 것이 안타깝다.

해거는 바로 이런 안타까움을 시로 표현하여 당대를 누비던 자하와 선(禪)의 경지를 누비며 깨달음에 이른 것이다. 이는 안평대군(安平大君)이 자신의 꿈을 안견의 붓을 빌어 〈몽유도원도(夢遊桃園圖)〉를 완성케 한 것과 같은 맥락이다.

다선(茶仙)이 되어 먼 산자락을 보다

모교 강단을 지키는 K 교수를 만나러 갔다가 시간 여유가 있기에 박물관에 들려서 본 그림 얘기다. 이미 영인된 화첩에서 익히 본 작품이지만 직접 대하기는 처음이다. 조명이 좀 흐리긴 했으나 한참 바라보는 사이에 내 자신이 그림 속으로 몰입되어 갔다. 작은 선면(扇面)이 그림으로 가득 차고 그 위에 제발(題跋) 200여 자가 빼곡히 세필로 쓰여져 작가의 정성을 한눈에 읽을 수 있는 작품이다.

내 집이 깊은 산 속에 있어 매년 여름이 들 때면 푸른 이끼가 계단을 뒤덮고 떨어진 꽃잎이 길에 가득하다. 소나무 그림자가 들쭉날쭉 드리우고 온갖 새 지저귀는 가운데, 한잠 자고 일어나 산(山) 샘물 길어다 솔가지 주워 차(茶) 끓여 천천히 마신다.

마음 내키는 대로 《주역》, 《시경》. 《춘추》. 《이소》와 사마천의 글을 보고 도잠과 두보의 시를 읊으며, 한유와 소식의 문장 몇 편을 읽는다. 그리고 한가로이 산길을 걸으며 송죽(松竹)을 어루만지고, 때로는 짐승들과 함께하기도 하고 피곤하면 풀밭에서 쉬며, 흐르는 물가에 앉아 이도 닦고 발도 담근다. 그러다 집에 돌아오면 순박한 아내 어린 아들과 함께 나물 반찬에 보리밥 달게 먹고 한 잔 술에 흔연히 취해, 창 아래서 붓을 들어 몇 자 쓰다가 법첩(法帖)과 화권(畫卷)을 펼쳐보기도 한다.

잠깐 산 개울에 나가 전원에 사는 벗들을 만나서 농사와 시절 얘기를 재미있게 한 후, 지팡이에 의지해 사립 아래 이르면 서산 위에 석양이 걸리고 온갖 색깔 아름답게 물든다. 이때 멀리서 소를 타고 돌아오는 목동의 피리 소리 듣다 보면 이윽고 달빛이 앞 개울에 비치고 있다.

이는 소치(小痴) 허유(許維)가 자신의 선면(扇面) 풍경 위에 붙인 제발(題跋)의 내용을 간추려 옮긴 것이다. 그림은 초여름 산을 마주하고 강을 낀 산가(山家)의 경관이다. 중앙에 자리 잡은 집 두 채는 겹쳐 보이지만 안채와 바깥채로 보이기도 하고, 하나는 숙식의 생활공간이고 한 채는 독서, 끽다, 음주 등 아취 있는 문화공간일 듯도 하다. 집 옆에는 나직한 암구(巖丘)에 기대어 곽희(郭熙)의 수법(樹法)으로 노송 한 그루가 창취(蒼翠)하게 섰고, 관목 두 그루가 개자점(介字點)과 협엽법(夾葉法)으로 그려진 무성한 잎들을 달고 조금씩 낮게 보좌하고 있다.

적당히 넓은 마당에는 듬성듬성 낮은 목책(木柵)이 둘러있어 여유롭고, 울 밖에는 나직나직한 나무들과 산죽(山竹) 한 무더기가 잎을 아래로 내리고 있다. 한쪽의 나무 사이에 앙상한 가지만 남은 고사목은 오랜 세월을 둥지고 서 있다. 왼쪽 홍교(虹橋) 위에 청려장(靑藜杖)을 짚은 주인공이 한가로운 자세로 집을 향해 느릿느릿 걷고, 다리 아래 물이 집 뒤로 흐르는 것으로 보아 이 집은 물로 둘러싸인 곳이다. 다리 옆 조그만 암산(巖山)에는 나무 몇 그루가 석벽(石壁)에 보기 좋게 붙었고, 오른쪽으로는 마당에 잇달아 너럭바위가 펼쳐져 있어서 휴식과 관경(觀景)에 좋은 곳이다.

물 건너엔 높직한 산봉(山峰)이 급하고 그 너머에도 또 그 너머에도 청록의 고봉(高峰)들이 아스라이 솟아있다. 가까운 산들은 대부분 난마준으로 그렸고, 먼 봉우리들은 담묵(淡墨)의 몰골법(沒骨法)을 써서 원근을 잘 표현하였다. 그리고 산은 양쪽으로 뻗어 나직나직한 연봉(連峰)들로 이어져 화면 밖으로 달려나갔다.

여름날 아침에 시원하게 한 차례 비가 내리다가 낮부터 개이기 시작해서 건너 산기슭에 안개가 피어오르고 있다. 왼쪽이 오른쪽보다 더 짙은 것으로 보아 그 쪽이 상류인 듯하다. 초목의 잎들은 물기를 머금고 지면으로 향하고, 계곡에는 꽤 많은 물줄기가 흘러내려서 몽환적 선경을 연출한다. 평원법(平遠法)을 구도로 쓴 것이나 나무를 그릴 때에도 삼수대위(三樹對位)에 맞고, 바위도 석도(石濤)나 왕숙명(王叔明)의 기법이 아니면 이미석법(二米石法)을 지킨 것은 기본을 중시하는 대가다운 풍모가 서렸다. 남종(南宗) 문인화가 왕유(王維)를 흠모하여 이름도 유(維), 자도 마힐(摩詰)로 바꾸었으니, 만년 운림산방(雲林山房)에서의 생활에서 그의 뜻을 찾을 수 있을 것이다.

푸른 이끼가 계단을 뒤덮고 떨어진 꽃잎이 길에 가득한데, 아침나절에 새소리 들으며 낮잠을 즐긴다면 이곳은 외인의 출입이 거의 없는 한유(閑裕)한 세계다. 단잠 깨어 산천수(山泉水)를 길어다 솔가지 주워 차를 끓여 천천히 혼자 마시니 심루(心累)가 씻겨 정신이 한결 더 맑아지고 운의(韻意)가 무르익어, 옛 시문을 내키는 대로 읊조린다. 이 같은 생활은 많은 선비들의 한결같은 희원의 세계였다.

물가에서 고기도 보고 이도 닦고 발도 씻으며 그는 바로 자연의 일부가 되어버린 것이다. 그러다 시장기 들면 집에 와서 정다운 가족들과 소식(疏食)이라도 오순도순 달게 먹고, 술 한 잔에 흥이 동하여 붓으로 몇 자 쓴다. 시간 나면 산중 친구들과 담소하고 석양을 등지고 청려장에 의지해 목적(牧笛) 소리 들으며 집에 이르면, 벌써 달이 앞 개울에 비치는 이 고아한 산 생활은 진정 차인이 아니면 느끼지 못하는 선(禪)의 세계다.

그림 앞을 떠나려다 나도 모르는 사이에 발길을 돌려 주인의 허락도 받지 않고 화폭을 열고 사립에 이르렀다. 기다리기라도 한 듯이 잔잔한 미소를 띤 소안(素顔)으로 나와서 서로 목례하고 함께 나무 아래 노근(露根)에 앉으니, 옛 고향에 돌아와 오래전 헤어진 벗을 만난 듯 마음이 편안했다. 그는 아이에게 차 한 잔을 따르게 했는데, 송뢰(松籟)를 타고 퍼지는 맑은 향에 정신이 쇄락해지고 그 맛이 신선하여 몸이 가볍게 떠오르는 듯한 선기(仙氣)가 서렸다.

내가 눈으로 묻고 그가 마음으로 답한다.

'세상을 등지고 사는 맛이 어떠하신가?'

'나는 은둔도 절연(絶緣)도 아니다. 그런 말들은 상대가 있다는 말이다. 그러나 나에게는 간택(揀擇)도 사량(思量)도 아무것도 없다. 마음에서 이미 모두 떠나고 없으니, 나무와 풀들은 내 몸의 한 부분이고 새소리 바람 소리는 나의 말이며, 그들의 변환은 내 시심(詩心)일세. 이제 나도 그대도 없고 그들도 없으며, 경(經)도 없고 선(禪)도 없는 데, 다만 우리 앞에 찻잔만 있을 뿐이네.'

그리고 우리 둘은 한동안 말없이 먼 산자락만 바라보았다.

어느 그림 한 폭

우리가 선인들이 남긴 것에 특별한 의미를 부여하는 것은 단순한 회귀적 본능에서만은 아니다. 태어나서 옛것의 훈기(薰氣)를 쏘이고 자양분을 받으며 자랐기에 저절로 심혼(心魂)이 끌려가는 것이다. 그래서 소리 고장에서 명창이 나오고 도공의 후예들이 자기(磁器)에 애착을 더 가진다.

내 경우는 예술의 고장에서 태어난 것도 아니요 집안에 그런 내력이 있는 것도 아니나, 어려서부터 옛것에 대한 애착이 많았다. 어떤 특수한 한 분야가 아니라 거의 모든 것을 좋아한다. 그 작품의 예술성의 우열도 가리지 않는, 그야말로 청탁불문(淸濁不問)이다. 작품 하나를 대하면 오랫동안 지칠 줄 모르고 보게 되어 박물관이나 전시회에 갈 때는 대부분 혼자인 경우가 많다. 어느 해인가, 대만에 여행을 가서 3일 동안 일행을 떠나 혼자서 고궁박물원에만 매일 종일토록 관람하고 돌아온 일도 있다. 이런 기행이 남긴 일화 하나.

그날따라 어디로 훨훨 떠나고 싶을 만큼 쾌청한 가을 날씨였다. 마침 시간도 있고 해서 중앙박물관으로 발길을 돌렸다. 연 지 얼마 안 되는 동원(東垣) 이홍근(李洪根) 선생의 기증 문화재 전시실에 들러 돌아보던 중 〈추경(秋景)〉이라 제목을 붙인 조그만 화첩 앞에 섰다. 작가도 시대도 모르는 20×40㎝ 정도의 감필법(減筆法)을 쓴 담채의 산수화로, 보는 이의 마음이 가라앉는 가을 풍경이었다. 한적한 전시실에서 그 그림을 한참 보고 있는데, 두 사람의 젊은 여성이 옆에 와서 꽤 시간이 지났는데도 움직일 기미가 없었다. 하도 조용하기에 돌아보니, 그 두 사람은 나와 그 그림을 이상한 듯 번갈아 쳐다보고 있는 것이었다. 내가 겸연쩍은 미소를 띠니까 "무엇을 그렇게 열심히 보세요?" 하는 것이 아닌가. 그들이 보기엔 별 볼 일 없는 그림을 너무 열심히 보는 것이 이상했던 모양이다. 그중 한 사람은 한국무용을 전공한다는 외국인으로, 우리말도 능통하기에 그들을 이해시킬 필요가 있을 것 같아 "이 그림, 참 좋지 않아요?" 하면서 그림에 관한 내 생각을 차근차근 얘기하기 시작했다.

이 그림은 구도가 우선 마음에 든다. 온통 물로 둘러싸인 정자(亭子) 터는 한쪽이 뭍과 연결되어 옆으로 뻗었고, 앞쪽으로 물 건너엔 안산(鞍山)이 자리하고, 그 너머 먼 산봉(山峰)이 파랗게 보인다. 화면에 여백이 많으면서도 꽉 찬 여유와 충만감을 함께 느낄 수 있다. 왼쪽에 선 고목들은 정정한 줄기에 아직도 단풍든 고운 잎들을 달고 있어 주인공의 풍류와 나이를 짐작게 한다. 정자로 들어가는 목을 좁게, 흡사 다리처럼 그린 것은 격세(隔世)와 은둔을 뜻하며, 터가 평평하고 산들이 나직나직한 것은 평온한 안정감을 주고 있다. 또 초정(草亭)을 택한 것은 부와 명예를 멀리하고 소박하게 자연 속에 유유히 노니는 주인의 생활을 표현한 것이다. 바위를 소부벽준(小斧劈皴)으로 처리하고 마당 가에 국화와 대[竹]를 그린 것은 사는 이의 지절(志節)을 뜻하고, 벌 두 마리는 자연의 풍요를, 그리고 기러기 떼는 계절과 사향(思鄕)을 상징한다. 자세히 보면 멀리 나는 기러기와 벌의 크기가 가까이 있는 인물의 얼굴만 하고, 국화 줄기가 정자 높이만큼 솟은 것이 그림의 기초에 어긋난다고 할지 모른다. 그러나 모든 예술이 그렇듯이 그림도 화가가 자신의 마음을 화폭에 담아야 좋은 그림이 된다. 국화에 대한 강한 향념(向念)이 정자에 못지않고, 기러기와 벌의 존재가 인물(人物)에 버금 간다는 마음을 그렇게 표현한 것이다. "대개 그림의 품격은 그 형태에 있는 것이 아니라 뜻에 있다[品格之高下 不在跡而在意]"는 말이니, 곧 법(法)이 극(極)에 이르면 법을 넘어서는[有法之極歸於無法] 경지라고나 할까. 간혹 이곳을 찾는 손님은 술과 차(茶)를 즐길 줄 알고 시를 아는 풍류객들이다. 전 화폭이 담채로 처리된 것을 보면 주인은 중용(中庸)의 도(道)를 실천하는 고사(高士)로 먼 산봉(山峰)에 꿈을 두고 날아가는 기러기 떼에 마음을 실었다.

> 가을 풍경 아름다워 선계처럼 좋은데
> 풀벌레 소리에 국화마저 피었네
> 멀리 날으는 기러기 떼 아물거리고
> 뜬구름 멋대로 정처 없이 오가는구나
> 秋景云仙好 蟲鳴菊已開 征鴈群多少 浮雲任去來

제시(題詩)의 기구(起句)는 이상(理想)을, 승(承)과 전구(轉句)는 벌써 계절이 바뀌고 늙어서 시력까지 온전치 못한 무상감(無常感)을 말하면서도, 자신의 변함없는 지절을 읊었다. 그리고 결구(結句)에서 세사(世事)가 모두 뜬구름임을 깨닫고 여생을 자연에 맡겨 노닐어야겠다는 무욕(無慾)의 심경을 노래했다.

이 그림은 단순히 눈으로만 보는 경치가 아닌, 바람과 물결치는 소리, 낙엽과 노 젓는 소리에 기러기 소리까지 화폭 밖으로 들려오는 예술세계다. 최소한의 붓놀림으로 이런 감명을 줄 수 있는 것은 추사가 말한 수식득격(瘦式得格, 중요한 것만 꾸밈없이 그려야 제격을 얻을 수 있다)의 묘를 터득했다 할 것이다.

장황한 설명을 듣고 난 다음 그들은 다시 한번 그 그림을 바라보며 고개를 끄덕였다.

낙엽이 대지 위를 뒹구는 이 가을에, 지금 불현듯 석가탑 앞에 서보고 싶은 것은 왜일까?

사신도(四神圖)
- 〈고구려의 산수(山水)와 사신(四神)〉전을 보고

태초부터 인간은 맹수나 적으로부터 자신을 보호하는 방어수단이 필요했다. 안전한 곳에 집을 짓고, 성을 쌓고, 옷을 입고, 무기를 만들어 냈다. 여기서 한발 나아가 정신적 안정을 위해 신명(神明)을 가까이 두어 보호받고 싶어 했다. 그래서 만다라(曼多羅)에도 사방불(四方佛)이 배치되고, 사천왕(四天王), 인왕(仁王), 팔부신중(八部神衆), 가루라, 금시조, 용 등이 동원되었다. 집 안에도 구석구석에 신들을 모시고 금줄을 친다든가, 마을마다 솟대나 천하대장군을 세우고 성황당을 두어 재액(災厄)을 막았다. 그러니 당연히 망자(亡者)의 유택(幽宅)에도 호신물(護身物)이 필요했고, 호신수(護身獸)나 사신도가 등장하게 되었다. 이제까지 내 기억에 각인(刻印)되어 있는 강서(江西) 우현리(遇賢里) 묘(墓) 현실(玄室) 벽화의 영상을 안고, 국립중앙박물관의 '고구려실'을 다시 찾았다. 진파리(眞坡里) 1호 벽화였다. 7세기 전반 제작된 것으로 추정되니 고구려 고분벽화의 후기에 속하여 절정기라 할 만하다.

이 사신도는 비상(飛翔)을 염원하는 고구려인의 무한의지(無限意志)가 그림으로 표출된 것이다. 천공(天空)을 가르고 구름을 헤치며 나는 신물(神物)들은 바로 말을 몰고 대지를 누비던 그 민족의 상무정신(尚武精神)이다. 그래서 묘 안의 다른 부분에 그려진 당초문이나 구름 하나를 묘사하는 선까지 천의(天衣)의 자락처럼 힘차고 유연하다. 사지가 길고 관절이 발달한 근육질의 몸매다. 목부터 머리까지 S자형으로 치 켜든 자세이고, 온몸에 뻗은 털은 갈기처럼 힘차고 굽이치게 그렸다. 그래서 발산하는 힘과 속도감은 과히 최고의 경지이다.

이들은 지상에만 안주하는 짐승이 아닌 천국을 드나드는 영물(靈 物)이다. 뒷다리는 대지를 박차고 앞다리는 높이 뻗어 하늘을 끌어당기 며 이륙(離陸)하고 있다. 긴 깃을 바람에 나부끼며 하늘에서 사뿐히 내 려앉는 것은 성덕대왕신종의 비천(飛天) 같은 자세다. 선과 색이 강렬 하고 구도가 빈틈없다는 점이 고구려 벽화의 특징이라 하겠다. 뿐만 아니라 계절과 방위(方位), 음양(陰陽)과 성수(星宿)까지 고려하여 의미 심장한 배치 구도를 보여준다.

무엇보다 진파리 1호의 사신도는 미술적 기법이 완숙하다는 평가 를 받는다. 구도에 여백을 두지 않고 운문과 연꽃 등이 가득하여 예술 적 감각이 살아있다. 이는 아마 맥적산(麥積山) 석굴(石窟)에 남은 육조 말기(六朝末期)의 영향인 듯하다. 진파리 1호나 강서대묘는 시기가 비 슷한데도, 진파리 것이 육조(六朝) 말(末)에서 수(隋).당(唐)에 걸치는 힘 과 색의 특징을 더 많이 받았다. 이 연꽃은 이미 6세기부터 등장했으 니, 불교의 영향이라 생각한다.

청룡도(靑龍圖)는 청룡이 왼쪽을 향해 기를 토하며 꼬리를 치켜세 우고 내닫는 가운데 연꽃과 보상화(寶相華)가 인동(忍冬)잎을 달고 구름 속을 나부낀다. 위쪽으로 갈수록 구름이 더 크고 가득한데, 오른쪽 상 단에 보기 드문 봉황새 하나가 날개를 펼치고 긴 꼬리로 구름을 타고 같은 방향으로 날고 있다. 이는 사신총에서 선인이 봉황을 타고 나르는 것과 무관치 않다. 청룡의 머리에는 쌍각(雙角)이 높이 솟았고, 혀를 길게 뽑아 기를 뿜는다. 전신에 사문(蛇紋)이 뚜렷하고 아래쪽은 색이 옅으며, 그 아래도 구름 속이다. 금방이라도 벼락을 내리치며 천지를 뒤흔들 것 같다. 이런 기세는 강서대묘의 청룡도가 좀 더 강렬하다. 강서대묘의 청룡은 동체(胴體)가 튼실하고 붉은색이 짙으며 배경에 그림이 없기에 그 효과가 더 강조된다.

백호도(白虎圖)도 강서대묘 현실 서벽의 것과 반대 방향이다. 이 둘은 같은 그림을 방향만 돌려놓은 듯 유사하다. 등의 호피반(虎皮斑)과 다리의 뻗음, 치켜올린 꼬리의 모양까지 비슷하다. 다만 진파리의 것은 휘감는 털들이 좀 더 세밀하게 그려져 있고, 얼굴의 묘사가 표범에 가까운 것이 다를 뿐이다. 당장 잡아 삼킬 듯이 입을 벌리고 포효(咆哮)하며 달린다. 바로 옆에서 으르렁거리는 소리가 들리는 듯한데, 배경은 청룡도와 비슷하며 봉황은 없다.

현무도(玄武圖)는 음양이 어우러져 신기(神氣)가 용트림치는 힘을 잘 나타낸다. 이를 거북과 이무기로 따로 보기도 하나, 이신동체(異身同體)의 신물(神物)로 묘사되기도 한다. 암수가 사랑의 힘으로 화염을 토해 정기를 모으는 형상으로, 남쪽의 주작이 자웅(雌雄)으로 배치되는데 대한 대칭적(對稱的)인 의미도 있다. 두 신물은 몸을 반대 방향으로 세웠으나 머리는 앞의 것들과 같은 방향으로 마주 보게 했다. 그리고 이무기의 몸길이가 좀 짧고 튼실하며, 앞뒤로 큰 나무를 세웠는데 이는 매산리(梅山里)나 각저총(角抵塚)의 나무기법보다 진일보(進一步)한 것이다. '현무도' 하면 쌍영총이 떠오른다. 서로 용트림하는 모양이 과장되기는 해도 기세가 당당하고, 배경의 운문(雲紋) 동선(動線)이 활달하다. 반면 강서대묘의 것은 배경에 그림 없이 원(圓)을 포갠 구도로 거의 완벽에 가까운 조화를 이루고 있다.

주작도(朱雀圖)는 계관(鷄冠)을 이고 있는 수컷이 점문(點紋)을 몸에 두른 암컷과 마주 보며 이제 막 하강(下降)을 끝낸 자세로 서 있다. 긴 꼬리의 깃털이 풍운을 일으키며 끝이 머리 위쪽까지 나부끼게 하여 힘이 실려 있다. 강서대묘의 것은 입에 연 봉오리를 물고 있는데, 여기선 화염을 토하고 있는 것이 다르다. 날개를 활짝 펴고, 목 뒤의 털을 바짝 세운 것은 조금의 빈틈도 주지 않으려는 긴장감의 발로이리라. 배경에 연화는 그리지 않았다.

전시실을 나오니 박팽년(朴彭年)이 〈몽유도원도(夢遊桃源圖)〉를 보고 "언어로써 형용하여 미칠 수 있는 바가 아니다[非言語形容之所及也]"라고 했던 말이 실감이 났다. 저 멀리서 꿈을 실은 선조들의 말발굽 소리가 쟁쟁 들리는 듯했다. 그들은 선계에서 이 신물들을 몰고 하늘을 날고 풍운을 일으키며 다닐 것이다. 하지만 지금 국토는 분단되었고 서로 싸우며 다른 나라의 눈치나 보는 후손들에 대해 어떤 생각을 할지. 조상들의 유택(幽宅)마저 남의 땅이 되어 파헤쳐지니 숙연해진다.

머리 들어 파란 하늘을 쳐다보았다. 연꽃이 구름 속에서 흐르고, 백호를 탄 고구려인들이 만주벌을 달리는 듯 날아가고 있었다.

【첨기(添記)】
관람 중에 "이거 모두 가짜래!" 하는 말을 여러 번 들었다. 전시된 벽화들이 모사본(模寫本)이라는 말을 '가짜'로 표현한 것이다. '가짜'는 위작(僞作)이다. 이는 자신의 이익을 목적으로 남을 속이기 위해 제작하는, 떳떳하지 못한 의도에서 만든 것으로 모사본(模寫本)과는 구분된다. 그래서 예로부터 모사본은 '이모본(移模本)'이라 하여 그 가치를 인정하였다. 역사적인 자료로 보존하기 위해서나, 그 내용을 기념하기 위해 여럿이 나누어 가질 필요가 있을 때는 부득이 이모할 수밖에 없다. 인간 생활도 시작은 모방에서 출발한다. 이는 모사본을 만드는 이가 전문적인 경지에 이른 예술가들이기 때문이다. 원작을 보고 자기 나름의 예술성을 더하여 다른 작품을 탄생시킨다.

안진경(安眞卿)은 단정장중(端正莊重)한 정인군자(正人君子)의 필체라는 저수량(褚遂良)과 장욱(張旭)의 기법을 터득하고 난 후에야, '형가(荊軻)의 칼, 번쾌(樊噲)의 방패, 인왕(仁王)의 눈 부라림, 창해역사(滄海力士)의 주먹, 공손대랑(公孫大娘)의 칼춤 같다'는 자기 필체를 이루었다.

다른 예로 조선 초에 신숙주(申叔舟)의 동생 신말주(申末舟)가 그린 〈십로도상계도권(十老圖上稧圖卷)〉이 있다. 이 그림은 후대의 자손인 신경준(申景濬)의 부탁으로 단원(檀園)에 의해서 〈십로도상첩(十老圖像帖)〉이라는 이름으로 이모(移模)되었다. 지금 두 그림이 다 전하는데, 그 가치의 경중(輕重)을 가늠하기 어렵다. 따라서 이번 출품된 벽화들은 그 역사적 기록의 보존 측면에서 원그림과 같게 그린 대단히 의미 있는 작품들이니, 가벼이 위작(僞作)으로 보아서는 안 된다.

외규장의궤 전시를 보고

　일찍이 규장각에서 의궤를 여러 번 본 터라, 이번 전시회는 나에게 가슴 설레는 일이었다. 막상 전시실 안에 들어서니, 145년 만에 돌아왔다든가, 어람용(御覽用)을 대한다는 선입견 때문인지 몰라도, 한눈에 과연 명품의 문화재라는 생각이 들게 했다. 조선의 문화유산 중에 왕조실록과 궁중의궤가 기록문화의 정화(精華)라는 주장이 그 내용뿐만 아니라, 예술적 가치에도 있음을 실감케 한다. 더구나 기록문화 중에 제책 기법은 당대의 정신문화를 가늠하는 기준이 된다. 그래서 우리 문화에 대한 자부심을 금할 수 없었다. 그것들이 신성하고 존귀한 왕실의 것으로 빼앗겼던 것을 찾아 왔다든가, 민족정신이 깃들었다는 상투적인 의미는 차라리 뒷전이다.

　확실한 제지법은 밝혀지지 않았지만 좋은 안료에다 고급 품질의 종이인 초주지(草注紙)를 사용하였다. 분상용(分上用)이 3개의 시우쇠못으로 묶은 데 비해, 놋쇠로 변철(邊鐵)을 대고 5개의 국화판(菊花瓣)을 받쳤으며 박을정(朴乙釘)으로 고정시켜 책을 만들었다. 목판에서 찍어내지 않고 테두리인 광곽(匡郭)과 행간을 구분하는 계선(界線)을 직접 주사란(朱絲欄)³으로 그었기 때문에, 중간에 접는 판심(板心)에 고기 꼬리

3　주사란 : 붉은 실 같은 선

모양의 어미(魚尾)가 없어 미끈하다. 사실 어미는 1674년에 만든《인선왕후빈전도감의궤(仁宣王后殯殿都監儀軌)》이외에는 어람용에 없고, 분상용에는 화문흑어미(花紋黑魚尾)[4]가 계속 찍혀 왔었다. 그러다가 19세기 이후에는 어람용에도 화문적어미(花紋赤魚尾)가 보인다. 표지의 장정은 분상용이 주로 붉은 삼베를 바르고 그 위에 표제(標題)[5]를 바로 쓰고 옆에 연기(年紀)와 사고명을 적었다. 그에 비해 어람용은 상서로운 운문(雲紋), 보문(寶紋), 만자문(卍字紋), 연화문, 봉황문 등의 무늬가 있는 녹색 비단을 주로 쓰고, 표제도 따로 써서 붙인 것 등 보기만 해도 귀태 흐르는 외형이다. 거기에 당대 제일의 달필가인 서사(書寫)가 온 정성을 다해 쓰고 화공들이 그려서, 자획이 살아있고 그림에는 생기가 도는 필사(筆寫)의 고본(稿本)[6]이다. 이제 막 만들어 내놓은 듯한 선명함이 돋보인다. 사람으로 보면 팔등신의 미장부(美丈夫)를 대하는 느낌이다.

분상용에는 행초(行草)의 글자도 더러 섞인데 비해, 어람용은 해서(楷書)로 여유 있는 간격을 두고 자획도 흐트러짐이 없다. 내용도 존경해야 할 종묘, 조종(祖宗), 세종대왕, 왕대비 등의 인물이나 사물은 반드시 행의 머리에 오도록 줄을 바꾸어 썼다. 이는 지금도 사가(私家)의 제문에 조선(祖先)을 지칭하는 말은 줄을 바꾸어 위로 올려 쓰는 것과 같다. 〈반차도(班次圖)〉의 내용도 안료뿐만 아니라 연(輦, 가마)의 수식(修飾)이 더 장엄하고 인마(人馬)의 묘사가 훨씬 입체적 생동감이 들도록 그렸다. 이는 화장(畵匠)이 정성을 다해 한 획도 허술하게 다루지 않

---

4   화문흑어미 : 꽃 무늬가 놓인 검은 색 어미
5   표제 : 겉표지 위에 붙이는 책의 제목
6   고본 : 문장을 직접 만들어 쓴 본(本)이라는 말. 사본(寫本)의 상대어

앗을 뿐 아니라, 어람용을 제작한 장인들의 기량이 한층 더 높았음을 짐작케 한다.

이 기록들의 생성 당시에는 궁중의 일이 바로 나라의 일이었으니, 어떤 행사 일정이 잡히면 우선 도감이 설치되었다. 정승으로 도제조(都提調)를 삼고 3~4명의 제조(提調)는 판서들로 하였으며, 도청(都廳), 낭청(郎廳)으로부터 아래로 각수(刻手), 다회장(多繪匠), 목수, 소목장에 이르기까지 담당자를 정하여, 많은 관료들을 각 부서에 배치하여 행사를 무사히 치르게 된다. 그리고 그 행사의 모든 과정을 의식궤범 곧 의궤로 남겼다. 15세기부터 만들어진 의궤는 18세기에 오면 절정을 이루어 어람용과 분상용으로 구분되었다. 그 내용은 먼저 의식에 대한 논의과정, 책임을 맡은 관원과 장인들, 진행 과정, 비용, 의식 도구들, 의궤 편찬 과정과 포상 내역 등으로 되었다. 그 중에도 훗날 사고에 배치할 분상용이 아닌 왕의 서고에 비치하는 어람용은 특별히 제작할 수밖에 없었다. 이는 국가의 권위나 왕실의 존엄성 때문이었다. 전국에서 엄선된 제지공들이 평생의 공력을 쏟아 밤잠 설치며 최고 품질의 종이를 만든다. 제책공이나 서사(書寫), 서리(書吏)는 물론 도감에 종사한 전원이 가문의 영광과 개인의 명예를 걸고, 온 정성을 다해 가슴 졸이며 탄생시킨 유일한 서책들이다. 이런 것이 남의 나라에 있다가 돌아왔다는 것은 유독 사학자뿐 아니라 온 국민이 갈구하여 염원하던 것이니, 생각하면 흐뭇하기 이를 데 없다. 흡사 생사를 모르던 장자(長子)의 귀환이라고나 할까.

하지만 그때 탈취된 유물 350여 점 중, 서책과 옥책(玉冊) 및 지도 등 50여 점이 함께하지 못한 것이 아쉽기는 하다. 한편 물러나 생각해 보면, 역사란 누구도 예단하기 어려운 불가사의한 인연으로 얽혀진 다는 것을 느꼈다. 만약 1886년 병인양요 당시에 프랑스군들이, '유물을 하나도 탈취하지 않고 모두 불태워 버렸다면…' 하는 생각과, 반대로 '5,000여 점의 유물을 모두 가져갔더라면…', 혹은 '전부 그대로 두고 떠났다면…' 하는 가정을 해본다. 만약 마지막 경우였다면 지금까지 그 유물들이 우리 눈앞에 꼭 존재하리라고 어떻게 자신 있게 말할 수 있겠는가. 우리는 역사적 유물들을 좀 더 잘 보관하려다가 뜻하는 바와는 달리 망실된 사례를 비일비재하게 보았다. 한국동란 때 부산으로 피난 가면서 조선 역대 왕의 어진들을 가지고 갔다가 몽땅 소실해 버린 일이나, 지방 사고에 사서를 보관했다가 그 사고 전체가 화재로 회신(灰燼)되면서 한 권도 구하지 못한 일도 있었다. 또 불의의 사고로 다른 나라에 반출되었다가 훗날 빛을 보는 것도 많았다. 유물의 보존이라는 측면에서 본다면 실제는 이론과 달리 예측불허라는 것을 인정해야 한다. 어디까지나 이런 생각은 유물보존의 일부 현실만을 본 것이지, 힘에 의한 불법 반출을 두둔하려는 의도는 전혀 없다.

이번 전시의 또 다른 의미는 그것들이 의궤라는 데 있다. 편리 위주의 현대를 살아가는 우리는 정작 조상들의 의례에 관해서는 일고의 가치도 없는 박제품으로 취급하거나, 먼 나라 다른 부족의 이야기처럼 생각하기 쉽다. 더구나 그 내용이 왕가의 것이기 때문에 더욱 그렇다. 사람들은 지난날 궁에서 쓰던 것이라면 앞다투어 가지고 싶어 하고 또 먹고 싶어 하면서, 왜 예절은 남의 것처럼 멀리하는지 이상하다. 잘못 생각하면 궁중의례란 외형만 호화롭게 갖추려고 한 것 같지만, 그 하나하나의 절차는 마음에 바탕을 두었고, 또 국가의 위신도 지키려고 하였다.

공자도 《논어》에서 의례란 마음에 달린 것이지 호화로움에 있는 것은 아니라는 의미에서 이렇게 말했다.

"예는 사치하기보다는 차라리 검소한 것이 낫고, 상은 형식적으로 잘 치르기보다는 차라리 슬퍼하는 것이 낫다[禮與其奢也 寧儉, 喪與易也 寧戚]."

의례란 안 치르면 모르되 치르려면 엄숙해야 하고, 안 차리면 모르되 차리려면 정성을 기울여야 한다. 요즈음 들어 우리는 의례의 기본이 되는 외형과 마음도 모를 뿐 아니라, 정성도 없는 껍데기만 남은 듯하여 안타까울 때가 많다. 이럴 때 조상들의 전법(典法)의 표본이었던 의궤의 전시를 보고 자기반성의 기회로 삼는 것도 뜻있는 일이겠다.

그 영원한 미소

국립중앙박물관이 다난했던 경복궁 시대를 마감하는 많은 기념행사 중에 내 마음을 사로잡은 것은 국보 78호와 83호가 오랜 세월을 달리한 채 같은 방에서 만난다는 기대였다.

개관 다음 날 혼자서 지하전시실에 들어서니 사방이 어둑한 가운데 쌍무지개가 뜬 듯이 금빛 찬란한 신광(身光)을 발산하며 앉으신 두 불상, 바로 화림원(華林園)의 용화수(龍華樹) 아래 같은 연화세계(蓮華世界)를 펼치고 있었다. 앞에 놓인 나무 의자에 앉아 두 손 모으고 가만히 쳐다볼 뿐, 숨소리마저 크게 낼 수 없는 고요가 온몸을 누르는 속에서도 마음이 아주 평온해졌다. 눈을 감으니 멀리서 봉덕사(奉德寺) 신종(神鐘)이 울려 퍼지고 수많은 중생들이 용화삼회(龍華三會)에서 다소곳이 합장하며 미륵경(彌勒經)을 암송하는 지난 장면들이 그 어둠 속에 어리비치었다.

보기에도 찬란한 일월관(日月冠)에 천의(天衣)의 소매가 나부끼듯 올라가고 연화대좌마저 천상으로 떠오르는 78호 부처님은 곧은 자세, 오똑한 콧날, 거침없이 뻗은 옷 주름 속에 웅혼한 기마민족의 정신이 서렸다. 그리고 옆구리를 살짝 건드리면 금방 킥킥거리고 웃을 것 같은 천진스런 치기가 담긴 미소를 띠고 있다.

그 옆에 번뇌를 벗어던지듯 법의(法衣)를 벗고 긴 허리 드러낸 채 연화보관을 쓰고 삼매의 경지에 든 83호 불상에서는 잔잔하고 포근함이 피어난다. 거기엔 비천(飛天)의 뜻도, 영산(靈山)의 설법도, 아름다운 천악(天樂)도 없고 다만 적멸(寂滅)의 세계만이 있었다. 어떤 유혹이나 시련에도 미동하지 않을 듯한 초월적 경지다.

지금 내 마음을 이토록 포근히 감싸주는 힘은 과연 어디서 오는 것일까. 그것은 찬란한 광채나 보관에서가 아니고 대자대비한 영원의 미소에서였다. 눈을 뜬 듯 감은 듯 아래를 바라보는 그 깊이를 알 수 없는 웃음은 내 눈을 씻고 마음을 정화시켜 편안하게 만들어 준다. 방향을 설정하기 힘든 불가사의한 모나리자의 미소도 아니고, 불멸의 모성과 처녀의 순수성을 자랑하는 비너스의 미소도 아닌, 오로지 만상을 청정의 세계로 녹아들게 하고 보는 이의 마음을 평온하게 감싸주는 저 끝 모르는 웃음 앞에 그저 경탄할 뿐이다. 그토록 사랑하던 이가 매몰차게 떠나는 뒷모습을 보고도 변함없이 사랑스런 눈길을 주는 웃음, 온 인생을 바치며 공들여 키운 자식이 병든 자신을 버리고 돌아설 때도 오직 사랑스런 눈길을 버리지 못하는 그런 표정이다. 신라의 웃음, 백제의 웃음, 나는 그렇게 말하고 싶지 않다. 그 다소곳하고 티 없는, 그러면서도 간절하고 포근함이 함께하는 우리의 웃음이다. 비바람 몰아치는 속에서도 정토를 만들고 고통과 번뇌의 연옥 속에서도 극락을 이루는 웃음이다. 웃음에 무슨 국경이 있겠는가.

모든 예술품은 다 작가의 마음의 소산이요 영혼의 거울이다. 인생도 마흔이 넘으면 자기 얼굴에 책임을 져야 하거늘 하물며 자신이 만든 예술작품에야 더 말할 필요도 없다. 얼마나 아름다운 마음씨를 가진 사람이었기에 저런 천상의 미소를 창출했을까. 아니 아름답다는 표현으로는 모자라는 무념무상의 경지에서 깨달은 예술혼이 만든 웃음이리라. 온갖 사랑과 미움, 시기와 질투, 희망과 실망의 번뇌를 펄펄 끓는 도가니 속에 이글거리는 화염으로 녹여서 태워 버리고, 그리고 남아 있는 순수한 것만 부어서 이루어 낸 깨달음의 미소다.

가만히 이 불후의 명작을 남긴 두 작가를 상상해 본다. 78호를 빚은 장인은 앳되고 청순한 싯다르타의 얼굴에 불타듯 반짝이는 눈동자를 가진, 그리고 탄력 있는 근육에 부끄럼 잘 타는 해맑은 표정의 사나이일 것이다. 또 그 옆에 앉아 있는 83호를 만든 공장(工匠)은 눈가에 잔잔한 미소를 띠우고 말없이 상대를 응시하는 화랑의 얼굴에 해탈의 마음을 몸으로 나타내고 있다. 아마도 그들은 작업에 들기 전에 몇 달 몇 날을 목욕재계하고 부처님 앞에 가부좌를 맺고 앉아 머리에 떠오르는 상호(相好)나 자세며 수인(手印)을 그려 보았으리라. 처음 며칠은 수많은 상념들이 어지럽게 오가고 지난날의 오욕들이 뒤범벅이 되다가 어느 순간 명경처럼 맑은 심안에 비쳐진 상이 바로 여기 앉은 사유상으로 현현했다. 그리고 그는 자신이 만든 이 불멸의 걸작을 향해 회심의 미소를 머금고 고요히 합장했을 것이다.

모든 것을 버리면 부처의 세계라고 했던가. 그러나 살아있는 인간이 어찌 그 많은 욕망을 버릴 수 있겠는가. 그것은 영원히 벗지 못할 중생의 업보다. 그러니 바라는 바는 이렇게 자비로운 웃음 앞에서 먼지 낀 거울을 깨끗이 닦아내고 나 자신을 비추어 보는 은혜로운 기회로만 삼아도 또한 보람된 일이 아니겠는가.

도솔천에서 사바(娑婆)로 다시 나와야 하는 내 마음에 그 영원한 미소, 길이 남기를 빌 뿐이다.

그 아름다운 미소(微笑) 속에 사무치는 한(恨)이
— 맥적산(麥積山) 석굴(石窟)에서

감숙(甘肅)의 '소강남(小江南)'이라는 천수(天水)로 왔다. 그리고 다음 날 조반 후 맥적산 석굴을 찾았다. '바라보면 둥근 것이, 민간에서 보리를 쌓아놓은 모양과 같다[望之團團 如民間積麥之狀]'고 해서 생긴 이름이다. 동진(東晋) 16국 시대 위하(渭河)와 가릉강(嘉陵江) 상류 맥적단애(麥積麦崖)에 개착(開鑿)해 1,600여 년 동안 조영(造營)된 석굴이다. 150여 미터의 능공잔도(凌空棧道)를 오르내리며 만든 굴감(窟龕)이 204곳, 불상이 7,000여 위(位)로 불상이 숲을 이루었다. 주로 사암(砂巖) 석질이기 때문에 니소상(泥塑像)을 만들 수밖에 없었다. 먼저 체형을 만들고 그 위에 진흙을 발라 형상을 완성하고 채색을 한 것이 대부분이다. 석굴예술의 3대 분야 중에 조상(造像)이 으뜸이라는 말이 이곳에 와보면 확실해진다. 물론 벽화와 건축이 불상을 위한 보조적인 까닭도 있지만, 만든 이들의 심혈이 조상에 주로 경도(傾倒)되었기 때문이다.

중국의 다른 석굴에 비해 보존상태가 좋아서, 그들은 동방니소관(東方泥塑館)이라 부를 정도다. 불교문화가 전래되는 중요한 길목이었기에 굽타문화에서 출발한 아유타 석굴의 초기 형식과, 인도·그리스·로마·페르시아 등의 문화 자취가 담겨있다. 또 이 시기는 간다라 예술이 인도·아프칸 예술로 변화되는 때였기에 모든 예술들이 백가제방적(百家齊放的)인 상태였다. 한조(漢朝)의 서역통합정책으로 중원문화가 바탕에 깔리고, 실크로드를 통해 수입된 다원적(多源的) 문화 형태가 보인다. 규모나 조영 기간으로 보면 중국 제일이라 할 수 없으나, 중원과 돈황을 이어주고 하서회랑(河西回廊)의 서역제국과 고대 인도의 통상 요지라는 면에서, 맥적산은 석굴예술의 명주(明珠)라는 이름에 손색이 없다.

> 공중에 높이 달린 사다리에 오르니
> 몸은 흰 구름 속에 둥둥 떠 있네
> 攝盡懸崖萬仞梯 等閒身與白雲齊

오대(五代)의 시인 왕인유(王仁裕)의 시가 실감이 날 정도로 아슬아슬하고, 자연의 경관도 뛰어난 곳이다.

맥적산의 석굴들은 한 마디로 웃음판이다. 진(秦) 지방의 처녀처럼 순박한 웃음이 있는가 하면[6호 西龕室의 立佛, 20호 굴의 主佛], 이국적이면서 고귀한 미소를 머금기도 하고[44호 굴 正壁 左側의 脇侍菩薩, 80호 굴 좌벽 협시보살], 아름다움이 넘쳐흐르는 영원한 여성적 웃음을 입가에 띄우기도 한다[121호 굴 정벽 좌측의 兩 협시보살, 85호 굴 정벽 우측 협시보살]. 여기에 아직 치기(稚氣)를 벗지 못하여 청순하게 웃는 아난상[阿難像, 133호와 142호 굴]에, 시골 노인 같이 웃는 문수보살상[102호 굴 우벽]에다, 여염(閭閻)에서 보는 소탈한 웃음소리까지 들을 수 있다.

그중에서도 단연 으뜸은 맥적산의 보석 44호 굴의 주불(主佛) 니소상(泥塑像)이다. 이곳 석굴의 최고 걸작으로 정치(精緻)한 조형의 아름다움이 있다. 온유(溫柔)하게 가부좌를 개고 머리에 선문(旋紋)의 육계

(肉髻)가 있어 한층 더 고귀하게 보인다. 얼굴이 둥글고 미목(眉目)이 청수(淸秀)하며, 얇은 입술에 작은 입, 그 위의 은은한 웃음을 바라보면 밀려오는 긴장감으로 몸이 굳어지고 가슴이 울렁거린다. 오똑하게 쪽 뻗은 코, 넓은 이마와 그린 듯한 눈썹에는 빛나는 예지가 가득하고, 살 오른 두 볼에서는 신비로운 미소가 배어 나와 보는 이를 편안하게 한다. 선율처럼 물결쳐내린 천의 자락은 부드럽게 드리웠고, 하늘에서 하강한 듯한 법신(法身)은 그 신광(身光)이 굴을 밝혀 일체중생(一切衆生)의 심안(心眼)을 열어 주는 듯하다. 옷 사이로 보이는 발은 가부좌를 개었고, 시무외인(施無畏印)의 수인은 유연하여 위무(慰撫)와 평온을 가르친다. 중국인들은 이 불상을 진선미(眞善美)의 화신으로 귀하게 여겨 다빈치의 〈모나리자〉에 비유한다. 그러나 모나리자처럼 성스럽기보다는 오히려 정겹고, 우리의 83호 반가사유상처럼 순진하고도 어머니의 푸근함까지 서린, 너무나 인간적인 부처로 보인다. 모나리자의 눈길에 마음을 꿰뚫는 예리함이 있다면, 이 주불이나 우리 사유상의 내려다보는 눈길에는 중생들을 어루만지는 자애로움이 가득하다.

양무제(梁武帝)의 〈정업부(淨業賦)〉에서는 "날씬한 허리에 가는 손가락, 연약한 골격에 통통하게 오른 살결, 순결한 몸에 향기로운 체취[細腰纖手 弱骨豊肌 附身芳潔]"라 하여 피부색까지 아름답게 표현하려 애썼다. 거기에 "형상 안에 정신이 배어서 전달되어야 한다"는 혜원풍(慧遠風)의 '이형사신(以形寫神)'이나, 고개지(顧愷之)의 "정신을 사물에 옮겨 담아 기운이 생동하도록 그려야 한다[傳神寫照 氣韻生動]"는 예술지표가 북위에 오면 후진풍격(後秦風格)이 더해진 수골청상(秀骨淸像)을 곁들인다. 이런 풍조는 서위(西魏)에 이르러 모성적 자애로움에 때로는 사미(沙彌)같이 천진스러움이 서린 동방의 미소가 더해진다. 44호 굴의 본존불은 이런 때의 작품으로 그 아름다운 미소 뒤엔 애끓는 사연이 있다.

남북조 시대의 통치자들이 권력 유지를 위해 부처를 믿고 많은 불사(佛事)를 일으켰으니, 이 석굴도 그때 조영된 것들이 많다. 권력의 이동이 잦고 나라의 부침(浮沈)이 빈번해서 저층(底層) 출신의 제왕들이 그 입지를 유지하려고 문벌세족(門閥世族)들과 온갖 형태의 인연을 맺지 않을 수 없었다. 그러는 사이 신흥 귀족들이 기성 지배층을 몰락시키고 민심을 안정시키기 위해 불교에 힘을 쏟으니, 이제까지의 장엄전아(莊嚴典雅)하던 자비로운 불상들이 당시의 왕이나 권력자의 얼굴로 표현되기도 했다. 이는 통치자는 곧 부처라는 인식을 심어 민심을 안정시키려는 의도에서였다.

북위가 분열되어 서위(西魏)와 동위(東魏)로 나뉘었다. 우문태(宇文泰)가 서위의 전권을 장악하고 황제는 허수아비가 되었으니, 유약한 서위 황실에 비극적인 사건이 일어났다. 서위 문황후(文皇后) 을불씨(乙弗氏)의 죽음이니, 이는 맥적산이 개착(開鑿)되어 발전한 것과 깊은 관련이 있다.《북사(北史)》13권 '열전(列傳)'의 '서위문제문황후을불씨전(西魏文帝文皇后乙弗氏傳)'에 의하면 13세에 제1황후로 책봉된 을불씨는 용모가 단정하고 품위가 출중하여 문제가 특히 애중히 여겼다. 그때 동위와의 전쟁으로 국력이 약해졌는데 북쪽에서 유연(柔然)이 또 침입하니, 위기를 구할 방법으로 유연의 공주로 도후(悼后)를 삼고 문황후를 폐하여 별궁에 살게 했다. 그러나 도후가 계속 투기하자 문제는 모후를 맥적산으로 출가시켰다. '한 나라에 두 황후가 있을 수 없다[一國不容兩后]'며 또다시 남침하자 문제는 어쩔 수 없이 황후를 자진토록 했다. 죽음에 임한 황후는 아들을 보고 "원컨대 황제께서 천세를 누리시어 천하가 평안하면 첩이 죽는 것은 한스럽지 않다"고 하며 한없이 흐느꼈다. 원통히 죽은 을불씨를 맥적애(麥積崖)에 장사지내고 감실을 만들어 적릉(寂陵)이라 했다. 그리고 후에 44호 굴이 조영되었다. 바로 옆 43호 굴이 적릉(寂陵)이니, 이 두 굴은 인위적으로 을불씨를 기념하기 위해 조성한 것 같다. 44호 주불이 귀족적인 의연한 풍채와 자색(姿色), 전아한 품격의 상호(相好), 단정한 몸가짐, 거기에 이 지방[秦]의 질박하고 순후함을 구비한 것은 을불 황후의 국모형상을 구현한 것이다. 불행을 넘어 이상적 실체로 현현하여 1,500여 년이 지난 지금까지 남아서 눈부신 아름다움으로 이 맥적산을 찾은 나그네를 감동시키고 있다. 자신의 불행했던 삶을 법신에 의탁해서 중생에게 자비를 베풀 수 있다면 그 또한 큰 보람일 것이다.

황후의 억울한 죽음과 못다 한 한이, 그 슬픔을 구제하지 못한 남은 이들의 찢어지는 아픔이, 그 후 이곳을 스쳐가는 수많은 사람들의 짠한 마음들이, 파노라마처럼 명멸했다. 외로운 영혼은 천 수백 년 동안 달 밝은 밤에 이 잔도를 서성이며, 망국의 한을 달래고, 무고히 죽은 넋들을 어루만졌을 것이다.

사람의 일이 다 피었다가 지는 꽃이거늘, 화창한 맑은 날에 그 고귀한 향기를 마음껏 풍길 수도 있고, 이슬비 맞으며 보는 사람 마음 아프게 하다가 져버릴 수도 있는 것이다. 그러나 그 꽃은 영원한 세월을 그렇게 우리 가슴에서 피고 진다. 맥적산 잔도를 다 내려와 다시 44호 굴을 향해 정중히 합장하고 돌아서서 산 위를 바라보니 흰 구름 한 점이 무심히 날고 있었다. 조금 전에 본 그 많은 불상들의 웃음소리가 메아리쳐 무엇이든 다 용서할 것 같다. 심루(心累)가 사라지고 개운해졌다. 만법재심(萬法在心)이거늘 굳이 다른 데서 구할 것 무엇인가.

명사산(鳴沙山) 위를 나는
막고굴(莫高窟)의 비천(飛天)들

막고굴(莫高窟)은 돈황(敦煌) 남쪽 오아시스 너머의 명사산(鳴沙山) 동쪽 산록 1.6㎞가량에 조영된 600여 개의 석굴과 감실(龕室)을 지칭한다. 십수 세기에 걸친 끈질긴 신앙적 집념이 만들어 낸 특출한 예술품의 보고(寶庫), 그 앞에 서면 망연히 할 말을 잊게 된다.

두 번의 이곳 답사에서 가장 강한 인상은 단연 비천상(飛天像)들이었다. "돈황의 벽화에 비천이 없는 곳은 없다[敦煌壁畵無處不飛天]"고 할 만치 비천과 기악천(伎樂天)이 혼자서, 혹은 둘이서, 때로는 백이 넘게 등장하기도 한다. 자유자재한 몸놀림, 반라(半裸)의 강인한 체력과 색채, 천의(天衣)의 펄럭이는 소리가 들려오는 듯하다. 먼 옛날에도 긴 시간 천정에 매달려 심혈을 기울인 이유는 신앙심 때문이었지만, 디지털이 지배하는 예측불허의 시대를 살고 있는 우리는 신비로운 경외감(敬畏感)을 금할 길 없다.

막고굴이 조영(造營)되는 오랜 세월 동안 많은 변화가 있었다. 초기에는 그 지역적 조건으로 인해 중앙아시아 유목민들의 호전적(好戰的) 기풍에, 힌두문화의 영향을 입은 이슬람문화가 별 거부반응 없이 유입되었다. 인더스강 유역의 문명이 북중국보다 선진문화였으니 자연스럽게 그 영향을 받은 것이다. 거기에 불교가 들어오면서 인도의 형이상적(形而上的) 사상과 지중해문명적(地中海文明的) 요소까지 가미되어 이 석굴에 반영되었다. 그 하나가 여기 표출되고 있는 상무정신(尚武精神)이다. 당당한 체구에 부릅뜬 눈이며, 무술의 기본동작 같은 몸의 자세가 단연 위압적이다. 중국인들의 시각으로는 흉노족 같은 오랑캐 문화인 것이다. 간혹 보이는 유라시아 대륙의 스키타이형 회화(繪畵)나 동물 도안들은 그 발원이 지중해임을 말해준다.

누가 무어라 해도 막고 비천의 특징은 그 색(色)과 선(線)에 있다. 초기 비천들은[272호, 275호] 머리에 원광을 두르고 몸이 짧으며, 고차(庫車)의 비천들을 닮아서 몸놀림이 빠르게 보인다. 북위(北魏) 시대에 오면 주불(主佛)의 머리 위에 있던 비천이 벽면으로 자리를 넓힌다. 얼굴이 풍만하고 코가 크며 입이 작고 균형 잡힌 몸매가 된다. 옷자락을 나부끼며 옆으로 나는 모습이 학과 같고, 꽃잎이 떨어져 내리는 듯 아름답다[226호 북벽 설법도]. 수대(隋代)에는 나는 형상이 다양해진다. 오르거나 옆으로 날기도 하고, 바람을 타거나 거스르기도 한다. 허리가 날렵하고 뺨이 둥글어 표정이 밝으며 보관을 쓰고 목에는 영락(瓔珞)을 둘렀다. 그리고 꽃을 뿌리지 않으면 공후나 피리 같은 악기를 들었다[427호]. 이 비천들을 가만히 보고 있노라면 서양의 인상파(印象派)나 야수파(野獸派) 계열의 작품 앞에 서 있는 듯하다. 272호 굴의 비천은 즐거움에 넘치는 몸동작을 단순하게 처리한 마티스의 〈춤〉과 겹쳐진다. 루오의 〈늙은 왕〉에서 본 투박한 선과 강렬한 색상도 여기 비천상들과 관련된 것은 아닐까. 구불거리는 생동감 넘치는 르누아르의 붓터치, 세잔의 원색에서 풍기는 규범을 일탈(逸脫)한 진동 에너지가 막고굴의 공기 결을 통해 느껴진다. 비사실적(非寫實的)인 그림이 사실적인 그림보다 더 감동을 준다. '아름다움을 포기한 혁신적(革新的)인 것에 진실이 깃든다'는 루오의 말이 실감 난다.

당대(唐代) 이후에는 많은 경변도(經變圖)에서, 설법하는 상공을, 채색 구름 속에 날며 꽃을 뿌리는 쌍비천(雙飛天)이 많아진다. 그리고 송대(宋代) 이후에는 그저 특징 없이 전대의 것을 답보하는 상태가 된다. 251호 굴의 〈설법도(說法圖)〉에 그려진 쌍비천은 반라의 상체에 긴 비단 띠[飄帶]가 S자형으로 구부러져 끝이 갈라지고 넓어져 힘차게 보인다. 흰 바탕에 물결무늬가 대칭적으로 그려진 치맛자락을 나부끼며 춤추고 날아오르는 자세가 유연하여 마치 두 마리 제비가 비상하는 듯, 바람에 나부끼는 옷자락 소리가 음악이다. 320호 굴의 남벽(南壁)에 있는 〈아미타경변도(阿彌陀經變圖)〉의 쌍비천은 둘씩 대칭으로 마주 보며 날아오르는데, 앞의 둘이 꽃을 뿌리며 뒤를 돌아보고 손짓하면, 뒤에서는 활짝 웃으며 즐거워하는 모습이다. 아미타불의 극락을 환희(歡喜)로 뒤덮는 탈속(脫俗)의 몸짓이다. 그 우아한 색과 선, 힘찬 붓놀림, 티 없는 웃음 들은 가히 신품(神品)임이 분명하다. 321호 굴의 쌍비천은 하강(下降)의 속도로 흰 치마가 둥글게 말려 몸을 감고, 몸은 완전히 거꾸로 날아 비단 띠[표대(飄帶)]가 세로로 나풀거리며 머리카락이 치날린다. 그 부드러운 몸짓에 웃음 띤 눈과 긴 눈썹, 다문 듯 만 듯한 윤기 흐르는 입술, 보관을 쓰고 영락을 두른 시원한 목, 그리고 팔지를 낀 날렵한 손목이 더없이 경쾌하다.

쌍비천은 천룡팔부(天龍八部) 중에 인도 신화에 가신(歌神)으로 출중한 외모의 건달바(乾達婆, 일명 香音神)를 말하고, 하나는 악신(樂神)으로 건달바의 아내인 긴나라(緊那羅)의 변신이라 한다. 이들이 나타나면 반드시 노래와 음악이 따르고 춤이 있게 마련이어서 불국이 찬미와 축복으로 가득해진다. 원래 건달바는 향기를 뿌리고 부처께 헌화하며, 보물을 바치고 꽃잎을 날리며 천궁(天宮)으로 오르고, 긴나라는 불전(佛殿)에 주악(奏樂)하고 노래하고 춤추나 구름 속은 날 수 없었다. 그러다가 후대에 오면 이들이 혼합되어 남녀와 하는 일이 구분되지 않고 하나가 되어 비천이 된다. 또 이네들이 비천과 분리해서 기악천(伎樂天)이라 따로 부르는 것도 우리는 합쳐 비천이라 부르며 혹 주악천(奏樂天)이라고 분리해서 부르기도 한다. 일설에는 불교 설화에 나오는 가릉빈가(迦陵頻伽)라는 새의 화신이라 한다. 불계와 천계에서 가무(歌舞), 산화(散花)의 신으로 머리에는 신채(神彩)가 있고 표일(飄逸)하고 우미(優美)하여 그 자태와 음악에 취(醉)한다고 했다. 그래서 불국의 정토에는 항상 비천이 등장한다.

우리도 초기의 벽화, 즉 고구려 고분의 그림들에서는 이곳과 유사한 것이 많다. 장전 1호 고분의 비천상, 특히 안악 2호 고분의 현실 동벽(玄室東壁)에 그려진 비천은 머리에 보관을 쓰고, 붉고 푸른 연꽃을 손에 들고, 반라의 상반신을 쳐들었다. 우아하고 풍만한 몸에 영락을 걸치고 바람에 천의와 표대를 날리며 옆으로 날고 있는 모습이 이곳의 비천들과 아주 비슷하다. 그 후 신라나 고려의 범종(梵鐘)으로 오면 여기서는 볼 수 없는 독특한 비상(飛翔)의 형태가 출현한다. 경주에 있는 성덕대왕신종의 비천을 보면 확연히 벽화의 것들과 구분된다. 화관과 천의와 표대며 영락은 비슷해도 비천의 자세는 아주 다르다. 막고의 비천처럼 유영(遊泳)하듯 나는 것이 아니고, 날렵한 몸매로 연화좌(蓮華座)에 무릎 꿇고 두 손으로 연꽃을 받쳐 들며 우러르고 미소지으며 내려온다. 그 자세와 눈길에 희원(希願)과 숭배의 염(念)이 가득하다. 뒤쪽으로는 보상화(寶相華)의 줄기가 뻗어 구름처럼 떠받들어 한층 더 신비롭다.

　만약 이들 굴사(窟寺)에 비천들이 없었다면…, 그런 상황은 생각하기도 싫고 오고 싶지도 않았을 것이다. 명사산(鳴沙山) 사구(砂丘)의 날카로운 등성이가 굴곡진 아래쪽으로 버들잎 같은 월아천(月牙泉)이 그림같이 떠 있다. 달 밝은 밤이면 이 굴속의 비천들이 깎은 듯 누워 있는 명사산 능선을 훨훨 넘어 월아천 위를 날며 꽃을 뿌리고 기악천들이 천악(天樂)을 연주할 것이다. 그때 홀연히 정자에 앉아 차향(茶香)에 젖는 꿈같은 장면을 그려 본다.

　세월과 역사와 인간이 연출하는 이 자국들이 언제까지 이어지며 명멸(明滅)을 반복할 것인지. 한 조그만 존재인 나를 돌아보며 소름 끼치는 숙연함을 떨쳐내는데 꽤 많은 시간이 필요했다. 왜 우리는 자연의 일부이면서 그것을 부정해야 하는지. 석굴을 보고, 낙타를 타고, 낙조를 바라보며 느끼는 이 간절함이 어떤 의미가 있고, 못 견디게 원하는 그것은 무엇 때문에 이루어질 수 없는가를 생각하는 것도 다 부질없는 순간을 스쳐 가는 일일 뿐이다. 알타이의 설산(雪山)과 고비사막을 끝없이 달리는 차 안에서의 이런 사념들도 그 비천들만 생각하면 거품처럼 사라진다.

　아, 긴 예술과 역사 위에 선 막고(莫高)의 비천(飛天)들이여!

상원사(上院寺)의
보물(寶物) 동종(銅鐘)을 보고

지금이야 차가 줄지어 내왕하지만, 6~70년대에는 상원사에 갈 때마다 괴로우면서도 즐거움이 함께했었으니, 월정사(月精寺)에서부터 걸어가는 계곡 옆의 등산로 때문이었다. 무거운 배낭을 메고 7~8킬로나 되는 산길을 걷는 것이 힘들면서도, 그 고즈넉한 일탈의 분위기에 젖고, 계곡을 흐르는 물의 시원스러움이 속진(俗塵)을 씻어주는 청량제가 되었다. 무엇보다 상원사 앞 오르막길 전나무들의 의연한 자태를 바라보며, 절에서 들려오는 은은한 범종 소리를 들어본 경험이 있는 사람이라면, 무슨 더할 말이 필요하겠는가. 세조 임금과 문수동자의 사리(舍利) 이야기며, 한국동란 때 한암(漢巖) 방중원(方重遠) 스님의 이야기가 아니라도, 이곳의 유명세를 더하는 것은 우리에게 남은 가장 오래된 신라의 동종이 있다는 사실이다. 갈 때마다 보는 종이지만 만날 때마다 다른 얼굴이다.

우리 종 특히 신라 때의 작품으로 지금 남은 것이 국내외를 합해서 열을 넘지 못하니, 그 문화적인 가치를 차치하고서도 국내에 남아 있는 확실한 것이 둘뿐인데, 상원사의 종은 제작 연대가 725년으로 봉덕사의 신종[771]보다 반세기나 빠르다. 원래 우리 종이 중국이나 일본은 물론 다른 나라의 것보다 특이한 장점이 많은데도, 그 오묘한 제작법이나 형태에 대한 연구는 아직도 선조들의 과학적 기술을 다 알지 못하고 있다. 그런데 이보다 훨씬 큰 봉덕사의 신종을 조영한 기술은 어떠했으며, 그보다 네 배나 더 컸다는 황룡사의 대종을 만든 명장의 솜씨는 어떠했을까. 내가 지난 몇 년 동안 수차 여기서 종을 대면하고 난 후, 마음 한구석에 문득문득 그 원초적인 발생 시기의 토르소에 관한 상상이 맴돌아, 그것이 무엇인지에 대답을 얻고 싶어 이번에 다시 와 본 것이다. 그리고 그의 무언의 설법을 들었다.

인류 문화생성의 초창기에는 번영의 원동력인 힘에 관계되는 것들이 제일 중시되었다. 이런 힘을 가지는 데는 개인적인 건강도 물론이고, 부족이나 가정의 집단적인 힘을 길러야 하기 때문에 종족의 번창을 위해 다산(多産)이 필수적이고, 그에 따른 여성의 위상이 매우 중요한 자리를 점했었다. 이것과 관계되는 여러 기록은 물론 유적들도 얼마든지 볼 수 있다. 고대 인도의 힌두교와 원시불교의 유적들에 표현된 노골적인 성희(性戲), 우리의 가락국 개국 신화와 연관된 〈구지가(龜旨歌)〉 관련의 성희적인 집단적 무도(舞蹈), 그리스 로마신화의 여성적인 대지(가이야)의 위력 등등, 인류문화 발생기에는 문화 에너지의 원천을 모성에서 찾았다. 그런 면에서 본다면 자기(磁器)문화는 물론 금속문화의 바탕도 그에서 벗어나지 않는다는 생각이다. 지난날 우리 선조들이 만든 그릇들의 기본형태는 거의가 여체를 상징하는 원형에 맞추어져 있다. 이는 동서양이 다르지 않다. 얼마 전 종을 만드는 공장에 가서 만들어 놓은 많은 종들을 보고, 곧 지난날 뒤뜰에 할머니의 생활 공간이던 장독대에 즐비하게 늘어섰던 장독들을 떠올렸다.

흔히 우리 종을 항아리 모양이라고 하는데, 이는 바로 여체를 상징하는 토르소(torso)다. 하대(下帶)의 종구(鐘口)가 좁아지는 것은 잉태한 여인의 신체 형상이다. 이런 증좌들은 위에서부터 용 장식의 걸이[龍鈕]와 음통(音筒)이다. 용이란 하늘과 지상을 가리지 않고 우리 마음속에 자리한 영물로, 태몽에 등장하는 영순위(零順位)의 상서로운 상징물이다. 그런 청룡 한 마리가 힘 좋게 버티면서 종신을 잡고 있는 것이, 바로 모체로 귀소(歸巢)해서 탄생되는 새로운 생명체를 의미하는 것이니, 여인들 머리의 용잠(龍簪)도 같은 맥락이다. 그것이 불법을 수호하는 용으로 형상화한 것이 범종(梵鐘)이다. 음통은 대지의 기(氣)와 하늘의 힘이 소통하는 유통구(流通口)이다. 일반적으로 보면 소리를 내는 종신(鐘身)과 반대편에 외부와 직통하는 통로를 낸다는 것이 모순이지만, 이 모순을 극복하여 더할 수 없는 소리의 조화로움을 창출한 것이 한층 더 돋보인다. 그것이 만파식적(萬波息笛)을 상징하든, 불(佛)의 통로건 상관없이 천상계의 성스러운 기운과 여성적인 부드러운 대지의 기운이 서로 통하여, 종 안에서 오묘한 공명(共鳴)의 창조음 곧 생명이 담긴 소리를 만들어 낸다. 이것이 현상계를 초월한 불가시(不可視)의 경지로 승화시킨 선조들의 예술 정신의 결실이다.

다음으로 상대 바로 아래 사방에 둘러 만든 유곽(乳廓)으로 각 아홉씩 모두 서른여섯의 종유(鐘乳)이다. 숫자가 36인 것은 하도낙서(河圖洛書)와 오행에 근거한다지만, 생명 창조의 풍성함을 상징함이겠고, 사방으로 배치한 것은 삼계 전 방위와 통하는 불교의 일상적인 방위였다. 각 돌출된 유두는 연꽃이 피어나기 직전의 연봉(蓮峰) 형태로 우주의 생명선을 승화시킨 것이니, 곧 어머니의 젖꼭지로 진리의 참다운 소리를 온 대천세계로 전파하는 동력의 상징물이다. 원래 안동에 있었던 것을 상원사로 옮길 때, 그 유두 하나를 안동에 남기고서야 옮길 수 있었다는 전설도 모성애적인 민속이 합쳐진 것이리라.

그리고 상대와 유곽이며 하대의 띠에 새긴 당초문과 원형 속의 작은 비천들, 종신 양면에 쌍으로 조각된 비천들, 곧 주악비천(奏樂飛天)이나 공양비천(供養飛天)들이다. 그 아름다운 생명의 잉태를 축하하고 찬미하며 돌보기 위해서 서천에서 하강하고 있다. 종(鐘)이란 글자도 인격화된 것이니, 금(金) 자에 아이[童]를 합한 글자다. 봉덕사 신종을 주조할 때 어린 생명을 넣었다는 설화도, 육신의 생명이 모성 속으로 품어져서 소리로 영원화했다는 종교적인 연기(緣起)라 하겠다. 이로 보면 한 생명이 담긴 소리란 범연한 것이 아니고, 위로 하늘의 정기를 받고 아래로 대지의 수기(秀氣)와 영품(靈稟)을 바탕으로 우주의 찬미 속에 태어나는 음악이니, 그 얼마나 장엄한 것인가.

우리 종은 걸 때 높이 걸지 않고 지면에 가까이 걸었다. 그리고 아래를 둥글게 파거나 더 옛날에는 바닥에 항아리를 묻어서 음의 공명과 여운을 길게 살렸다. 아래를 깊게 판 것이나 항아리는 모두 여성적인 것이다. 외국의 종처럼 높이 걸어 되바라지게 하지 않고, 치마 아래에 품어 조용한 속에 신비한 음향을 만들어 내는 창조주였다. 불출세의 명장(名匠)은 천기와 지기를 합하여 내재된 무한의 저력으로 둘도 없는 걸작품을 이루어낸 것이다. 그 소리는 삼천대천세계 생명들의 영혼을 일깨우는 구원의 복음이며, 새로운 생명 탄생의 고고성(呱呱聲)이고, 명장(名匠)의 가슴에 사무친 여인에의 정한이다. 특히 사찰에서 갖추는 사물(四物) 가운데 종소리는 지하세계의 영혼들을 구제하는 복음이었다. 상하 대의 띠는 우리 여인들의 호장저고리와 스란치마의 장식들이다. 그 단정하고 근엄한 자태로 모든 우주와 생명들을 창조하고 보우하는 염원이 서린 여인들의 품위였다.

재미있는 것은 이런 생명의 탄생에 아주 중요한 것은 음양(陰陽)이 작용해야 한다는 것이다. 종신인 여체 중 당좌(撞座)가 음이라면 당목(撞木)은 남성이며 양이다. 이 얼마나 우주의 자연법칙을 그대로 표출한 위대한 예술품인가. 때로는 환희와 희망을 주기도 하고, 혹은 세속적인 격한 갈등을 가라앉혀 잠들게 하기도 하거나, 멀기만 한 이상세계로 이끌어 모성적인 안정을 주기도 한다. 대지를 바탕으로 천기를 받아 생명을 창조하고 기르는 여성적인 숭고함이, 지하의 영혼들에게 들려주는 일깨움이다. 우리의 시련을 잘 구제해주는 부처님이 관세음보살인데, 중국이나 한국 등에서 관세음을 여성적으로 표현하고 있는 것도 이와 무관치 않을 것이다. 곧 여성은 남성보다 더 자비롭고 신성하고, 그리고 풍후하여 모든 것을 수용하여 포용하는 주체이기 때문에, 우리의 원초적인 고향이 되는 것이다. 그래서 종소리를 들으면 그곳으로 마음이 움직인다.

　김극성(金克成)은 〈심청문묘향(心淸聞妙香)〉이란 시에서 '하계로 종소리 내려오네[鐘聲下界聞]'라고 노래했다. 그래서 절에 가 종소리를 바르게 들으려면 마음부터 깨끗이 할 일이다.

　이번 가을에 상원사에 들르면, 동종은 또 무슨 말을 일러줄지 기대된다.

기명(器皿)에 담긴 고려인의 마음
– 청자음각초화문화형탁잔(靑磁陰刻草花文花形托盞)

이 달에는 우리 중앙박물관에서 개관 100주년 기념으로 〈고려실〉
을 열고, 호림박물관에선 신사분관 개관기념으로 〈고려청자〉전을 시작
해서, 고려자기의 명품들을 한꺼번에 볼 수 있는 안복(眼福)을 누렸다.

육우(陸羽)는 《다경(茶經)》에서 '기이재도(器以載道)'를 역설했으니,
이는 그릇이 단순한 편리성만을 위한 것이 아니고, 그 안에 도공의 마
음과 솜씨 그리고 사용한 사람들의 역사와 철학이 배어있는 하나의 독
립된 세계라는 주장이다. 특히 우리의 그릇들은 더욱 그렇다. 그래서
걸작의 비색자기(翡色磁器)들 앞에 서면, 그걸 빚었던 옛 광경들이 눈앞
에 보는 듯 선하다. 순박한 얼굴에 입을 한일자로 다물고 뚫어지게 바
라보며, 투박한 손에 능숙한 손놀림을 멈추지 않으니 이마에 땀방울이
송글송글 맺혔을 것이다. 그렇게 빚은 것들을 말리고, 그리고, 새기고,
발라서 가마에 넣고 밤을 새우며 눈동자에 불길 이글거릴 때라도, 마
음은 호수같이 잔잔해야 하거늘 어찌 잡된 생각이 들 수 있었으랴. 명
기(名器)란 뛰어난 솜씨로 자신의 삶과 정신을 담아서 불로 정화시킨
작가의 분신이다. 곧 무심(無心) 속에 이루어진 유정물(有情物)이다. 전
시실에서 눈에 띄는 몇몇 작품만 보아도 그런 고려인들의 마음을 읽을
수 있다.

그들의 마음은 하늘처럼 넓고 바다처럼 깊었다. 청자가 가진 비색
(翡色)은 바로 하늘이요 바다다. 깊이와 끝을 알 수 없는 현허(玄虛)의
세계요 무한한 이상 속의 우주인 것이다. 거기에 구름이 뜨고 그 사이
를 학이 난다. 물에는 버드나무가 늘어지고 수금(水禽)들이 짝지어 노
닌다. 그리고 중간지대에는 모란과 국화가 피고 연(蓮)이 있는 정화된
세계가 펼쳐진다. 그러면서도 그림들은 전체의 조화를 깨뜨리지 않을
정도로 자신을 숨기다가, 상감청자(象嵌靑瓷)에 이르면 뚜렷하게 부각
되어 변모한다. 평화를 사랑하고 의고창신(擬古創新) 하는 예술혼이 살
아있다.

고려청자의 그릇들을 볼 때마다, 순박하다 못해 애잔한 자태를 윤
회의 먼 인연(因緣) 속의 어느 세상에서 만났던 것처럼, 가슴 가득 밀려
오는 그리움 같은 것이 서린다. 흡사 지나간 어느 생애에 풀지 못한 사
연으로 피눈물 쏟으며 부둥켜안고 울다가 한(恨) 속에 헤어진 사람을
천년 후 오늘에야 이승에서 다시 만난 느낌 같은 것이다.

그중에서도 눈에 띄는 것은 12세기 강진지역에서 만든 '청자음각초
화문화형탁잔(靑磁陰刻草花文花形托盞)'이다. 청자의 탁잔을 논할 때 거
의 빠지지 않는 이 작품은, 여덟 개의 꽃잎으로 이루어진 둥근 잔과 굽
으로 된 꽃봉오리 모양으로 탁(托) 위에 놓여 있다. 잔의 꽃잎에는 모란
과 당초문이 음각되고, 내면에는 국화(菊花) 절지(折枝), 바닥에도 국화
가 음각되었다. 탁의 중앙에는 복련으로 둘렀고, 가장자리에는 물속에
노는 고기가 새겨졌으며, 탁의 접시와 굽도 여덟 개의 꽃잎으로 이루
어졌다. 많은 고려의 청자탁잔들이 거의 여덟 개의 꽃잎으로 만들어진
것도 흥미로운 일이다. 아마도 이 꽃잎은 중앙에 새겨진 연문(蓮文)으

로 보아 연꽃일 가능성이 많다.

초기 불교에서는 부처가 열반(涅槃)에 든 후에 연꽃이 보리수(菩提樹)와 함께 곧 부처로 숭배의 대상이 되었다. 그러니 연(蓮)이 새겨진 잔을 올린다는 것은 그 청정결백한 화판(花瓣)과 화심(花心)에 감로(甘露)를 담아 마음과 함께 헌작(獻爵)하는 것이다. 이슬 머금은 새벽 연잎은 천지의 수기(粹氣)를 받아 찬란한 아침햇살 속에 꽃봉오리를 토한다. 이런 아름다움을 잔(盞)에 실었다. 국화는 예로부터 석국동심(石菊同心)이라 하여 익수(益壽)와 지절을 의미했다. 팽조(彭祖)가 국화차를 마시고 800년을 살았다니, 잔에 새겨둘 만한 좋은 소재다. 그밖에 모란은 부귀와 영광을, 어문(魚文)은 번창을 상징하는 좋은 것들이다.

호림박물관 전시품에도 이 작품과 쌍둥이라 할 만치 닮은 탁잔이 있다. '청자음각연화문화형탁잔(靑磁陰刻蓮花文花形托盞)'으로 12세기에 만들어진 것이다. 역시 잔과 탁이 여덟 개의 꽃잎으로 이루어졌고, 잔좌(盞座) 옆면의 연판문(蓮瓣文), 그리고 위쪽의 국화문 등의 기법이나 조형이 너무 유사하다. 거기에 담청색 유약이 청초한 것까지 비슷하다. 또 '청자음각연당초문연화형완(靑磁陰刻蓮唐草文蓮花形盌)'도 만개한 연꽃 모양의 완으로 여섯 겹의 연꽃잎을 굽에서 구연(口緣)까지 꽉 차게 둘렀다. 음양각의 기법이 섬세하고 잔 안쪽의 당초연화문(唐草蓮花文)과 바닥의 꽃무늬의 각선이 유려하기 이를 데 없는 수작(秀作)이다. 이처럼 연꽃 모양의 잔이라면 이 잔을 올리는 사람이나 받는 사람의 마음은 이미 연화세계에 노닐었으리라.

낙엽 진 민둥 남산은 불가마 연기로 햇빛 가리네.

가마 속 많은 것 중 겨우 푸른 잔 하나 태어났네.

검은 연기 사라지고 벽옥의 빛 해맑다네.

맑고 깨끗하기는 수정 같고 단단하기는 돌이라네.

이에 하늘의 솜씨 빌어 이 잔 만들었음 알겠네.

작은 꽃무늬 다닥다닥 단청하는 장인의 붓 솜씨라네.

落木童南山 放火烟蔽日 陶出綠甆盃 揀選十取一

瑩然碧玉光 幾被靑煤沒 玲瓏肖水精 堅硬敵山骨

迺知埏埴功 似借天工術 微微點花紋 妙逼丹靑筆

《동국이상국집(東國李相國全集)》 권제8(卷第八)에 실린, 고려의 문호 이규보(李奎報)가 백거이(白居易)의 시운에 맞추어 청자 잔을 찬미한 고율시(古律詩)이다. 열 개 중 하나가 뽑혔다는 말은 장작가마의 성공률이 그만큼 어렵다는 말이다. 빛의 해맑음과 재질의 단단함은 물론 채색 그림 솜씨의 뛰어남을 노래했다.

대부분의 찻잔이나 술잔들이 둥근 모양을 하고 있는 것은 원만구족(圓滿具足)하여 부족함이 없는 마음의 표현이다. 상대에게 잔을 올리는 것이 내가 표현할 수 있는 전부이고 또 그것은 영원하다는 뜻이 서렸다. 이런 소중한 마음을 맨손으로 올릴 수 없어 탁을 받쳐서 존숭(尊崇)의 염(念)을 형식으로 표현한 것이다. 《자가록(資暇錄)》을 보면 탁(托)의 유래는 8세기 말 촉(蜀)의 재상(宰相) 최령(崔寧)의 딸이 잔이 뜨거워서 손을 델까 염려하여 만들기 시작했다고도 하고, 혹은 마상배(馬上杯)의 변형이라고 보기도 한다는데, 어떻든 이제 떠나면 영영 돌아오지 못할지도 모르는 소중한 사람을 보내는 마지막 잔일 수도 있으니, 내 정성을 담아 안전을 빌었을 것이다. 그래서 접빈(接賓)이나 제의(祭儀)에도 탁잔이 사용되었다.

잔(盞)이란 그 안에 차나 술이 담기면 그릇이라기보다는 사유(思惟)와 우주(宇宙)가 담기는 선적(禪的)인 세계가 된다. 더구나 술은 지기(地氣)와 우로(雨露)의 은택(恩澤)으로 자란 곡물(穀物)이 감천수(甘泉水)와 어울려 숨 쉬는 독에서 대기(大氣)를 호흡하며 양조(釀造)되었고, 차는 천지의 수기(秀氣)와 일월(日月)의 휴광(休光)을 모아 자란 창기(槍旗)를 유천(乳泉)으로 달인 것이니, 이들이 잔 안에 들어가면 우리가 느끼는 그 색향기미(色香氣味)는 바로 사람이요, 마음이요, 정성이며, 사랑이고, 눈물로 변하는 것이다. 세월이 지나면 그 빙열(氷裂) 같은 수많은 사연들이 쌓여 말없이 다음 사람들에게 이어지리니, 아! 얼마나 많은 이들이 저 아름다운 잔에 사랑 가득 담아 그리운 이들과 주고받으며, 그 아린 삶의 무늬를 새겼을까.

인류가 살아온 지난 시간과 유물들, 그리고 나를 생각하면서 전시실을 나서니 오늘따라 저무는 청잣빛 하늘이 마음을 적신다.

【후기(後記)】
이번 〈고려실〉에서 아쉬운 것은 청자의 기명들이 얼마 진열되지 않은 점이다. 물론 정해진 공간에 여러 유물을 전시하느라 어려웠겠지만, 완(碗)이라는 이름이 붙은 고려의 그릇은 한 점도 없고, 원(元)나라 용천요에서 만든 '청자연판문완(靑磁蓮瓣文碗)'과 송대 경덕진요의 '청백자화형완(靑白瓷花形碗)' 두 점뿐인데, 물론 전시의 성격은 다르지만 호림박물관에는 1층 전시실 전체의 반 정도가 모두 고려의 청자완(靑磁碗)들로 채워져 대조적이었다. 고려문화 중에서 자기문화가 중요하고,

그중에서도 차문화가 번창하여 우리 도자공예사상(陶瓷工藝史上) 고려의 완(碗)이 차지하는 비중이 작지 않은데, 고려에서 만든 그 많은 완 중 하나도 전시되지 않은 것은 아쉬웠다. 전시품 중에 청자대접(靑磁大楪)은 몇 점 있으나 그것은 어디까지나 대접이지 완(碗)으로는 보지 않는 것 같았다. 아직도 우리는 구(甌), 완(碗), 대접(大楪), 잔(盞), 종(鍾), 배(杯) 등의 용어에 관한 구분이 정립되어 통일되지 못한 실정이다. 그래서 박물관에 따라 같은 형태의 그릇을 달리 표현하거나 학술적인 글에서도 용어가 다른 예도 없지 않아 혼란스러울 때가 많다.

일탈(逸脫)의 명품(名品)

'모든 미술품은 작가의 마음을 표현한 것'이라는 말을 부정할 사람은 아무도 없다. 선인(先人)들은 여기에 대하여 "신운(神韻)과 생동(生動)·형사(形似)의 셋으로 나누고 신운은 언제나 형사의 밖에 있어야 한다[神韻寓于形以之外 而形象寓于神韻之中]"고 했다. 이는 곧 작가의 예술적 영감(靈感)이 먼저이고 그 속에서 작품이 형상화된다는 말이다. 작가의 입장이 그렇다면 이를 감상하는 사람들에게도 같은 말이 적용되어야 한다. 따라서 작품을 대하면 작가의 마음 쪽에 가까이 갈수록 올바르게 감상할 수 있다. 거기에 무슨 이론(理論)이나 법칙이 따를 수 없고, 오직 감각적인 혜안(慧眼)만이 그 마음의 가닥들을 찾아 재현(再現)할 수 있을 것이다.

이번에 새로 개관한 국립중앙박물관의 도자실(陶瓷室)은 정말 휘황찬란(輝煌燦爛)하다. 그 작품의 높은 예술성으로 많은 사람들에게 익히 알려진, 명성을 떨치는 것들이 여러 점 있기 때문이다. 사실 자기(磁器)가 가지는 특징이 고정적(固定的)인 것이라면, 그림의 특징은 유동적이라 할 수 있다. 개인적으로 나는 상상의 폭이 넓은 그림 쪽을 더 좋아한다. 그래서 자기를 대할 때마다 그릇 따로 문양 따로가 아니고 그 둘이 이상적으로 조화를 이룬 작품을 보고 싶어 했다.

그런데 이 도자실에 어느 그림 못지않게 동적(動的)인 예술품이 자리하고 있으니, 그것이 백자철화끈무늬병[白磁鐵畵垂紐文甁]이다. 알 만한 사람들은 다 알고 있는 유명한 작품이다. 경복궁 초기부터 나를 매료(魅了)시킨 이 걸작품은 새 박물관에서 한층 더 아름다운 빛을 발하고 있다.

그 하얀 살결에 적당한 볼륨으로 퍼져 내린 선(線)만으로 형상이 모자람이 없는데, 거기에 한 획으로 그은 검붉은 철화가 목에서 등으로 바로 흘러내리다가 어깨선에서 40도 정도로 각도가 달라진다. 그냥 평범하게 본다면 병에 끈을 매어서 들고 다니거나, 허리에 차고 다니기 좋게 만든 술병 정도로 생각한다. 그것만으로도 백자 그대로 그냥 둔 것보다는 재치가 반짝이는 작품이 되지만, 그것뿐이라면 이 작품의 값어치를 반도 못 본 것이다.

자세히 보면 이 병은 약간 돌아앉은 나신(裸身)의 여체(女體)를 형상화(形象化)한 것이다. 긴 목에 가녀린 어깨 아래로 다리를 꼬고 앉은 풍만한 둔부(臀部), 거기에 눈이 시리도록 맑은 피부 등 모자람이 없다.

그리고 한 붓으로 처리한 철화의 획(劃)은 여인의 머리채다. 이제 막 목욕을 끝낸 주인공이 늘어진 머리를 매만지기 위해, 곧 두 손을 올려 잡을 자세다. 그리고 입에 물고 있던 끈으로 묶을 것이다. 만약 이것이 술병의 끈이라면 바로 늘어져야 맞다. 도공은 의도적으로 어깨선에서 앞쪽으로 걸치게 해서 머릿속에 그리던 자태를 재현한 것이다. 그의 마음에는 여인의 이런 동작과 모습이 오래전부터 각인(刻印)되어 있었을 것이다.

어릴 때부터 손에 흙물을 묻혀온 이 도공의 머리에 사라지지 않는 영상이 있었다. 어느 무더운 여름날 호젓한 산골의 맑은 물가에서나, 유두날[流頭日] 개울가에서 몰래 훔쳐 본 그리운 여인의 자세일 수도 있고, 이젠 곁을 떠나고 없는 젊었던 아내의 영상일지도 모르지만, 사무치게 보고 싶은 대상이리라. 긴 세월 눈 감으면 그때의 그 모습이 선하게 떠올랐고, 수많은 밤을 뜬눈으로 지새우던 어느 날 영원히 볼 수 있게 재현한 것이, 오늘 우리가 보고 있는 이 명품인 것이다.

이마에 땀방울 맺히도록 온 정성을 다해 물레를 돌리며 손으로 어루만져 탄생시킨 염원의 형상이다. 충혈된 눈으로 밤새 바라보던 그는 물기 가신 여체(女體)에 굵은 붓으로 산화철(酸化鐵) 안료(顔料)를 꾹 찍어 단번에 그 치렁치렁한 머리채를 그어 내린 것이다. 지금 그 광경을 그려만 봐도 긴장되는 순간이다. 마치 절세(絕世)의 검객(劍客)이 전신의 기(氣)를 모아 최후의 진검(眞劍)을 휘두르듯이 도공의 붓은 거침없이 그어졌다. 그리고 끝에 와서 묶였던 머릿결이 너무 길어서 한 번 굽이쳐 감겼다. 힘찬 붓의 힘이 아직도 기세등등하게 남아 있는 여유! 그야말로 회심(會心)의 일필(一筆)이다. 이 얼마나 마음속에 수없이 그려온 신운(神韻)의 형상(形象)인가.

그리하여 술병이란 이름으로 곁에 두고, 평생 수택(手澤)이 반반하도록 매만지며 함께할 수 있는 반려(伴侶)가 생긴 것이다. 그리울 때면 언제나 그 속의 술을 마시며 가슴에 안고 어루만졌을 것이다. 끈이라는 외형(外形)을 빌어 내심의 상(像)을 완벽하게 예술로 승화시킨 이 '니□히'야말로 무명(無名)으로 사라진 일대(一代)의 명장(名匠)이다.

전시실을 나오면서 이런 선인도 있었다는 긍지를 가지고 '거울못'을 내려다보니, 파란 하늘에 구름 몇 점이 물 위에 비친 사이로 검은 눈썹의 무뚝뚝한 사나이의 미소가 스쳐 갔다.

【원주(原註)】

'니ㄴ히'에 대하여 아직 밝혀진 바 없다기에 첨기(添記)하여 둔다. 이 병의 굽 안 바닥에 철화로 '니ㄴ히'라고 적혀 있는데, 여기에 관해 필자가 조사한 바로는 도공의 이름을 '니ㄴ히'로 보는 것이 합당하다. '니'는 '李(이)'요, 'ㄴ히'는 '사나히'를 뜻한다. 《박통사언해(朴通事諺解)》 초간본(初刊本)에 "성이 니가[姓李的]"라 했고, 《소학언해(小學諺解)》에는 "ㅅ나히와 간나히[男女]"라 하여 남자를 'ㅅ나히'로 여자를 '간나히'로 썼다. 더 거슬러 올라가면 《석보상절》에도 "ㅅ나히 소리 갓나히 소리[남자의 소리 여자의 소리]"라는 표현이 나온다. 이는 'ㅅ나히+관형격'의 형태이니 관형격을 빼면 'ㅅ나히'가 된다. 즉 남자는 'ㅅ나히'로 표기하고 여자는 '갓나히'로 표기하였음을 알 수 있다. 그 후 'ㅅ'이 없어지고 '나히'만 남게 된다. 따라서 '니ㄴ히'란 성이 '이'씨고, 이름은 'ㄴ히'가 된다. 그 시대 도공의 신분으로 보면 이런 이름이 조금도 어색하지 않다. 얼마 전까지 시골 여자아이에게 '간난이'라는 이름이 많았던 것도 그런 것이다.

달항아리 [圓]

만월(滿月)은 완성, 이상, 그리움을 어루만져 주고 하소연을 들어주는 구원자로, 그리움 그 자체일 수도 있다. '강나루 건너서 밀밭길을 구름에 달 가듯이 가는 나그네'에서 달은 만월에 가까운 둥근 달이지 초승달이나 그믐달은 아니다.

사실 완전하게 된 만월은 우리가 못 보고 넘어갈 때가 많다. 그리고 육안으로 구분하긴 힘드나 우리가 만월이라고 하는 둥근 달도 하루뿐이다. 하루를 위한 한 달은 너무나 불균형이지만 현실이니 어쩔 수 없다. 그렇다고 포기할 사람들이 아니다. 그래서 손 앞에 이 완성된 영원의 아름다움을 상주시키려고 노력했다. 그 염원의 결실 하나가 달항아리다.

일반적으로 산 위로 나왔다가 곧 사라지는 달이나, 물에 비치는 달로 만족할 수 없어서, 아예 평생 함께할 그릇 자체를 달로 만들어서 언제나 달을 볼 수 있도록 했다. 그 속에 정성을 담아 신들에게 제(祭)하고, 모자람이 없는 경배하는 마음을 둥글게 표현했다. 달덩이 같은 얼굴도 그려보며, 근심 걱정이 붙지 못하게 했다.

둥근 달을 가슴에 안고, 고이 흐르는 물길이나 부드러운 구름을 타고 유영(遊泳)하는 것은 사랑의 극치를 상징하거나 부인들의 태몽으로 잘 나타난다. 남자가 달을 안는 꿈을 꾸면 사랑이 곧 이루어지는 것이고, 출세의 징조가 되기도 한다. 달은 음(陰)이니 이는 대지요 생명의 산실이며, 모든 것을 거두어 받으니 만물의 터전이다. 은은한 미소로 따지지 않고 다독여서 감정의 안식을 도와준다.

백색의 순수, 이것은 우리의 의식이 심재(心齊)에 이른 것과 같은 태허(太虛)의 상태다. 이것이 바로 본래심이요 평상심이다. 무엇이나 받아들일 수 있는가 하면, 모든 것을 거부하는 빛이다. 이것이 입선(入禪)의 경지요 하늘이 내린 본래의 상태이다.

아무 항아리라도 원래는 텅 비어 있다. 그 안에 어떤 것이 담길지는 그것을 소유한 사람의 마음에 따라 정해지는 것이다. 물, 쌀, 꿀, 약, 술 등 제한이 없다. 하지만 거기에 간장을 담기 시작하면 계속해서 간장 항아리로 쓰임이 굳어진다. 다음에는 아무리 진귀한 것이 있어서 담고 싶어도 담을 수 없다. 혹 순백자의 진귀한 항아리라 하더라도, 일단 기름지거나 짙은 향의 내용물을 담고 난 후에는 그런 것을 기피하는 내용물은 담을 수가 없다. 사람에게도 비슷한 현상이 있을 수 있다. 하늘이 내린 좋은 자질을 타고 태어나도, 나쁜 습성에 물들어서 몸과 마음을 버리고 나면, 다음에는 기회가 와도 그것을 감당하지 못하게 된다.

화가들은 왜 백자 항아리에 꽃가지가 걸쳐지는 소재들을 자주 썼을까? 생명 탄생의 산실이나 희망이나 중정 같은 것들에 접맥된 것이리라.

돈 이야기

첫 번째 이야기.

연암(燕巖) 박지원(朴趾源)의 《열하일기(熱河日記)》 중 〈옥갑야화(玉匣夜話)〉에 나오는 경세(經世)와 치용(致用)을 공부하는 불우한 선비 허생(許生)의 돈 얘기다.

서울 묵적동에 살던 허생이 가난에 찌든 아내의 성화에 못 이겨 학업을 중단하고 출가(出家)하여 장안 갑부 변씨(卞氏)에게서 만금의 돈을 빌린다. 그는 그것을 자본으로 과일과 말총 등 생활필수품들을 매점매석하여 수십만 금을 벌어서 그 돈으로 수천의 도적들을 설득시켜 무인도에 정착시켰다. 그리고 그곳에서 생산되는 작물로 마침 흉년이 든 일본에 팔아 또 백만금을 얻게 된다. 이런 거금이 당시의 현실적 경제 규모에 맞지 않는다고 생각하여 오십만 냥을 바다에 버리고, 남은 돈으로 여러 곳의 가난을 구제하고, 십만 냥을 남겨 변씨에게 빚을 갚으러 가니, 변씨가 "그대의 얼굴빛이 전보다 낫지 않으니 만 냥을 다 잃어버린 모양이군" 했다. 허생이 껄껄 웃으며, "재물(財物)로써 얼굴빛을 좋게 꾸미는 것은 그대(상인)들이나 할 일이지, 만 냥이 아무리 중한들 어찌 도(道)를 살찌게 하겠는가" 하고 돈 십만 냥을 돌려주며 "내가 한때의 굶주림을 참지 못해 글 읽기를 끝내지 못했으니 그대의 만 냥을 부끄러워할 뿐일세" 했다. 양반은 얼어 죽어도 겻불은 쬐지 않는다는 개결(介潔)한 자존심의 발로였다. 원금의 열 배를 받을 수 없다는 변씨를 설득시켜 돌려주고 그는 다시 가난한 선비로 돌아간다.

이는 연암의 사상이 실학 중 북학(北學)에 젖어 중상주의(重商主義)에 바탕을 두었지만, 그래도 돈이란 생활의 수단으로 최소한의 것만 필요한 것이지 그 자체가 재보(財寶)로써 목적일 수 없다는 선비의 신념을 굳게 지킨 것이다.

여대(麗代)의 문인 임춘(林椿)이 돈(엽전)을 의인화하여 쓴 작품 〈공방전(孔方傳)〉에서도 돈은 탐탁하지 못한 경원(敬遠)의 대상으로 등장한다. "방(方, 돈)은 그 사람됨이 때에 따라 응변(應變)을 잘하고 욕심스럽고 더러워 염치가 없다"고 한다. 또 "사람을 대할 때도 어질거나 불초함에 개의치 않고, 거리의 악소년들과 어울려 내기 바둑이나 투전을 일삼는다"고 비하(卑下)했다. 물론 당시가 농업경제사회였으니 돈으로 인해 기존의 체제가 바뀌고 인심이 각박해져서 작은 이득(利得)을 두고 서로 다투는 것을 비판했다. 또 돈이 권귀(權貴)와 야합하여 파당을 이루는 폐단이 많았다. 그래서 "방(方)의 말 한마디는 황금 백 근의 무게만하다"고 했으니, "돈이면 죽은 사람도 살릴 수 있고 귀신도 감동시킬 수 있다"는 지금의 세태와 다를 바 없다.

두 번째 이야기.

은행권(돈)의 디자인은 그 나라의 역사적 문화적 상징을 국민 정서에 맞춰 예술적 감각으로 표현한다. 그래서 앞면에 훌륭한 역사적 인물의 초상을 많이 넣는다. 이는 역사적 의미 외에도 인물 개개인의 독특한 인상과 개성을 표출시켜 위폐 방지의 방편으로도 쓰인다. 그래서 나라마다 인물 초상에 관한 일화도 많고, 우리 돈도 예외는 아니다.

1962년 5월 16일 발행된 100환짜리 은행권은 역사적 인물에서 벗어나 최초로 일반인을 소재로 한 모자상(母子像) 지폐였다. 한복차림의 엄마가 색동옷을 입은 아들과 함께 저금통장을 바라보는 흐뭇한 표정이었다. 그런데 이 돈이 유통되자 문제가 생겼다. 그 인물의 실체가 당시 5·16혁명 후 경제개발5개년계획을 추진하던 집권자의 부인과 아들이라는 말이 여기저기서 나온 것이다. 그래서 이 은행권은 25일이라는 짧은 생을 마감했다. 사실 그 주인공은 조폐공사에 다니다 퇴직한 권 모 여인과 두 살짜리 그의 아들임이 후에 밝혀졌다. 평소 알고 지내던 도안실장의 권유로 찍은 사진이라 했다. 이 100환 권이 우리 화폐사상 가장 짧은 유통기간을 기록했음은 말할 것도 없다.

잡지《박물관 사람들》10년을 돌아보며

2002년의 어느 포근한 겨울날로 기억된다. 박물관회에서 오래전부터 계획했던 일이라며 회지를 출간하려는데 도와달라고 했다. 나는 젊어서부터 조상이 남긴 옛것들을 좋아했지만 일상에 쪼들리다가, 늦게서야 맺은 박물관과의 연(緣)으로 흔쾌히 힘을 보태기로 했다. 1977년에 시작되어 수천 명이 넘는 회원을 가진 모임에서 이제야 회지를 내는 것이니 만시지탄(晩時之歎)이 없지 않다. 그러나 여의치 못한 여러 여건들 속에서도 숙원(宿願)을 과감히 실행에 옮길 수 있었던 것은 신병찬 국장의 끝없는 박물관 사랑과 유상옥 당시 회장의 향념(向念)에서 나온 결실이었다.

첫 편집모임에 참석한 여성회원 여섯 분은 이미 전시실 자원봉사를 오래 한 분들이라, 순조롭게 일이 진행되었다. 우선 회지의 체제, 명칭, 지면 배치, 발간횟수 등을 정하고, 매회마다 특집을 집중적으로 조명하기로 했다. 첫 호의 특집은 '화폐'였던 것으로 기억한다. 이 분들의 봉사 열의가 정말 대단하여 일의 진행도 순조로웠다. 처음이기 때문에 외부에 내놓았을 때의 반응이나 독자들의 수준에 맞추는 일 외에도, 철저한 교정을 거쳤다. 그들은 편집 일은 물론 일반 기자들의 역할까지 분담하여, 원고 청탁이며 현장답사까지 맡아 열성을 다했다. 그렇게 처음 나온 것이 2003년 봄호이다.

그런데 원래 어떤 일이나 끝나고 나면 평판이 양분되기 마련이다. 회원들 간에 이런저런 이야기가 들려왔으나, 우리는 좋은 충고로 생각하고 정면으로 대응하여 몇 호가 지나자 잠잠해졌다. 그렇게 1년여를 넘겨 자리를 잡고, 6호부터 지금의 편집진이 맡아 오늘에 이르렀다. 그 사이 소소한 어려움이 없지는 않았으나 그래도 굳건히 그 자리를 지키며 꾸준히 봉사하고 있는 분들의 노고를 높이 평가하고 싶다. 물론 뒤에서 주선해 주는 힘으로 추진되지만, 편집실 하나 없는 여건에서 처음 시작한 분들은 물론, 오랜 세월 한결같이 애쓴 분들에게 박수를 보낸다. 더구나 나로 보면 강의니 집필이니 핑계를 대고 몇 년 전부터 아예 손을 떼다시피 하고 나니 그분들께 더 미안하다. 하지만 지금 그들의 실력은 거의 달인의 경지에 이르렀다. 그 가운데 애틋한 일은 처음부터 참여했던 진수옥 씨의 타계였다. 선량한 표정으로 다소곳이 좋은 글을 썼던 착한 분이었기에 더욱 마음이 아프다.

돌아보면 10년은 짧고도 긴 세월이었다. 인생불만미백년(人生不滿未百年)인데 우리 일생으로 보더라도 결코 짧지 않은 시간이다. 경복궁시절 뜰에 있던 정자나무 아래서 만발한 홍백의 배롱꽃을 바라보며 유물 얘기를 하던 것이 어제 같은데 벌써 40호라니, 살 같이 흘러가는 세월을 절감한다. 그동안 줄기차게 지내온 《박물관 사람들》이 대견스럽다. 사실 일반 잡지들도 10년을 넘기면서 출간하기가 쉽지 않고, 그 과정 또한 험난하다. 이는 독자층이 엷어서 경제적인 어려움에 견디지 못하기도 하고, 특수한 분야에서는 그 모임 자체가 이익집단이어서 경영상의 문제로 그만두기도 한다. 하지만 우리 《박물관 사람들》은 이런 한계에서 비교적 자유롭기 때문에, 이끌고 나가는 사람들의 의지와 정성만 있다면 소신껏 추진해 나갈 수 있다. 앞으로 대한민국이 존재하는 한 국립중앙박물관은 영원할 것이고, 박물관회도 계속해서 발전할 것이다. 그래서 우리는 먼 앞날을 바라보고 차곡차곡 벽돌을 쌓듯이 심력을 기울이고 있다. 많은 사람들이 좀 더 유물과 친근해지고 박물관을 사랑하며, 나아가 우리 문화의 이해와 발전에 기여하도록 하려는 마음이다.

우리에게 10년의 세월이 흘렀다는 것은 결코 단순한 흐름이라기보다는 더 큰 뜻이 있다. 국외(局外)의 참여자로 있던 회원들이 차츰 눈을 뜨고 진정한 박물관의 주인으로 접근하고 있다는 것이다. 모든 국립박물관들의 주인은 국민이고, 그 중에도 우리 국립중앙박물관회 회원은 국립중앙박물관에 좀 더 가까이 있는 주인들이다. 박물관에서 일하는 분들은 고용되어 직무를 수행하다가 명에 따라 다른 곳으로 옮기는 분들이다. 그러나 우리 회원들은 자기의 뜻만 있다면 평생토록 유물을 감상하고, 행사에 참여할 수 있다. 이에 여러 분야에서 기꺼이 노력 봉사를 하고 있다. 회지에 관여하는 분들도 우리 박물관이 보다 좋은 박물관으로 발돋움하려면 때로는 쓴소리가 필요하다는 생각을 갖고 있다.

회지는 회원들의 글과 의견들이 중심이 되어야 한다. 여기에도 어려움은 있다. 우선 원고모집 광고를 하지만 제출되는 글의 수가 만족스럽지 않다. 한정된 지면 때문에 제출한다고 모두 실을 수 있는 것도 아니다. 사실 박물관에 관계되는 전반적인 것이 전문 분야여서 단순한 신변잡기나 일기 등속(等屬)의 글을 실을 수도 없고, 그렇다고 학술적인 글로만 채울 수도 없는 어려움이 있다. 너무 전문적인 글만 실으면 논문집이 되어버리고, 지나치게 일상적인 글만 실으면 잡문집이 되고 만다. 그래서 비전문적이면서도 전문적인 면이 강조되도록 애를 썼다. 아주 학술적인 전문가가 아니어도 유물들의 예술적 가치와 역사적인 의의를 터득할 수 있도록 하였으니, 박물관에 자주 드나드는 분들을 위한 안내서 역할에 충실하기 위함이다. 하지만 이 중용(中庸)의 길이 얼마나 어렵고 힘든 것인지는 겪어보아야 안다. 원래 인간들의 속성이 불편부당(不偏不黨)에서 자유롭기 어렵기 때문이다.

우리가 회지를 발간하고 강의를 듣고서 전시실을 관람하는 것이 어쩌면 운경월조(雲耕月釣)라 생각할지 모르나, 나는 그렇게 생각지 않는다. 원래 무엇을 좋아하여 한결같은 열의를 가지고 몰입하다 보면, 그 속에 스며있던 아름다움이 흘러나와 내 몸에 흠뻑 배게 된다. "지는 꽃잎 부슬비로 옷에 많이 떨어져서, 집에 돌아오니 맑은 향기 소매 가득[殘花隨雨點衣頻 歸來滿袖淸香在]"이라 하지 않았던가. 열자(列子)도 십년을 공부하고서야 날아다닐 수 있었다고 했다. 사람이 무슨 일을 할 때 약간은 미쳐야 한다. 우리가 이 회지에 관여하는 동안에는 박물관이 내 집 같고, 유물들에 대한 향념이 일강춘수향동류(一江春水向東流)의 향수 같은 것이다. 나라의 힘이 강해도 고유한 문화를 향유할 줄 모르는 민족은 멸망하고, 특유한 문화를 계승 발전시키는 민족은 그 역사가 영원하다. 조상들이 남겨준 훌륭한 우리 문화유산을 소중히 보존하고, 그 가치를 구명(究明)하는 일에 미쳐서 일조(一助)했다는 의미가 있기에 더 자부심을 가진다.

처음부터 지금까지 자리를 잘 잡아서 가지를 뻗기 시작한《박물관 사람들》이 앞으로 회원들의 열렬한 관심과 성원으로 북돋우어져서, 하늘을 가리는 거목(巨木)으로 400호, 4000호를 넘어 영원히 무럭무럭 자라기를 빌어마지않는다.

[2012년 11월 초, 무액지다실(無額之茶室)에서]

문화순혈주의(文化純血主義)

문화가 발전할수록 그 내용과 형식의 변화도 빨라지고 있다. 이런 변화를 발전으로 보아야 할지, 아니면 이단적(異端的) 돌변(突變)으로 취급해야 할지, 구분하기 힘들 때도 많다. 대부분의 사람들은 전통이라는 울타리를 쳐놓고, 자기들 문화의 고유성을 보존해 보려고 애쓴다. 그래서 '전통문화보존회'니 '전통지킴이'니 하는 모임까지 생겼다. 하지만 여기에 많은 어려움이 따른다. 문화의 순수성을 보존하려면 우선 그 사회 구성원들의 문화 인식이 공유되고, 또 대상(對象)인 문화 내용이 그들의 정신을 결속시키는 데 도움이 되어야 한다. 이는 그 사회에 얼마만큼 기여(寄與)하느냐에 따라 보존의 성패(成敗)가 결정된다.

그런데 지금의 현실은 한 가정에서 마을, 지역, 국가를 넘어서 온 세계가 하나의 문화권이 되려 한다. 이는 교통의 편리에서 오는 생활의 반경이 확대되어, 무제한의 생활문화권이 형성되고 있으니, 와중(渦中)에서 그 최하위인 작은 마을이나 혹은 한 가문의 전통을 보존해 나가기란 너무 힘든 일이다. 원래 문화란 생물처럼 시대에 따라 변하게 마련이지만, 이즈음의 상황은 그 문화권 안에 살고 있는 우리 자신들도 적응하기 힘겨울 정도의 속도임은 모두가 인정할 정도다. 이런 변화가 빠르면 빠를수록 그 순수성을 보존하기는 더욱 힘들어지고, 또 문화가 파급되는 범위가 넓으면 넓을수록 순수성 보존은 어렵게 된다.

생활권의 급속한 확대는 적은 단위의 고유한 문화를 보존하기 어렵게 한다. 새로운 문화는 대중적으로 공용(共用)되는 집단적 문화여서 대형화하기 때문이다. 옛날에는 지역의 고유한 풍속들도, 구성원들의 빠른 이동으로 전승되기 어렵고, 또 고유문화의 전승이 지역의 경제적인 효과나 생산에 도움이 되지 못하면 관심에서 벗어나기 쉽다. 풍속이라는 것도 이젠 그 내용과 형식이 전국으로, 온 세계로 퍼져 유사하게 변화되고, 음식도 그 특징이 사라져서 지구 어디서나 먹을 수 있다. 더구나 그 음식이 토속적인 특징도 자리를 옮아가면서 많이 변질된다.

거기에 시대의 변화에 따르는 사람들의 음식에 대한 기호가 많이 달라진다는 것도 전통보존의 어려움 중 하나다. 이를테면 《수운잡방(需雲雜方)》이나 《디미방(知味方)─규곤시의방(閨壼是議方)》에 있는 조리법대로 음식을 만들어 놓으면, 맛이 없어서 지금의 식객들에게는 인기를 얻을 수 없다. 이는 문화란 그 향유하는 사람들도 변한다는 증거다. 조미료를 강하게 하여 더 자극적인 것을 느끼고 싶어 한다든가, 새로 수입된 음식이나 대량으로 상품화된 음식에 길들여져 있기 때문이다.

이런 상황에서 '문화순혈'을 표방하고 옛것을 고수하려는 노력은 어쩌면 존경스럽긴 하나, 한편으로 보편화·단순화·대형화를 향해 순간순간이 변하고 있는 구성원들에게는 때로 부정적인 인상도 받게 된다. 짧은 시간에 빠르게 변하고, 순식간에 거리에 관계 없이 소통이 이루어지는 현실 앞에, 지난 것을 품에 안고 밀려오는 새 물결을 막아 보려는 노력이 안쓰럽기까지 하다. 사실 전통문화의 계승이란 복고(復古)나 수구(守舊)를 위한 것은 아닌데도 더러 그런 오해를 받을 때도 있다.

오랜 시간 동안 선인들이 남긴 문화이니 똑같은 것 하나 없고, 하늘의 별같이 수많은 고유한 역사가 흐르는 전통이니 소중하게 보존되어야 할 존재가치가 있음은 말할 것도 없다. 그런데도 외부의 거센 파도에 견디는 것이 힘에 겹지 않을 수 없다. 지상의 어느 혈족이 그 순수성을 보존하고 싶지 않으랴만, 현재까지 그것을 만족스럽게 보존하고 있는 민족은 들어보지 못했다. 우리도 예부터 단일민족, 배달민족을 내세웠지만, 수많은 역사적 굴곡을 겪으면서 혼혈되어 왔고 지금도 그런 과정이 계속되고 있지 않은가. 어쩌면 이런 현상이 정상적인 역사의 흐름이고, 자연의 법칙일지도 모른다.

　　사람이나 모든 생물들이 순혈을 오래 보존하다가 보면, 종(種) 자체가 열성(劣性)으로 변하여 퇴화(退化)하듯이, 문화도 변함없이 원형대로 보존되면 발전에 지장을 준다. 이웃과 교류하면서 장점들을 흡수하여 고양시키면 질 좋게 한 층 더 올라갈[更上一層樓] 수 있다. 문화의 특성이 시대 배경과 구성원들의 특성에 맞게 발전하는 것이기에, 그에 맞추어 변하는 것이 당연하다. 대표적으로 우리의 예서(禮書)를 보면, 주자의 《가례(家禮)》가 들어와서 《국조오례의(國朝五禮儀)》가 만들어졌고, 그 뒤 퇴계를 비롯하여 수많은 학자들이 예서를 집필하였으니, 집집마다 없는 집이 없을 정도였다. 놀라운 것은 그 하나하나가 조금씩 내용이 다 다르다는 것이다. 한데 최근에 와서는 이런 의식들이 간소화되고 통일되는 방향으로 가고 있다. 아직도 가가례(家家禮)를 말하지만 이제 멀지 않아서 거의 비슷하게 같아질 것이라 생각된다.

　　그러면 이렇게 외부의 문화가 혼입(混入)된 것을 순수한 전통문화라고 할 수 있느냐는 문제에 닿는다. 나는 그렇게 이루어진 문화도 정신이 민족이나 지역의 특성을 잃지 않았다면, 그들의 고유한 전통문화라고 생각한다. 만약 그렇지 않고 순혈성만을 내세운다면, 이 지상에서 고유한 전통문화를 보존하고 있는 문화는 존재할 수 없기 때문이다. 옷을 입는 사람이 동일하다면 계절이나 나이에 따라 그에 맞는 옷으로 바꾸어 입게 마련이다.

예술작품에서 완전미를 추구하려는 헛된 꿈

야나기 무네요시[柳宗悅]는 〈차의 미(美)〉라는 글에서, 《남방록(南方錄)》에 나오는 다케노 조오우[武野紹鷗]와 센노리큐[千利休]의 화병 손잡이를 떼어낸 이야기를 하면서 '불완전의 미'를 찬양했다.

두 사람이 한 번은 같이 다회에 참석하러 가다가 길가 가게에서 꽃병 하나를 보았다. 두 사람이 각자 속으로 저 꽃병을 사야겠다고 생각했는데, 리큐가 먼저 그 병을 사다가 양 손잡이 중 한쪽을 쳐내고, 다음날 차회를 하면서 조오우를 초청했다. 실은 조오우도 아침 일찍 그 병을 사러 갔더니 팔리고 없었다. 그런데 리큐의 집에서 보고 말하기를 "두 개의 손잡이 중 하나를 쳐낸 것은 리큐의 뛰어난 미감"이라고 칭찬했다.

소위 와비(わび)에 관한 이야기다. 미(美)는 흔히 자연적인 것과 인공적인 것으로 양분되고, 많은 사람들은 그중 자연의 미를 한층 더 높이 평가한다. 그런데 위에 나오는 두 사람은 모두 인공미에 관한 것을 말하고 있다. 좀 더 구체적으로 말하면, '자연스럽게 보이도록 한 인위적인 미'라고 하겠다. 원래 일본문화의 특징 중 하나로 현란한 인공미의 그 섬세함을 말하지만, 따지고 보면 그보다는 자연 그대로의 미가 훨씬 깊고 넓은 것이다. 청소가 다 된 정원에 나무를 흔들어 그 낙엽의

자연스러움을 느끼는 미보다는, 아침에 일어나 밤새 손대지 않은 그대로의 자연스러움이 한결 멋스럽고 완전하다는 말이다.

우리 모두가 바라는 미란 가능한 한, 완전미를 그리고 있다. 그렇다면 우리 역사상 그 많은 문화재나 작품 중에 어느 것이 이 같은 완전미를 갖추었던가? 자주 말하는 〈모나리자〉, 〈생각하는 사람〉, 콜로세움, 석굴암 등 어느 것을 보아도 완전미를 갖추었다고는 보기 어렵다. 시대나 연령, 지역과 성별을 가리지 않고 누구 하나라도 빠짐없이 만족해하는 아름다움이라고는 보기 어려운 것이다. 그렇게 보면 자연미를 제외한 인공미 중에는 완전미란 말뿐이지, 실제로는 존재할 수가 없다. 까닭은 먼저 미란 위의 네 가지를 다 아울러 충족시킬 수 있는 완벽한 아름다움을 한 작품 속에 다 넣을 수 없다는 것이다. 더구나 어느 시대 어떤 개체든 각각의 미의 기준과 기호(嗜好)가 다르기 때문에, 그 모두를 충족시킬 미는 없다.

그래서 완전하진 않지만 각각의 취향이나 시대적 특성에 맞도록 미를 구분해 본다면, 이른바 장엄미(莊嚴美), 비애미(悲哀美), 청순미(淸純美), 소박미(素朴美), 파격미(破格美) 등 분야별로 나누어서 각 분야의 아름다움을 즐기게 되는 것이다. 우리가 일상 느끼는 미는 거의가 이런 분야라고 생각된다. 모자를 삐딱하게 쓴다든가, 입가의 점에 매력을 느낀다든가, 청바지를 구멍 내서 입는다든가 등이 여기에 속한다. 부족한 데에 매력을 느끼는 특수한 미감(美感)이라고 하겠다.

한편, 사물의 구성이나 내용으로 보아도 완전미란 존재하기 힘들다. 만약 어느 작품이 완성된 상태에서는 나무랄 데가 없이 완벽하더라도, 그를 구성하고 있는 각각의 부분들을 떼어놓고 보았을 때도 그 하나하나가 완벽하게 아름다우냐 하는 것이다. 이를테면 양귀비가 미녀라 해도 그의 머리끝에서 발바닥까지 모든 부분이 나무랄 데가 없지는 않았을 것이다. 혹 부족한 부분도 있었지만 다른 부분과 어울려서 조화를 이루었다고 보면 될 것이다. 만약 진정 완전미를 구비하고 있다면, 이 세상의 누구나, 언제나, 어디서나, 빠짐없이 좋아하고 부족함을 느끼지 않아야 한다.

연전에 어느 연주자 한 분을 만났더니, 4인조 실내악 연주가 독주자의 연주보다 성공하기가 4배보다 훨씬 더 많이 어렵고 힘들다고 했다. 까닭은 독주자는 자기 자신의 컨디션에만 신경을 쓰면 되지만, 협주자들은 구성원 모두에게 하나하나 신경을 써야 하고, 그중 하나라도 맞지 않으면 연주에 실패하고 말기 때문이라 했다. 맞는 말이라 생각했다. 일반적으로 생각할 때 우리는 많은 수의 교향악단의 연주에서는 각개가 크게 부담을 느끼지 않고 연주할 수 있을 것이라 믿는데, 실은 전연 상반된 현상이다. 그 많은 수의 연주자들이 조금의 일탈 없이 조화를 이루어야 하고, 각자의 연주가 모두 최고조에 이르러야 하거늘, 이것이 어찌 현실적으로 가능하겠는가.

또 다른 이야기는 매일같이 보는 잡지나 선전에 등장하는 모델 이야기다. 혹자는 '저 몸매와 저 얼굴에 어찌 그 유명한 모델이 되었나?'라는 말을 하기도 한다. 이는 이른바 보편적인 기준으로 일반적인 미감 수준에서 벗어나지 못한 생각이다. 모델이란 우선 특수한 의상을 소화할 수 있는 몸매여야 하고, 신체 부위가 의상의 특성을 좋게 부각시킬 수 있는 훈련과 아름다움을 가져야 하기 때문에, 일반적인 생활

복 입는 기준으로는 아름다움을 느끼기 어렵다.

따라서 나는 우리가 희원(希願)하고 있는 완전미는 인공적인 것에서는 찾기 불가능하고, 자연미에서 그 답을 찾을 수밖에 없다고 생각한다. 주변을 돌아보면 도처(到處)에 그런 아름다움을 간직한 자연물들이 존재하고 있다. 가을에 곱게 물든 낙엽 하나에도 모자람 없는 완전미가 내재(內在)된 하나의 우주가 있다. 그리고 이 자연은 감상자의 다양한 개성에 하나하나 부응하여 보여주는 무한한 세계가 있다. 다만 그것을 바라보는 사람의 심미안(審美眼)이 모자라서 그 무한의 아름다움을 다 발견하지 못할 뿐이다. 이는 우리 마음의 소산(所産)이다. 그래서 영명연수(永明延壽)는 이런 게송(偈頌)을 남겼다.

나의 뜻을 알고 싶다면
문 앞 호수의 물을 보아라
해가 비추면 광명이 이르고
바람이 불면 물결이 인다
欲識永明旨 門前一湖水 日照光明至 風來波浪起

바탕[體]은 언제나 변함없고 완전한데, 주변의 여건[用]으로 인해 각각 다르게 보인다는 말이다. 그러니 자연 자체는 완전한데 우리는 자기 나름대로 보고 느낄 뿐이라는 것이다. 그러니 그 모자람 없는 아름다움을 추구하려면 우선 차 한 잔 앞에 놓고 마음부터 비울 일이다. 그러고 난 다음에야 보이지 않던 아름다움들이 하나씩 빈 마음에 들어와 보일 것이다.

경자년 어느 가을날에 이름 모를 길섶의 작은 꽃을 바라보며….

[2020년 초가을에]

시중유화(詩中有畫) 화중유의(畫中有意)

해가 바뀌니 언제나처럼 지난해를 돌아다보고 한두 가지라도 바로 잡아졌으면 하는 마음에서 이야기해 보려 한다. 우리는 눈앞의 생활에 부대끼다 보니, 아주 기본적인 잘못도 일상화되어서 무감각하게 받아들이고 지낸다. 흔히 예술작품 안에 스며있는 사상이 모두 작가 정신과 혼을 내포하고 있다고 생각한다. 그렇지만 그중 상당 부분은 예술 외적이고 의도적인 목적을 가지고 표현한 부분도 많이 있다. 그래서 우리가 보고 있는 작품에 내포된 사상이 고인들이 말한 '시중유화 화중유의(詩中有畫 畫中有意)'의 의미에 맞는 것인지를 구분하여, 그 예술적인 순수성을 잃지 않아야 한다고 생각한다.

이제까지 전신사조(傳神寫照)라는 말은 대부분 작가 정신을 설명할 때 많이 나온다. 곧 작가의 사상이 생성된 환경과 경력 및 시대정신을 많이 보기 때문이다. 얼핏 생각하면 작가 정신과 사상이 작품 속에 잘 살아있어야 한다는 것이다. 이런 견해는 표의적(表意的)으로만 보면 예술작품이란 작가의 사상이나 철학을 전달하는 도구로써의 역할만 강조되기 쉽다. 곧 예술이 철학에 종속되는 의미만 강조되어 그 독자적인 의미가 퇴색될 수 있다. 실제로 역사적으로도 〈삼강행실도(三綱行實圖)〉나 개화운동에 관한 작품들, 프롤레타리아 문학운동, 민중예술 운동 시기의 작품들이나 북한의 예술품들을 보면 곧 이해가 된다. 이런 작품들 속에도 작가의 성향이나 예술적 특징들이 표현되겠지만, 의도적이고 계획적인 예술 외적인 것들이 우선(優先)된다면, 예술 본연의 것은 뒤로 밀려 퇴색된다. 곧 예술 활동에서는 의식적인 세계의 목적보다는 무의식적으로 표현되는 예술성이 더 중요하다. 왜냐하면 작품에 반영되는 예술성은 상당 부분 그 잠재의식에서 배어 나오기 때문이다.

만약 예술 외적인 것이 순수 예술성을 지배하게 된다면 그것은 선전 삐라의 역할을 면하지 못할 수밖에 없다. 예술의 특징이 관람자들에게 끼치는 영향이 깊고 잘 지워지지 않는 것이다. 진정 예술적인 감흥 속에서만 이루어진 걸작이라면 그 예술성은 시대나 인종을 초월하여 영원할 것이다. 셰익스피어의 희곡들, 워즈워스의 시, 국보 78호와 83호인 반가사유상(半跏思惟像)들, 그리고 〈모나리자〉 등의 예가 있다. 이런 작품들은 작가가 작품을 창작하면서 본인도 느끼지 못하는 사이에 작품 속에 담기는 정신으로, 감상자들에게 무의식적으로 전달되는 것이다. 이것이 화중유의(畵中有意)의 '의(意)'이다. 작가와 감상자들을 자연스럽게 연결시켜 주는 순수한 매개체다. 작가의 의도적인 의욕 속에서는 결코 걸작이 탄생할 수 없다. 그래서 위대한 예술작품을 보고 '어쩌다 나온 우연 속에서 탄생한 걸작'이라는 말도 안 되는 논리는 결코 존재할 수가 없다. 예술가가 같은 형식이나 형태의 유사한 작품들을 많이 연이어서 만든다고 해도 그중에는 좋은 작품이 있고, 평범한 것도 있고, 졸작(拙作)도 나오게 되어 있다. 왜냐하면 작품마다 그때그때의 여건과 생각이 한결같지 못하기 때문이다. 이것이 바로 무의식 속에 흐르는 항구적인 예술혼이 있다는 말이다. 서예가들이 말하는 날씨 따라 작품이 나온다는 말과 통한다. 현실참여의 작품 중에는 걸출

한 작품이 나오기 어렵다. 시대적 사명감이 감성을 자극하여 일시적인 반응을 일으키긴 하지만, 시공을 초월하는 예술적 영원성은 얻기 힘들기 때문이다.

원래 작가가 자기 작품에 관한 평가나 예술성을 논하는 것은 바람직하지 않다고 한다. 다만 그 작품이 탄생될 때의 주변적 여건이나 신상에 관한 것이나 심리적인 상태 등을 참고로 말해줄 수는 있어도, 작품에 담긴 예술성이나 사상을 말하는 것은 바람직하지 않다. 곧 작가는 작품을 만들 때 자아도취 상태에서 창작하기 때문에, 자신도 그 작품의 모든 것을 다 안다고 할 수도 없다. 그러니 작품을 창작해 내어놓으면 그것을 감상하고 평가하는 몫은 감상자들의 것이다. 이 경계를 함부로 넘나들면 그 작품은 순수성이 오해를 받을 수 있기도 하다. 그 글을 읽은 감상자들은 작가가 지적한 내용 이상의 것을 탐구하려 하지도 않고, 그 내용이 바로 정답이라고 생각하고 말 것이기 때문이다. 원래는 작가의 예술적 감흥을 쏟아부은 작품은 수많은 감상자들 각자의 상상 세계 속에 들어가서 각각 다른 많은 감흥을 불러올 수 있어야 한다. 그런데 작가가 먼저 나서서 가는 길이 이것이다, 하고 말해버리는 것은 바람직하지 못하다. 곧 작품의 제작 동기를 의심스럽게 할 수도 있다.

예술가는 어떤 과정을 거쳤든 작품을 완성함으로써 그의 역할은 끝난 것이다. 그것을 감상하고 분석하여 그 속에 흐르는 작가 정신을 찾아내는 일들은 훗날의 독자와 비평가들에게 맡겨야 한다. 이때 빠뜨리지 않고 등장하는 것이 기법(技法)에 관한 것이다. 사실 이 기법이란 작가의 예술혼을 잘 표현하기 위해서 선택된 역량의 문제다. 조각에서 소재, 형태, 크기 문제나, 그림에서 구도, 색상, 화면분할이나, 문학에서 구성, 표현, 언어 등의 문제가 다 그렇다. 자칫하면 작가가 정신이나 사상적인 면을 강조하거나 기법에 치중하면 정도(正道)에서 멀어지게 된다. 이를테면 조선시대의 문인들이 붓만 들면 충군애국(忠君愛國)을 내세우고 일제강점기의 시인들이 독립과 민족을 노래했지만, 너무 그렇게 한정해버리면 그 깊이가 얕아 보인다. 실제로 만해의 '님'은 조국일 수도 있고, 부처님일 수도 있고, 염원하는 이상일 수도 있는 것이다. 따라서 '시중유화 화중유의(詩中有畵 畵中有意)'란 말은 그 표현의 과정에서 의도적이고 인위적인 것이 배제된 안에서 생성되어야 한다는 말이다.

현실에 너무 집착하다가 우리의 본향(本鄕)을 잊어버리고, 광란의 무대에서 남의 장단에 맞추다 보면, 무대에서 곧 내려와야 한다. 그리고는 영원한 노스텔지어에 젖어서 유랑(流浪)하다가 떠나 버리게 된다. 이는 문필가들이 바라는 바가 아니다.

화가의 마음 따라

예술품을 보고 느끼는 일이 전문 분야이긴 하지만 원래 그림의 목적은 대중과 일반인을 상대로 작가의 마음을 표현한 것이다. 나는 비록 전문가는 아니지만 어려서부터 그림 보기를 좋아하면서 반세기를 넘게 살아왔다. 내 주변에는 언제나 그림 글씨가 따라 다녔고, 짝사랑하는 기분으로 좋아했다. 그러니 내가 그림을 대하여 느끼는 바는 지극히 대중적이고 문외한적 입장이다. 그것이 이 글을 쓰게 만든 원인이다. 꼭 전문적 비평가의 말이 항상 옳은 것도 아니고 아마추어의 순수한 눈이 더 인간적이고 본질에 가까이 갈 때도 있다고 생각되기도 하기 때문이다. 나는 체계적 미술 교육을 받지는 않았으나 그 분야의 책은 비교적 많이 탐독했다. 나름대로 좋은 작품과 그렇지 못한 작품의 평가 기준을 어디에다 두는가도 정하고 있다.

좋은 작품은 첫눈에 확 드는 것도 혹 있으나, 보고 난 후 두고두고 머리에서 사라지지 않는 작품이다. 그 예술적 공감도가 깊이 각인되기 때문이다. 어떤 때는 작품 하나 때문에 몇 시간 비행기나 차 안에서 옆도 돌아보지 않고 그 속에 묻혀서 올 때도 많다. 때로는 그 작품 안에 들어가 보기도 하고 등장인물과 대화도 하고 토론도 한다. 그러면 그 작가의 마음이나 의도가 궁금해지기도 한다. 막상 작가를 만날 수 있다고 해도 나는 만나지 않을 것이다. 왜냐하면 그의 입에서 내가 기대했던 말이 나오지 않으면 심하게 실망하게 될 테니까.

3

옛글의 향기
_고전번역 원고

장유의 〈서비해당묵묘신상권 후(書匪懈堂墨妙神賞卷後)〉[7]

비해당[8] 묵묘신상권 뒤에 쓰다

이것은 예(倪, 倪謙)·마(馬, 司馬恂) 두 사신이 비해당(匪懈堂, 안평대군)에게 시를 증정하고 그의 필적을 찬양한 것으로, 당시의 명인(名人)들이 지은 시와 글 약간 편(篇)을 묶어 하나의 축(軸)으로 만든 것이다. 신군석(申君奭, 申翊聖) 동양도위(東陽都尉, 선조의 부마)가 가지고 와서 보여주기에 내가 열람하였다. 보고 나서 감탄하기를 "너무나 아름답고 좋아서 세상에 찾기 어려운 진귀한 것이구나. 은(殷)의 상법(常法)[9]이나 하(夏)의 구정(九鼎)[10]으로도 그 예스러운 멋을 비유하기에 부족하고, 초(楚)의 옥돌[11]이나 수후(隋

---

7   장유(張維)의 《계곡집(谿谷集)》 3권(卷)에 실린 〈서비해당묵묘신상권후(書匪懈堂墨妙神賞卷後)〉를 우리말로 옮겼다. 장유(張維, 1587~1638)는 조선 중기의 문신이자 양명학자로 천문, 지리, 의술, 병서 등 각종 학문에 능통했고 서화와 특히 문장에 뛰어나 조선문학의 4대가(四大家)라는 칭호를 받았다.

8   세종대왕의 3남인 안평대군(安平大君) 용(瑢)의 호(號)이다. 당대의 명필(名筆)로서 시문(詩文)에 뛰어나 중국 사신들이 올 때마다 그의 필적을 얻어가곤 하였다.

9   은(殷)의 상법(常法) : 《서경(書經)》 '강고(康誥)'에 나오는 말로 '은이(殷彝)'라고 한다.

10   하(夏)의 구정(九鼎) : 하(夏)의 우왕(禹王)이 구주(九州)의 금을 모아 아홉 개의 솥을 만들어, 각 주의 역사를 기록한 고정(古鼎)으로, 후대에 황권(皇權)을 상징하는 보기(寶器)가 되었다.

11   초(楚)의 옥돌 : 초나라 변화(卞和)가 초산(楚山)에서 옥돌을 얻어 인정을 받지 못한 채 형벌을 받고 두 발을 잘렸다가 뒤에 보옥(寶玉)임을 인정받았던 화씨지벽(和氏之璧)이라는 고사. 《한비자(韓非子)》 '화씨(和氏)'.

侯)의 구슬[12]로도 그 보배스러움을 견주기에 부족하다" 하였다.

대체로 이 두루마리 속에 기재되어 있는 것을 보면, 특이하게 뛰어난 점 네 가지가 있다. 예로부터 서법(書法)에 능하다고 일컬어지는 사람을 보면 위로는 종왕(鍾王, 鍾繇와 王羲之)으로부터 아래로 백기(伯幾, 鮮于樞)와 자앙(子昻, 趙孟頫)에 이르기까지 모두가 서생(書生)으로서 마음고생을 한 다음 경지에 이르렀다. 호화롭고 귀한 환경에서 생장한 이의 경우는 서법에 이름을 걸고 온통 힘을 쏟아 노력한다 하더라도, 묘경(妙境)에 제대로 이르는 경우가 드물었다. 그런데 오직 비해당만은 존귀한 왕실에서 태어나, 왕자의 생활을 하면서도 젊은 나이에 절륜한 경지를 보여주며 천하에 독보적인 존재가 되었으니, 이것이 첫 번째 특이한 점이다.

서법은 원래 능통하게 쓰기도 어렵지만 그것을 알아보는 것도 쉽지 않다. 옛날 위문정(魏文貞, 魏徵)이 당황(文皇, 당 태종)의 글씨를 보고서 우세남(虞世南)의 과법(戈法)[13]이라는 것을 알아챘는데, 이 경우 유심히 살펴보고서 알아낸 것인데도 오히려 감식안(鑑識眼)이 탁월하다는 평가를 받았었다. 그런데 예내한(倪內翰)은 한눈에, 붓을 휘둘러 쓴 세 글자를 보고 서법이 묘경(妙境)에 이르렀음을 훤히 알았으니, 이 감식안이야말로 천고(千古)에 타의 추종을 불허하는 것이다. 이것이 두 번째 특이한 점이다.

---

12 수후(隋侯)의 구슬 : 수후(隋侯)가 다친 뱀을 치료해 주자 그 뱀이 밤중에 큰 구슬을 물고 와 은덕을 갚았다는 고사가 있다. 《장자(莊子)》'양왕(讓王)-소(疏)'.

13 우세남(虞世南)의 과법(戈法) : 당 태종이 우세남에게서 서예를 배웠는데 과각(戈脚, 右向으로 비스듬히 갈고리처럼 끝맺는 서법)이 잘 안 되었다. 그래서 우연히 '전(戩)'이라는 글자를 쓰면서 '과(戈)'는 비워둔 채 우세남으로 하여금 채워넣게 한 뒤 위징에게 보여주었는데, 이때 위징이 말하기를 "지금 세상의 작품을 보건대 오직 '전(戩)' 자의 과법(戈法)이 핍진(逼眞)하게 되었다"고 하자 태종이 그 뛰어난 감식안에 탄복하였다.

해외(海外)의 기예에 훌륭한 것이 하나쯤 있다 하더라도, 중국 조정의 학사(學士)로부터 칭찬을 받는 것만도 어려운 일인데, 더구나 존엄한 천자의 칭찬이야 더 말해 무엇 하겠는가. 그리고 천자가 본 것만 해도 벌써 큰 행운인데, 거기에다가 아주 특별한 상을 내리고, 이를 새겨 천하 사람들에게 보여주도록까지 했으니, 이는 참으로 지난 역사에 기록되지 않은 것으로서 우리나라에는 전례 없는 영광이요 은총이다. 이것이 세 번째 특이한 점이다.

영묘(英廟, 세종)께서 이를 듣고 기뻐하신 나머지 사신(詞臣)들에게 명하여 이 일을 노래로 만들게 하였으니, 지금 이 두루마리 속에 보이는 이들이 바로 그들이다. 훈업(勳業)을 이룬 김절재(金節齋, 金宗瑞)·하진산(河晉山, 河崙)、신고령(申高靈, 申叔舟)、정하동(鄭河東, 鄭麟趾), 문장으로 이름난 서달성(徐達城, 徐居正)、최영성(崔寧城, 崔恒), 절의(節義)를 세운 성창녕(成昌寧, 成三問)、박평양(朴平陽, 朴彭年)、이한산(李韓山, 李塏) 같은 이들의 작품이 실려 있는데, 이들이 취하고 버린 바는 비록 같지 않다 하더라도 모두가 한 시대의 꽃다운 위인들이었다. 그들이 확실하게 주장하는 점을 본다면 해와 달과도 빛을 다툴 만하게 뚜렷한 것이니, 오랜 세월이 흐른다 한들 이와 같은 인물들을 다시 쉽게 얻을 수 있겠는가. 그들의 이름이 연이어 등장하고 그들의 글들이 어깨를 나란히 하며 흰 비단 폭 위에서 빛을 발하고 있으니, 두루마리를 펴는 순간 자신도 모르게 경외심을 불러일으킨다. 이것이 네 번째 특이한 점이다.

가만히 생각해 보건대 우리 조선의 이 시기야말로 문채(文采)가 빛나며 태평(太平)을 구가하던 절정기였다고 할 것이다. 세묘(世廟, 세종)께서 신령한 자질로 왕위에 임하시고, 궁궐 안에는 비해와 같은 아들이 계셨으며, 조정 반열에는 위와 같은 신하들이 늘어서 있었기에, 필묵(筆墨)으로 유희(游戲)한 것도 중국에까지 이름을 빛내어서, 온 누리에 전해질 수 있게 되었던 것이었다. 아, 어찌 성대한 일이라고 말하지 않을 수 있겠는가.

천하에 보배로운 글씨가 없는 것은 아니지만, 이처럼 네 가지나 특이한 점을 가진 묵적은 온 세상을 찾아보아도 얻기가 어려울 것인데, 말학(末學) 추생(鯫生)이 또한 볼 수 있는 기회를 갖게 되었으니 얼마나 큰 행운인가. 두루마리 첫머리에 '비해당묵묘신상권(匪懈堂墨妙神賞卷)'이라 표기하고 이렇게 써서 돌리는 바이다.

여기 나오는 '비해당묵묘신상권(匪懈堂墨妙神賞卷)'의 축이 아직 세상에 전하는지는 알 길이 없다. 명대(明代)에 문명(文名)을 떨치던 대학자 예겸(倪謙) 같은 이가 높은 감식안으로, 상법(常法)이나 구정(九鼎) 및 화씨지벽(和氏之璧) 등의 진귀한 보배들에 비유하면서 당대 제일이라 했으니, 그 글씨를 상상해 봄 직하다. 현재까지 전하는 안평대군의 진적(眞蹟)이 희귀한 것은 계유정난으로 강화에서 서른여섯의 비극적인 종말을 맞았기 때문이리라. 그래서 지금 남은 그의 작품은 금석문으로 볼 수밖에 없고, 초서(草書)보다는 해행(楷行)이 대부분이다.

청(靑)의 전영(錢永)은 "서예란 첫째가 타고난 천품이고, 다음이 노력"이라고 했다. 비해당은 시문서화금기(詩文書畵琴棋)에 두루 능했지만 특히 '서(書)'에 천부적인 소질을 발휘했다. 그는 송설체(松雪體)를 배웠으나 그 경지를 넘어섰고, 활달한 필치는 호매(豪邁)한 개성을 발휘하여 누구도 따르지 못할 경지를 개척했다. 자획(字劃)이 단아(端雅)하고 정중하여 고귀한 인격을 표현했다. 그는 타고난 재주에다가 고금

서화에 대한 집념이 강하여, 북문 밖의 '무계정사(武溪精舍)'와 남호(南湖)의 '담담정(淡淡亭)'에 수많은 명품과 장서를 모았고, 때로는 문예적(文藝的) 아회(雅會)를 가지기도 했다. 명(明)에 사은사로 가서 많은 명품을 보고 수집하여 직접 임서(臨書)도 했으며, 신숙주(申叔舟)가 쓴 '화기(畵記)'를 보면 200을 넘는 고금의 명작들을 비치하고 있었다 하니, 그 경지를 짐작할 만하다.

서획(書劃)이란 붓끝을 통해 쓰는 이의 마음과 미의식을 표출하여 영원화 시키는 작업이다. 따라서 붓이 머무는 시간, 옮겨가는 속도 같은 운필(運筆)의 묘는 이미 무의식의 세계에서 이루어진다. 그의 글씨는 획들이 가지는 어울림이나 다른 글자들과의 예술적 조화로움이 흠 잡을 데 없다. 이는 이광사(李匡師)의 〈서결(書訣)〉에 나오는 "붓끝의 한 획은 그 안에 상하내외의 다름이 없다. … 고려 이래로 우리나라는 단아한 붓놀림과 농묵의 필법이 행해졌다"는 이론에 아주 잘 맞는다.

비범한 안목은 명작을 알아본다고 했으니, 네 가지로 출중한 비해당의 작품을 알아낸 계곡의 감식안 또한 출중하다 하겠다.

권근[14]의 〈기우설(騎牛說)〉

소를 타는 것에 대한 생각을 적은 글

내 일찍이 이르기를 "자연에 노닐 때는 오직 마음에 사사로운 괴로움이 없어야 산수의 즐거움을 바로 즐길 수 있다"고 했다. 벗인 이주도(李周道)의 집이 평해(平海)에 있는데, 매달 달이 밝은 밤이면 술을 가지고 소를 타고 산수 사이에 노닐었다. 평해는 원래 경치 좋은 곳이라, 노니는 즐거움이 많은 곳이니, 이군은 옛사람들도 알지 못했던 묘경을 다 터득했을 것이다. 무릇 사물에 눈길을 돌릴 때, 너무 빠르면 자세하지 못하고, 느리게 하면 그 오묘함을 얻는다. 말은 빠르고 소는 느리니, 소를 타는 것은 그 느린 것을 얻고자 함이다.

생각해 보면, 밝은 달이 하늘에 떠 있고 산은 높으며 물은 넓어 온 세상이 한 빛으로, 쳐다보아도 내려다보아도 끝을 볼 수 없다. 이럴 때는 온갖 세속의 일들이 뜬구름같이 생각되어, 맑은 바람에 휘파람 크게 실어 보내며, 타고 가는 소를 가는 대로 내버려 두고, 마

---

14 權近(1352~1409)은 검교정승(檢校政丞) 희(僖)의 아들로 호가 양촌(陽村)이다. 문과에 급제하여 좌사의대부(左司議大夫), 예조판서(禮曹判書)를 역임하고, 조선이 건국되자 친명정책(親明政策)을 주장하여 후에 명에 두 번이나 다녀왔다. 정당문학(政堂文學), 의정부찬성사(議政府贊成事), 세자좌빈객(世子左賓客)을 지내고 길창부원군(吉昌府院君)에 봉해지고 시호를 문충(文忠)이라 했다. 저서에 《양촌집(陽村集)》, 《입학도설(入學圖說)》 등이 전한다.

음대로 술을 부어 마시면, 가슴이 확 터지고 드넓어져서 스스로 그 즐거움을 가질 것이니, 이 어찌 사사로운 괴로움에 얽매인 사람이 능히 이룰 수 있는 경지겠는가.

옛사람 중에 이런 즐거움을 얻은 이 있었던가? 소동파가 적벽강에서 배 띄우고 논 것이 이 경지와 거의 비슷하겠지만, 배를 타는 위험이 소를 타는 안전함과는 같지 않았을 것이다. 술도 없고 안주도 없어서 집에 가 아내와 의논하는 것도, 스스로 가지고 다니는 것보다 쉽지는 않을 것이다. 계수나무 향목의 삿대와 목란으로 만든 돛대도 번거롭고, 배를 그만두고 산으로 오르는 것 또한 수고로운 일이 아니겠는가. 소를 타는 이 즐거움 그 누가 알겠는가. 만약 공자의 문하에 이런 사람이 있었다면, 틀림없이 성현께서 위연히 탄식하셨을 것이다.

여기 쓴 기우설은 내가 어렸을 적에 쓴 작품으로, 그 원고를 잊어버린 지가 30여 년이었다. 하루는 의정원에 앉았는데 참지정사 최공과 이런저런 이야기를 하다가 기우설에 이르렀는데 그의 말은 확실했다. 아마 최공은 일찍이 이행공을 따라 평해에 노닐었는데, 30여 년이 지난 오늘까지 그것을 잊지 않고 외우고 있었다. 내가 듣고 기뻐서 써달라고 하여 돌아왔다. 비록 그 말이 낮고 평범하여 감상하기에 부족하나, 이공의 높은 뜻을 기려서, 최공으로 하여금 애써 기억하여 적게 해서 이렇게 읽을 수 있게 되었다. 그래서 다시 적어 보관하고, 이공의 문집에 올리도록 했다. 영락 갑신년 겨울 시월에 권근이 쓰다.[15]

---

15 吾嘗謂山水遊觀, 惟心無私累, 然後可以樂其樂也. 友人李公周道家居平海, 每月夜, 攜酒騎牛遊於山水之間. 平海號稱形勝, 其遊觀之樂, 李君能盡得古人所不知之妙也. 凡寓目於物者, 疾則粗, 遲則盡得其妙. 馬疾牛遲, 騎牛欲盡其遲也. 想夫明月在天, 山高水闊, 上下一色, 俯仰無垠, 等萬事於浮雲, 寄

이 글은 이행과 동갑내기 친구인 권근이 쓴 것으로 30여 년 동안 없어졌다가 후에 발견되어 다시 쓰여져 남게 된 것이다. 그래서 확실히 처음의 원본대로라고 하기엔 무리한 점이 없지 않다. 이렇게 어렵사리 전하는 것은 그래도 다행스런 일이지만, 그렇지 못하고 없어져 영영 사라진 글들은 또 얼마나 많을까를 생각하면 참 안타까운 일이다.

이행(李行, 1352~1432)은 여말선초(麗末鮮初)에 활동했던 문인으로 자(字)를 주도(周道), 호(號)를 기우자(騎牛子), 일가도인(一可道人)이라 했다. 공민왕 20년(1371)에 문과에 급제하여 수찬(修撰), 좌사의대부(左司議大夫), 지신사(知申事)를 역임했다. 후에 대제학, 이조판서를 지내고, 정몽주를 살해한 조영규(趙英珪)를 탄핵했다. 고려가 망하자 예천동(醴泉洞)에 은거했고, 1393년(태조)에 다시 조영규의 탄핵으로 울진에 장류(杖流)되었다가 다음 해에 풀려났다. 그 후 수차의 기용에도 사양하다가 태종 때에 계품사(啓稟使)로 명에 다녀오고, 판한성부사(判漢城府事), 형조판서(刑曹判書), 개성유후사(開城留後司)를 지냈고, 시호를 문절(文節)이라 했다. 문집 《기우자집(騎牛子集)》이 전한다.

불교에서 소는 형이상적 의미가 더해져서 경(經)에도 자주 등장하지만, 우리 선조들은 한유(閑裕)를 대변(代辯)하는 승물(乘物)로 많이 표

高嘯於淸風, 縱牛所如. 隨意自酌, 胸次悠然, 自有其樂. 此豈拘於私累者所能爲也. 古之人亦有能得此樂者乎. 坡公赤壁之遊殆庶幾矣. 然乘舟危, 則不若牛背之安也. 無酒無肴, 歸而謀婦, 則不若自携之易也. 桂棹蘭槳, 不旣煩矣乎. 捨舟而山, 不旣勞矣乎. 騎牛之樂, 人孰知之. 及於聖人之門, 其見喟然之歎也無疑也.[騎牛先生文集卷之二 附錄]
右騎牛說余少時作也. 失其稿今三十餘年矣. 一日坐政府與參知崔公進語 偶及李公騎牛事 崔公因說無遺 蓋崔公嘗從李公於平海者也. 誦之三十餘年而不忘. 余聞而喜 請書以歸. 雖其辭語舖叙拙 不足以觀 然李公志尙之高 崔公記識之强 因是可見也. 故錄而藏之 以附家集云. 永樂甲申冬十月日 權近 識.

현했다.

재너미 성권농(成勸農) 집에 술익단 말 어제 듣고
누은 소 발로 박차 언치 놓아 지즐타고
아희야 네 권농 계시냐 정좌수(鄭座首) 왔다 하여라

송강(松江) 정철(鄭澈)이 가을걷이가 끝나고 우계(牛溪)의 집을 방문한 정취를 읊은 절창(絶唱)이다. 이 같은 행차에 속도를 낼 말[馬]은 어울리지 않는다. 그리고 직책(職責)이랄 것도 없는 좌수요 권농 정도가 그 해방감에 딱 어울린다. 이때의 송강이 느낀 정취도 바로 이행이 즐겼던 정취였으리니, 이는 느림의 미학에 바탕을 둔 한가와 여유에서 나온 것이다. 여기에 술과 달이 등장하니 금상첨화(錦上添花)다. 소삼(蕭森)한 가을밤에 산수간(山水間)에서 달을 바라보며 술잔을 기울이는 주인공은 벌써 세속을 벗어난 일사(逸士)다. 지난날 한국화에 표현된 농가의 목동들은 거의가 저녁 풍경 속에서 소를 타고 피리를 불면서 느릿느릿 집으로 돌아오고 있었다. 이는 그 안온한 풍경과 뗄 수 없는 조화를 이룬다. 그런데 안평대군(安平大君)은 왜 꿈에 도원(桃源)으로 들어갈 때 말을 타고 나는 듯이 달렸는지[余與仁叟 策馬尋之] 설명할 수가 없다.

신흠[16]의 〈야언 (野言)〉

차가 익어 향기 짙어질 때, 문에 객이 이르면 기쁘고, 꽃이 떨어지고 새가 우는데, 사람이 없으면 또한 그윽해진다. 참다운 샘물은 맛이 없고, 좋은 물은 냄새가 없다.

좋은 밤 편하게 앉아 등불을 밝히고 차를 달인다. 모든 사물이 조용하고 개울물 소리만 들리는데, 이부자리 깔지 않고 부담 없이 책을 읽는 것이 첫째 즐거움이다. 비바람이 뒤덮이는 날, 문을 닫고 집안을 치운 다음, 책을 앞에 가득히 펼쳐놓고 흥에 따라 뽑아 보는데, 오가는 사람 하나 없이 주위가 그윽한 것이 두 번째의 즐거움이다. 해 저무는 공산에 발이 가는 눈 내리고, 앙상한 가지 바람에 흔들리며 추위에 우는 새 소리 들리는데, 방 안 화로 가에서 술은 익고 차향기 풍기는 것이 셋째 번 즐거움이다.

[전원에 오래 살다보니 이미 세상 밖의 사람이 되었다. 어느 때 지난 날 적었던 것을 보다가 마음에 맞는 것들을 작은 책으로 묶어, 사이사이에 내 뜻을 붙이고 야언이라 이름했다. 이것들은 실

---

16 신흠(申欽, 1566~1628)은 학자로 자는 경숙(敬叔), 호는 상촌(象村) 혹은 현헌(玄軒)이니 개성 사람이다. 급제하여 여러 벼슬을 거쳐 병조판서를 지내고 명나라에 다녀왔으며, 인조반정 후에 이조판서, 영의정을 역임했다. 정주학자로 한학 4대가의 한 사람이다. 그는 차를 아주 즐겨 마시고 다시도 많이 남겼으니, 후손들에도 차인이 많았다.

제 나의 자취이고 그 말들은 야인의 말이지만 더불어 얘기해볼 만
한 것들이다.]¹⁷

---

17 茶熟香淸. 有客到門可喜. 鳥啼花落. 無人亦自悠然. 眞源無味. 眞水無香. 良宵宴坐. 篝燈煮茗. 萬籟
    俱寂. 溪水自韻. 衾枕不御. 簡編作親. 一樂也. 風雨載金. 掩關却掃. 圖史滿前. 隨興抽檢. 絶人往還.
    境幽室寂. 二樂也. 空山歲晏. 密雪微霰. 枯條振風. 寒禽號野. 一室擁爐. 茗香酒熟. 三樂也.
    [田居歲久. 已作世外人. 適披前修著撰. 有會心者. 錄爲小帙. 間附己意. 名以野言. 迹其實也. 其言
    宜於野. 可與野人言也.]

권필[18]의 〈옛 돌솥에 새긴 명[古石鐺銘]〉

계집종이 밭을 파다가 한 덩어리의 물건을 얻었는데 두드리니 댕댕 하는 소리가 들리거늘, 흙 붙은 것을 깎고 이끼 자국을 떼어내니, 이에 조그만 돌솥이었다. 손잡이가 세 치이고 중간에 두 되 정도가 들어갈 만했다. 모래로 문지르고 물로 씻으니 빛깔이 보기 좋았다. 내 명하여 옆에 두고 차를 끓이고 약을 달이는 기구로 쓰게 했다. 다시 그것을 손으로 어루만지면서 우스갯소리로 "솥아! 솥아! 하늘이 돌을 만든 것이 그 몇 년이며, 장인이 쪼아서 그릇으로 만들어 사람들의 집에 쓰인 것이 또 몇 년이며, 흙 속에 묻혀서 세상에 나타나지 않아서 쓰이지 못한 것이 몇 년인데, 지금 와서 내 손에 들어왔구나." 아! 돌이란 사물 가운데 가장 천하고 우둔한 것인데도 그 나타나고 숨는 것이 어쩔 수 없이 이처럼 많은데, 황차 아주 귀하고 신령스러운 것이야 말해서 무엇 하겠는가. 드디어 명(銘)을 지어서 그것을 새기니, 얻은 날이 을미 정월 16일이고, 명을 새긴 날이 그 달 23일이다.

---

18 권필(權韠, 1569~1612)은 벽(擘)의 아들로 자는 여장(汝章), 호는 석주(石州)라 했으니, 정철(鄭澈)의 문인이다. 벼슬에 뜻이 없어 시주로 낙을 삼고, 청빈하게 살았지만 문장으로는 이름을 떨쳤다. 광해군 때 이이첨과 외척을 탄핵 비방해서 유배되는 도중에 폭음하고 죽었다. 이 글은 자신의 삶의 철학과 관계된다.

명에 가로되,

"버리면 돌이요, 쓰면 그릇이다."[19]

19 古石鐺銘.
女奴於田中掘也 得一物塊然 叩之聲硜硜剔土痕剔蘇紋 乃小石鐺也. 柄三寸 中可受二升許 沙以磨之 水以滌之 光潔可愛 余命置諸左右 以供烹茶煮藥之具. 時復摩挲以戲之曰 鐺乎鐺乎. 與天作石者 幾年 巧匠斲而器之 爲人家用者又幾年 埋在土中 不見用於世者又幾年 而今爲吾所得 噫 石 物之最 賤且頑者 其隱顯之間 不能無數也如此 況最貴最靈者耶. 遂作銘以刻之 得之日 乙未正月十六 銘之 日 其月之二十三. 銘曰 捨則石 用則器.

이규보의 〈도앵부(陶甖賦)〉

[병서(竝書)] 내가 조그만 질항아리 하나를 가졌는데 술을 담아도 변하지 않아 몹시 보배롭게 귀히 여긴다. 또 내 마음에 헤아리는 바 있어 부(賦)를 지어 노래한다.

내가 가진 항아리는 쇠를 두들기거나 녹여서 만든 것이 아니고, 흙으로 빚어 불로 굽고 틀을 떼내어 만들었다. 목은 잘록하고 배는 불룩하며, 구연은 생황(笙簧)의 부리 같고 손잡이 없는 병과 비슷하다. 병이라고 부르기엔 구연이 너무 퍼졌고, 갈지 않아도 반짝이며 옻칠한 듯 새까맣네.

금접시가 무엇이 진귀할까. 질그릇이라도 모자람 없네. 무게가 적당해 한 손으로 들기 좋고, 값싸고 구하기 쉬우니 깨어진다 해도 원망스럽지 않네. 가득 채워도 술 한 말 못 미치나 차면 곧 비워지고 비면 또 받아 채우네. 고열에서 정교히 구워져 젖거나 새는 법 없고, 옆이 트여서 막힘이 없이 좋은 술을 내고들임이 능하네. 따르기 쉬워 넘어지거나 엎어지지 않고, 채우기 쉬우므로 술이 계속 담겨져, 돌아보니 평생 담긴 술이 몇 섬인지 셀 수도 없다네.

마치 군자가 언제나 겸허히 덕을 쌓아 미혹되지 않는 듯하네. 아! 소인이 재물에만 집착해 우매하게 두소(斗筲) 같은 작은 그릇인 줄 모르고 끝없이 욕심부려, 쌓기만 하고 베풀 줄 모르고서 오히려 부족하다 하니, 작은 그릇이 금방 차서 곧 넘어져 버리네. 내가 이 질항아리를 옆에 두고 가득 차 넘침을 경계하며 자신에게 힘써, 분수를 헤아리고 정도에 맞도록 해야 일신과 봉록이 편안하리라.[20]

　이즈음 주변을 둘러보면 제 분수를 모르고, 공부는 하지 않고 전문가인 양 많이 아는 척 하거나, 능력은 모자라면서 자리만 탐내거나, 소인의 마음으로 군자연하는 인간들이 많다. 필자는 이에 비해 욕심 없이 자기 일에 충실하며 덕을 쌓는 사람을 질박한 질항아리에 비유했다. 질그릇은 우리 민족의 생활사에서 긴 세월 함께 해온 혼이 서린 문화재로 많이 남아 있고 지금도 제작되고 있다. 자기를 내세우는 일 없이 묵묵히 소임을 다해 옆 사람들을 즐겁게 하는 소박한 질 항아리를 덕 있고 겸허한 군자에 비겨 노래했다. 각박한 오늘의 세상을 살아가는 우리 모두 뜻있게 읽을 만한 글이다.

20　陶罌賦
　(拉書) 予蓄瓦罌 以酒不琉味 甚珍而愛之 且有所況 爲賦以興之.
　我有小罌 非鍜非鑄 火與土以相熬 落熬埴而乃就. 頸之腹檜 視氐筐理 譬之暎則無耳 謂之稚則听口 不磨而光 如漆之産, 何金皿之是珍 雖瓦器其不陋 道重輕以得宜 合提苟於一手 價甚賤而易求 雖破 碎其曷咎, 盛酒幾何 未盈一斗. 滿酧斯勳 虛則復受 由陶然而且精 故不淪而不漏, 由旁通而不咽 能 出納乎醇酎, 由能出故不傾不覆 由能納故貯酒斯積 顧一生之攸盛 卿難算其幾斛, 類君子之謙虛 秉 恒意而不惑. 嗟小人之徇財 樓斗擧之局促 以有涯之量 癲無窮之欲 積不知墩 猶謂不足 小器易盈 顚 沛是速. 予置斯罌於座右 戒滿溢而自別 庶勘分循涯 惜全身而持祿.

변계량[21]의 〈주자발(鑄字跋)〉

활자를 만들어서 많은 서적을 인쇄해 오래오래 세상에 전하게 하니, 정말 무궁한 이로움이 있다. 그러나 지난날 먼저 주조한 활자의 모양이 만족할 만하지 못해서, 책을 인쇄하는 사람들이 자신들의 공력을 쉽게 이루지 못하는 것이 병이었다.

그래서 영락 경자년 겨울 11월에 우리 전하께서 뜻을 발하시어, 공조참판 이천에게 명하여 새로 주조하도록 하여 글자의 모양이 정교하고 치밀해졌다. 지신사 김익정과 좌대언 정초 등에 명하여, 그 일을 관장하고 감독하게 하니 7월 지나서 끝냈다. 인쇄하는 사람들의 작업이 편리하게 되어서, 하루에 종이 20여 장이 넘을 만치 많이 인쇄하였다.

공경스레 생각해 보니 우리 공정대왕(태종)께서 먼저 만들고, 지금 주상(세종)께서 그 뒤를 이어 펼치어서 조리의 치밀함을 더하셨다. 이로 말미암아 인쇄하지 못할 책이 없고 배우지 못할 자 없으니, 글에 관한 교육이 일어나 날로 발전하여 세상의 도리가 더욱 융성해질 것이다.

---

21 변계량(卞季良, 1369~1430) : 여말선초의 문신으로 자(字)는 거경(巨卿), 호는 춘정(春亭)이고 검교판중추원사(檢校判中樞院事) 옥란(玉蘭)의 아들이다. 이색과 정몽주의 문인으로 고려와 조선에서 관직을 역임했다. 대제학을 20여 년이나 지낸, 시문에 출중한 차인으로 시조 몇 수와 〈화산별곡(華山別曲)〉을 남겼다.

이는 저 한(漢)이나 당(唐)의 임금들이 재정이나 군대의 관리에
만 정성을 들이며, 그것을 나라의 급선무로 생각했던 것과 비교하면
하늘과 땅의 차이보다 더 크지 아니하겠는가. 이는 실로 우리 조선
의 영원한 복이라 하겠다.[22]

활자의 용어(鏞魚)는 1403년(태종 3)에 임금이 문적의 중요성을 강
조하여, 내탕금(内帑金)에다 종친과 훈신들에게서 비용을 거출해 공역
을 시작하였다. 이직(李稷), 민무질(閔無疾), 박석명(朴錫命), 이응(李膺)
등이 맡아서 이른바 계미자(癸未字)를 만들어 냈다. 그리고 다음 임금
인 세종이 1420년에 계미자의 자체(字體)가 많이 부족하여, 글자의 모
양에 더욱 신경 써서 주조하였다. 이때 변계량이 쓴 발문이 이것이고,
《통감속편(通鑑續編)》 24권에 실려 있다.

---

22 鑄字跋
    鑄字之設 可印群書 以傳永世 誠爲無窮之利矣. 然其始鑄 字樣有未盡善者 印塞者病其功不易就 永
    樂庚子冬十有一月 我殿下發於宸衷 命工曹參判臣李新鑄 字樣極爲精緻 命知申事臣金益精 左代言
    臣鄭招等 監掌其事七閱月而功訖 印者便之 而一日所印 多至二十矣. 恭惟我恭定大王 作之於前 今
    我主上殿下 述之於後 而條理之密 又有加焉者 由是而無塞不印 無人不學 文敎之興當日進 而世道之
    隆當益盛矣. 視彼羨唐人主規規舫舶理理拱革 以觴家之先務者 不啻脚矣. 實我朝鮮萬世無疆之福也.

유득공[23]의 〈발해고서(渤海考序)〉

《발해고》의 서문

고려가 발해사를 편수하지 않았다는 것으로, 고려가 대외적으로 떨치지 못하였다는 것을 알 수 있다. 옛날 고씨(高氏)가 북쪽에 자리하고 살았으니 고구려라 하고, 부여씨(扶餘氏)가 서남쪽에 자리하고 살았으니 백제라 하고, 박·석·김(朴·昔·金) 씨(氏)가 동남쪽에 자리하고 살았으니 신라라 했다. 이들이 삼국이 되었으니, 마땅히 삼국의 역사가 있어야 했고, 고려가 그 역사를 편수한 것은 옳은 일이다.

부여씨가 망하고 고씨가 망하게 되니, 김씨는 남쪽을 차지하고 대씨는 북쪽을 차지하여 발해라 부른다. 이를 남북국이라 이르니 당연히 남북국의 역사가 있어야 하는데 고려가 이를 편찬하지 않은 것은 잘못이다.

그 대씨는 어떤 사람인가 하면 바로 고구려 사람이다. 그들이 차지한 땅이 어떤 땅인가 하면 바로 고구려의 땅이었으니, 동쪽으로

---

23 유득공(柳得恭, 1749~1807)은 조선의 실학자로 자(字)는 혜풍(惠風) 또는 혜포(惠甫)라 하고, 호는 영재(泠齋)라 했다. 이덕무·박제가 등과 규장각 검서로 군수 부사 등을 지낸 북학파의 학자다. 문집인 《영재집(泠齋集)》과 《경도잡지(京都雜誌)》, 《고운당필기(古芸堂筆記)》, 《발해고(渤海考)》, 《이십일도회고시(二十一都懷古詩)》 등을 남겼다.

치고, 서쪽으로 치고, 북쪽으로 쳐서 더 크게 했을 뿐이다.

그 김씨가 망하고 대씨가 망함에 미쳐 왕씨가 합쳐서 차지했으니 고려라 한다. 남쪽 김씨의 땅은 온전하게 가졌지만 북쪽 대씨의 땅은 온전하게 차지하지 못해서 혹 여진에 편입되기도 하고, 혹 거란에 편입되기도 했다. 바로 이때에 고려의 장래를 생각하는 사람이 있었다면, 빨리 발해사를 편수하여 그것을 가지고 여진에 추궁해야 했다. "왜 발해의 땅을 우리에게 돌려주지 않는가? 발해의 땅은 바로 고구려의 영토였다"고 주장하면서 한 장군을 보내서 수복하게 하였더라면, 토문강 북쪽을 차지할 수 있었을 것이다. 또 발해사를 가지고 거란에게도 추궁해야 했다. "왜 발해의 땅을 우리에게 돌려주지 않는가? 발해의 땅은 바로 고구려의 영토였다"고 주장하면서 장군을 보내서 수복하게 하였더라면, 압록강 서쪽의 땅을 차지할 수 있었을 것이다.

고려는 발해사를 편수하지 않아서 결국은 토문 이북의 땅과 압록 이서의 땅이 어느 나라의 영토였는지 알 수 없게 되어서, 여진에게 추궁하려 해도 할 말이 없고, 거란에게 추궁하려 해도 할 말이 없게 되었다. 고려가 약한 나라가 된 것은 발해의 영토를 얻지 못한 까닭이니 한탄스럽기 이를 데 없다.

혹 어떤 이는 말하기를 "발해는 요나라에 의해 멸망되었는데 고려가 무엇을 근거로 해서 그 역사를 찬수할 수 있었겠는가?"라고 한다. 이것은 그렇지 않다. 발해는 중국의 제도를 본보기로 삼았기 때문에 반드시 사관(史官)을 두었을 것이다. 홀한성(忽汗城, 당시 발해의 수도로 지금의 吉林省 敦化 지방)이 격파되고 발해의 세자 이하 십여만 명이 고려로 귀부했으니, 그중에 사관은 없었더라도 반드시 사서(史書)는 있었을 것이다. 가령 그중에 사관도 없고 사서도 없었더라도 세자에게 물어보았다면 왕가의 세계(世系)를 알 수 있었을 것이고, 은계종(隱繼宗, 발해 말년의 유명한 학자로 태조 때 고려로 망명한 사람)에게 물었더라면 그 문물제도를 알 수 있었을 것이며, 망명한 십여만 명에게 물어보았다면 모를 것이 없었을 것이다. 장건장(張建章)은 당나라 사람인데도 오히려《발해국기(渤海國記)》를 저술했는데, 왜 고려 사람들은 유독 발해의 역사를 찬수할 수 없었는가?

아! 문헌이 흩어져 없어지고 난 몇백 년 후에는 비록 그 역사를 찬수하고 싶어도 할 수 없게 된다. 내가 규장각의 관원으로 있으면서 거기 비장된 서적들을 많이 읽을 수 있었다. 그래서 발해의 사적들을 차례로 엮었으니, 군(君)·신(臣)·지리(地理)·직관(職官)·의장(儀章)·물산(物産)·국어(國語)·국서(國書)·속국(屬國) 등 아홉 항목의 상고한 글들이다. 세가(世家)·전(傳)·지(志)라고 하지 않고 고(考)라고 한 것은 완성된 역사서가 아닐뿐더러, 자기 혼자서 쓴 것을 감히 사서라고 할 수 없기 때문이다.

갑신(甲辰) 윤3월(閏三月) 25일(二十五日)[24]

---

24 渤海考序. 高麗不修渤海史 知高麗之不振也. 昔者高氏居于北曰高句麗 扶餘氏居于西南曰百濟 朴昔金氏居于東南曰新羅 是爲三國 宜其有三國史 而高麗修之 是矣. 及扶餘氏亡 高氏亡 金氏有其南 大氏有其北曰渤海 是謂南北國 宜其有南北國史 而高麗不修之 非矣. 夫大氏者何人也 乃高句麗之人也 其所有之地何地也 乃高句麗之地也. 而斥其東斥其西斥其北而大之耳. 及夫金氏亡大氏亡 王氏統而有之 曰高麗 其南有金氏之地則全 而其北有大氏之地則不全 或入於女眞 或入於契丹 當是時 爲高麗計者 宜急修渤海史 執而責諸女眞曰 何不歸我渤海之地 渤海之地 乃高句麗之地也 使一將軍往收之 土門以北可有 執而責諸契丹曰 何不歸我渤海之地 渤海之地 乃高句麗之地也 使一將軍往收之 鴨綠以西可有也. 竟不修渤海史 使土門以北鴨綠以西 不知爲誰氏之地 欲責女眞 而無其辭 欲責契丹 而無其辭 高麗遂爲弱國者 未得渤海之地故也. 可勝歎哉. 或曰 渤海爲遼所滅 高麗何從而修其史乎 此有不然者 渤海憲象中國 必立史官 其忽汗城之破也 世子以下 奔高麗者十餘萬人 其無官 則必有其書矣 無其官無其書 而問於世子 則其世可知也 問於隱繼宗 則其禮可知也 問於十餘萬人 則 無不可知也. 張建章唐人也 尙著渤海國記 以高麗之人 而獨不可修渤海之史乎. 嗚乎 文獻散亡 幾百年之後 雖欲修之 不可得矣 余以內閣屬官 頗讀秘書 撰次渤海事 爲君. 臣. 地理. 職官. 儀章. 物産. 國語. 國書. 屬國 九考 不曰世家傳志 而曰考者未成史也. 亦不敢以史自居云. 甲辰 閏三月 二十五日.

송익필[25]의 〈유거(幽居)〉

문 옆 바위엔 봄 이끼 돋아나는데
그윽한 거처에서 세속 잊고 산다네.
꽃 아래 누우면 베개에도 향기 나고
산중에 사니 옷까지 푸르게 물들었다네.
부슬비 연못 위에 보이고
산들바람 버들가지를 흔드네.
자연의 자취 알 수 없으니
마음 비우고 훗날이나 생각해야지.
春草上巖扉 幽居塵事稀 花低香襲枕 山近翠生衣
雨細池中見 風微柳上知 天機無跡處 淡淡與心遠

산속에 인공적인 거처를 마련했다기보다는 자연의 한 부분을 빌려
서 거처하는 것이다. 문도 베개도 옷도 나 자신도 자연의 한 부분이고,
내 마음도 자연의 틀 속에 평안히 흘러가고 있는 것이다. 사립 옆 바위
에 이끼 돋고, 베개에 자연의 향기가 품어져 있으며, 입고 있는 옷까지
푸르게 물들이는 것은 시심의 향기요 세련된 시적 기교다.

---

25 송익필(宋翼弼, 1534~1599) : 조선 중기의 학자이자 서예가.

연못에 떨어지는 부슬비를 보고, 버드나무 가지 흔드는 가녀린 바람을 느낀다. 우리 생각에 구애되지 않고 천기(天機)는 쉼 없이 옮겨가는 것이다. 바람 불고 비 내리고 자라고 시드는 변화가 때로는 모르는 사이에 우리 옆에서 일어나지만, 세속에서는 느끼지 못할 때가 많다. 시인은 세속의 모든 것을 내려놓고 자연의 일부가 되고 나니, 그 세세한 변화들이 보이고 느껴져서 즐기게 되는 것이다. 마음이 평온해지면 보이지 않던 것도 보이고, 들리지 않던 것도 들리며, 느끼지 못하던 것도 느껴진다. 바라는 바가 가득하면 가려져서 보아야 하는 것도 안보이고, 들어야 하는 것도 듣지 못하게 된다. 곧 영리한 바보가 되는 것이다. 이로 보면 마음가짐과 환경이 우리를 아름답게도 할 수 있고, 추하게도 할 수 있음을 보여준다.

이 같은 말은 수없이 많이 들어 왔으나 우리는 아직도 절감하지 못하여 마음 비우지 못하고 살아가니 답답하다.

[2021. 2. 13]

김만중의 〈검산승천 우걸 구제증(劍山僧天祐乞 句題贈)〉

검산의 승려 천우가 시를 청하기에 써서 주다

가고 머무는 것이 느려 문천(問天)을 게을리했더니
오히려 스님 따라 인연(因緣)을 말하고 있네
불가(佛家)의 빚 다하지 못해 또 태어났건만
늙어 가면서 오직 흥취에 젖은 글만 쓰네
산에 비 내리려 하니 등불 무리지고
바다에 썰물 지니 달은 반으로 주네
경문(經文) 다 외우면 응당 틈이 날지니
소중한 좋은 밤에 탑전에서 잠들리.
行止悠悠懶問天 猶從釋子話因緣
多生未了空門債 老去聊爲漫興篇
山雨欲來燈有暈 海潮初落月成弦
金文誦罷應餘暇 珍重良宵對榻眠

수련(首聯)은, 작자의 생애(生涯)로 볼 때, 유배생활(流配生活)이라는
자신의 이상(理想)과는 거리가 먼 지루한 행로(行路)를 말한 것이다. 그
런데 그런 비분(悲憤)에 젖은 심경도 점점 무디어지고, 오히려 불문(佛

門)에 가까이하게 되었다. 선비요 관리(官吏)인 자신이 치국(治國)과 경륜(經綸)에 전념(專念)하지 못하고 다른 길과 연관되는 상반된 현실을 대비적으로 노래했다.

함련(頷聯)은 불가에서 말하는 연(緣)이 있어서 다생(多生)의 숙인 (宿因)으로 이승에 태어났다면 불문(佛門)의 진리(眞理)에 전심(專心)해야 할 터인데, 반대로 자신은 흥겨운 정서에 젖은 글만 가까이하는 선비의 길을 걷고 있음을 말했다. 수련(首聯)의 전구(前句)와 함련(頷聯)의 후구(後句)는 귀양 온 선비로서의 자기를 말하고, 수련의 후구(後句)와 함련의 전구(前句)는 불가와의 연(緣)을 노래하였으니, 각(各) 련(聯)은 전·후구가 각각 대(對)가 되고, 수련과 함련은 또 서로 대(對)를 이룬 짜임으로 되었다.

경련(頸聯)은 자연(自然)의 섭리(攝理)는 변함이 없을 뿐 아니라 교훈 (敎訓)을 안고 있으니, 비와 썰물이 부정적(否定的)인 어두운 측면이라면 등불과 달은 긍정적(肯定的)인 밝은 면일 것이다. 그러나 당시의 현실은 등불에 무리가 지고 만월(滿月)이 하현(下弦)으로 변하는 어둡고 불확실한 때임을 암시(暗示)한다. 전후(前後) 구(句)가 완전한 대(對)를 이루는 련(聯)이다.

미련(尾聯)에서는 육신(肉身)이 주는 한계(限界)는 현세(現世)에서 어쩔 수 없는 것이니, 꿈속에서나 그 이상(理想)을 이루어 볼 수밖에 없다고 생각했다. 이는 스님에게 하는 말이면서 자신의 생각도 겹쳐 읊은 구절(句節)이다.

결론적으로, 이 시(詩)는 '윤회(輪廻)의 인연(因緣)으로 이승에 태어난 듯한데, 현실은 유가(儒家)에 몸담고 학문과 경륜에 전념하여야 하지만 이렇게 귀양 와서 지루하게 지내고 있다. 그러니 인간(人間)이 진정 바라는 바는 현세에서 구현(具顯)하기 힘들고, 꿈에서나 그것을 이룰 수밖에 없다'는 자신의 불우한 심경을 노래한 시(詩)라고 하겠다.

매화(梅花)를 노래한 한시들

매화는 원래 홍매, 청매, 백매로 나누고 그 중에도 백매 중에 '백악매(白萼梅)'를 더욱 높게 친다. 매화는 예로부터 사군자(四君子)의 첫째로 꼽혀, 지인열사(志人烈士)는 물론 많은 사람들에게 칭송되어 왔다. 이는 매화가 추운 겨울을 지나고 눈 속에서도 핀다고 하여 '설중매(雪中梅)'라고 불러 그 지조(志操)와 절의(節義)를 일컬었다. 그래서 시인묵객(詩人墨客)들이 매화시를 쓰고 그리지 않은 이 없었다.

이른 봄 선비들은 시동(侍童)을 데리고, 교외로 탐매(探梅) 놀이도 하고 시도 짓는 풍류를 가졌으니, 이는 중국에서 옛 파교(灞橋)라는 데에 매화가 이름나서 많은 이들이 그리로 매화 구경을 갔다고 해서 그 놀이를 '파교탐매(灞橋探梅)'라고 부른다. 아직도 항주(杭州)에서는 영봉탐매(靈峰探梅)라는 행사를 하고, 매화가 눈 속에서 피어 봄을 느끼게 하고, 꽃과 향이 아름다움을 만끽하고 있다. 중국에는 진(晉)나라 때의 문인 도잠[陶潛(淵明, 도연명)]이 은거하면서 매화와 학을 벗하며 살았다고 해서 '매처학자(梅妻鶴子)', 즉 매화를 아내인 양, 학을 아들인 양 생각했다고 한다. 그의 매화시 〈산원소매(山園小梅)〉 한 구절을 보면,

성긴 가지 어린 물은 얕고 깨끗한데
그윽한 향기 은은한데 황혼달이 떠있네

疎影橫射水淸淺 暗香浮動月黃昏

우리나라에도 유명한 매화 이야기가 많고 나무도 많은데, 그 몇을 살펴보자.

- 산청(山淸)의 남명매(南冥梅) : 조선의 유학자 남명 조식(曹植)이 심었다는 매화나무
- 단속사(斷俗寺)의 정당매(政堂梅) : 이 매화를 심은 강위가 나중에 '정당문학(政堂文學)'이라는 벼슬을 했다고 붙인 이름
- 부여의 동지매(冬至梅) : 조선 인조 때 소현세자(昭顯世子)와 연관되었다는 매화나무
- 불국사나 송광사의 고매(古梅)
- 그림으로도 어몽룡(魚夢龍)이 그린 〈매화도〉나 조희룡의 〈매화서옥도(梅花書屋圖)〉

그러나 누가 무어라 해도 매화에 관한 한 퇴계 이황을 능가할 이야기는 없다. 퇴계가 학문이나 인격으로는 두말할 것도 없지만 꽃을 사랑하는 마음 또한 대단했다. 그 중에도 사군자를 좋아해서 항상 주변에 두고 즐겼다. 특히 매화에 관해서는 가히 독보적이라 할 만큼 사랑하고 아껴, 매화시만 100여 수를 넘는다. 특히 《매화시첩(梅花詩帖)》을 따로 썼으니 짐작이 가고도 남는다. 그의 매화 사랑은 정말 소문이 나서, 한 번은 고봉 기대승이 서울에서 시골로 낙향하는 퇴계를 전송하는데, 고봉에게 매화시 8수를 보여주며, 차운(次韻)하라고 해서 고봉이 쓴 매화시가 있다.

은자는 조용히 신선과 연을 맺고
새하얀 매화 송이 고요히 피었다네
幽人靜對神相契 玉骨氷魂寂寞中

그러니 많은 사람들이 그에게 매화를 선물하고, 시로서 주고받았
으며, 특히 그의 제자들은 대부분이 매화를 사랑했다. 이런 매화 사랑
에 관해서 전하는 애틋한 이야기가 있다. 유명한 두향(杜香)과의 이야
기다.

퇴계는 48세에 아내와 아들을 잃고 외로운 몸으로 단양군수로 부
임한다. 거기서 방년 18세의 두향을 만난다. 두향은 시(詩), 서(書), 음
률(音律)에 능한 고운 사람으로 처음부터 퇴계의 고매한 인격과 학문
을 존경하여 흠모하게 되었다. 객지에서 외로움에 지친 퇴계도 시간이
있을 때마다 그녀의 거문고 가락에 취하여 시도 읊고 강선대(降仙臺)에
가서 놀기도 했다. 두향이 선생을 위로하고 싶어 좋아하는 여러 선물
을 올렸으나 그 청렴함으로 일체를 받지 않으시니, 사람을 놓아 인근
에서 좋은 매화분(梅花盆) 하나와 수석(水石)을 보냈다. "매화라면 못 받
을 게 없다"라고 하면서 옆에 두고 무척 아끼셨다. 사랑은 언제나 슬픔
을 남기는 법, 1년이 채 되지 않아 선생께서 풍기군수로 자리를 옮기게
되니, 두 사람의 이별은 정말 아쉬웠다. 이별의 마지막 밤에 슬픔에 잠
긴 두향의 치맛자락에 선생께서 시 한 구를 남겼다.

죽어서의 이별은 소리조차 나지 않으나
살아서 하는 이별 슬프기 한량없네
死別已吞聲 生別常惻惻

이렇게 한 이별이 이승에서 다시 못보는 마지막 이별이 되고 말았다. 그 후 두향은 29살에 관아에 사정하여 기적(妓籍)에서 나와 선생과 자주 놀던 남한강변에 초막을 짓고 살았고, 퇴계선생은 두향이 선물한 매화를 가져다 도산에 심고 사랑하였다. 20여 년이 지난 어느 날 제자들에게 매분을 다른 방으로 옮기게 했으니, 아마도 자신의 수척한 병든 모습을 두향에게 보이고 싶지 않으려는 마음이 아니었을까. 그리고 며칠 후 "매화에 물 주어라"는 한마디를 남기고 운명하였다. 헤어진후 십수 년이 지나고 하루는 두향이가 사람을 시켜 난초 한 분을 도산으로 보내었으니, 그것은 단양에서 두 사람이 함께 물주며 기르던 것이었다. 그래서 선생께서는 그 사람이 돌아갈 때 도산서원의 우물물을 보냈는데, 두향이 그 물을 두고두고 보관하던 중 어느 날 갑자기 물이 핏빛으로 변하여 선생의 신변에 변고가 난 줄 알았다고 한다. 그녀는 4일 동안 쉬지 않고 달려 도산에 이르러 참배하고 돌아가서 강선대 아래 강물에 투신하여 선생을 따랐다. 그리고 무덤도 강선대 아래에 마련하여 전해 오다가, 지금은 댐으로 수몰되게 되어서 신단양 제미봉으로 옮겼다.

선생이 두향에게 보낸 시다.

옛 책을 읽으면 성현을 만나게 되니
텅 빈 방 안에 초연히 앉아 있네.
매화 핀 창가에서 또 한 해를 맞으니
거문고 안고서 줄 끊겼다 한탄 마라.
黃卷中間對聖賢 虛明一室坐超然
梅窓又見春消息 莫向瑤琴嘆絶絃

'책 읽으며 성현의 도를 닦는 일이 나의 생활 전부인데, 그런 속에서도 매화 필 때면 옛날의 광경이 한 폭의 그림처럼 스쳐간다. 매화향기 속에 거문고를 마주하고 앉아 정회를 나누던 그리운 장면이었다. 그러나 지금 서로 떨어져 있다고 한탄하지 마라. 우리는 매화를 매개로 서로 이어져 있으니까.'

선생의 매화시는 정말 양적으로 많기도 하고 내용이 다양하다. 어느 때 매화 한 가지를 꺾어 병에 꽂아두고 읊은 시에 "천리 먼 곳 님 아직도 잊지 못해, 시드는 매화 향기 차마 볼 수 없다네[故人長憶千山外, 不耐天香瘦損看]"라고 했다. 또 달빛 아래 핀 매화를 보고는 이렇게 읊었다.

군옥산의 제일가는 신선이
해맑은 흰 색으로 꿈같이 고와라
멀리 와 이곳에서 달빛 아래 만나니
아직도 신선의 모습 남아 아름답구나.
群玉山頭第一仙 氷肌雪色夢娟娟
起來月下相逢處 宛帶仙風一粲然

예로부터 아름다운 여신선이 산다는 군옥산의 여선(女仙)에 매화를 비유하여, 달빛 아래에 보는 매화의 자태가 그처럼 해맑고 아름다움을 노래했다. 그 밤에 보는 매화는 정녕 아리따운 그리운 사람이라 생각된다.

누가 무어라 해도 선생의 매화시는 그의 〈매화시첩(梅花詩帖)〉으로 대표된다.

뜰 앞의 매화가지 눈 듬뿍 이고 서니
세속의 창망함에 꿈까지 어지럽네
서재에 홀로 앉아 봄달을 바라보니
기러기 울음소리 갈피마다 님 생각이
一樹庭梅雪滿枝 風塵湖海夢差池
玉堂坐對春宵月 鴻雁聲中有所思

또 다른 시 〈도산월야영매(陶山月夜詠梅)〉이다.

홀로 산창에 기대니 밤기운도 찬데
매화나무 가지 끝에 둥근달 떠오르네
누가 부르지 않아도 산들바람 불어오고
저절로 맑은 향기 뜨락에 가득하네
獨倚山窓夜色寒 梅梢月上正團團
不須更喚微風至 自有淸香滿院間

뜰을 거니니 달이 사람을 따라
매화나무 주변을 얼마나 서성댔나
밤 깊도록 오래 앉아 일어날 것 잊었더니
향기 스민 옷 위에 달빛까지 가득하네
步蹋中庭月趁人 梅逸行遶幾回巡
夜深坐久渾忘起 香滿衣中影滿身

뿐만 아니라 우리 선조들은 매화를 무척이나 사랑했으니 일일이 매거할 수 없을 정도였다. 그 중에도 조선 전기의 선비 홍귀달(洪貴達)이 쓴 한 구절인 "옥피리 소리에 매화꽃 잎 떨어지네[玉笛梅花落]"는 아직도 인구에 회자된다.

황진이가 사랑하는 님 양곡(陽谷) 소세양(蘇世讓)을 작별하는 마지막 밤에 읊었다는 시 〈송별소양곡(送別蘇陽谷)〉에도 매화는 빠지지 않았다.

달빛 아래 오동잎 다 떨어지고
서리 맞은 들국화는 노랗게 피었네
누각은 높아 하늘에 닿았고
 님은 이별주에 취해 넋이 나갔다네
물소리마저 거문고 소리에 어울려 냉담하고
매화향기 피리소리에 스몄구나
내일 우리 서로 작별한 다음에는
그리운 마음 푸른 물처럼 영원하리
月下梧桐盡 霜中野菊黃 樓高天一尺 人醉酒千觴
流水和琴冷 梅花入笛香 明朝相別後 情如碧波長

다음은 청(淸) 신기질(辛棄疾)의 〈화전암수매화(和傳巖叟梅花)〉이다.

달뜨려는 황혼에 눈 내리려 하는데
창 앞 매화 작은 가지 꽃망울 버네
홀로 성긴 가지 사이 그윽한 향기 품어

오직 서호의 임포만 그 뜻 알겠지

月澹黃昏欲雪時 小窓猶欠歲寒枝

暗香疎影無人處 唯有西湖處士知

역시 청나라 사람이던 옹조(翁照)의 〈매화오좌월(梅花塢坐月)〉도 읽
어보자.

달빛 아래 조용히 앉았으려
삽상한 이 밤에 외로운 소리 하나.
늙은 학 한 마리 시냇물 저 편에서
매화 품은 달그림자 독차지하네.

靜坐月明中 孤吟破淸冷 隔溪老鶴來 踏碎梅花影

'답쇄매화영(踏碎梅花影)'이란 마지막 구가 특별한 의미를 가지고 있
다. 학 한 마리가 물에 와 앉으니 달도 비치고 매화도 비친 물이 갑자
기 학 때문에 없어져 버린 것이다. 그래서 학이 이 두 가지를 모두 독
차지했다고 해석하는 것이다.

다음은 기대승(奇大昇)의 〈매화(梅花)〉이다.

산수 깊은 곳에 서로가 약속한 듯
대밭 너머 야위어서 오뚝 마주 섰네.
달뜨기를 기다려 서로 만나 즐기면서
두어 편 시 읊으니 아주 어울린다네.

海山深處似相期 竹外亭亭立瘦姿

待得月明交送影 不妨吟罷數篇詩

　원래 매화는 사군자(四君子, 梅蘭菊竹)에도 속하고, 세한삼우(歲寒三友, 松竹梅)에도 속하여, 고결한 정조, 고매한 인품, 빙자옥질(氷姿玉質)의 여인 등을 뜻하였다. 따라서 매화가 등장하면 봄과 평화를 나타내는 남창(南窓), 드문드문한 가지[소영, 疎影], 찬 눈 속[雪中梅], 맑고 깨끗한 아름다움[淸艶], 적막함, 황혼의 달을 배경으로 하거나, 청향(淸香), 한 가지의 봄[一枝春] 등이 자주 등장한다. 그래서 고매한 인격을 닦는 선비치고 매화를 노래하지 않은 이가 없었다. 빙옥 같은 자질로 찬 눈 속에 피는 모습은 고고함을 넘어서 존엄에 가까운 외경심(畏敬心)을 자아낸다. 그리고 향기도 은은하면서도 넓게 퍼지고, 황혼녘이면 더욱 심하다. 그래서 암향부동(暗香浮動)이라 한다. 예로부터 매화의 지조를 높여 이르기를 "추위 속에 어렵게 살지만 향기를 팔지는 않는다[梅一生寒不賣香]"고 한다.

　다음은 권만(權萬)의 〈차장소설당운 영서설당매화(次長蘇雪堂韻 詠瑞雪堂梅花)〉이다.

평생토록 매화사랑 고치지 못하고
등불로 벽에 비낀 그림자 더욱 좋아.
이같은 버릇 게으름도 아랑곳하지 않고
하나 만들어서 집안에 두었다네.
平生性癖愛梅花 更愛燈前壁影斜
愛癖終難勝懶癖 一盆遷就畜儂家

다음은 이민성(李民宬)의 〈차송현부매운(次宋賢賦梅韻)〉이다.

복숭아꽃 오얏꽃 시샘하며 피지마는
매화는 뼈속 스미는 얼음 뚫고 핀다네.
맑은 개울 달빛 아래 그림자 드리우고
눈바람 흩뿌릴 제 암향마저 뿌린다네.
肯隨桃李妬年芳 獨擅氷霜徹骨涼
月印淸溪籠淡影 風撩凍雪漏眞香

이민성(1570~1620)은 문신으로 자는 관보(寬甫), 호는 경정(敬亭)으로 급제하여 정언, 교리 등을 역임했다. 인조반정 후에 서장관으로 중국에 다녀오고, 병자호란 때 의병장으로 활약했다. 시문과 글씨에 능한 차인이었다.

다음은 이곡(李穀)의 〈병중술회(病中述懷)〉이다.

그림자 짝하며 떠돈 것은 단지 이 몸 하나
지금 또 서울 먼지로 새까맣게 변한 흰옷
구름을 쳐다보며 날마다 고조에 부끄럽고
달을 대하며 때때로 옛 친구를 떠올리네
까치 소리 늘 들어도 기쁜 소식은 없다마는
자벌레 몸 굽힘이 펴려고 함인 줄 누가 알랴
동쪽 하늘 삼천 리 그 너머 고향 산천
내일쯤엔 매화 피어 봄소식 또 전하련만
伴影羈遊只此身 素衣今復化京塵

望雲日日憩高鳥 對月時時憶故人
慣聽鵲鳴虛報喜 誰知蠖屈是求伸
故山東望三千里 明日梅花又一春

다음은 김일손(金馹孫)의 〈매창소월(梅窓素月)〉이다.

일찍이 찬나무를 옮겨놓고 강사초를 베었더니
창 사이에 달을 맞아 푸른 그림자 엷게 비추네.
부드런 옥 기운이 일어 은은 담담한 향기나고
흰 치마의 바람 춤에 그림자도 기울어 비끼네.
곱게 보인 잔 모습은 맑은 성인의 마음 속이고
차게 떠오르는 시상은 쓰고프나 겨우 물리네.
선경 읽기를 마치고 나니 꽃도 더불어 잠들고
마음을 씻고 평상심을 찾아 용차를 마신다네.

曾移寒樹劚江莎 邀月窓間碧映紗
暖玉煙生香黯淡 素裳風舞影敧斜
妍窺杯面欺淸聖 冷透詩腸退劣魔
讀了仙經花共睡 洗心聊復試龍茶

정도전(鄭道傳)은 《삼봉집》의 〈매천부(梅川賦)〉에서 매화의 모습을
다음과 같이 읊고 있다.

천진스러운 태도에 단정한 얼굴
하얀 치마에 깨끗한 소매
우의(羽衣)와 예상(霓裳)으로

눈같이 흰 고운 살결
옥 같은 얼굴에 윤이 흘러 산뜻하다.
羌意眞兮色莊 縞裙兮練袂
羽衣兮霓裳 雪肌兮綽約 玉貌兮輕盈

　　다음 글은 매화를 상찬한 김진섭(金晉燮)의 〈매화찬(梅花讚)〉의 일부
이다.

　　눈속에서, 차가운 달 아래 처연(凄然)히 조응(照應)된 매화는 한없이 장
엄하고 숭고한 기세에는 친화한 동감이라기보다는 일종의 굴복감(屈
伏感)을 품게 된다. 매화는 확실히 봄바람이 태탕(胎蕩)한 계절에 난만
(爛漫)히 피는 농염한 백화(百花)와는 달리 비현세적(非現世的)인 꽃같이
느껴진다. 이 꽃이야말로 이 세상에서 우리가 찾을 수 있는 가장 초고
(超高)하고 견개(狷介)한 꽃이라고 할 것이다.

　　다음은 최광유(崔匡裕)의 〈정매(庭梅)〉라는 시다.

비단처럼 곱고 서리처럼 빛나 온 사방을 비추니
뜰 한모퉁이에서 섣달 봄기운을 홀로 차지했구나
번화한 가지 반은 떨어져 단장도 거의 스러진 듯
갠 눈이 갓 녹아 눈물 새로 머금었네
차가운 그림자는 나직이 금정의 해를 가리우고
싸늘한 향내는 가벼이 옥창의 먼지를 잠갔구나
내 고향 시냇가에 서 있는 그 매화나무도
서쪽 만리길을 떠난 날 응당 기다리고 있으리

練艷霜輝照四隣 庭隅獨占腦天春

繁枝半落殘粧淺 晴雪初銷宿涙新

寒影低遮金井日 冷香輕銷玉窓慶

故園還有臨溪樹 應待西行萬里人

최광유는 신라 때의 학자로 일찍이 당나라에 유학했다. 학문이 깊
고 시에 능하여 최치원(崔致遠)·박인범(朴仁範) 등과 더불어 신라 십현
(十賢)으로 일컬어졌다. 그러나 그의 생년월일이나 행적을 밝혀주는 문
헌은 없다. 이 시는 고려 때 간행된《십초시(十抄詩)》에 수록되었다가
그 후《동문선(東文選)》에도 수록되어 전해지고 있는데 현재까지 전해
지고 있는 매화시 가운데는 최초의 것이다. 이 시는 최광유가 당나라
의 수도 장안에서 신년을 맞이하여, 정원 한모퉁이에서 눈속에 피어난
매화나무의 아름다운 모습을 바라보면서 고향의 시냇가에 서 있는 매
화나무를 생각하며 고향을 그리워하는 심정을 읊고 있는 것이다.

다음은 이숭인(李崇仁)의 〈매화(梅花)〉이다.

곤음(坤陰)이 힘을 부리는 것 막기 어려워

만물이 뿌리로 돌아가 쉬이 찾지를 못했는데

어젯밤 남쪽 가지에 흰송이 하나 생겨났기에

향 피우며 단정히 앉아 하늘 뜻을 쳐다보네

坤陰用事政難禁 萬彙歸根未易尋

昨夜南枝生一白 焚香瑞坐見天心

겨울은 역학적(易學的) 사고로는 곤음(坤陰)의 힘이 강해 만물이 생

장을 정지하는 죽음의 계절이다. 그러나 남쪽으로 뻗은 매화가지에 맺힌 한 송이의 흰 매화꽃은 만물에 생명을 불어넣는 천지의 양기 회복을 알리게 된다. 우주 생기의 발현이 시작되는 그 하늘의 뜻을 보게 되는 것이다.

다음은 정도전(鄭道傳)의 〈매설헌도(梅雪軒圖)〉이다.

고향 산은 아득히 음기가 서려 있고
대지의 바람은 차고 눈은 깊이 쌓였는데
창을 올리고 편히 앉아 주역을 읽노라니
가지 끝에 흰것 하나, 하늘 뜻을 보이네
故山渺渺像章陰 大地風寒雪正深
燕坐軒窓讀周易 枝頭一白見天心

대지에 아직 바람은 차고 눈은 깊이 쌓였는데 매화나무 가지 끝에 피어난 하얀 꽃 한 송이는 하늘의 뜻을 알려주고 있다. 여기에서 하늘의 뜻이란 계절을 봄으로 바꾸어 가려는 조물주의 자비스러운 마음이다. 동지(冬至)에는 처음으로 일양(一陽)이 생긴다고 한다. 완전한 음의 상태에서 하나의 양이 생겨난다는 것은 곧 겨울에서 봄으로 계절이 바뀌어가는 시점에 이르렀음을 말한다. 매화는 이 시기에 벌써 그 변화를 감지하고 꽃을 피우는 것이다. 이와 같이 매화는 계절의 변화를 예민하게 감지할 수 있기 때문에 봄의 선봉에 서서 가장 먼저 그 소식을 알려주는 것이다.

김시습(金時習)의 〈심매(探梅)〉를 보자.

큰 가지 작은 가지 눈속에 덮였는데
따뜻한 기운 알아 차례로 피어나네
옥골정혼이야 비록 말은 없지마는
남쪽 가지 봄뜻 따라 먼저 망울 맺는구나.

大枝小枝雪千堆 溫暖應知次第開
玉骨貞魂雖不語 南條春意最先胚

다음은 박제가(朴齊家)의 〈매락월영(梅落月盈)〉이다.

창 아래엔 매화나무 몇 가지 뻗어 있고
창 앞에는 둥근 달이 둥실 떠 있네
맑은 달빛이 빈 사립문에 흘러드니
남은 꽃이 계속해서 피어나는 듯.

窓下數枝梅 窓前一輪月 淸光入空査 似續殘花發

매화는 우아한 꽃과 맑은 향기 그리고 은은한 빛깔을 지니고 있어
고고한 선비에게 잘 어울린다. 옛날부터 선비들은 한파에 시달려도 굽
힘이 없고 빙설에도 이겨내는 매화의 맑고 강인한 소성(素性)을 사랑하
면서 자기의 고결한 심성을 기르고 강인한 기상을 다지는 데 이를 본
받고자 하였다. 그리하여 많은 선비들은 매화를 노래함으로써 자기의
정신과 의지를 그 속에 투영하고 세속에 물들지 않는 진실을 지키려는
다짐을 하였던 것이다.

다음은 김인후(金隣厚)의 〈매봉(梅峯)〉이다.

매화의 풍격은 본디 풍진을 떨치고서
말랐어도 어렵사리 진실함을 지녔네
철석 같은 간장에 바위 골짝 모습 지녀
빙설에도 꿈쩍않는 정신을 볼 수 있네
梅兄風骨本起塵 枯槁有難得此眞
鐵石肝腸巖壑面 不煩氷雪露精神

여기에서 매화는 세속에 물들지 않는 순수하고 고고한 자아의 표상
으로 설정되어 있다. 매화는 고목일수록 더 운치가 있고 더 맑고 아름
다운 꽃을 피우며 그윽한 향기를 피운다. 그것은 불굴의 정신으로 무
장하여 얼음과 눈보라 속에서도 결코 굴하지 않고 의연한 정신을 지니
고 있기 때문이다.

다음은 홍세태(洪世泰)의 〈위이처사영분매(爲李處士詠盆梅)〉이다.

비록 인간 세상에 살아도 속되지는 않아서
숲속에 묻힌 것처럼 살아왔네
한평생 구차하고 괴로워도 한탄하지 않았으니
우뚝한 뜻을 지닌 그 품성을 스스로 알고 있네
縱在人間非俗 却從林下爲生
不恨終身寒苦 自知稟性孤情

홍세태(洪世泰, 1653–1725년)는 비운과 가난 속에 살면서도 풍류생
활을 즐겼던 위항시인(委巷詩人)이다. 그는 이 시에서 이처사(李處士)의
고결한 인품을 칭송하고 있다. 매화는 혹독한 추위 속에서 온갖 고통

과 시련을 겪고 피어났으면서도 원도 한도 모두 날려보내고 무욕의 얼굴에 맑고 곧은 품성만을 지니고 있는 것이다. 이와 같이 매화는 세속에 물들지 않고 자기의 진실을 지키려는 청초하고 고고한 선비를 상징하는 꽃으로 인식되었다.

매화의 이와 같은 절개의 상징성은 충절과 연결된다. 사육신(死六臣)의 한 사람인 성삼문은 매화와 대나무의 정취를 배우고 익히고 실천하고자 자기의 아호를 매죽헌(梅竹軒)이라고 했던 것으로 짐작된다. 그는 《성근보선생집(成謹甫先生集)》의 〈매죽헌부(梅竹軒賦)〉에서 매화가 다른 식물에 비해 특별히 아름다운 점을 아조(雅操)·정절(貞節)·담박(淡泊)·청백(清白)의 네 가지를 들고 있다. 그는 또 〈매은정시인(梅隱亭詩引)〉에서는 "매화의 품성이 청결한 지조를 지니고 있기 때문에 가히 사랑할 만하고 향기로운 덕을 지니고 있기 때문에 가히 사랑할 만하다"고 하였다. 성삼문은 매화와 대나무가 가르쳐 준 도(道)와 미(美)를 사랑하고 공경하였다. 그리고 그 정신을 실천하는 것이 곧 천하의 정도요, 정리(定理)라고 생각했던 것이다. 그는 궤석(几席)에 놓여 있는 매화 분을 바라보면서 인세(人世)의 진훤(塵喧)을 떨쳐 버릴 수 있었다. 그래서 그는 형장의 이슬로 화할 수 있었을 것이다.

선비들은 매화의 곧고 맑은 성품을 노래한 글을 지어 일편단심으로 사모하는 임에게 자신의 간절한 심정을 나타내고자 하는 경우를 볼 수 있다. 이 때의 임은 나라 또는 임금을 뜻하는 것이다. 다음은 정철(鄭澈)의 〈사미인곡(思美人曲)〉이다.

동풍이 건듯 부러 적설(積雪)을 헤텨내니

창(窓)밧긔 심은 매화 두 세 가지 픠여셰라

굿득 냉담(冷淡)흔디 암향은 므스일고

황혼의 둘이조차 벼마터 빗치니

늣기는 듯 반기는 듯 님이신가 아니신가

뎌 매화 것거내어 님 겨신디 보내고져

님이 너를 보고 엇더타 너기실고

정철(鄭澈)의 〈사미인곡(思美人曲)〉은 규정(閨情)을 담은 작품으로서 임을 사모하는 애절한 충정을, 남편을 이별한 한 부인에 기탁하여 고백하는 연군문학(戀君文學)이다. 위의 글에서는 작자가 여인의 입장이 되어서 매화를 빌어 님에 대한 그리움을 나타내고 있다. 즉 자신의 충절을 매화에 비겨 자신의 진실된 마음을 절규하면서 자기현시(自己顯示)를 하고 있는 것이다.

한용운(韓龍雲)의 〈증고우선화(贈古友禪話)〉도 살펴보자.

어여쁜 온갖 꽃 모두 보았고

안개 속 꽃다운 풀 모두 밟았네

그래도 매화는 찾을 수가 없는데

땅에는 눈보라만 가득하니 이를 어쩌랴

看盡百花正可愛 縱橫芳草踏煙霞

一樹寒梅將不得 其如滿地風雲何

이 시는 만해(萬海) 한용운(韓龍雲)의 옥중시 가운데 하나로, 독립운동도 함께했을 뿐만 아니라 절친한 사이였던 고우(古友) 최린(崔麟)에

게 주었다고 한다. 그래서 제목이 '옛 벗에게 보내는 선화[贈古友禪話]'
이다.

다음은 북송(北宋)대의 은사(隱士) 임포(林逋)의 〈산원소매(山園小梅)〉
이다.

　　뭇꽃들 시들어 모두 졌는데 홀로 선연히 피어
　　조그마한 정원의 풍정을 독차지하였구나
　　성긴 가지 그림자는 호수에 어리 비치는데
　　그윽한 향기가 움직일 때 달은 몽롱하구나
　　衆芳搖落獨喧姸 占盡風情向小園
　　疎影橫斜水淸淺 暗香浮動月黃昏

매화의 매력을 남김없이 묘사하고 있는 시다. 오대(五代) 남송(南宋)
의 시인 강위(江爲)의 잔구(殘句) "죽영횡사수청천(竹影橫斜水淸淺), 계향
부동월황혼(桂香浮動月黃昏)"을 각각 한자씩 "소영횡사수청천(疎影橫斜
水淸淺), 암향부동월황혼(暗香浮動月黃昏)"으로 고쳐서 점철성금(占鐵成
金)의 효과를 올린 것이라고 하였다.

단원 김홍도는 때로는 끼니를 걸러야 할 만큼 가난했지만 항상 의
연함을 잃지 않았다. 하루는 어떤 사람이 매화나무를 팔려고 하는데
김홍도는 그 매화가 썩 마음에 들었으나 돈이 없어 살 수가 없었다. 이
때 마침 어떤 사람이 그림을 청하고 그 사례로 3천 냥을 주자 김홍도는
2천 냥으로 매화를 사고 8백 냥으로 술 여러 말을 사다가 친구들을 불
러 매화를 감상하며 술을 마셨는데 그 술자리를 매화음(梅花飮)이라 했

다고 한다. 그리고 남은 2백 냥으로 쌀과 나무를 집에 들였으나 하루 지낼 것밖에 안 되었다고 한다. 화선(畵仙)다운 고결한 인품을 말해주는 일화이다

다음은 성종대왕(成宗大王)이 지은 〈비해당사십팔영(匪懈堂四十八詠)〉 중 '매화 창가에 뜬 흰 달(梅窓素月)'을 읊은 시이다.

승검초와 사초 옆의 한 그루 겨울 매화
맑은 밤 작은 창을 통해 비단 병풍에 비치누나
그윽한 향기는 은은하여 이른 봄소식 전하는 듯하고
성긴 그림자 희미하여 저무는 시각을 알려주는 듯하다
막고야의 정신은 수국(水國)에서 온 듯하고
양귀비의 교태는 시마(詩魔)를 불러일으킨다
옥피리 소리 높은 곳에
근심에 겨워 어느 누가 설차(雪茶)를 마시는가
一樹寒梅傍薜莎 小窓晴夜暎屛紗
幽香淡淡春如早 疎影離離月欲斜
姑射精神來水國 太眞嬌態喚詩魔
拈吹玉笛聲高處 愁斷何人啜雪茶

달밤에 매화꽃이 병풍에 비치는 모습을 보고는 막고야(산)의 여신선과 양귀비의 묘태를 상상했다. 그리고 아리따운 여인을 상상하면서 근심에 겨워 설차(雪茶)를 마신다고 했다.

매화가 한시의 중심 소재가 된 것은 중국 진(晉)나라 때이다. 남북

조 시대의 육개(陸凱)라는 시인은 〈범엽(范曄)에게 보내다(贈范曄)〉에서, "꽃 꺾어 역참 사람 만나서, 농두(장안) 친구에게 부치나니, 강남에는 아무것도 없기에, 짐짓 가지 하나의 봄소식을 올리오(折花逢驛使, 寄與隴頭人, 江南無所有, 聊贈一枝春)"라고 했다. 꽃이 핀 매화 가지 하나로 강남의 봄소식을 전한 것이다. '강남 가지 하나의 봄소식(江南一枝春)'이라는 유명한 숙어가 여기서 나왔다. 이 시는 〈매화를 부치다(寄梅)〉라는 제목으로도 알려져 있다.

이후 많은 시인이 매화를 가꾸고 매화를 찾아나선 일을 노래하거나, 아직 피지 않은 매화, 이른 봄의 매화, 말라버린 매화, 떨어진 매화 등 매화가 피었다가 시들기까지의 어느 한 시점을 노래했다. 또 홍매·청매·녹악매·황랍매·구월매·진주매 등등 수많은 종류의 매화들을 소재로 삼았다. 게다가 감상용으로 가꾸는 병매(瓶梅)와 분매(盆梅)를 노래하는 시인이 있는가 하면, 자연 속에 절로 피어 있는 지매(地梅)를 사랑하는 시인도 있었다.

그런데 매화는 대체로 겨울의 '차가운 기운을 이기고[능한기(凌寒氣)]' '차갑도록 고운[냉염(冷艶)]' 그 자태로써 세간의 불의를 돌아보지 않고 홀로 서서 지절을 지키는 '특립독행(特立獨行)'의 지사를 상징한다. 송나라 이후로 시인들은 한매를 특히 사랑했다. 우리나라에서는 고려 말 이후 성리학이 발전하면서 매화는 청정한 정신세계를 상징하는 것으로 굳어져 갔다.

매화시(梅花詩) 한 수

　며칠 전부터 남도의 꽃소식이 들려오기 시작했다. 마침 뜰에 나섰다가 오랜만에 만월(滿月)을 보니 옹조(翁照)의 시 한 수가 떠올랐다. 청대(淸代)의 문인 옹조(翁照, 1677~1755)는 강소성(江蘇省) 강음(江陰) 사람으로 자를 랑부(朗夫)라 했고, 어릴 때 이름은 옥행(玉行)이었다. 주이존(朱彝尊)에게서 수학하고 국자감생(國子監生)이 되었다. 후에 경학(經學)과 시(詩)에 깊이 경도되었다. 그의 시 〈매화오좌월(梅花塢坐月)〉을 소개한다.

　　달빛 아래 조용히 앉아서
　　홀로 읊조리는 소리 청냉함을 갈라놓네
　　개울 건너 늙은 학이 성큼 건너와서
　　매화 그림자를 막 밟아 부수네
　　靜坐月明中 孤吟破淸冷 隔溪老鶴來 踏碎梅花影

　달이 훤히 밝은 밤에 매화 핀 언덕에 자리하고 앉아서, 시 한 구절 읊조리니 그 낭랑한 소리가 상쾌하고 시원하여 조용하기만 하던 분위기를 바꾸어 놓는다. 때맞추어 개울 건너에 살고있는 늙은 학이 성큼 건너와서, 그 밤의 흥겨움을 이기지 못해, 매화 그림자를 막 밟아 부수고 있다. 여기서 주인공은 누구인가? 나, 노학, 매화, 달일까? 이 넷이 모두 주인공일 수도 있다.

　밤에 집 주변 매화가 핀 언덕에 앉으면 달빛 아래 내려다보이는 신선하고 시원한 몽환적인 풍경이 저절로 그려진다. 너무 정적이 흐르는 이런 분위기가 주인공이 읊는 낭랑한 음시(吟詩)로 갈라지며 흔들린다. 이때 날아온 노학(老鶴)은 바로 시인의 마음속 동반자다. 그래서 시인이 느끼는 넘쳐나는 그 감흥을 춤으로 표현한 것이다. 그것도 그냥 춤이 아니라 그렇게 아끼고 소중하게 생각하는 매화를 짓밟으며 추는 춤이다. 문자 그대로 무학삼매(舞鶴三昧)다. 매화 그림자란 달빛에 그림자 진 매화다. 이때의 학은 감정이 통하는 동반자이기보다는 오히려 시인의 분신이라는 말이 더 어울린다. 학이 늙은 것도 자신을 생각하여 설정한 표현이다. 학발(鶴髮)이 성성한 자신의 모습이 노학(老鶴)에 비유된 것이다. 밝은 대낮에 느낄 수 없는 이 몽환적인 감흥을 위해 밤을 택해서 그렇게 아끼는 매화와 학을 등장시키고 달빛을 조명으로 깔아서 자신의 시심을 그대로 표출했다. 예로부터 달과 학, 그리고 매화는 〈산원소매(山園小梅)〉를 시작으로 오늘까지 짝을 이루어 시문에 자주 등장했다.

　〈매화오좌월(梅花塢坐月)〉은 소재에서 시적인 감흥은 물론 구성까지 빈틈이 없다. 처음의 정적인 분위기가 시 한 수를 읊으므로 동적으로 확 바뀌어진다. 이 같은 감흥은 점점 고조되어 학이 등장한다. 곧 시를 읊은 것이 뒤에 오는 학춤의 동기부여일 수 있다. 그리고 학을 빌어서 시인의 감흥이 절정에 이르도록 했다. 플라톤이 말한 "도취(陶醉) 상태에서 얻어낸 마음의 한 조각"이고, 원매(袁枚)가 이른 "긴 시간을 소모하여 얻어낸 숨은 한 대목"이라 할 만하다. 천래(天來)의 기어(奇語)

라고나 할까. 끝으로 여기서 우리는 파쇄(破碎)라는 낱말의 컬러를 확연하게 깨닫게도 된다.

퇴계의 시에 〈옥당억매(玉堂憶梅)〉라는 시가 있다.

뜰 가운데 한그루 매화 가지에 눈이 소복한데
먼지바람 요동치는 세상 꿈까지 어지럽네
옥당에 앉아 봄 하늘의 달을 쳐다보니
날아가는 기러기 소리에 생각히는 바 있다네
一樹庭梅雪滿枝 風塵湖海夢差池
玉堂坐對春宵月 鴻雁聲中有所思

벼슬길에 들었을 때, 옥당에서 당직을 서는 날이었다. 마침 달빛 아래 춘설을 이고 있는 매화를 보고, 지금 주어진 현황과 이상의 괴리를 절감한다. 그때 정적을 깨고 들리는 기러기 소리에 고향 생각을 하게 된 것이다. 남달리 매화 사랑에 젖은 분이라서 더욱 간절했을 것이다. 여기선 매화, 달, 그리고 학이 아닌 기러기가 등장한다. 또 이런 시도 있다.

창 아래 두어 가지 매화 피었고
창 앞엔 둥근달이라네
窓下數枝梅 窓前一輪月

이는 박제가의 〈매창월영(梅窓月盈)〉이라는 시다. 여기서도 매화와 달은 떨어질 수 없는 소재였다.

이런 장면에서 흔히 술상을 연상하지만 그러면 격이 떨어진다. 당연히 앞에는 향기로운 찻잔이 놓여 있어야 어울린다. 아! 얼마나 고아하고 조용하고 황홀한 즐거운 자신을 위한 밤이겠는가?

그러고 나니 또 빠뜨리기 아쉬운 한 수가 생각난다. 송대(宋代)의 두뢰(杜耒)가 쓴 〈한야(寒夜)〉라는 시다.

추운 밤 객이 오니 술 대신 차를 내는데
발갛게 타는 숯불이 죽로 속의 탕을 끓이네
창 앞에 뜬 달이야 항상 있는 일이지만
때맞추어 핀 매화 몇 송이는 특별하다네
寒夜客來茶當酒 竹爐湯沸火初紅
尋常一樣窓前月 纔有梅花便不同

쌀쌀한 밤에 친구가 이르니 마땅히 술을 대접해야 하는데, 집 안에 준비된 술이 없었던지 술 대신 차를 내려 한다. 그래서 죽로 안의 풍로에 숯불을 발갛게 붙여 탕을 끓인다. 시의 운율 때문에 글자의 순서를 바꾼 것이다. 매양 달이 뜰 때 차를 마시는 일이야 별 다를 것이 없지만, 손이 오고 차가 끓는데 달까지 밝고, 거기에 매화까지 함께하니 특별한 느낌이 없을 수 없다. 이 시에서도 매화, 달, 학 대신에 손님이 있고 거기에 차향이 함께하니, 나머지는 말할 것도 없다. 이때 객과 주인의 감정은 말없이 앉아 차향에 도취된 장면이리니, 그 모습이 그림처럼 그려진다. 두뢰는 남송 때의 시인으로 강서성 임천(臨川) 사람이다. 자를 자야(子野)라 하고 호를 소산(小山)이라 했으며, 왕안석에게 시를 가르친 일도 있다. 이전(李全)의 막하(幕下)에 있을 때 이전이 난을 일으켜서 희생되었다.

[2021년 입춘이 지나고]

【편집자 주】

서산 선생 스스로도 매화와 관련된 짧은 시구를 남기셨다.

梵鐘雲外寺 梅花雪裏春

구름 밖 절에선 종이 울리고

매화는 눈 속에서 봄을 맞누나

인문학에서 본 조선시대 여인들의 정한(情恨)
- 난설헌(蘭雪軒) 허초희(許楚姬)의 생애를 중심으로

1. 조선사회에서 여인들의 위상(位相)

어느 사회에서나 자기들이 살고 있는 방식이 다른 어느 때보다 살만 하다고 믿는 것이 대부분이었다. 하지만 역사를 돌이켜 보면 많은 모순과 우매함과, 일부 계층이나 집단들은 과분하게 누리고 사는데 비해, 다른 한쪽에서는 말 못할 억압과 고통 속에 허덕이고 있었음을 간과할 수 없다. 이에 우리의 지난날을 돌아보고, 지금의 우리의 선 자리와, 앞으로의 일들을 생각해 보는 것이, 역사적 과오를 최소화하는 방법일 것이다.

사람은 누구나 세상에 태어나서 인간답게 살기를 희원하지만, 대부분 흡족하게 누리지 못하고 생을 끝낸다. 그 중에도 특히 어느 부류나 특정한 시대를 산 사람들에겐 더 많은 여한(餘恨)을 남기곤 했다. 조선 시대의 여성들도 그런 경우라고 생각 된다. 그것은 조선 시대를 풍미한 학문이 유교의 도학(道學)이었고, 그 사상적 원류가 중국 고전 곧 경전(經典)에 있었기 때문이다. 곧 교육하는 근본이 철저한 유교적 덕목에 있었다. 《명심보감(明心寶鑑)》《소학(小學)》《열녀전(烈女傳)》《여사서(女四書)》《여교(女敎)》《내훈(內訓)》 등은 모두 경사자집(經史子集)에서 발췌한 여인들의 수행의 덕목들을 모아놓은 것들이다. 그러니 자연스럽게 어렸을 적부터 그런 도덕률에 물들어서 살게 되었다. 남성 위주의 가부장제(家父長制)로 남아선호사상(男兒選好思想)이 생기고, 가통(家統)을 잇기 위해 처첩제도가 생겨도 투기를 못하게 되고, 혈통을 지켜야 하니까 여성들의 정절을 강요하고, 따라서 그들의 행동반경이 제약받았고, 출가하면 시가(媤家)가 언제나 우선이고, 정치나 사회에 진출하는 교육은 남자에 국한되어 차별화 되었다. 그 결과로 수많은 여인들이 재능을 인정받지 못하고서 그 재능이 사장되고, 눈물과 한숨으로 일생을 불행하게 보내게 되었다.

인간이 의식주로만 살아가는 것은 아니고, 감정을 움직이는 예술이나 학문, 혹은 희노애락의 감정들 속에서 얽혀져서 살아가는 것이다. 원래 인간이란 정한(情恨)의 동물이다. 그것을 소리로 나타내면 음악이 되고, 문자로 나타내면 문학이 되고, 색으로 나타내면 미술, 동작으로 나타내면 무용, 형상으로 나타내면 조각이 된다. 우리는 그 속에서 삶의 의미와 본질을 탐구하였다. 그러나 조선의 여인들은 그런 면에서 많은 제약을 받지 않을 수 없었다. 그들은 상대적으로 남성보다는 더 인간다움을 누리지 못했다. 그러니 그 한스러움이 안타까울 정도로 사무치게 된 것이다. 이에 여기서 대표적인 한 예를 구체적으로 들어서, 그 정한을 남긴 불행한 여인들의 삶을 제시함으로써, 앞으로는 정말 사람답게 살 수 있는 사회문화가 이루어져야겠다는 생각에서 이 글을 쓴다.

조선이라고 여인들에게 아예 교육을 시키지 않은 것은 아니다. 인수대비(仁粹大妃) 한씨(韓氏)는 자기가 지은 《내훈》의 서문에서 아래와 같이 말했다.

무릇 모든 사람은 영험한 하늘과 땅의 기운을 받고 태어났기에, 다섯 가지의 덕목을 품고 있어서 옥과 돌처럼 다를 수가 없는데, 난초와 쑥처럼 다름이 있는 것은 어인 일인가? 자신의 몸을 닦는 데에 정성을 다하거나 다하지 못하는 데에 달렸다. 주나라 문왕(文王)의 뛰어난 교화는 태사(太姒)의 밝은 덕에 의하여 더욱 빛났고, 초(楚)의 장왕(莊王)이 패주(覇主)가 된 것은 번희(樊姬)의 힘이 컸으니, 임금을 섬기고 지아비를 섬기는 일에 누가 감히 이들을 따를 수 있겠는가? (중략) 이로 보건데 한 나라의 정치가 치란(治亂)과 흥망(興亡)에 처하는 것은, 비록 남자의 총명함과 우매함에 달렸다고 하나, 부녀자의 선악도 무시할 수 없으니, 부녀자도 마땅히 가르쳐야 한다.

교육은 시키되 정치나 사회에 나가는 힘을 기르는 것이 아니라 조력자로서 지켜야 할 덕목만을 선별해서 가르치는 것이다. 이른바 교육의 차별화 내지는 불평등을 볼 수 있다. 이 같은 체제에서 살아온 여인들에겐 주어진 운명에 순종하며 나름대로의 보람과 자부심을 가지고 산 성공적인 부류도 있고, 그냥 떠밀려 하루하루 평범하게 살아진 삶도 있을 것이며, 특히 자신의 재능이나 끼를 발산하지 못해서 불행하게 생을 끝맺을 이들도 있는 것이다. 이 글에선 그 어느 한쪽만을 말한다기보다는, 공통적인 곳을 중점적으로 다루어서, 그들이 남긴 자취를 더듬어 보고자 한다.

사실 조선 이전부터 여인들의 삶이 같은 것은 아니었지만, 유사이래에 조선만큼 체계적 조직적인 사회도 드물었다. 상고시대에는 모계사회였으니 여권이 강했고, 고려 때만 해도 비교적 상당 부분 자유로운 데가 있었다. 예를 들면 재산상속권, 가계상속권, 제사상속권 등이 인정되었다. 그러다가 조선에 들면서 가부장제가 강화되어, 재가금지 삼종지도 칠거지악 내외제도 등 여자들을 옥죄는 규제들이 강조되었다. 이 같은 상황 아래서 살다가 간 한 여인의 예를 들면서 그들의 사무친 정한이 얼마나 많았는지를 돌아보려 한다.

그렇다면 여기서 《내훈》이라는 여성 교육서를 통해서 구체적인 내용들을 파악하는 것이 좋을 듯하다.

- 현명한 여인은 입을 조심하고 〈언행장〉
- 밥이 뜨겁더라도 불어서 먹지 말며, 국은 건더기째 훅 들이키지 말고, 주인 앞에서 음식의 간을 맞추어도 안 되고, 이를 쑤셔도 안 된다. 〈언행장〉
- 밥을 젓가락으로 먹지 말며, 자주 씹지 말아야 한다. 《예기》〈소의〉
- 여자에게 네 가지 덕목이 있으니, 부덕(婦德) 부언(婦言) 부용(婦容) 부공(婦功)이다. 《여교》
- 옛 시에 이르기를 '여자는 밤에 출입을 하지 말 것이며, 문장을 짓고 글을 써서 다른 사람에게 전하는 것을 못 마땅히 여겼다. 〈언행장〉
- 시부모가 며느리를 얻는 것은 효도받기 위함이다. 며느리는 이른 아침부터 늦은 밤까지 시부모를 하늘같이 공경해야 하며, 매질하거나 꾸짖어도 달게 받아야 한다. 병이 나시면 정성을 다해 구완하고, 옷의 띠를 풀지 말아야 한다. 〈효행장〉
- 아들이 그 아내를 좋게 여기더라도 부모가 기뻐하지 않으시면 내보내야 하며, 아들이 아내를 마땅히 여기지 않더라도 부모가 좋아 하면 아들이 늙도록 함께해야 한다.
- 무릇 며느리들은 시어머니가 자기 방으로 가라고 하지 않으면 물러

나오지 않아야 한다. 〈효행장〉

- 한 번 가지런히 짝을 지은 후에는 죽을 때까지 바꾸지 못하나니, 설사 남편이 죽더라도 개가하지 않는다. 남자가 여자를 친히 맞는 것은 여자보다 우선한다는 뜻이니, 하늘이 땅보다 우선하고 임금이 신하보다 우선한다는 것과 같은 뜻이다. 〈혼례장〉
- 삼종지도
- 칠거지악
- 남편은 아내의 하늘인지라 섬기되 아버지를 대하듯 하며, 오로지 순종할 뿐 감히 그 뜻을 거스르지 못한다. 〈부부장〉
- 아내는 자기를 낮추어 혹 꾸짖고 때린다 하더라도 받아들여야 하며, 성을 낸다거나 말대답을 해서는 안 된다. 〈부부장〉
- 시집이나 남편의 허물을 친정 부모에게 말하지 말아야 한다. 〈부부장〉
- 남편의 생각이 모자란다 하더라도 아내는 남편을 도와서 결정토록 해야 하고, 단독으로 결정해서는 안된다. 〈부부장〉
- 장가 간 자식이 타일러도 안 듣고, 매질해도 안 들으면, 집안에서 쫓아내야 한다. 〈모의장〉
- 열 살이 넘으면 밖으로 나가지 말고, 여공과 돈목을 배워야 한다. 〈돈목장〉

대략 이 같은 정도의 제약이라면 지금에는 상상도 못할 구속이라 할 것이다. 뿐만 아니라 출생부터 차별받았다. 부귀다남자(富貴多男子)가 행복의 조건이었으니, 남아선호로 딸들은 설 자리가 좁았다. 심지어 이름까지 후남(後男)이니 필녀(畢女)니 하게 되었다. 그것도 안 되면 결국에는 출계(出系)제도가 일반적이었다. 나머지는 더 말할 필요가 없을 정도다. 그러니 여인들의 한스러움의 정도는 짐작하고도 남는다.

2. 허난설헌

허난설헌(許蘭雪軒, 1563~1589)은 강릉 사람으로 초당(草堂) 허엽(許
曄)의 셋째 딸이다. 이름은 초희(楚姬), 자는 경번(景樊), 호는 난설헌(蘭
雪軒)이었다. 《서포만필》에 의하면 '경번(景樊)은 아마도 번부인 부부가
함께 신선이 되었다는 것을 흠모하여 지은 것이다'라고 했고, 임상원
(任相元)의 《교거쇄편(郊居瑣編)》에도 비슷한 기록이 있다. 어려서부터
천부적인 재능으로 시를 지어, 허씨(許氏) 오문장(五文章, 아버지 허엽,
오빠 허성, 허봉, 동생 허균) 중에서도 제일이라 칭할 정도였다. 그의 시
는 동생 허균이 가졌던 200여 편의 것만 남아 전하나, 이에 대한 평가
는 국내외를 막론하고, 대단했다.

사신으로 왔던 중국의 주지번(朱之蕃)은 《난설헌집》 서문에서 "규방
의 여인으로서 문장을 한다는 것은 천지와 자연의 신령스러운 기운을
받은 것이니, 인력으로 억지로 할 수도 없고 또 막을 수도 없는 일이
다. … 세속을 벗어나 우뚝 솟았으면서도 화사하지 않고, 부드러운 언
사 속에서 뜻이 뚜렷하다"고 했다. 역시 중국의 문장가 양유년(梁有年)
도 "슬프면서도 마음 상하지 않고, 즐거우나 음란치 않는 것은, 옛 시
가 다시 빛을 받은 듯하고, 세속 밖에 초연히 나부끼는 느낌이 들어 세
상에 보기 드문 일이다"라고 칭송했다.

그는 전실 어머니인 청주 한씨(韓氏)에게서 자씨(姊氏, 언니) 둘과 오
빠 악록(岳麓) 허성(許筬)이 있었고, 생모인 김광철(金光轍)의 따님으로

부터, 하곡(荷谷) 허봉(許篈)과 초희(楚姬, 자신), 그리고 교산(蛟山) 허균(許筠)이 태어났다. 12세 때 오빠 하곡이 문과에 급제하여 사가독서(賜暇讀書)를 받아 집에 있게 되어 본격적으로 공부를 하였고, 후에는 하곡의 친구인 손곡(蓀谷) 이달(李達)에게서 글을 배웠다. 15세쯤에 서당(西堂) 김성립(金誠立, 1562-1592)에게 출가했으나, 서당이 급제하지 못하여 애를 쓰다가 난설헌이 죽던 해에 급제하였다. 그는 시어머니와의 관계가 평온치 못하여, 남편에 대한 사랑을 제대로 받지도 하지도 못하는 불운으로 생을 마쳤다. 두 아이를 산에 묻고 부른 노래 〈곡자(哭子)〉는 간장을 에는 듯한 곡이다. 그래도 차인 집안에서 태어나 차를 마시면서 자신을 지킬 수 있었으리라 생각된다.

난설헌의 연보

- 1563년(명종 18, 1세) : 강릉 초당에서 출생
- 1564~1569년(선조) : 아버지 따라 한양 건천동에서 오빠들과 자람
- 1570년(선조 3, 8세) : 〈광한전백옥루상량문〉을 씀
- 1577년(선조 10, 15세) : 김성립과 결혼
- 1579년(선조 12, 17세) : 허엽이 경상감사로 부임
- 1580년(선조 13, 18세) : 허엽이 서울로 오다가 객사
- 1583년(선조 16, 21세) : 오빠 허봉이 율곡을 탄핵하다가 갑산 유배되고, 큰오빠 허성이 별시문과에 급제
- 1588년(선조 21, 26세) : 허봉이 금강산에서 죽다.
- 1589년(선조 22, 27세) : 2남 1녀의 자녀를 먼저 보내고, 생을 마감함
- 1590년(선조 23) : 허균, 난설헌의 시를 모아 류성룡의 서문 받음

• 1606년(선조 39) : 명나라 사신 주지번과 양유년이 중국에서 《난
  설헌집》 간행

난설헌은 재능을 발휘할 수 없을 뿐 아니라, 재능을 주변에서 고운
눈으로 보지 않았다. 그는 시재(詩才)뿐 아니라 서화에도 재능을 타고
났지만, 남자들처럼 마음 놓고 펼쳐보지 못했다. 먼저 황현(黃玹)의 〈찬
국조제가시(讚國朝諸家詩)〉를 보자.

> 초당가의 세 그루 보배로운 나무
> 신선 같은 제일의 재주는 경번이라네.
> 티끌 세상에 오래 머물기 어려웠는지
> 서리 맞은 쓸쓸한 연꽃에 달빛만이…
> 三株寶樹草堂門 第一仙才屬景樊
> 料得塵寰難久住 芙蓉凄帶月霜痕

다음은 동생 허균의 〈학산초담(鶴山樵談)〉에 실린 내용이다.

작은 형님과 이익지까지도 누님의 시를 흉내 내어 지었지만, 누님의
울타리를 벗어나지 못하였다. 누님은 참으로 하늘 선녀의 글재주를 가
지고 있었다.

연구자 이숙도 〈허난설헌시론〉에서 이렇게 진단했다.

죽음에 임하여 시를 모두 불사르라고 한 것은 그의 시가 남에게 보이
기 위한 것이 아니고, 쓰지 않을 수 없어서 쓰게 된 삶의 시라는 것을
증명한다.

난설헌은 준비 없는 짜 맞추기 식의 조혼으로 사랑의 희생자가 된다. 허난설헌 자신의 〈강남곡(江南曲)〉을 보자.

강남에서 나고 자란 내가
어린 시절엔 이별을 몰랐다네.
어이 알았으리 나이 열다섯에
놀림감 사내에게 시집갈 줄이야.
生長江南村 少年無別離
那知年十五 嫁與弄潮兒

남편과도 자주 못 만나고 항상 그리워하면서 규방을 지키게 된다. 남편도 멀리 나가 외도도 하고 집에 정을 붙이지 못한다. 이런 사정은 그녀 자신의 연작시 〈견흥(遣興)〉에서 확인할 수 있는데, 먼저 제1수를 보자.

역양에서 자라난 오동나무
추운 비바람 몇 해나 견뎠는가.
요행으로 보기 드문 장인 만나
베어져서 좋은 거문고 만들었네.
거문고 다 되어 한 곡조 탔건만
세상에 아무도 아는 이 없다네.
이래서 광릉산 거문고 곡조도
끝내 전하지 못한 것 아니겠나.
梧桐生嶧陽 幾年傲寒陰 幸遇稀代工 劚取爲鳴琴
琴成彈一曲 擧世無知音 所以廣陵散 終古聲埋沈

다음은 같은 시 〈견흥(遣興)〉의 제3수다.

내가 가진 고운 비단 한 필

털고 펼치니 색깔도 아름답구나.

봉황 한 쌍이 마주보게 수 놓였으니

그 무늬 어찌 그리 찬란한가.

여러 해 장롱 속에 두었다가

오늘 아침 낭군께 드렸다네.

그대 옷 짓는 것은 아깝지 않으나

다른 여자 치맛감으론 쓰지 마세요.

我有一端綺 拂拭光凌亂 對織雙鳳凰 文章何燦爛

幾年篋中藏 今朝持贈郎 不惜作君袴 莫作他人裳

《견흥(遣興)》은 8수의 율시로 이루어졌는데, 이는 내용이 다분히 자전적인 것이다. 그래서 난설헌의 결혼 생활이 얼마나 어려웠는지를 짐작케 한다.

난설헌은 엄격한 제도 때문에 우애나 자정(慈情) 등의 가족 사랑의 기회도 놓친다. 먼저 〈곡자(哭子)〉를 보자.

지난 해 사랑하던 딸 여의고

올해 귀여운 아들마저 잃었네.

섧고 설운 저승 땅이여

두 무덤 마주하고 나란히 솟았구나.

백양나무 가지에 쓸쓸히 바람 불고

도깨비 불빛만이 숲에서 번뜩이네.

지전을 태워서 너의 넋을 부르고

물을 떠놓고 무덤에 제사지내니

가엾은 너의 남매 응당 알아보고

밤마다 서로 어울려 잘 놀아야지.

뱃속에 어린것이 들어 있지만

어떻게 잘 자라길 바라겠느냐.

하염없이 슬픈 노래 읊다가보니

슬픔에 피눈물로 목까지 메네.

去年喪愛女 今年喪愛子 哀哀廣陵土 雙墳相對起

蕭蕭白楊風 鬼火明松楸 紙錢招汝魄 玄酒奠汝丘

應知弟兄魂 夜夜相追遊 縱有腹中孩 安可冀長成

浪吟黃臺詞 血泣悲吞聲

결국 그녀는 2남 1녀를 다 먼저 보내고 27세의 아까운 나이로 불귀의 객이 되고 말았다. 귀양간 오빠에게 붙인 시 〈기하곡(寄荷谷)〉에는 이런 구절도 나온다.

귀양 가신 국경 소식 듣기 어려워

간절한 이 시름 어찌 푸리요.

청련궁에 외로움 그려보는데

담쟁이 사이 달이 빈 산 비추네요.

關河音信稀 端憂不可釋 遙想靑蓮宮 山空蘿月白

〈효최국보체(效崔國輔體)〉에도 그리움에 지친 여인의 애타는 모습이 담겨있다.

나에게 금비녀 하나 있으니
시집 올 때 머리에 꽂고 온 것이지요.
오늘 길 떠나는 당신께 드리니
먼 길에 오래오래 잊지 마소서.
연못가 버들잎 드물어 가고
우물가 오동잎도 떨어지네요.
발 밖에는 가을벌레 소리 들리는데
찬 날씨에 바단 이불이 얇기만 하네요.
봄비 서쪽 연못에 자욱이 내리면서
쌀쌀하게 비단장막 가볍게 적시네요.
시름겨워 낮은 병풍 앞에 앉으니
담 머리 살구꽃이 하염없이 지네요.

妾有黃金釵 嫁時爲首飾 今日贈君行 千里長相憶

池頭楊柳疎 井上梧桐落 簾外候蟲聲 天寒錦衾薄

春雨暗西池 輕寒襲羅幕 愁倚小屛風 墻頭杏花落

난설헌은 이상도 없이 타의에 의해 고독하게 살게 된다. 다음은 난설헌의 〈규원(閨怨)〉이다.

비단치마 비단 띠에 눈물자국 홍건하니
한해살이 꽃다운 풀 귀뚜라밀 한탄하네.
아쟁을 끌어안고 강남곡을 타고 나니
배꽃은 비에 떨어지고 낮에도 문 닫혔네.

늦가을 달빛 내린 누각엔 옥병풍만 둘렀고

서리 내린 갈밭에는 저녁 기러기 날아드네.

거문고 퉁겨 봐도 사람 하나 뵈지 않고

들판의 못에는 연꽃만이 지고 있네.

錦帶羅裙積淚痕 一年芳草恨王孫

瑤箏彈盡江南曲 雨打梨花晝掩門

月樓秋盡玉屛空 霜打蘆洲下暮鴻

瑤瑟一彈人不見 藕花零落野塘中

고고한 신분이나 그 고독만은 모든 여인들이 공통적으로 절감했다. 죽기 몇 년 앞에 자신의 죽음을 예견한 시를 다음과 같이 썼다.

스물일곱 아름다운 연꽃,

달빛 아래 찬 서리에 붉게 떨어졌네

芙蓉三九朵 紅墮月霜寒

어쩌면 자신의 앞날을 알고 있었던 듯이 나이까지 맞추었다. 다음은 〈감우(感遇)〉라는 시다.

창 옆 아른거리는 고운 난

줄기와 잎 어이 그리 향기로운 지.

서풍 한 차례 불고나면

슬프게도 찬 서리에 시들어 버리네.

빼어난 그 모습 초췌하여도

맑은 향기 끝내 없지질 않네.

그것이 내 마음 아프게 하여

옷깃에 눈물만 적시게 하네.

고택엔 낮인데도 인적 그치고

뽕나무에서 부엉이만 울고 있네.

흰 섬돌 위에는 이끼만 푸르고

빈 누각엔 새들만 깃들어 있네.

그 옛날 말과 수레 어디로 가고

지금은 여우와 토끼굴이 되었는가.

이제야 달인의 말씀 알겠구려.

부귀는 내가 구할 바 아님을.

盈盈窓下蘭 枝葉何芬芳 西風一披拂 零落悲秋霜

秀色縱凋悴 清香終不死 感物傷我心 涕淚沾衣袂

古宅晝無人 桑樹鳴鵂鶹 寒苔蔓玉砌 鳥雀棲空樓

向來車馬地 今成狐兎丘 乃知達人言 富貴非吾求

다음은 〈차손내한북이운(次孫內翰北里韻)〉이라는 시다.

누가 새장에 앵무를 가두어 뒀나

비단 장막 드리우고 공후를 퉁기네.

곱게 바른 화장 지우면 슬퍼질 것이니

둥근 달 쳐다보며 눈물 흘리지 말아요.

誰鎖彫籠護鸚鵡 自垂羅幕倚箜篌

嫣紅落粉堪惆悵 莫把銀盆洗急流

난설헌은 결국 현실에서 찾을 수 없는 이상세계에의 동경으로 승화시킨다. 짧은 그녀의 생애에는 일도 많았다. 새 벼슬을 받으러 가던 아버지의 객사, 오빠 허봉의 귀양살이와 죽음, 그리고 시댁 식구들과의 불협화음, 어린 자식들의 죽음 등이 그를 견디지 못하게 한 것이다. 그래서 그녀는 시문에 정성을 쏟아 그나마 숨통을 열어 놓았다. 수많은 그의 시문이 우연히 나온 것이 아니다. 이 같은 주변의 환경은 저절로 눈앞의 현실이 아닌 이상세계에의 동경과 꿈을 버리지 못하게 했다. 따라서 그의 시의 상당수가 선계(仙界)를 그리는 내용으로 이루어졌다. 먼저 〈보허사(步虛詞)〉라는 시다.

아홉 폭 노을치마에 산뜻한 저고리
학을 타고 시원하게 선계로 가네.
달 밝은 하늘엔 은하수 기울고
옥통소 소리 맞춰 고운 구름 떠가네.
九霞裙幅六銖衣 鶴背冷風紫府歸
瑤海月明星漢落 玉簫聲裏霱雲飛

이는 악부 형식의 노래로 선계의 모습을 그린 시의 일부다. 이승의 모든 속박을 초탈하여 무한한 동경의 나라로 훨훨 날고 싶었던 그의 마음이었으리라.

〈기녀반(寄女伴)〉이라는 시에서는 친구들에 대한 그리움을 노래하기도 했다.

옛길 가에 조그만 거처 마련하여
날마다 큰 강물 보고 살았다네.

거울에 비친 고운 난새 날로 늙어가고
정원의 나비도 이미 가을을 맞았다네.
차가운 모래톱엔 기러기 내려앉고
저녁 비 맞으며 배 외로이 돌아오네.
하루 저녁 사창을 닫고 보니
예 놀던 추억이 그립기도 하구나.

結廬臨古道 日見大江流 鏡匣鸞將老 花園蝶已秋
寒沙初下雁 暮雨獨歸舟 一夕紗窓閉 那堪憶舊遊

서애(西崖) 류성룡(柳成龍)이 《난설헌집 발문》에서 "시어의 꾸밈새와
시의(詩意)의 쓰임이 마치 하늘에 핀 꽃과 물에 비친 달과 같아서, 밝
고 맑고 영롱하여 가히 걷어잡아 감상할 수 없다. 쟁쟁 울려 나오는 운
률은 패옥이 부딪치는 소리요, 의젓하기는 숭산과 화산의 수려함이며,
아름답기는 가을날 연꽃이 물위에 솟은 듯, 봄 하늘의 아지랑이 피는
듯하다. 그 위의는 한위(漢魏)의 시인보다 뛰어나고, 성당(盛唐)의 시들
과 어깨를 겨룰 만하다"라고 높이 평했다.

난설헌의 삶 속에 지난날 여인들의 고난과 한이 서려 있었다. 우리
모두가 평등하게 사람답게 살 수 있는 사회를 이룩해야 할 것이다.

육사의 〈청포도〉에 담겨 있는 예(禮)

예(禮)란 상대에 대한 배려(配慮)라고 생각한다. 그의 위상(位相)과 인격에 합당한 배려를 베풀면 예에 맞는 것이고, 그렇지 못하면 결례(缺禮)가 된다. 이 때 그 배려의 정도가 미치지 못하는 것이 아니라, 오히려 지나치는 경우는 정말 상대에 대한 조롱(嘲弄)과 모욕(侮辱)이 내재(內在)되어 있기 때문에 특히 주의를 요한다. 서울시장의 행사에 대통령을 위해 만든 음악이 배경으로 연주된다면, 이는 기획자의 시장에 대한 과공(過恭)으로 비례(非禮)가 되어버린 것이다. 예의 적정도란 수치(數值)로 정확히 나타낼 수 있는 것은 아니지만, 느낌으로 쌍방이 인정하는 정도로써 측정할 수밖에 없다. 그 적정도란 서로가 부담스럽지 않을 만큼이어야 한다.

육사(陸史)는 우리 전통사회의 지식층들이 긴 세월 터 잡고 살아온 예향(禮鄕)의 뼈대 있는 집안에서 태어나, 어려서부터 예가 몸에 밴 민족 시인이요 애국지사였다. 그의 대표작 〈청포도(靑葡萄)〉를 통해서 예심(禮心)을 생각해 보려 한다. 시의 모티브야 당연히 우리 민족이 처해 있던 현실 속에서, 잊지 말아야 할 역사와 자긍심(自矜心)에 대한 희원(希願)이었다.

상대는 주인공으로 청포를 입고 오는 선비다. 이는 우리 모두가 존경하고 우러르며 마음속에 간직하고 흠모하는 대상이다. 그는 우리 모두를 위해 희망적인 것을 심어주는 선구자다. 이 같은 대상이 그 고난의 험난한 과정을 다 끝내고, 우리 곁으로 점점 가까이 다가오고 있으니, 우리도 정성을 다해 그를 맞을 준비를 해야 한다. 그사이 흠모의 정이 간절했으니, 그의 위상에 걸맞는 예, 곧 성의를 표해야 한다. 그는 마음속의 주인일 수도 있고, 독립일 수도, 혹은 광복을 위한 투사일 수도 있으며, 절대불변의 진리일 수도 있다. 어쩌면 만해(卍海)가 노래한 '님'일 수도 있다. 이제 그가 오는 것이다. '님만이 님이 아니라 기른 곳은 다 님이다. 중생이 석가의 님이라면 철학은 칸트의 님이다. 장미화의 님이 봄비라면 마치니의 님은 이태리다. 님은 내가 사랑할 뿐 아니라 나를 사랑하느니라.'

우선 등장하는 무대와 배경이다. 그 장소는 역사의 현장으로 전통이 연면(連綿)히 이어져 오는 우리의 터전이다. 그가 말한 '광야(曠野)' 같은 것이다. 주저리주저리 열린 역사와 정신이 배어 있는, 지금도 우리가 살고 있는 곳이다. 포도의 넝쿨은 우리의 유대감과 역사의식을 상징한다. 그리고 연면히 이어질 영원한 시간과 풍요한 수확을 암시한다. 푸르고 높은 하늘과 광활한 바다가 펼쳐지고 흰 구름이 떠다니는, 드넓고 깨끗하고 맑은 곳이다. 그러니 불의가 자리 잡을 수 없고 자연의 법칙이 주재(主宰)하는 곳이다. 거역할 수 없는 위대한 자연의 법칙이 상존(尙存)하는 그 속에 오는 것이다. 이런 정도의 배경이라야 등장하는 청포도사에게 걸맞고 조금이나마 위로가 되지 않을까.

시기(時期)는 칠월이다. 칠월은 맹추(孟秋)다. 《이아(爾雅)》에선 '상월(相月)'이라 하여 자연의 도를 이루도록 보조하고 인도하는 달이라 했고, 《예기(禮記)》〈월령(月令)〉에선 '이측(夷則)'이라 하여 만물이 다 이루어져 법(法)으로 삼을 만하다고 했다. 곧 모든 곡식이나 열매가 성장의 시기를 마무리하는 때인 것이다. 가을을 준비하는 마음의 여유와 기대가 서리는 계절이다. 여름의 무더위가 지나고 하늘도 높아가고, 마음이 넓어지며 만물이 살지는 계절이다. 거기에 견우와 직녀가 만나는 한(恨)과 낭만이 서린 설화가 있는 가절(佳節)이다. 곧 오랜만에 갈망하던 해후(邂逅)가 이루어지는 시기이다. 바로 그때에 맞추어 기다리던 대상이 돌아오는 것이다.

다음은 주인공이다. 민족을 위해 분투하여 목적하는 바를 이루고, 이제 피곤한 몸 이끌고 그리던 터전으로 돌아오는 것이다. '우리는 떠날 때 다시 만날 것을 믿었듯이' 그를 제대로 맞이해야 한다. 불의와 반자연적인 것들이 물러나고 새로운 앞날이 도래한 것이다. 바로 '백마를 타고 오는 초인(超人)'인 것이다. 긴 고난 속에서 열망하던 대상이 오는 것이니, 얼마나 기쁜 시간이고 환영할 만한 영광스런 자리인가?

나와 같은 피를 타고난 동족이기에, 모든 것을 우리 것으로 준비했다. 전통에 닿아 있다. 먼저 '내 고장'은 우리의 생활 근거지인 터전이다. 그곳에는 알알이 영근 양식과 전설이 주저리주저리 박혀 있어 어머니의 품과 같이 포근한 영원한 안식처이기도 하다. 육체와 정신의 본향(本鄕)이다. 다음은 '돛단배'다. 우리에게 깊이 뿌리내린 생활 도구이고 낭만이 서렸으며, 한편으로는 고독한 역정(歷程)을 담고 있다. 그 배엔 값진 보배가 실려 있는 것이 아니라, 텅 빈 그야말로 허주(虛舟)다. 앞으로 무엇이든 실을 수 있는 순수의 상태인 것이다. 그리고 '청포(靑袍)'는 민족의 전통적 의상으로, 격조(格調)와 품위를 가지고 있다.

아무나 입는 옷이 아님을 암시한다. 외출 때나 의례(儀禮) 시에 입는 옷이다. 끝으로 '은쟁반'과 '모시 수건'이다. 높은 품격과 순수한 전통에 닿아 있다. 은식기(銀食器)란 고래(古來)로 그 격이 높은 것이며, '모시'라는 피륙도 평범하지 않고 높은 지체와 고아함에 닿아 있다. 그러므로 그를 맞아서 뜻하는 일에 조금이라도 동참할 수 있다면 어떤 희생이라도 얼마든지 감내할 각오가 되어 있다.

마지막으로는 등장하는 색상(色相)이다. 우리는 희망의 색을 푸른[靑] 것으로 상징한다. 그래서 청운(靑雲)의 뜻을 품는다. 청춘, 청사(靑史) 등이 모두 그런 의미에서 나온 말이다. 칠월의 하늘은 점점 높고 푸르고, 바다도 푸르고 드넓다. 주인공의 옷 색도 '청포'니까 푸르다. 하늘과 땅이 푸른색으로 가득하다. 그와의 만남의 의미가 뚜렷해진다. 희망의 팡파레 속에 등장하게 한다. 그에 상대적인 것으로 흰색이다. 원래 우리는 청과 백이 상대였고, 청과 홍이 아니었다. 청과 홍은 속속들이 반대지만, 청과 백은 대조적이면서 공통성이 많은 색상이다. 그 청순, 결백, 젊음, 희망, 새로움, 고귀한 것들은 공통점이다. 그래서 이 둘의 대비는 상승작용(相乘作用)을 일으키어 더욱 고결하게 보인다. 그래서 흰 구름, 은쟁반, 모시 수건이다. 여기에다가 녹색을 더한 것은 금상첨화(錦上添花)다. 아직도 푸르름이 남아 있어 그 생명력과 젊음이 있고, 특히 청포도는 포도 중에서도 그 격이 높은 것이기에 어울린다.

이런 우리의 것으로 무대를 준비하고, 정성을 다해 차려 놓고 그를 맞는 것이다. 이것이 우리가 그에게 대한 배려이니, 곧 예(禮)라 하겠다.

[2015년 7월]

4

우리 사는
세상(世上)

수집벽

　모든 생물들은 각기 좋아하는 먹이나 장소 사물 등이 있어서 가능하면 그런 기호품들을 소유하거나 옆에 두고 자주 즐기려는 욕망을 가진다. 일반 생물들은 좋아하는 먹이를 저장하는 정도인데, 사람들은 자연물이나 예술작품은 물론 분야를 가리지 않고 전방위적으로 많이 수집한다. 자기 취향에 따라 그중 한두 가지를 집중적으로 모으기도 한다. 대개 초기 단계에는 무작위로 닥치는 대로 아무거나 모은다. 이 시기를 넘으면 전문성이나 재정적 면을 생각해서 기호에 맞는 한두 분야를 선택해서 수집하게 된다. 그런 가운데에도 예술 방면이나 역사적 유물에 관심을 가지는 것을 좀 고아(高雅)하게 생각한다. 그런 사람들 중에는 정말 자기가 좋아하는 물건이 있으면 살고 있는 집이라도 잡혀서 손에 넣고 마는 이도 있다. 좋은 대상물이 있다면 불원천리하고 가서, 한 번 감상하고 돌아오면, 얼마 동안은 그 감동에 젖어 눈을 감아도 아른거리고 꿈속에서도 보여 나를 애타게 한다. 이런 경우는 자기 영역이 분명하고, 그 수가 많지 않다.

　그러나 한편으로는 투자를 목적으로 유명인의 작품이나 골동들을 반직업적으로 수집하는 이도 많다. 이런 경우는 종류나 분야를 불문하고, 돈이 된다 싶으면 망설이지 않고 매입한다. 양쪽 다 그 대상에 너무 탐닉하여 가능한 모든 수단과 방법을 놓치지 않으려고, 열정을 쏟기 때문에 헤어나기가 힘들어서 '벽(癖)'이라는 말을 붙인 것이다.

일반인들은 그래도 기호나 예술성에 기준을 두는 수집가를 좀 더 높이 평가하는 까닭이 있다. 즉 상행위를 천시하던 역사적 습관 때문이다. 그래서 그런지 몰라도 이런 수집품을 소장하는 쪽에서나 구경하는 쪽에서나, 가격부터 화제를 삼는다면 격이 떨어지는 것은 사실이다.

이런 수집가들에게는 그 물건을 손에 넣기까지의 크고 작은 일화들이 하늘의 별처럼 많다. 당태종(唐太宗) 이세민(李世民)이 성(省) 하나와도 바꾸지 않는다는 《난정계첩(蘭亭禊帖)》을 얻는 과정에서 많은 사람이 희생된 이야기나, 왕희지 자신도 산음의 어떤 도사가 가진 흰 거위[白鵝]를 얻기 위해 《황정경(黃庭經)》 오천 자를 단숨에 써 주었다는 이야기는 잘 알려진 것들이다.

하지만 좋은 취미생활이라고 할 수는 있으나 무소유(無所有)라는 관점에서 보면, 밤잠 이루지 못하는 집착은 욕심의 일단(一端)이다. 우리가 태어날 때 하늘로부터 심신 이외에 아무것도 받아온 것이 없다. 그렇다면 우리의 본래의 삶에도 많은 다른 것을 소유하거나, 더 많이 누리려고 하는 것은 자연의 법칙에 어긋난다. 하지만 공동체를 위해서 힘들더라도, 필요한 것을 지려고 하는 것은 나쁘게 볼 수 없다. 특히, 외국으로 반출되는 자국의 문화재를 가능한 한 매입하여 민족문화에 도움을 주려는 등의 일은 좋은 평가를 받아야 한다.

하지만 가만히 생각해 보면, 그렇게 어렵게 얻은 것들을 영원히 옆에 둘 수 없다면, 이 모두가 부질없는 일 같이 생각되기도 한다. 그 수집품을 어떻게 보존하여 후대에 전하느냐의 문제에 이르면, 할 말을 잊게 될 때가 있다. 1445년 조선 초에 신숙주(申叔舟)가 쓴 〈화기(畫記)〉라는 글을 보면, 안타깝기 그지없다. 안평대군이 서화를 각별히 좋아하여 중국 동진 고개지(顧愷之)의 작품부터 역대 명가들의 작품과, 당대(當代)에 활동하고 있던 안견의 작품까지, 총 222점을 소장하고 있었다. 하루는 신숙주를 불러 그 작품들을 다 보이고, 그에 대한 화기를 쓰라고 해서 작성한 기록이다. 그런데 내가 그 글을 읽다가 생각이 나서, 지금 중앙박물관에 있는 유물목록을 뒤져보았는데, 거기에는 한 작품도 남은 것이 보이지 않았다. 그렇다면 그 귀한 안평대군 소장의 작품들은 도대체 다 어디로 사라졌단 말인가. 모은 이의 집념과 정성에 비해 너무나 허망함을 느꼈다. 이를 예상했는지, 안평대군이 "모이고 흩어짐이 이치에 달린 것이다. 대저 오늘 이같이 모은 것이, 훗날 다시 흩어짐을 어찌 알겠는가[聚散有數. 安知夫今日之成, 復爲後日之毀, 而其聚與散, 亦不可必矣.]"라고 술회하고 있다.

지금도 주변에서 자기 취향에 따라 많은 유물들을 수집하여, 개인 박물관이라도 열었으면 하는 이들을 볼 때면, 나는 홀가분한 마음으로 그들이 걱정될 때가 많다. 박물관 허가를 받는 것부터, 장소, 유지보존, 거기에 상속문제까지가 다 과제다. 하긴 나중에야 어떻게 되든 정열을 가지고 노력해서 손에 넣었을 때의 쾌감 등, 모으는 과정도 뜻이 없는 것은 아니다. 간송처럼 성공한 이들도 혹 있으니까. 과연 그런 수집벽으로 모은 물건들을 두고 떠나는 사람들의 마음은, 하염없이 떠도는 구름 같은 마음일까, 아니면 남은 사람들을 두고 혼자 떠나며 돌아보는 마음일까?

추회막급(追悔莫及)

　　사람이 살아가면서 어찌 후회가 없을까마는 오늘 이 친구 생각을 하면, 무심하게 지나간 날의 일을 후회하지 않을 수 없다.

　　유별나게 무더웠던 금년도 이제 여름이 지나고, 구절초가 호젓하게 피는 가을이다. 지난밤에는 며칠 사이에 계속 꿈에 보이던 친구가 초췌(憔悴)한 행색(行色)으로 등을 보이며 멀어져 갔다. 그래서 오늘은 마음먹고 혼자서 조반 후에 휴대용 다구(茶具)를 간단히 챙겨 그를 만나러 가기로 했다. 술도 한 병 곁들였다. 차로 한 시간, 그리 멀지 않은 거리에 있건만, 눈앞에 닥치는 긴(緊)치 않은 잡다(雜多)한 일들로 그를 오랜만에 찾았다. 공원묘지이고 그의 자녀들이 효심이 짙은 이들이라, 정갈하게 다듬어진 묘비(墓碑)며 상석(床石)이 오랜만에 온 나를 반기는 듯했다. 우선 그가 좋아하던 스카치 한 잔에 북어 안주였지만, 지금 그는 만면에 웃음을 띠우고 자리에 나와 앉았다. 무언(無言)의 대화가 이어지고 나의 건강문제까지 알고 싶어 했다. 이것저것 오간 얘기 끝에 예상(豫想)대로 초정(艸亭) 이야기를 꺼냈다.

　　그는 유년시절(幼年時節)을 초정 근처의 시골 마을에서 나고 자란 중인(中人) 집안 사람이었고, 큰 마을은 주성(主姓)인 김씨들의 집성촌(集姓村)이었다. 그들은 한양에서 벼슬하다가 누대(累代) 전에 낙향(落

鄕)한 유서(由緒) 깊은 명문(名門)이었다. 임병양란(壬丙兩亂)을 치르는 동안 공(功)을 세운 주손(主孫)이 지은 정자가 초정이고, 그로부터 마을 이름도 초정이 되었다. 초정은 그 위치와 주변 경관이 보기 드문 명당으로 지금도 탐방객들이 끊이지 않는 명소다. 그래서 그곳 사람들의 자부심(自負心)도 대단하다. 을자(乙字) 모양의 시내가 흐르고 꼬리 부분에 십여장(十餘丈)이나 되는 높은 석대(石臺)가 있고, 그 위에 자리 잡은 기절(奇絶)한 경관이다. 정자지만 팔작지붕에 호족(虎足) 난간을 둘렀고, 양쪽에 방을 한 칸씩 앉혀서, 거처(居處)하며 독서하고 계절마다 변하는 자연을 즐기기에 적합하다. 달 밝은 밤 대금 소리에 새들마저 숨죽이고, 때로는 글 읽는 청아한 소리가 아래로 흐르는 내[川] 속의 고기들을 춤추게 하기도 했다. 유년의 그가 보기엔 천상의 정원 같은 곳이었고, 그곳을 마음대로 출입하며 즐기는 김씨들이 부럽기 짝이 없었다. 그러다가 그의 조부가 작고하고, 아버지의 결단으로 고향을 등지고 도회로 나와, 대를 이은 고난(苦難) 끝에 자수성가(自手成家)하여, 주변의 선망(羨望) 받는 위치에 이르렀지만, 건강 때문에 연전에 급격히 사세(辭世)하고 말았다.

학창시절부터 그는 참으로 낭만적인 친구였다. 안개 짙은 아침이면 낚싯대 들고 강가에 나가고, 달뜨는 저녁이면 분위기 좋은 술집에서 한 잔 걸치기를 좋아했다. 거나해지면 "나의 살던 고향은 꽃피는 산골~"이 저절로 나왔다. 그때마다 초정 이야기가 나왔었다. 초정에는 기실(其實) 내 12대조의 시판(詩板)이 걸려 있어서 어렸을 때부터 우리 집과의 세교내력(世交來歷)을 들었고, 고적 답사 관계로 두어 번 다녀오기도 했다. 그래서 초정 이야기라면 서로가 주고받을 말이 많았다. 특히 그에게는 어렸을 때 자신의 집안과 비교하면 손닿지 않는 곳에 위치한 것이 초정이었다. 해마다 때가 되면 그곳의 행사에 참석하는 사람들의 의관(衣冠)이며 언행이 품위 있어 보이고, 흥겨운 음악과 연회가 꿈의 장면같이 여겨졌다. 자기도 나중에 형편이 되면 저런 정자를 짓고, 기세등등하게 마음껏 즐겨보리라고 다짐했다. 중년에 접어들고서 그는 생시에 서울 근교에 아담한 세컨드 하우스를 지어서, 친구들을 불러 어렸을 때의 꿈을 이루기도 했다.

그는 생전인 재작년 어느 봄날 내 다실(茶室)에서 지나가는 말로, "자네 언제 시간이 나면 우리 초정에 놀러 한 번 같이 가세" 하였다. 내가 말없이 생각에 잠겨 있으니, 거듭 "왜 말이 없어? 가서 술도 한잔 하고, 차도 마시면서…" 하였다. 나는 순간 화들짝 고개를 돌리면서, "좋지 좋아. 언제쯤이 좋을까?" 흔쾌히 대답했다. 왜냐하면 그의 말 속에 진한 간절함이 담겨있었기 때문이다. "이제 막 봄이 지났으니, 올가을쯤 기약하세. 나야 한가롭지만 자네는 바쁜 사람이니, 자네 스케줄에 맞추어 정하시게" 하였다. 달가운 마음으로 진지하게 약속했다. 그리고 얼마 후에 너무도 갑작스럽게 그는 우리 곁을 떠나가고, 나에게 돌이키지 못할 후회스러움을 남겨주었다. 왜 당장 떠나지 않고 가을로 미루었는지…….

오늘은 그를 만나 기왕에 한 그 약속을 지키기로 마음먹었다. 술 한잔을 더 달라는 그에게 내가 말했다.
"우리 오랜만에 추억의 장소에서 한잔 더하고, 차도 마시자고."
"어딘데?"
"자네가 아주 좋아하는 곳."
"좋지 좋아."

그리고 우리는 바람처럼 초정 위에서 마주 앉았다. 서로 웃으면서 건너다보며 말이 없었다. 술 한 잔을 단숨에 비운 그가 난간에 앉아 뒤쪽의 숲을 바라보며 입을 열었다.

"한번은 소꿉놀이 단짝 순이와 저 큰 전나무 아래서 술래잡기를 했지. 술래가 순이였는데, 아이들이 술래에게 다 잡히고 나만 남았을 때야. 나는 정자 마루 밑에 숨었으니 못 찾을 줄 알았는데, 순이가 성큼성큼 마루 위에 와서 마룻바닥에 대고 귓속말로, '탁아! 나 뒷 개울에 내려가 있을 테니, 우리 거기서 따로 놀자' 그러고는 가버렸어. 나도 몰래 개울로 내려가서 저녁 어스름이 들 때까지 꽃반지 만들며 놀았어. 참 앙증맞고 살뜰한 시간이었지."

수십 년 전의 영상을 되돌리며 천진스런 소년의 눈길이 되어 있었다. 나도 그 아름다운 영상을 깨기 싫어서, 아무 말이 없이 세작(細雀)의 찻잎에 탕(湯)을 부으니 그 향기 온 마루에 퍼졌다. 그는 찻잔 앞에 돌아와서 가부좌(跏趺坐)를 개고 고요히 눈을 감았다. 나도 조용히 차탕을 따르고 황홀하게 물들어 가는 나뭇잎들을 하염없이 바라보았다.

이윽고,

"내년 어느 달 밝은 밤에 우리 여기서 다시 만나세. 그 김씨 소녀 순이 소식도 알아보고……."

말을 하면서 돌아다보니, 그는 벌써 사라지고 없었다.

자리를 돌아다보니 그에게 건넨 찻잔이 상석(床石) 위에서 차향을 풍기며 그냥 남아 있었다.

"내 잊지 않고 내년 어느 달 밝은 밤에 다시 올 것을 약속하네. 자네가 좋아하는 청명차도 가지고……."

하늘을 보니 해가 벌써 서쪽으로 기울기 시작하여 묘비들의 그림자가 길어지고 있었다.

"그때 다시 만나세. 친구야!"

약속의 본질은 '지키는 것'이 아니다
- 인간의 성정과 약속

예로부터 교육의 목표는 동양에서는 군자화(君子化)였고 서양에서는 젠틀맨십(Gentlemanship)을 양성하는 것이었다. 그런데 그것이 유사(有史) 이래에 우리가 바라는 대로 지켜진 일이 아주 드물 정도로 쉽지가 않았다. 까닭은 인간의 성정에 맞지 않기 때문이다. 군자나 젠틀맨은 사회적인 규범, 곧 약속을 잘 지키고 솔선해서 모범을 보여야 하고, 나보다 남을 먼저 배려해야 하는데, 그것이 인간의 성정에 맞지 않는 것이다. 우리에게는 야누스적인 이중성(二重性)이 내재되어 있어서, 가능하다면 사회적 약속을 어기고 자기 마음대로 하고 싶을 때가 많고 그 욕망대로 하려는 사람들도 많다. 이런 고비에서 욕망을 억제하지 못하고 성정(性情)대로 한다면, 온갖 비난에다 심하면 윤리적 타락자나 범죄자로 취급된다. 이는 우리 사회가 구성원 각자의 욕망을 제약하지 않으면, 질서를 잃어서 유지되기 어렵기 때문이다. 그래서 법이 생기고 약속과 서약이 있어서 신뢰가 이루어진 것이다. 그렇다고 해도 이 원초적인 본성은 항구적으로 단념이 되지 않아서, 우리 자신을 괴롭힐 때가 많다.

그래서 범죄자가 되지 않으면서 욕망을 채울 하는 방법이 생겨난 것이다. 예를 들면 권력을 잡아서 이른바 특권을 누리려는 것이다. 우리 사회는 다층적인 구조로 되어 있기 때문에 그가 속한 지위에 따라 다른 사람들이 누리지 못하는 특권을 가지고 있다. 그 지위가 높을수록 누릴 수 있는 권리가 많아지니, 사람들은 될 수 있으면 더 높은 자리에 오르려 피나는 노력으로 경쟁하면서 살고 있다. 될 수만 있다면 되도록 많은 제약에서 벗어나 마음대로 해보고 싶은 욕망의 분출, 말하자면 합법적으로 이중성을 펼칠 수 있는 특권을 펼치려는 생각이다. 그 자리에 오르기만 하면 허용되는 최대한의 권력을 누리며, 다른 욕망들을 채울 수 있다는 잘못된 욕구가 바닥에 깔려 있다. 문제는 그 주어진 특권은 합법적이지만 그것들로 만족하지 못하고 더 많이 누리려고 하는 욕망이 문제인 것이다. 여기에 돈을 많이 가진 사람들은 그 금력을 이용해서 특권을 가지려고 한다.

입사서약이나 선거공약은 물론 결혼서약 들을 생각해 보면, 나중에 그 서약대로 이행하는 사람들이 과연 얼마나 될까. 거의 찾을 수가 없을 정도다. 이는 주어진 권리뿐만 아니라 월권(越權)을 원하기 때문이다. 장관이나 대통령이 그런 것 하나 마음대로 못하겠느냐고 생각하는 지경에까지 이른다. 대통령이기 때문에 더욱 그래서는 안 된다. 지도자나 성직자 및 스승이나 법관 들이 특히 서약을 깨어서는 안 되는 까닭은 이들이 대중들의 롤모델이기 때문이다. 우리가 그들을 추종하는 까닭은 잘생기고 힘이 있기 때문이 아니고, 그들의 삶이 우리를 감동시키기 때문이다. 그러니 본성을 혹독히 다스려 사회적인 약속을 잘 지켜야 한다.

우리가 하는 약속이나 맹서에서 철석(鐵石) 같음을 강조하는 이유가 무엇일까. 강조하면 할수록 지키지 못할 것을 너무 분명하게 하는 것 같이 느껴질 때가 많다. 나는 아직도 결혼한 부부가 그 서약을 완전하게 이행했다는 이야기를 들어보지 못했다. 그냥 약간 어긋나도 참고 견디며 강인한 인내심으로 살았을 뿐이었다. 이쯤에서 우리는 약속의 본질이 어디에 있느냐를 다시 한번 생각해보게 한다. 결과로 나는 '약속의 본질은 지키는 데에 있지 않고 어기는 데에 있다'는 결론을 얻게 되었다. 이제까지의 모든 지도자들이 지키지 못했고 대다수의 부부가 지키지 못했다면, 이런 결론이 옳다.

그렇다면 왜 우리는 지켜지지 않을 약속과 맹서에 그렇게 목매달고 있는가? 그것은 바로 우리가 닿을 수 없는 이상적인 세계이기 때문이다. 우리가 서로에게 덕담(德談)으로 하는 인사 같은 것이 아닐까. "금년에는 소원성취하시길 바랍니다", "만사형통하시길 빕니다" 어떻게 그 많은 소원을 다 이루라는 말인가. 못 이루어질 줄 알지만 그냥 그렇게 되었으면 좋겠다는 인사말일 뿐이다. 그런 줄을 알면서도 상대가 만약 약속을 어긴다면, 전혀 예상치 못한 청천벽력처럼 충격에 빠지고 배신감을 갖는다. 이는 자기최면에 빠진 착각에서 오는 자기합리화의 표현이다. 정말 그 약속 후에 하늘이나 땅처럼 항구여일(恒久如一)하리라고 생각하며 한 번도 의구심을 가진 적이 없었을까?

> 사랑도 사람의 일이라
> 만날 때 떠날 것을 염려하지 않은 것은 아니지만
> 이별은 막상 새로운 슬픔에 터집니다.
> ― 〈님의 침묵〉 중에서

흔히 대중가요의 그 적나라한 사랑 타령을 보면 철없는 아이의 하소연 같기도 하고, 불가항력적인 힘에 맞서려는 무모함도 보인다. "영원히 사랑한다고 그렇게 맹서해 놓고 이제 와서 왜 돌아서느냐?" 이는 사랑의 본질이 일시적이고 항구적일 수 없다는 속성을 모르고, 일어나서는 안 될 일이 일어난 것처럼 떼쓰는 말이다. 어찌 보면 자기최면에 걸린 위선(僞善) 같아서 애처롭기도 하지만, 우리는 이 두 가지 상반되는 모순의 칼날 위에서 그래도 균형을 깨지 않으려는 눈물겨운 현실을 살아가는 지혜 같은 것을 갖게 된 것은 아닐까. 가끔 몸서리치게 고독할 때도 마음으로는 간절히 그리워하면서도, 겉으로는 아닌 척하며 이를 악무는 자기 위선 중 하나라면 지나친 말일까. 때로 이같이 모순되는 두 면을 잘 조화롭게 다스려서 행복한 삶을 누리는 사람들을 볼 때면, 존경스러운 마음을 금할 수가 없다. 얼마나 많은 고뇌의 터널을 지나며, 혼자서 삭이고 정화시키느라 애썼을까? 그 대답은 철저한 자기 관리와 자성(自省)의 생활이었다. 사회적으로 높은 자리에 오르고, 경제적으로 유여(有餘)해지고, 학문적으로 깊은 경지에 이르렀다고 모두 성공한 삶이라고 할 수는 없다. 그 버리기 어려운 욕망의 끈을 놓고, 지켜지지 못할 허망한 약속에 마음을 숨기지 말 일이다.

차 한 잔 마시면서,

눈앞의 여러 현상들은 원래의 상(相)이 아니라는 것을 깨닫는다면, 곧 여래를 만날 수 있을 것이다[若見諸相非相 則見如來].

라는《금강경(金剛經)》의 법구를 생각해볼 일이다.

[경자(庚子) 추일(秋日)에]

나 한 번 안아주고 가세요

우리가 살아가는데 애정의 표현은 여러 가지 형태로 나타난다. 옛적 선조들은 은근하고 뒷 입맛에 남게 완곡히 표현했다. "저 달이 저렇게 밝은 줄을, 예전엔 미처 몰랐어요"라든가, "내일 아침 우리 서로 헤어지고 나면, 그 그리움 영원하리[明朝相別後 情如碧波長]" 같이 그 감칠맛이 아리고 오롯했다. 하지만 디지털 세대인 지금은 대면하고 바로 사랑한다는 말은 기본이고, 행동으로 안고 비비고 하고 싶은 일 다 하는 세상으로 바뀌었다. 그렇다고 정(情)의 깊이가 옛날보다 더 깊어진 것은 물론 아니고, 오히려 일시적이고 얄팍해 보이기도 한다. 다 그런 것은 아니지만, 마음을 조금도 숨기지 않고 모두 표현해야 직성이 풀리는 화끈함이 이 시대의 대세다. 어쩌면 깊이가 없는 듯이 보이기도 하고, 일시적이기도 한 경망스러움까지 동반될 때가 있다. 하긴 애정의 속성이 동물적인 것이니 그럴 수도 있다.

이 같은 남녀 간의 사랑 타령은 그만두고, 가족이나 친구 간의 사랑의 표현 방법도 많은 변화를 거쳤다. 특히 스킨십이 많아진 것은 대세이고, 근세에는 악수논정(握手論情)으로 대표되었지만, 변하지 않은 것은 그들의 얼굴 표정이나 눈물이다. 그리고 제 부모나 자식 같은 직접 혈육이 아니면 그 절절한 사랑도 많이 퇴색(退色)된 것도 사실이다. 표현 형태는 외형적으로는 적극적 자세로 변했지만, 어딘지 속정은 믿음이 덜 간다. 체(體)와 용(用)의 관계다.

노인들이 모이면 주된 화제가 건강 비결이나 행복한 노년을 보내기다. 자기 혼자 잘 먹고 건강하게 오래오래 누릴 궁리가 주된 테마다. 여기에다가 어린 손자녀(孫子女) 안 봐주기, 죽을 때까지 자식들에게 재산 물려주지 않기, 반드시 따로 살며 가진 돈 마음대로 쓰기, 맛있고 좋다는 데는 자주 들리기, 여행도 많이 하기 등등이 뜨거운 화제가 된다. 이러니 젊은이들도 이에 질세라, 부모와 따로 사는 것은 기본 중의 기본이고, 가능하면 어른들께 아이 맡기기, 시집 일에는 멀리하기, 명절이나 생일 행사는 가능한 한 간략하게 넘기기, 경제적으로는 가능한 한 도움 많이 받기 등등이 중요한 화제가 된다.

늙으나 젊으나 모임에서 그런 화제의 주인공들은, 이런 여러 항목들을 실제로 잘 지키는 모범생들이다. 귀찮은 것들 다 떼어내 버리고 내 마음대로, 하고 싶은 대로 하며 사니 얼마나 홀가분하고 편할까. 생각만 해도 구미(口味)가 도는 유혹이다. 하지만 조물주가 우리를 만들 때 그렇게 이기적이고 편하기만 하라고 만들지는 않은 듯하다. 사지에 근육을 붙이고 머리로 생각하도록 한 것은 그것들을 효율적으로 사용하라는 주문이다. 인간은 사회적인 동물이기에 감정도 때로는 맞게 사용하고 사랑도 하고 정도 주고받아야 견디게 만들었을 것이다. 그런데 그 원칙을 깬다는 것은 자연법칙에 맞지 않다. 즉 우리가 생각없이 간과(看過)하고 있는 것은 정이라는 아름다운 테제의 생리(生理)다. 다른 것이 다 변한다고 해도 정(情)의 원리만은 변하지 않는다. 내가 상대에게 정을 베풀지 않으면, 그들에게서도 정을 받지 못하는 것이다. 더구나 헌신적인 사랑만은 더욱 그렇다. 결코 마음의 세계에서는 일방적이라는 것이 없다.

나는 세상에 정만큼 공평한 것이 없다고 믿는다. 정이야말로 주는
만큼 받게 되어 있다. 앉은뱅이저울 같아서 처음에는 좀 기울게 왔다
갔다 하지만 결국은 공평해야 이어져 나갈 수 있다. 이는 인위적인 것
이 아니고 자연발생적인 것이다. 마음에도 없으면서 손자를 억지로 사
랑하는 사람이 어디 있겠는가. 그냥 좋아서 허리가 아파도 자기도 모
르는 사이에 덥석 안고 어루만지고 업고 하는 것 아닌가. 그러니까 그
들도 똑같이 달려와 안기고 고사리 같은 손으로 얼굴을 쓰다듬고 환하
게 웃어 주는 것이다. 이같은 천륜(天倫)을 어찌 인위적으로 조정하고
표정 관리해 가며 멀리할 수 있겠는가. 진정 정(情)의 이치를 거스르는
것은 제대로 사는 것이 아니다. 부부의 싸움은 자존심의 싸움이요 가
족 간의 갈등은 이기적인 사랑의 분배 싸움이다.

며칠 전 가까이 살고 있는 둘째네 집엘 들렀다. 얼마 동안 못 보았
기에 어린 것들을 보고 싶어서였다. 서로 반가워서 한자 카드놀이도
하고, 숙제도 하고, 책도 읽으며 재미있게 시간을 보내고, 함께 저녁
을 먹었다. 그때 애들 아범과 어멈이 퇴근하였기에, 나는 일어서 나오
려 했다. 그때 일곱살짜리 맏손녀가 따라 나오면서 잠깐만 기다리라
는 것이었다. 그러더니 욕실에 들어가 손을 씻고 나와서 쳐다보며, "나
한 번만 안아주고 가세요" 그러면서 상체를 기대왔다. "응! 그러지, 안
아주고말고" 그러자 포근히 보듬어 안기더니, 귓속말로, "할아버지 냄
새가 좋아" 한다. 이어 배시시 웃으며 내려서더니 "이제 됐으니 안녕
히 가세요" 하고 손을 흔들었다. 나는 딸이 없어 그런 잔정을 잘 모르
고 살았다. 엘리베이터를 타고 내려와 집에 올 때까지 그 말과 표정에

서 벗어나지 못했다. 이것이 바로 조물주가 우리에게 준 선물일 텐데, 여기에 무슨 계산이 필요하겠는가. 살아 있는 동안 실컷 사랑해보지도 못하고 가면 얼마나 서운하겠는가. 돌아와서 조용히 앉아 마시는 정명차(正明茶) 맛이 새롭게 나를 어린 시절로 안내했다. 참으로 살아볼만한 좋은 세상이다.

자기희생 없이 이루어지는 관계에서는 행복감을 찾을 수 없다. 남을 미워하기 시작하면 주변이 곧 지옥으로 변하고, 자기만 생각하고 남에게 정 줄 줄 모르면 고독에 싸일 것이고, 사랑하기 시작하면 세상이 낙원(樂園)으로 바뀌는 것을.

[경인년(庚寅年) 가을에]

어느 노년의 사랑

　H 선생은 내가 오래 알고 지내는 가까운 사람 중의 한 분이다. 충청도 명문가의 장손(長孫)이라서 무게도 있고 예절도 바르며 학벌도 좋은 데다가 호인형(好人形)의 인텔리다. 더구나 그는 의상(衣裳)의 선택에 일가견(一家見)이 있고, 젊은 시절부터 음악을 좋아하여 많은 기기(器機)와 음반(音盤)을 지금도 가지고 즐기는 멋쟁이다. 나보다는 수 년 연장(年長)이나 독서를 좋아하고 자주 같이 운동을 해서, 친구처럼 가까이 지낸다. 그가 잘 읽는 책은 주로 일본 서적으로 분야는 광범위하여, 나도 일본 책을 읽다가 종종 모르는 것을 물어볼 때가 많다. 그리고 내 서가(書架)에는 아직도 그가 선물한 일본 담교사(談交社)의 《다경주석(茶經註釋)》이 꽂혀 있다. 지금은 집을 개축(改築)해서 없어졌지만, 강남 요지(要地)에 마련한 그의 집에는 큰 감나무가 한 그루 있어서, 가을이면 해마다 감 한 박스씩 얻어먹기도 했다.

　그가 자라던 시절만 해도 우리네 시골의 명분 있는 가문 장손들은 봉제사(奉祭祀) 접빈객(接賓客)이라는 반(半) 운명적인 처지를 벗어날 수 없었다. 다행히 그는 조부모부터 일찍 개화(開化)해서 성당엘 다니고 신학문을 익힌 탓에 인천에서 자라고 서울 K중학을 나와 S대 정치외교과로 진학했다. 자연스럽게 구습(舊習)에서 벗어났다. 그러다가 중도에 6.25 전란으로 부산을 거쳐 환도하여 졸업하고, 통역장교로 군생활을 마치고 교편을 잡기 시작한 것이 평생의 업으로 되었다.

　미수(米壽)를 맞는 그는 이즈음 M과 K 두 여인과 함께 살고 있다. 석양에 전망 좋은 그의 방에서 원경(遠景)을 바라볼 때면, 반생을 함께 한 후덕(厚德)스러웠던 M 여사와의 지난날들을 생각하고, 아름다운 음악을 들을 때면 젊은 날 연안부두에서 손잡고 장래를 약속했던 K 여사를 추억한다. 그래도 M 여사와는 결혼 후 아이들 키우며 오랫동안 고락(苦樂)을 함께했기 때문에 크게 한(恨) 맺힐 일은 없다. 혈압으로 갑자기 쓰러진 후, 서로 한가로운 여가에 여행을 하자고 했던 지키지 못한 약속이 떠올라서 한숨 쉬는 일이 많았다. 그렇게 3년여의 간병생활(看病生活)에 환자도 H 선생도 지쳤지만 지금은 모두 아련한 추억의 한 장면들로 남아 있다. 그런가 하면 K 여사는 약관(弱冠)에 맺은 첫사랑이었다. 감수성 많은 사춘기의 끝자락에 맺어진 사랑이었으니, 양가의 반대로 부득이 헤어지기는 했지만, 그에 대한 미련과 아쉬움은 짐작이 간다. 그 순수한 정열과 희망을 접고, 멀리서 평생을 바라보고만 산 것이니, 안타까운 연민(憐憫)의 정만 남았었다.

　세월이 흘러 M 여사를 여읜 지 몇 년 후에 우연히 중학교 동창회에서 그녀도 혼자되었다는 소식을 듣고, 용기를 내어서 동병상련(同病相憐)의 정으로 다시 만나게 된 것이다. 당시에 선생은 먼저 나를 만나자고 해서 K 여사의 이야기를 꺼냈다. 사실 칠질(七耋) 가까이 산 남자치고 과거가 없는 사람이 누가 있으랴만, 그가 처한 입장은 묘했다. 지난 날의 애틋한 관계의 두 사람이 함께 혼자된다는 우연과 그 시기가 맞아 떨어진 것이다. 선생의 진지한 표정을 보니 나도 가볍게 던질 말이 아니었다. 그래서 한참 침묵했다. 사실 생각해 보면 두 사람에게 걸리는 것은 없다. 아이들은 다 장성하여 독립해 살고, 경제적인 면에서도 서로에게 부담 주지 않을 정도로 유여(有餘)하니 문제 될 것이 없었다. 내가 보기에도 혼자된 후 쓸쓸하게 지내는 선생을 볼 때마다 짠하게 막히는 답답함에서 벗어나기를 바라고 있었다.

"만나도 될까?"

"만나고 싶으세요?"

뻔히 알면서 다짐해두고 싶었다. 그도 쑥스러운 듯이 말했다.

"그런 생각이 많아."

"그러면 만나셔야지요."

"자신이 없어."

"낯모르는 젊은 여인을 만나는 것도 아니잖아요."

"그래도……."

남자는 나이가 아무리 들어도 사랑 앞에서는 서툴다는 말이 실감났다.

"다만, 하나만 생각해보고 결정하세요."

"뭔데?"

"나중에 이 세상을 떠날 때, 오늘의 이 결정이 후회스럽지 않을지를요."

"어려운데."

"내가 보니 선생의 마음이 보이는데요."

그리고 잠깐 침묵이 흘렀다.

"아마 만나기만 하면 염려하시는 어색함이나 간격이 급격히 좁아지고 익숙해져, 50년의 세월이 곧 사라질 것이니, 염려하실 것 없어요."

그렇게 새로 시작된 두 사람의 관계는 보기에도 좋은 로맨스 그레이였다. 추억이 서린 옛길을 걷기도 하고, 맛있다는 음식점도 함께 가고, 여행도 하고, 쓸쓸하게 보이던 지난날들의 검은 그림자가 사라진, 보기 좋은 모습이었다. 그러던 연전(年前)의 어느 가을 날 오후에, 갑자기 젖어 있는 목소리의 선생 전화를 받았다. 곧 나가서 만났더니, 침통한 모습으로 첫마디가 "K가 갔어"였다.

"네? 며칠 전에 만나지 않았나요?"

"열흘 전쯤 만났을 때 좋지 않다고 했어. 병원에 빨리 가보라고 했더니, 아이들이 정성을 들이지 않았던 것 같아. 타이밍을 놓쳤다잖아. 내가 직접 데리고 병원에 가볼걸……."

나도 한참 멍하니 말을 이을 수가 없었다. 그도 한참 후에야 입을 열었다.

"내가 참 박복(薄福)한 사람인가 봐."

"무슨 소리를 그렇게 하세요? 그게 무슨 상관이라고."

재회(再會)하고 몇 년 동안 두 사람의 일들을 내가 잘 알기 때문에 더욱 참담했다. 누가 젊은이들의 사랑이 더 아름답고 강렬하다고 했던가? 진정한 노년의 사랑은 품위와 격이 갖추어진 공동예술품이라고 나는 생각한다. 상대를 배려하고 지난날의 아쉬웠던 공백(空白)을 메우고 익숙한 체험으로 쌓은 고아(高雅)한 사랑탑을 지어왔다.

"앞이 캄캄해."

"신은 감당하지 못할 만큼의 시련(試鍊)은 주지 않는다고 하잖아요. 다만 답이 안 보일 때는, 만약 K 여사가 옆에 있다면 어떻게 하라고 할 것인가를 생각하면 답이 보일 거예요."

그는 "그렇겠지?" 하면서 눈을 감았다.

이제 그는 혼자서 두 여인과 함께 보내는 것에 익숙해졌다고 한다.

그사이 황반변성으로 눈에 병이 생기고, 크고 작은 수술을 몇 번 치렀다. 마음을 얼마나 많이 혹사했는지가 보였다. 신부님께 부탁하여 한 달 동안 위령미사를 올렸고, 건강도 어느 정도 회복했으나, 앞날을 어찌 알겠는가. 부디 마음 편히 즐거운 여년을 보내길 빌 뿐이다.

[2018년 가을에]

사람이기를 포기한 사람들

얼마 전 풍산개 어린 놈이 자기 주인이 술에 취해 길을 잃고 위기에 처했을 때 옆에서 몸을 비비고 얼굴을 핥아 정신을 잃지 않게 하며, 또 주인의 배 위에 앉아 체온을 유지시키며, 시간을 끌어 위기에서 구출될 수 있게 했다는 보도를 읽었다. 보기 드문 가슴 뭉클한 이야기다.

그런데 다음 날 아침 신문을 보니, 첫 면부터 큰 활자로 도배된 내용들이 인간이기를 포기한 자들의 이야기였다. 그 대부분이 이른바 사회지도층들이다. 유족한 집안에서 태어나 명문대학을 나오고, 어려운 관문들을 통과했으니 장래가 훤히 열려 있는데, 왜 이런 못된 일을 했을까. 생각할수록 한심한 일이다. 지식이란 좋은 곳에 활용하여 자기는 물론 주변에 도움을 주기 위한 것인데, 이들은 오로지 이기적 쾌락과 자기변호와 탈법을 숨기고 남을 모해하는 데에 사용하고 있었다. 이런 식자(識者)는 무식(無識)한 범부(凡夫)보다 못하다. 나쁜 균을 가진 자들이니 우리 사회에서 퇴출시켜야 할 대상이다. 그런데도 부모는 물론 친구나 동문, 그 파당들은 혹 그럴 수도 있을 수 있다거나, 한 번의 실수 운운하면서 편들기를 한다. 그러면 당사자들을 한층 더 나아가서 언필칭 '국가와 민족'을 들추며 '이 한 몸 바치겠다' 한다. 그러면 어리석은 대중들은 또 넘어간다.

나는 이때까지 '이 한 몸 조국과 민족을 위해 바치겠다'던 놈[者] 치고, 그것을 진정 실천한 경우를 보지 못했다. 진정 국가 민족을 위한 일들이란 최전방의 초소나 참호 안에서 혹한을 무릅쓰고 적으로부터 우리를 지키는 병사나 새벽같이 일어나 청소하는 역군들이나 자원봉사자들이다. 파당을 이루어 어린아이들을 세뇌시키거나, 옳지 않은 줄 알면서 윗사람이 시키니까, 혹은 옳지 못한 시행령을 따르는 것들은 없어져야 한다. 최고의 지성이라는 교수들마저 언론 매체에 나와서 정치를 하려는 의도에서 사회를 오도하는 것을 볼 때면 구역질이 나올 때가 많다. 그러고는 큰 논객인 양 하는 꼴이란 보아 넘기기 힘들다. 그러고 나서 정략적 지원을 받아 국회에 가서는 다음이 뻔하게 보이는 길로 가서는 결국 얼마 후에는 치욕적인 주인공으로 퇴출되게 된다.

이들은 약속은 물론 기본적인 의리마저 헌신짝처럼 버리고는 '정치란 원래 그런 거'라고 강변한다. 정말 개보다 못한 족속이다. 나는 이런 사람들을 볏논에 돋은 피와 같은 존재라고 여긴다. 삼복(三伏) 중에 더위를 무릅쓰고 뽑아도 뽑아도 없어지지 않는 피는, 벼 포기보다 더 빨리 강하게 자라서 키도 벼보다 크게 웃자라지만, 추수할 때는 아주 쓸모없는 귀찮은 존재다. 그런데 이즈음 세상을 돌아보면 이런 피들이 세(勢)가 커져서 아주 제 세상인 양 설친다. 순진한 민초들아, 이번에는 속지 말고 잘 생각해서 찍어라. 그렇지 않으면 피는 북돋우고 벼는 뽑아버리는 어리석음을 범하게 된다.

전과 18범?

　방송이나 신문에 나오는 기사들이 독자들의 주의를 환기시키기 위해 과장된 감정표현을 하는 것이 하루 이틀의 일이 아님은 우리가 잘 알고 있다. 그래도 '전과 18범'의 표현은 지나치게 자극적이다. 그냥 보면 어떻게 인간의 탈을 쓰고서 그럴 수가 있느냐 말이다. 너무 당혹스럽고 실망스러워서, 그런 사람들과 같은 지역에서 살아간다는 것이 걱정스럽지 않을 수 없다. 그런데 이어지는 범죄 내용을 보고서는 다시 한번 실색하게 된다. 금융 관계의 부도 1~2회를 빼면 모두가 교통사범이다. 내가 여기서 교통사범은 별것 아니니 관대하게 별도로 취급하자는 이야기는 아니다. 그러나 나처럼 40여 년을 운전하는 사람치고 연 1회의 범칙에도 안 걸리는 사람을 나는 아직 듣지 못했다. 연 1회씩만 걸려도 전과 40범이다. 그렇다면 이 기자가 쓴 타이틀은 너무나 도발적이다. 운전을 하지 않는 일반인들도 보행 시 신호 위반 한 번도 안 하고, 우측통행 다 지키고, 횡단보도 아닌 곳에서는 절대로 길 건너지 않는 사람을 나는 아직 보지 못했다. 뿐인가, 길에서나 공원에서 쓰레기 투기, 침 뱉기, 소음 발생, 애완동물 오물 투기 등 온 세상이 범법자 천지다. 이렇게 본다면 누가 감히 '전과 18범'에게 돌을 던질 수 있겠는가. 우리는 남의 잘못에 대해서는 추상같이 엄격하고, 자신의 행위에 대해서는 지나치게 관대하다.

30여 년 전 성당을 중심으로 '내 탓이요' 운동이 크게 일어난 일이 있었다. 같은 세상에 살고 있는 한, 최소한도의 책임이 나에게도 있다. 매일같이 기사화되는 사건들이 나와 직접 관계되지는 않았더라도, 멀리 간접적으로 보면 그 사회의 구성원으로서의 조그만 책임까지 다 벗을 수는 없다. 같은 가정, 같은 사회에 살면서 제반의 모든 분야에서 잘못된 일이 일어나는 것이 나와 전연 관계없는 것은 없다. 그러니 나도 공동책임자인 것이다. 그럼에도 자신은 심판자요 상대는 범죄자인 듯 착각한다. 때로 방송에서 꽤나 높은 톤으로 범죄자들에게 그 죄를 묻듯이 보도하는 사람들을 보면, 저 사람은 전연 책임이 없는가, 하고 생각할 때가 많다.

사실 이런 사회에는 희망이 없다. 어떤 부정한 사실로 인해 사회 전체에 경종을 울려 건전하게 발전하는 것이 아니고, 부정한 범죄에 물들어서 동화되는 느낌이 들 때가 많다. 옳지 않은 것을 거부하는 면역력보다 감염되는 힘이 더 센 것 같다. 남의 일이니까 '전과 18범'이라고 크게 보도하고, 자기는 부정주차 몇 번씩 하면서, 기자라는 신분으로 커버하려고 한다면, 좋게 보이지 않는다. 우리는 역지사지(易地思之) 할 줄 알아야 한다. 이를테면 주차하다가 가볍게 닿은 접촉사고와, 만취해서 무법자처럼 달리다가 일으킨 사고는 전연 차원이 다른 범죄다. 전과 몇 범이 중요한 것이 아니고, 그 내용이 무엇이냐가 중요한 것이다.

말 말 말

우리는 살아가면서 누구나 주변 사람들에게서 좋은 평가를 받고 싶어 한다. 그래서 상대의 기분을 좋게 하려는 언행을 골라서 하려 한다. 이것이 적정선을 유지하면 좋은 언행이고, 모자라면 비례(非禮, 失禮)에 해당하고, 지나치면 아첨이 된다. 역사상에 등장하는 인물들의 대부분은 마지막에 해당되어서 욕을 먹게 마련이다. 이는 언어 예법의 하나이다.

그런데 이즈음에는 예상 밖에 사람 사이가 아니고 인수(人獸) 간에 이상한 언어가 남발되어, 갈피를 잡을 수 없게 될 때가 많다. 언제부터인지 애완동물을 좋아하는 풍조가 만연해지더니, 급기야 애완동물의 주인에 따라 그에 대하여 쓰는 용어마저 달라지고, 또 동물을 좋아하지 않으면 자비심이 없는 인간으로 취급되어 백안시(白眼視)당하기도 한다. 뿐만 아니라 이즈음은 반려동물을 아예 가족이라고까지 히는 사람들도 있고, 매스컴에서도 반려동물 이야기가 헤아리기 힘들 정도로 많이 등장한다. 어릴 때의 체험이나 경험상의 잠재의식 때문에 동물에 대하여 거리감을 얼마든지 가질 수 있으니, 누구나 동물을 모두 좋아해야 할 이유는 없다. 같은 사람끼리도 호오(好惡)가 갈리는 것이 정상이다.

어디든 모임에 나가서도 집 안에서 개를 기르는 사람이나 고양이를 기르는 사람들을 보면 순간 멈칫하게 되는 것도 사실이다. 그렇다고 표현하면, 순간 이상한, 비정상적인 사람으로 오인되기도 하고, 때로는 직접적으로 비판을 받기도 한다. 나는 그 점을 이해할 수 없다. 언제부터인지 모르나 우리에게는 이 같은 이분법적인 논리가 팽배해지며 이른바 중도층의 존재를 싫어하고, 오직 분명한 흑백논리를 강요받는 것이 부당한 것이다. 사실은 역사상 중도층이 강세를 띨 때가 가장 평온하고 올바른 역사적 진전을 했다는 사실을 잊고 있는 것이다. 30년 전만 해도 집 값 떨어진다고 아파트에 따라 반려동물을 기르는 세대의 입주를 반대하는 곳이 많았는데, 지금 그랬다가는 도리어 집 값 떨어질지도 모른다. 금석지감(今昔之感)이 있다.

애기는 지금부터다. 이즈음 매스컴에는 물론이고 전통이 있는 신문이나 잡지, 내지는 작품들 속에서도 아무렇지도 않게 쓰이는 말 때문이다. 사람들에게 써야 할 말과 동물들에게 쓸 말이 엄연히 구분되어 있는데도 이를 구분하지 않고 사람에게 써야 할 말을 동물들에게 사용하는 데서 오는 언어생활의 혼란이다. 새끼, 어미, 아비, 대가리, 마리 등의 말은 동물들에게 쓰고, 아기, 엄마, 아빠, 머리, 사람 등은 사람에게 쓰는 말이다. "개가 새끼를 낳았다"가 옳고 "개가 아기를 낳았다"는 틀린 말이다. 개가 어떻게 아기를 낳는단 말인가? 어떤 이는 너무 좋아하여 이름도 자녀들과 맞추어 짓고, 생활공간도 함께하고, 외출할 때도 아기처럼 잘 보듬어 안고 다니며, 수시로 볼을 비비고 뽀뽀도 한다. 원래 원초적으로 동물들은 스킨십을 좋아한다. 그래도 인수(人獸)는 구분해야 하는 것이다. 나는 그걸 구분 못 하는 사람이 나에게 말을 걸까 봐 외면할 때가 많다. 그러니까 공원에 산책하러 가면 가

임기(可姙期) 연령의 젊은이들이 개를 안고 오는 경우가 애기를 데리고 오는 경우보다 훨씬 더 많다. 하루는 공원에 갔는데, 젊은 부부가 산책을 하고 있었다. 서너 살쯤 되는 아들은 아빠의 손을 잡고 걸리고, 아내는 애완견을 보듬어 안고 걷고 있었다. 이들의 대화다.

아이 : "엄마, 나 다리 아파. 응? 나도 안아줘."

엄마 : "너는 언니잖니? 동생은 어리고…."

아이 : "다리 아프단 말이야. 강아지 싫어."

엄마 : "언니가 동생을 사랑해야지."

아이 : "강아지가 왜 내 동생이야?"

엄마 : "……."

보다 못한 아빠 : "내가 안아줄게."

나는 그 장면을 보고 너무 황당한 중에도 아이의 마지막 말에 옆에서 박수를 보냈다. 사람이 어떻게 아이도 낳고 강아지도 낳는단 말인가? 그 아이의 할아버지가 들었다면 참 기가 막히는 장면이었을 것이다.

우리는 조상 때부터 개라는 동물이 가까이 있기 때문에 다른 동물보다는 더 친숙하게 대했고, 집을 잘 지킬 뿐 아니라 사냥까지 함께한 지근(至近)한 동물임에는 틀림이 없다. 그래서 주인과 함께 통하는 생각도 많았고, 주인과의 관계를 충실하게 지킨 일화도 많다. 하지만 개와 사람은 확실하게 구분하였고, 언어도 다르게 표현했던 것이다.

'개' 자는 좋지 못하다는 뜻의 접두어로 많이 사용했다. '개고생, 개떡 같다, 개살구, 개판, 개망나니, 개꿈, 개죽음' 등 그 예가 수없이 많다. 그런데 이즈음은 어떤가. '개똑똑, 개이쁘다, 개좋다' 등 아주 좋다거나 최고라는 의미로 유행하고 있다. 이렇게 가면 멀지 않아서 '개친절, 개흐뭇, 개대통령, 개신랑, 개아빠, 개선수' 등도 쓰일 날이 올 것 같다. 지금도 '이제 들어가실게요, 완전 좋아, 헐, 쩝' 등 족보에도 없고 문법에도 맞지 않는 말들이 방송에도 나오는 형편이니, 그렇게 이상할 것도 없기는 하다. 언어의 쓰임이 혼란스러워지는 것은 그 언중들의 의식이 혼란스럽기 때문이다. 이어폰으로 귀 막고, 마스크로 입 막고, 손가락으로 피 말리는 세대의 아이들이 가족이나 친구들에게서도 고독을 느끼는데, 개라도 가까이 하는 것이 이해는 가지만, 인류의 앞날을 생각해 보면 한숨이 나오는 것은 어쩔 수 없다.

부디 부탁드리노니, 강아지 보고 "아빠/엄마 오셨다", "아빠/엄마에게 와" 등의 말은 쓰지 말기 바란다. 개를 데리고 나갔다가 지나가는 사람이 "아드님/따님이세요?", "아버지/어머니를 참 꼭 닮았네요"라고 하면 기분 좋은 사람이 있을까? 아무리 생각해도 개는 개일 뿐이지 사람이 개에게 아첨할 일은 아니지 않는가?

미국에서 맞은 어느 아침의 생각들[26]

1.

시차(時差)로 인해 잠 못 이루는 이국(異國)의 밤은 기다려지는 것이 새벽이다. 창(窓) 너머로 보이는 언덕 위의 그림 같은 지붕 위로 뜬 만월(滿月)을 바라보아도 왠지 한국에서 보던 감흥(感興)과는 다르다. 온 잔디밭을 누비는 반딧불도 형설지공(螢雪之功)과는 먼 나라 풍경이다.

2.

어쩔 수 없는 금(禁)줄 안에 처한 심정이야 나그네의 공통적인 현상이지만, 그래도 새벽이 되면 이름 모를 새들이 지저귀고 동리에 거미줄처럼 난 산책로를 걸으면 이국적 낭만이 있다. 어쩌면 하나같이 잔디며 집과 나무와 꽃이 그렇게 잘 가꾸어졌는지, 감탄스러울 뿐이다. 이곳이라고 도회의 아파트가 없는 것은 아니나 이런 중소도시에 우리네 같이 20층 30층을 짓는다는 것은 상상조차 가지 않는다. 만일의 사태로 2층에서 문밖으로 뛰어내려도 큰 부상을 당하지 않을 정도이고, 정갈하기는 더할 수 없는 것이 부럽다. 공기도 맑아 저녁의 달과 별빛이 한층 선명하고 옷을 입어도 서울 같이 쉬 더러워지지 않는다.

---

26 【편집자 주】미국의 장남 집에서 시차로 고생하시던 때, 아침마다 떠오른 생각들을 메모 형태로 적어 놓으셨던 모양이다. 짧은 육필원고들을 모아 한 편의 에세이처럼 꾸민 것은 편집자가 그렇게 한 것이다.

3.

주 1회 쓰레기를 버리는 날, 분류된 쓰레기를 담은 쓰레기통을 집 앞에 놓아두면 수거차가 와서 비워가므로 그 날은 온 골목이 쓰레기통 사열 받는 날이다. 예로부터 쓰레기는 윤회의 법칙에 자연스럽게 맞아서 별 걱정 없이 퇴비나 토지로 환원된 것인데 문명의 발달로 인해 그렇게 쉽게 환원되지 못하는 것들이 양산되어 문제가 되는 것이다. 거슬러 올라가 화장실 문화를 살펴보면 쓰레기의 원류를 알 수 있다.

[2011년 여름]

앙코르와트행 비행기 안의 단상

　인천을 이륙하면서 기내에서 바라본 25분간의 낙조(落照)와 황폐한 분위기의 판타스틱한 이국적 석양(夕陽)은 이번 앙코르와트 여행의 첫 감동이었다. 아직도 그 깊은 영상은 일상에 지친 나 자신을 구제해주는 청량제가 되기도 하고 다시 일어서는 자양을 제공하기도 한다.

　그런데, 석양(夕陽)을 보며 옆자리의 일본인 중년 남녀가 주고받던 대화가 인생본원(人生本源)의 문제를 생각하게 하였다. 좋아하는 사람과 함께라면 어디든 아름답지 않을까?
　"우리 다음 세상(世上)에서도 같이할 수 있을까?"
　"지금 같이?"
　"응."
　"오늘이 가장 중요하지 않을까."

　일기일회(一期一會).
　그 말이 머리에 와 닿는다. 왜 우리는 이 아름다운 영상을 즐기지 못하고 언제나 다음을 생각해야 하는가? 닫히는 무대(舞臺)의 장막 뒤로 남기는 말 같았다.

　그들이 자랑하는 불가사의(不可思議)한 앙코르와트의 유적에 감탄한 다음에는, 수백 년 버려두어 긴 나무뿌리가 내려 덮인 변화에 놀랐다. 그러나 이런 경이감보다 그 석양(夕陽)의 연옥 같은 배경 속에서 주고받던 몇 마디 말이 가장 중요하게 전달되는 메시지였고, 여타의 것들은 그저 배경(背景)일 뿐이라는 생각이 들었다.

아닌 줄 알면서

우리는 왜 속으로 그렇게 되지 않을 줄을 뻔히 예견(豫見)하면서도, 겉으로는 잘 되리라고 굳게 믿으려 하는가? 나는 이런 분들을 만날 때마다 연민(憐憫)의 정으로 바라보며 한숨 쉴 때가 있다. 부정하기엔 너무 큰 두려움을 피하고 싶거나, 자기 판단력에 대한 자존심 때문이겠지만, 그래도 이해보다는 안타까움이 앞선다. 본인이 믿고 내세운 기대가 하루아침에 어긋나고 난 후에 닥칠 일들 때문이다. "검은 머리 파뿌리 될 때까지 즐거울 때나 기쁠 때 사랑으로 감싸고 함께 하겠다"는 서약이나, "나를 뽑아주면 우리 동리에 일자리를 많이 만들어 살기 좋은 곳으로 만들어 드리겠습니다" 같은 공약을 그대로 믿는 사람들이 몇이나 있을까? 그래도 그것을 믿어 보려고 하는 것은 자기최면일 것이다. 무릇 맹서(盟誓)란 그 본질이 어기는 데에 있음에도, 굳이 믿어 보려고 하는 것은 자존심에다 자기 다짐의 감정이 강하게 작용한 자기 위안(自己慰安)의 방편이다.

약속한 대로 안 되는 것은 여러 요인이 있다. 제일 많은 것이 예측할 수 없었던 주변 상황의 변화다. 물론 여기에도 정말 천재지변(天災地變)에 가까운 불가항력적(不可抗力的)인 상황일 수도 있고, 또 노력과 자기희생이 따르면 견딜 수도 있을 만한 두 가지가 있다. 다음이 처음부터 의도적으로 지킬 생각이 없으면서 한 약속이나 맹서다. 이 경우야말로 비난받아야 할 못된 행위이다. 그런데 실제로는 일을 당하면 전자든 후자든 따지지 않고 동일하게 취급해서 원망하고 탓하게 마련이다. 지금 우리가 흥얼대는 대부분의 대중가요의 가사가 상대의 배신에 대한 원망과 한(恨)을 주제로 하고 있는 것도 그런 이유에서다. 생활이 곧 약속이니 살다 보면 갑작스런 경기 변동이나 가족관계, 혹은 사회의 급작스런 변화, 아니면 건강문제나 직장 등등으로 어쩔 수 없이 약속을 지키지 못했을 수도 있다. 그런데 사람들이 아주 나쁜 의도로 고의적(故意的)으로 계획해서 저지른 사기(詐欺)로 취급하면, 억울한 생각이 들기도 한다. 하지만 동기(動機)가 어떠하든 결과는 같은 것이니 그런 비난을 감수할 수밖에 없지 않겠는가.

그렇다면 모든 약속이나 맹서는 다 깨어지게 마련인가? 그것은 아니다. 어렸을 때부터 인성교육이 제대로 되고, 본인들이 어려움을 잘 참고, 주변의 여건이 순조롭고 해서 끝까지 서로의 약속한 바가 유종(有終)의 미(美)를 이루는 경우도 상당수 있기는 하다. 이런 경우에도 당사자 간의 인내심이 강하고, 상대를 배려하는 이해가 이루어져야 한다. 하지만 이즈음의 젊은이들은 대부분 그런 자기희생을 이해하지도 못하고, 그러려고도 않는다. 그러면서도 그들이 상대를 믿어 보려 하고, 때로는 분명하게 확신을 가진 듯이 말하는 것은 이해되지 않는다. 아마도 어릴 적부터 배워온 신뢰라는 덕목을 익혀서일 지도 모른다. 갈대 같이 흔들린 의지, 바람 같이 허무하게 사라진 사랑, 안면몰수하는 배신, 너 없으면 못 산다는 고백, 너밖에 없다는 다짐, 목숨 걸고 지키겠다던 맹서, 진정 국가와 모든 구성원의 지도자가 되겠다던 공약, 이런 것들 중에서 진정 잘 지켜진 예들을 우리는 거의 보지 못했다. 모두가 허무한 공염불로 남은 것이다.

그러면 처음 약속을 잘 지키는 방법은 아주 없는가? 아니 있다. 인간의 속성이긴 하지만 언제나 높은 이상을 실현하는 것만이 성공이라고 하는 착각에서 벗어나야 한다. 우리는 그리던 이상이 이루어지면 순간 보람을 느끼고 이어서 곧 새로운 이상을 목표로 정한다. 그러니 끝없는 이상을 향해서 바둥거리다가 일생을 끝내고 만다. 그러다가 보면 언젠가는 돌이킬 수 없는 실패도 하게 마련이고 약속도 지키지 못하게 되고 만다. 삶이란 얼마나 높이 되고 많이 가지느냐에 그 의미가 있는 것이 아니고, 얼마나 열정적으로 보람을 가지고 의미 있게 살았느냐에 달린 것이다. 그러나 처음부터 실현 가능한 조그만 이상을 가지고 힘겹지 않게 하나씩 이루어 나가야 약속을 지킬 수 있다. 만약 이루기 힘든 약속을 한다면 하는 이도 문제지만, 그 약속을 믿는 이도 문제다. 그러고는 나중에 지켜지지 못하면 상대에게만 책임을 미루는 것은 옳지 않다. 어쩌면 공동으로 책임을 저야 한다. 심하게 말하면 그 약속이 지켜지질 않을 줄 알면서도 믿은 것이니까.

다음은 자기 중심이 아닌 상대의 입장에서 생각해야 한다. 그러면 처음부터 힘겨운 약속을 피하게 된다. 또 약속이 지켜지지 못했더라도 배신감이나 실망감을 줄일 수 있고 이해될 수도 있기 때문이다. 순간적인 우월감 때문에 과장된 결의로 약속을 하는 것은 그만큼 어겨질 확률이 높다.

이제라도 역사상 인류란 본래 그런 버리지 못할 속성을 가졌다는 것을 깨닫고, 정신 좀 차리고 본질을 살펴보며 약속하고 또 그 약속을 믿어도 될 만한지 생각해 볼 일이다. 산맹서해(山盟誓海)는 우리의 듣기 좋은 이상일 뿐이다.

5

스승의 마음으로

학자의 자질

학자들은 서로 동문(同門)이나 사제(師弟) 혹은 선후배(先後輩) 관계라도, 학문적 목적은 같을 수 있지만 그 내용과 주장까지 같을 수는 없고, 또 같아서도 안 된다. 사물을 보는 안목과 견해가 천편일률적(千篇一律的)으로 같을 수가 없다. 심하게 말하면 아무런 저항이나 이견(異見)도 없이 모든 이에게 수용되는 탁견(卓見)은, 신탁(神託)이나 성현의 지혜가 아니면 있을 수 없기 때문이다.

이때 잘못하면 문중(門中)에서 분란(紛亂)이 일게 마련이다. 조선시대 서원(書院)을 중심으로 학파 간에 심하게 경쟁할 때는 사문난적(斯文亂賊)이란 패를 붙이기 일쑤였다. 참으로 불행하고 무모하고 근시안적이었다. 왜냐하면 한발 물러서서 보면 그들 학문의 궁극적 목적은 공맹(孔孟)과 정주학(程朱學)으로 지향하는 바가 일치하였다. 다만 그 과정에서 경전(經傳)의 어느 부분에 대한 해석의 차이가 있을 뿐이었다. 그 지엽적(枝葉的)인 것에 필요 이상, 목숨 거는 유치한 혈투를 벌인 것이다. 하기야 우리의 문명이나 학문을 조물주가 본다면 모두 유치하고 별것 아닌 것들로 보일 수도 있다. 그래도 세월이 흐르고 보면 지난 일들이 정말 그렇게 격렬해야 했던 것인지를 반성하게 만든다. 그래서 중용적인 역사 교육이 필요한 것이다.

학자들의 안목이 좀 더 넓고 미래지향적이었더라면 전혀 문제 되지 않을 것들이었다. 이 문제는 우리 스승께서 혹은 선배가, 아니면 동학(同學)이 주장한 것이니까, 이를 반대하면 사문난적이라 할 수밖에 없다는 이분법적이고 독선적인 고루한 주장에 얽매인다. 이럴 때는 흑백 논리를 적용하여 투사적인 결의가 강한 사람의 주장이 주도권을 잡는다. 이는 조물주가 세상을 만들 때, 판에 박은 듯이 똑같은 것은 하나도 없게 만들었다는 자연의 기본을 모르기 때문에 일어나는 어리석은 현상이다. 그러니 파쟁(派爭)이 일어날 수밖에 없다. 혹자는 자기 제자가 경쟁관계에 있는 다른 학자의 강의를 들었다고, 혹은 대립된 견해를 가진 학자가 주관하는 프로그램에 참여했다고, 불호령을 내렸다고 한다. 또 어떤 교수는 후배 학자가 자신의 논문 중 어느 부분의 오류(誤謬)를 지적했더니, 그 후배 학자의 스승에게 '그 아무개 버릇이 없더구만. 하늘같은 대선배의 주장에 토를 달아?'라고 험담을 하더라는 것이다. 참 무슨 조선시대 이야기 같았다. 학문의 견해에 왜 선후배가 문제 되는가. 학문에는 오직 바르고 참됨이 있을 뿐이다. 스승이나 선배는 언제나 바르게 생각하고 후배는 언제나 그릇되게 생각하는가? 오래 전 일이다. 대학 재학 때 우리 동기생 하나가 선배의 작품에 대해 자신의 견해를 쓴 것이 문제가 되어서, 몇 년 후 전임강사 자리에서 밀리고 만 일이 있었다. 그 후로 나는 그 선배의 작품을 읽지도 입에 담지도 않았다. 그것은 학문이나 작품의 수준으로 존경받지 못하고 편을 갈라 권위를 세우는 속물(俗物)이 짖는 소리이기 때문이었다. 이 같은 현상은 학자들의 고루한 아집(我執)이요 헛된 권위일 뿐이다.

나는 지난 날 졸저(拙著) 《한국차문화사》 서문에서 "지금 내가 한 이 학문적 주장이, 언젠가는 후학들에 의해서 갈갈이 찢겨져서, 아주 다른 주장들로 채워지는 학문적 성과가 이루어지는 날을 기다리겠다"고 했다. 아무리 능력 있는 학자라고 해도 전지전능(全知全能)할 수 없고, 더욱 지난 업적이나 연구과정이 완전할 수도 없다. 그런데 어떻게 자기의 주장이 영원불멸(永遠不滅)한 성전(聖典)일 수 있겠는가. 무슨 종교의 경문도 아니고 신탁도 아닌데, 지나친 교만에 젖어 있는 것이다. 학문은 권위로 유지되는 것이 아니고, 부단한 연구와 노력으로 얻어지는 새로움이 그 생명력의 원천이 된다. 그래서 후학들에게 기대를 거는 것이다. 후학들이여! 움츠려 들지 말고 그대들의 연구 활동에 꿈을 싣고 날개를 펼쳐라. 그리고 높이 날아라. 다만 그것이 학문적인 것과 무관한 정치나 이념과 연결되지 않도록 해야 한다.

학자들이 명심할 것은 내가 영원불멸의 학문적 진리를 창조하는 위대한 창조주가 아니고, 지난날 이루어 놓은 선배들의 업적이 다음 세대로 손상(損傷) 없이 더욱 풍성하게 되어, 이어지게 하는 다리 역할을 한다고 생각해야 한다. 그런 큰 역할이 시대적 사명인데 그것이 어찌 혼자의 힘으로 되겠는가? 그래서 학문 앞에서는 겸손해야 하고, 경건해야 한다. 그렇지 않고 우물 안 개구리처럼 혼자서 제일인 척하며 권위를 먹고 살려 하면, 이는 사계(斯界)에서 자연 도태(淘汰)되게 마련이다.

어찌 학문뿐이겠는가. 현금의 정객들도 이런 기본을 터득한다면, 독선적이고 초법적인 만용(蠻勇)은 부리지 않을 것이다. 고질적 흑백논리, 이분법적 사고, 제복을 입히듯이 일치를 강요하는 것, 이런 와중에 학자들도 한몫을 하고 있으니 말이다. 그래서 학자의 자질이 문제되는 것이다. 선현들은 '경경위사(經經緯史)' 곧 '선경후사(先經後史)'를 말한 것이다. 기본이 되는 경전을 읽어 자질을 먼저 키우고, 그리고 역사를 공부하여야 바르게 된다는 것이다. 지금이야 역사는 말할 것도 없고 기본도 제대로 닦지 않고 나왔으니, 식언(食言)을 밥 먹듯이 하고도 부끄러운 줄 모르는 것이다.

　끝으로 하나만 더 붙인다면, 학문적인 이론이 다르다고 상대의 인격적인 사생활까지 들추는 것은 절대 금해야 한다. 이는 이미 학문적인 이론으로는 지고 있다는 증거다.

말하고 글 쓸 때

몇 달 전 전혀 예기치 못한 한 통의 전화를 받았다. 그분은 연전에 내 강의를 두 학기나 들은 분으로 지방에서 오랫동안 차생활을 즐기는 분이었다. 안부와 훤화(喧譁)가 끝나고 하는 말이 이랬다.

"요사이 저는 교수님의 철학 세계를 마음껏 여행하고 있어요."

"어떻게요?"

"《차 한 잔의 인문학》을 여덟 번째 읽고 있어요."

그러면서 책 몇 페이지의 어느 글에 나오는 내용은 특히 눈물이 날 정도로 공감하고 있다고 했다. 순간 나는 놀라워서 대답할 말을 잊었다. 그 수상록의 독자들에게서 고마움의 전화야 여러 번 받았고, 이미 몇 군데 차 모임에서 교재로 사용된 것도 알고 있었으나, 한 사람이 여덟 번 읽었다는 것은 경(經)이 아니면 드문 일이기 때문이다. 하긴 예로부터 진리를 깨닫는 일이 반드시 성현(聖賢)의 말씀이나 경서(經書)에서라야 되는 것은 아니었다. 평범한 일상이나 지나가는 말 한마디 등, 어디에서든지 깨달음의 순간을 얻을 수는 있었다. 그러나 전화를 끝내고 혼자 가만히 생각해 보았다. 앞으로 말할 때와 글 쓸 때, 정말 많이 생각하고 바르게 써야겠다고 재삼 다짐했다.

이제껏 글을 쓸 때 항상 따라다니는 생각이 있었다. '내가 지금 여기에 쓰는 내용이 나로서는 새롭고 신기한 발견이라고 여기지만, 이미 먼 옛날에 어느 분이 먼저 기록해 놓았을지도 모른다'는 두려움이다. 그렇다면 내가 처음 깨달아서 발표하는 것이라고 생각한 이 내용은 완전히 '요동(遼東)의 돼지'[27]가 되고 말 것이다. 지금까지 평생의 업으로 교단에서 남을 가르치고 집필하는 일을 떠나지 못했으니, 그 많은 세월 동안 사람들에게 강의한 내용은 얼마였으며, 또 발표한 글들은 얼마이겠는가? 그리고 그 속에 헛말은 얼마나 많았을 것인가를 되짚어 보니, 등줄기에 땀이 맺혔다.

생각 없이 말을 함부로 많이 하다가 보면, 모르는 사이에 실언(失言)을 하게 마련이다. 그래서 우리 풍속에 망발례(妄發禮)라는 것이 있었다. 말을 잘못한 당사자가 그 말을 들은 사람들에게 반성하고 뉘우친다는 뜻에서 '밖으로 말이 더 나가지 않게 해달라'는 부탁으로 한 턱 내는 풍습이었다. 그렇게 해서 말을 거두어들일 수 있다면 얼마나 좋을까마는, 말이란 한 번 입 밖으로 나오면 감당하기 힘들다. '말이 아직 내 입 안에 있을 때는 내가 말의 주인이지만, 입 밖으로 나오고 나면 말이 내 주인이 된다'고 하지 않던가.

어렸을 때부터 말을 조심하라는 부조(父祖)의 가르침은 엄하여, 가훈(家訓)으로 선집(先集) 《호고와선생문집(好古窩先生文集)》에 나오는 시를 외우게 할 정도였다.

27　요동(遼東)의 돼지 : 《후한서(後漢書)》〈주부열전(朱孚列傳)〉에 실려 있는 내용으로 《삼산집(三山集)》 6권 '아구설(兒駒說)'에 나온다. 요동에 사는 촌부가 돼지를 길렀는데, 어느 해에 생긴 새끼 중에 이마에 흰 점이 있는 놈이 있어서, 신기해서 이놈을 황제께 바치려고 서울을 향해 가다가, 어느 동리에 들렀더니, 그 동리의 돼지들이 거의가 이마에 흰 점이 있어서 자신의 돼지가 하나도 신기하지 않은 평범한 것이라는 것을 깨닫고, 다시 고향으로 돌아왔다는 이야기다.

입맛대로 기름진 것 함부로 먹고 냉수 마시고
화풀이 한다고 매로 종을 때리기도 하나
때려서 화를 풀면 종들이 심복하지 않고
입맛대로 함부로 먹으면 병이 침노한다.

嚼膏飲冷便宜口 乘怒撾僮以快心

以快心時人不服 便宜口處病患侵

대다수의 말실수는 인내심의 부족에서 나오니, 곧 감정을 절제하지 않으면 결과가 좋지 않을 뿐 아니라 오히려 잘못된다는 것이다. 그 후로 내 나름 감정도 다스리고 말조심하며 살아왔는데, 이번의 전화를 받고서는 혹시 내가 옳지 못한 말을 쓰지나 않았는지, 혹은 근거 없는 것을 적은 곳은 없는지, 온갖 생각이 내 마음을 쓸고 갔다. 주변에서 안타까운 필화(筆禍) 사건들도 보았고, 많은 책들을 읽으면서 때로는 박수치며 찬탄하기도 했지만, 또 실망스러워 책을 덮은 일은 그 얼마였던가? 그런데 내가 쓴 글이 다른 사람들의 생각에 그토록 영향을 끼친다고 생각하니, 숙연해질 수밖에 없었다.

매일같이 매스컴에서 떠드는 것 중에 '말이나 글 실수'에 관한 것들이다. 1년 전에는 백(白)이라고 해놓고 이제는 흑(黑)이라고 우기는 검은 인격자들이 많다는 것이다. 이 중 대부분이 지도층이라는 것이 문제다. 자라는 세대들에게 좋은 것은 남기지 못할망정, 이런 부끄러운 흠결을 남긴다면 참으로 한심한 일이다. 각계각층의 사람들이 함께 살고 있으니, 마음에 들지 않는 일도 많을 수밖에 없다. 그렇다고 파렴치한 극단적인 언행을 하는 것은 삼가야 한다. 생각이 다른 것은 타도해야 할 대상이 아니고, 계도(啓導)해서 함께 살아가야 할 대상이다. 감성을 앞세우고 말을 하다보면 극렬해지기 쉽다. 한 박자 쉬어서 이성적인 상태에서 말해야 후회하지 않게 된다.

글은 말보다 조금 낫다. 발표하기 전에 고칠 기회가 많기 때문이다. 하지만 고친다고 고쳐도 나중에 보면 실수가 따른다. 사실은 글이 가져야 하는 책임은 말보다 더 크다. 이런 생각에 잠기면 글쓰기가 두려워진다. 흔히 말결이 너무 부드러우면 자기의 생각이 상대에게 잘 전달되지 못할까 염려해서, 강렬하게 표현하게 된다. 더구나 이즈음의 세태가 너무 자극적인 것을 좋아해서, 나이와 계층에 관계없이 언어가 자극적인 풍조에 젖어 있음도 사실이다. 그래도 참아야 한다. 민심을 선동하려는 목적으로 심한 말을 했더라도, 그 말은 곧 그 인격의 바로미터로 남는다. 신언서판(身言書判)이라 하지 않았던가. 그러니 학문하는 사람들만은 더욱 그러지 말아야 한다. 왜냐하면 학문이야말로 인간적인 가치의 출발점이고 인간 존엄의 출발점이기 때문이다. 지금은 밥 먹듯이 책 내기가 쉬워졌다. 그렇더라도 자신의 기분대로 쓰지 말고, 읽을 사람 생각을 하며 써야 할 것이다.

무릇 지상(紙上)의 많은 소객(騷客)들이여! 말할 때와 글을 쓸 때는, 모름지기 분노는 삼키고 감정은 숨기고 인격적 품위만은 지킬 일이다.

가르친다는 일

가르친다는 것은 상대의 좋은 성정(性情)들을 찾아내서 개발하고 용기를 북돋워주는 일이 무엇보다 선행(先行)되어야 한다. 어느 사회에서나 정(正)과 반(反)은 상존(常存)한다. 내 초년에 여학교와 남녀공학에 한 차례씩 근무한 일이 있다. 발령을 처음 받고서는 여학생들이기 때문에 영처심(嬰處心)이 많아서, 남학생보다 얌전하고 다소곳할 줄 알았는데, 예상 밖으로 그들은 담대하고 적극적이었다. 당시만 해도 교칙이 엄격하고 예절이 까다로웠지만 그들의 감정표현은 거침이 없었다. 교무실 선생님들의 책상 위에는 아침마다 예쁜 그릇에 꽂은 물론, 고운 포장지에 싼 앙증맞은 선물(주로 사탕, 초콜릿, 과자 등)들이 정성들여 쓴 쪽지와 함께 예쁘게 놓여 있었다. 담임을 맡았을 때는 더욱 많고, 이른바 인기 있는 선생일수록 더했다. 초년의 젊은 선생들은 그 인기에 취해서 자신을 냉정히 돌아보지 못하는 딱한 경우도 더러 있었다.

여학생의 특징 중 하나가 상대의 마음을 자기가 독차지하지 못하면, 아예 상대를 버려버리는 흑백논리적인 생각들을 많이 가지고 있었다. 곧 이분법적(二分法的)인 논리에 젖는 경우가 있다. 며칠 전까지도 상냥하던 표정이 하루아침에 쌀쌀맞게 변한다. 순간 당혹스러워서 까닭을 물어보면, 자기가 아주 좋아하지 않는 학생에게 선생이 너무 친절히 대한다는 것이 그 이유다. 남자 학교에서는 상상하기 어려운 경우다. 이제 와서 생각해 보면 그런 일단의 책임이 선생인 우리에게도 적지 않았음을 깨닫는다. 남을 대할 때 그의 단점을 먼저 캐려하지 말고, 그의 장점부터 보는 습관을 선생이 가르치지 않았다. 그리고 세상에는 극단적인 이분법만이 존재하는 것이 아니고, 대부분의 사람들은 중도적인 견해를 가졌다는 것을 가르치지 못했고, 나와 다른 생각을 가진 사람들과 타협하고 인정하는 일이 중요함을 교육과정에서 간과(看過)한 것이다.

많은 세월을 넘어 아직도 나는 가르치는 일을 계속하고 있는데, 상당한 시간이 흐르고서야 그 도를 조금씩 깨쳐 왔다. 불혹(不惑)의 나이를 지나고 지천명(知天命)을 넘어서야 어둡던 눈이 밝아져 무얼 조금씩 깨닫기 시작한 것이다. 지금은 학생들뿐 아니라 만나는 사람들의 단점보다는 장점이 먼저 보인다. 지난 날 내가 부족했던 것이 바로 거기에 있었다. 어쩌면 이런 현상은 자연스런 법칙에 맞는다는 생각이 든다. 사람뿐 아니라 동물들도 나이 들면 주변이 하나 둘 멀어져가게 마련이다. 그 고독을 메우려면 주변에 사람들을 붙잡아 두어야 하니까, 본능적으로 가까이 하려고 좋은 점만을 보게 되는 것이리라. 앞으로 나이가 들수록 이런 현상은 점점 더해갈 것이다. 그렇지 못한 사람은 지난 세월을 헛돌린 것이다. 갯가의 돌들도 세월을 먹으면 몽돌로 변하게 마련이다.

이즈음 강의하러 갈 때면 그 수강생 하나하나의 얼굴과 표정이며 자태, 목소리까지 그려본다. 그리고 만나면 말하지 않아도 수수(授受)되는 감정을 감지하게 된다. 한 사람 한 사람 다 다른 사연과 특색 있는 향기가 있다. 꽃마다 서로 다른 색과 모양을 가지고 있듯이 그들에게도 다 특별한 아름다움이 배어 있다. 장미는 곱고 호박꽃은 곱지 않다고 누가 말할 수 있으며, 꽃망울 맺혀 처음 필 때만 아름답고 시들어 떨어질 때는 보기 싫다고 어찌 말할 수 있겠는가.

우리는 본질에서 너무 동떨어진 주관적 견해에 사로잡혀 사물의 참모습을 보지 못하고 있는 것이다. 출발이 아름다웠으면 도착도 아름다워야 하고, 그 사이의 과정도 나름대로 의미가 있는 것이다. 그래서 꽃이나 잎이 시들어 떨어지는 모양에도 아름다움이 있다. 미련 갖지 않고 사뿐하게 사라지는 뒷모습이 아름다운 여운을 남긴다. "낙환들 꽃이 아니랴, 쓸어 무삼하리요"가 실감난다. 교육의 중요함은 바로 그 과정에 있다.

나도 신중년(新中年)에 든 사람이다. 추하지 않고 정갈하게, 그리고 남긴 자리가 깔끔하게 사라질 준비를 해야 한다. 몇 년 전부터 자연이 그렇게 아름다워 보이고, 조그만 인정에도 눈시울이 붉어지곤 한다. 그리고 나와 함께 공부하는 이들도 중년에 접어든 이들이 많은데도, 아직도 이 늙은이 앞에서 부끄러움을 많이 타는 순수한 분들이다. 나와 같은 배를 탄 동승자들이다. 때로는 그들이 소년이나 소녀처럼 토라져 돌아서도, 곧 웃음 짓는 얼굴로 돌아올 것을 믿고, 냉담한 표정을 지어도 그 바닥에 나에 대한 믿음이 깔려 있음을 읽을 수 있다. 고맙고 미안하고 든든하다. 그래서 항상 나는 '혼자이면서 함께[獨與]'임을 잊지 않고 살고 있다. 이는 내가 평생토록 남을 가르친다는 일에 종사한 당연한 귀결점이라 생각한다. 그래서 오늘도 그들과 차를 마시면서 타고난 소심(素心)을 잊지 않고 아름다운 마음으로 살아가는 것에 대하여 말해 주고 싶다.

그래서 지금도 나는 즐겁고 행복하다.

[이제 곧 처음으로 교단에 오를 선생님들의 졸업을 앞에 두고, 2020년 섣달에]

스승 되는 길

우리가 살고 있는 현대에도 스승은 살아 있는가.

얼마 전 신문에서 정년을 많이 앞둔 선생님들이 조기 퇴직하는 경우가 많다는 기사를 읽었다. 그런데 그 까닭이 좀 마음에 걸렸다. 선생 노릇 하기가 보통 어려운 게 아니라는 것이다. 이즈음 많이 입에 오르내리는 미투 운동에서부터, 학부모들의 극성맞은 언행으로 짓밟히는 교권, 학생들의 자기중심적인 습성, 거기에 사회 전반에 깔린 교육계에 대한 불신 등의 일들이 그들의 교육에 대한 환멸을 느끼기에 충분한 것 같았다. 그래서 선생노릇 하기가 쉽지 않은 것이다.

지난날 우리 사회는 군사부일체(君師父一體)라고 해서 스승에 대한 존경심이 있었기에, 교육계에 종사한다는 사실 자체에 긍지를 가지고 노력하고 보람을 가졌다면, 지금은 삶의 수단으로 봉급을 위해 일하는 일반직과 동등하게 비쳐지고 있는 것이다. 여기에 하나 더 생각되는 것이 있다. 사회가 전반적으로 분업화 되면서 학문도 분화되고 심화되어, 인격적인 면보다는 그 분야 지식의 깊이나 전달능력의 극대화로 빚어지는 현상들이다. 일타강사, 곧 스타 강사의 선호로 인해 선생님들의 강의 시간이 홈쇼핑의 판매시간 같이 변한다는 사실에 허망함을 느끼는 것이다.

그러니 현대사회는 선생님들에게서 전대의 존경받는 스승의 도덕적인 면도 기대하고, 한편으로는 현대의 스타 강사가 되어주길 바라는 이중적인 것을 기대한다. 이는 권력도 없고 봉급도 적고 진급도 느리더라도 주어진 책무는 모두 이행하기를 바라는 것이다. 역사의 흐름은 물결과 같다. 어느 한쪽이 다른 쪽보다 많은 격차로 장구하게 좋을 수는 없다. 왜냐하면 사람들이 그 좋은 쪽을 무한 내버려두지 않고 달려들기 때문에 곧 수평을 이루게 되고 만다. 지난날 우리에게 선생님은 존경의 대상이고 지도적인 위상이 허여되었으나, 지금의 사회는 워낙 복잡하고 그 변화가 빨라서 어느 한두 사람에게 그 많은 것을 맡길 수가 없게 된 것이다.

　　하지만 아직도 우리는 '스승의 날'이 따로 있고, 마음속에는 선생님에 대한 신뢰가 다른 영역보다는 더 깊다. 그러니 그 사표(師表)의 자리를 쉽게 내던지지 않으시길 바란다. 어느 때나 사람들에게는 마지막 보루라는 것이 있다. 이 시대를 사는 사람들치고 정치인이나 장사꾼들의 말을 믿는 사람보다는 학자나 교육자의 말을 더 신뢰하고 있다. 이것도 다행스럽게 생각된다. 그러니 우리의 주어진 소임을 가볍게 생각지 않으시길 간절히 바란다. 사회에서 선생님들은 물론이고 학자나 정치가, 법조인, 경찰, 교역자 관료들에게 일반인들에게서 보다 한층 더 높은 도덕적 잣대로 평가하는 것은, 그들이 국가의 지도이념과 흥망성쇠를 담당할 젊은이들에게 주는 영향이 크기 때문이다.

　　《열자(列子)》〈중니편(仲尼篇)〉에 보면 스승 되기가 얼마나 힘드는 일인지를 잘 보여주는 공자의 이야기가 있다.

자하가 공자께 물었다.

"안회의 사람됨이 어떻습니까?"

공자가 답하였다.

"회(回)의 어짊은 나보다 낫다."

"자공의 사람됨이 어떻습니까?"

"사(賜)의 언변은 나보다 낫다."

"자로의 사람됨이 어떻습니까?"

"유(由)의 용맹함은 나보다 낫다."

"자장의 사람됨이 어떻습니까?"

"사(師)의 의젓함은 나보다 낫다."

자하가 자리를 피해 앉으며 다시 물었다.

"그렇다면 네 명의 제자들이 무엇 때문에 선생님을 스승으로 모십
니까?"

공자께서 말씀하셨다.

"거기 좀 앉거라, 내 너에게 일러주마. 회(回)는 어질지만 임기응변에
능하지 못하고, 사(賜)는 언변은 좋으나 천천히 말할 줄 모르고, 유(由)
는 용감하지만 겁을 모르고, 사(師)는 의젓하지만 남들과 소통할 줄을
모른다. 이것이 그들이 나를 한결같이 스승으로 섬기는 까닭이다."

子夏問孔子曰, 顏回之爲人奚若? 子曰, 回之仁賢於丘也. 曰, 子貢之爲人奚
若? 子曰, 賜之辯賢於丘也. 曰, 子路之爲人奚若? 子曰, 由之勇賢於丘也.
曰, 子張之爲人奚若? 子曰, 師之莊賢於丘也. 子夏避席而問曰, 然則四子者
何爲事夫子? 曰, 居! 吾語汝. 夫回能仁而不能反. 賜能辯而不能訥, 由能勇
而不能怯, 師能莊而不能同. 兼四子之有以易吾, 吾弗許也. 此其所以事吾而
不貳也.

이로 미루어 보아도 선생노릇 하기가 쉽지는 않다. 또 사도(師道)의 길이 그렇게 쉽다면 예로부터 존경받지도 못했을 것이다. 그러니 선생님들은 사명감을 가지시고, 자부심을 잃지 말고 학생들을 가르치고, 학부형들도 선생도 다른 사람처럼 불완전한 인간이라는 기본을 잊지 말고, 물건 거래하듯 해서는 안 된다.

우리 교육의 무너진 성(城)

1.

존경(尊敬)할 만한 모델이 보이지 않는다.

지난날 우리 교육에서 정신과 인성을 바르게 해준 것은 선비정신이었다. 지절(志節)과 인간다운 품위에 대한 존엄성을 내적 정신세계에서 길렀다. 그러나 물질만능의 현대사회는 모든 것이 권력과 금력으로 결정되는 하등사회(下等社會)로 추락하고 말았다. 이에 모든 사회구성원들이 거의가 그 두 가지를 얻기 위해 전심전력을 쏟게 되고, 그것이 지상의 목표가 되었다. 그것을 위해 공부하고, 연구하고, 힘을 기르고, 온갖 수단과 방법을 찾고 한다. 자연스럽게 부정한 방법이 등장하게 되니, 흙수저, 은수저, 금수저 이야기가 맞는 말이 되고 말았다.

고루하게 연구실에서 밤늦도록 머리를 써도, 권력과 돈에서는 패자(敗者)가 되고, 그 후유증은 자식들에게까지 영향을 주니, 이제는 책보다는 방송국의 대담 프로에 나가고, 시민운동에 참가하여 입지를 굳히는 것이 훨씬 빠르다고 생각하게 된다. 머리에 고였던 가치관이 하루아침에 방향을 잃게 되고 추종하던 순수한 이성들에게도 큰 혼란을 준다. 존경할 대상이 없어지니 실망하고 정신적 방황을 겪는 것은 당연하다. 그러니 선생들이 두 패로 나뉘어 인권운동 하듯이 사상논쟁을 하며 학생들을 제 편으로 끌고 가려고 하니, 사상교육장 같은 생각도 든다.

2.

인권(人權)이라는 미명 아래 기본적인 윤리마저 사라지고 있다.

지난날 우리 교육의 바탕은 효(孝)였다. 즉, 윤리에서 시작해서 윤리로 끝나는, 그야말로 인륜이 생활의 중심에서 사라지지 않았다. 그 결과로 아직도 고향을 그토록 그리워하고, 부모형제에 관한 한(恨)스러운 추억으로 예술의 한 가닥을 점하고 있다. 요사이 하도 트로트 열기가 대단한데, 그 주제에서 고향 부모 형제 사랑 등을 빼면 별볼일이 없다. 만약 지금처럼 개인적이고 이기적인 교육이 계속된다면, 20년이나 30년 뒤에는 어떤 주제들로 노래를 부를까? 또 지금 같은 주제의 노래를 부른들, 지금처럼 진한 감동을 받을 수 있을까 하는 생각이 든다. 사랑은 남을지 모르나, 그것도 지금처럼 결혼하지 않고 혼자 살게 되면, 생리적인 것만 해결하고 그 골 아픈 사랑병은 앓고 싶지 않게 될 것이다. 피는 물보다 진하다는 말도 설명해야 이해되지 않을까.

따라서 가정의 윤리가 이렇게 되면, 사회적인 윤리는 말할 것도 없다. 인간은 외롭게 되어 고독에 젖고, 정신적인 어려움에 젖게 된다. 정신 질환이 낳는 사회적 불안요인이 점점 많아진다.

3.

일관성이 없는 교육정책.

민주적인 정치체제가 좋다고 해서 아무렇게나 운영해도 되는 것은 아니다. 특히 교육의 특징은 경제나 운동처럼 눈앞에서 금방 효과가 나타나는 것이 아니기 때문에 그야말로 백년대계(百年大計)를 세워 차근차근히 이어나가야 하는 것이거늘, 이건 자기 임기(任期) 안에 책임자를 누에 똥 갈 듯이 자주 바꾸고, 전문지식도 부족한 사람일수록 자기가 있는 동안에 무슨 점을 찍을 만한 공적을 남기려는 욕심 때문에 시작한 지 얼마 되지 않는 정책을 서슴없이 바꾸고는 또 떠나니, 이는 교육부장관이 아니라 교육방해부장관이라고나 하면 어울릴 것이다.

　광복 후 오늘까지 그래도 이 정도에 이른 것은 교육의 덕인데, 근자 20여 년 전부터는 그 정도가 너무나 심해서, 예상을 전혀 할 수 없는 지경이다. 그리고 교육이란 나라나 제도로서 베푸는 것이 아니고, 피교육자의 입장이나 바람[희망]이 절대적인 것이거늘 어찌 힘으로써 휘두르려고 하는지, 이해가 되지 않는다.

　4.
　교육의 시작은 가정이고 부모다.

　분화된 사회 환경은 부모들이 옛날처럼 아이들 옆에서 같이 생활하며 가르치는 기회를 박탈하고 있다. 그러니 돌보는 주체가 너무 심하게 변하여 아이들이 일관된 가치관이나 생활습관을 기를 수가 없게 된다. 조부모, 유아원, 돌보미 아주머니, 그리고 저녁이면 부모다. 그야말로 아이들이 누구의 생각에 포커스를 맞추어야 할지 모른다. 혼란스럽다. 교육자들의 가치가 각양각색이고 그 방향도 없다. 그러니 오늘 하루 먹고 자고 다치지 않았으면 된다는 생각이다.

수신제가치국평천하(修身齊家治國平天下)를 운위하지 않더라도, 왜 수신제가인지 알 만하지 않은가. 더구나 유아교육은 그 아이의 평생의 초석이 되는 시기인데, 우리는 그 시기를 놓치고 있는 것이다. 이른바 혼족 시대의 우리 가정의 교육을 어떤 방향으로 잡아야 올바른 것인지 진지하게 반성해야 나라의 장래가 있을 것이다. 떠날 때 아무것도 가져가지 못할 것들을 위하여 몸 바치지 말고, 나의 정신과 넋을 이어갈 교육을 진지하게 생각하는 사회가 바람직한 사회고, 역사적인 시민의식이다. 자연이 우리에게 남녀를 구분한 것도 모두 의미가 있는 질서이거늘, 어찌 짝이 없이 살려는지, 안타까울 뿐이다.

지금 우리 세대가 간과하고 있는 것들

1.

흔히 '3포(三抛) 4포(四抛) 오포(五抛) 전포(全抛)'를 말하고, '금수저, 흙수저'를 내세우며, '헬조선'이라고 하면서 나라를 원망하고 있는 젊은 이는 말할 것도 없고, 기성세대들이 온 매스컴을 동원하여 그들의 투정에 동조하고 한탄하는 것을 보면, 정말 한심한 생각이 든다. 이들이 지금 우리가 당면한 현실이 자기 자신의 책임이 아니고 기성세대들이 잘못하여 물려준 현실 때문이라는, 남 탓에 그 생각의 근거를 두고 있다는 점이 문제다. 일제 강점기의 백성들이라면 조상들이 잘못해서 나라를 잃고 고난을 물려주었다고 해도 할 말이 없지만, 지금의 기성세대들은 해방 후의 그 어려운 불모(不毛)의 땅에다가, 경제적인 것은 물론 정신적인 것, 문화적인 것까지 어느 정도 궤도에 얹어 놓았다. 다만 우리들의 잘못된 지나친 교육열 때문에 윤리적 도덕적인 면에서 옳지 못한 습관을 남긴 것이 문제라면 문제라 할 것이다.

그들도 한때는 대학을 나와도 취직할 데가 없었고, 자신은 물론 가족들을 배불리 먹일 수 없을 때도 있었다. 그렇다고 조상들을 원망하고 시대만을 탓하며 절망스럽게 생각하지는 않았다. 그들은 꿈을 가졌고, 피나는 노력으로 개척하여 오늘에 이른 것이다. 그런데 지금은 어떤가? 편하고 좋은 곳, 남이 우러러볼 만한 직업들만 찾으면서, 기성세대나 사회구조적 현실만을 탓하고 있는 것이다. 이는 젊은이들에게만 오해의 책임이 있는 것이 아니고, 이런 현실이 기성세대들의 잘못인 양 밀어붙이는 언론들의 탓도 크다. 발상의 전환을 주기는커녕 그들의 생각이 당연한 것처럼 몰아가고 있는 것이다. 이는 흡사 대열에서 뒤처지는 사람들에게 용기와 힘을 보탤 생각은 않고, 다음 선거에서 표를 많이 얻으려고 앞에 힘차게 가는 이들에게 속도를 제한하여, 외국과의 경쟁에 뒤떨어지게 하는 지도자들과 똑같이 어리석다. 하긴 지도자라는 자들부터 남탓에 익숙해 있으니······.

그렇다면 결국에는 우리가 정말 유능하고 애국적인 인재를 뽑지 못한 것이 잘못이다. 눈앞의 얕은 생색만 집착하고 먼 장래를 생각지 못하고 투표하기 때문이다. 내편 네편에만 집착하여 이른바 지방색에 물들어서 똘똘 뭉쳐서 몰표를 주었기 때문에 그 무능했던 지도자 들을 탓할 수도 없다. 그래 놓고는 조금만 못하면 금방 돌아서서 비난하고 침뱉는다. 자기들이 잘못 뽑아놓고는······.

당내 경쟁에서 졌다고 선거 끝까지 자기주장만 하면서 비난하고 승복할 줄 모르는 정치인은 만약 그 높은 자리에 오르더라도 자기주장만 시행하려는 고집불통의 지도자가 되고 말 것이다. 그럴 거라면 왜 그 정파에 몸을 담은 것인가? 차라리 자기주장에만 추종하는 사람들과 딴살림을 차리든지 할 것이지. 언뜻 보기에 그렇게 하면 자기가 무슨 강한 추진력이 있는 듯이 혹은 일관된 생각을 가진 정치인인 듯 보일 거라고 생각할지 모르나 절대 그렇지 않다. 타협을 모르는 정치는 파당만 만들 뿐이라는 것을 우리는 너무나 많이 보아왔다. 자고로 전쟁에서 패배하는 군대는 대부분이 적전분열이 그 원인이었다.

2.

문화가 너무 빠른 속도로 발전한다면 수출하고 경쟁하는 데는 유리할지 모르지만, 자연의 법칙에는 역행하는 것이다. 이런 씨움에는 언제나 자연이 이기게 마련이다. 그러나 IT 문화가 지나치게 빠른 속도로 달려가기 때문에, 사회구조나 경제적인 틀이 완전히 다르게 바뀌었는데도, 우리는 아직도 지난 것에는 맞지만 새 것에는 맞지 않는 낡은 사고에 묻혀 있다. 발상의 전환이 무엇보다 선행되어야 일자리도 많이 생기고 동력도 강해질 것이다. 지금은 농사만 아무리 열심히 지어도 판로가 형성되지 않으면 성공할 수 없고, 전자기기를 통해서 홈페이지를 만들고 소비자를 직접 상대하여 직거래로 신용을 얻어야 성공할 수 있다. 그러면 새로운 일자리가 하나 더 생기고 수입은 증가한다.

지금도 반도체 공장이나 큰 제철소에 가면 공장은 거의가 사람 없이 자동으로 돌아가고 있다. 앞으로는 자동차 공장도 그렇게 되고, 또 차도 운전할 필요가 없이 혼자 가고, 사무실도 필요 없어진다면, 일하는 사람들의 수가 훨씬 줄어든다. 우리가 염려했던 우려가 현실화하게 된다. 거기에다가 컴퓨터의 기술을 인간의 두뇌에 연결하고, 인체 각 부위를 공장에서 만들어 갈아 끼우는 날이 도래한다면, 우리의 수명은 가늠할 수 없을 정도가 되는 것이다. 이런 일들이 가정(假定)일 뿐이라고 자신 있게 말할 수 있는 사람이 누구겠는가.

이로 보면 과학이 발전하는 것은 좋은 일이나, 우리가 이기적인 단견(短見)을 버리고 지역이나 개인의 현실적인 이득을 떠나서 멀리를 생각하지 않으면, 우리 모두 공멸한다. 그러니 앞으로는 이기적인 사고에서 떠나, 인간 중심이되 자연에 어긋나지 않도록, 개척정신을 가지고 진로를 찾는다면, 얼마든지 좋은 일자리가 생기게 마련이다. 그렇게 되면 직업의 귀천이나 호불호의 관념이 바뀌고, 성공의 길을 찾을 수 있을 것이다.

앞으로는 드론으로 상품이 배달되고, 병원에 가지 않고 의사의 처방을 받으며, 신경전달물질로 마비된 손발을 움직이게 할 수 있는 시대가 눈앞에 와 있는데, 아직도 수십 종의 서류를 하나하나 다니며 만들어서 제출하는 시대의 사고에서 벗어나지 못한다면, 일자리는 당연히 없을 수밖에 없다. 회사나 관공서의 중간간부는 멀지 않아 그 자리가 없어지거나, 있다고 하여도 고려 때 다시(茶時)처럼 코워크존(위아래의 직원들이 한 테이블에서 둥글게 앉아 공동작업하는 장소)이 될 것이다. 더구나 세그웨이나 무인차량이 도로를 누비면, 어쩔 수 없이 우리도 그에 맞게 생각을 바꿀 수밖에 없다. 아직도 시원스런 해답을 얻지 못하고 있지만, AI 기술의 발전으로 알고리즘[論理體系]의 완성도에 따라, AI 자체가 인간처럼 자기 혼자서 계획하고 명령하는 데까지 이르면, 그때는 인간을 능가하는 힘이 기계 쪽으로 기울어진다는 것을 생각해야 할 때가 된 것이다.

3.

역사는 왜 공부해야 하는가? 바로 백 년 전에 우리 조상들이 생각했던 직업과 지금의 직업이 어떻게 달라졌으며, 오십 년 전과는 어떻게 변했고, 앞으로는 어떻게 변할까 하는 것들을 알기 위해서도 역사는 알아야 한다. 앞으로는 직업이 더 전문화되고 다양해지고, 그 나름대로의 프라우드한 영역으로 설 것이 틀림없다. 그렇다면 빨리 그런 다양한 분야를 찾아서 선점해야 성공할 것이 분명하다. 젊은이들이여, 급속히 변하는 문화에 적응하려면 우리 자신이 새로워져야 한다. 현실의 벽이 새로운 출발점이라고 생각하라. 꿈을 가지고 무한히 펼쳐진 넓은 세상을 개척해 보라. 반드시 성공할 것이다. 다만 이 때에 잊지 말아야 할 것은 물질적인 것은 변하더라도, 정신적인 인문학적 진리는 변하지 않는다는 것을 명심해야 한다.

[2014년 초에]

제대로 대접받지 못하는 것들에 대하여
- 교육이 제대로 이루어지려면

우리는 살아가면서 필요한 모든 것을 대부분 자연물에서 얻어 쓴다. 그때 그중 필요한 부분만 취하고 여타(餘他)의 것들은 버려져 관심을 받지 못하고 폐기되기도 한다. 다시 한번 생각해 보면 그 버려지는 부분들이 정말 쓸모없는 부분들일까? 우리가 그들의 값어치나 쓸모를 모르고 자원을 낭비하는 것은 아닐까? 이를테면 뽕나무나 연(蓮), 오가피 등은 뿌리부터 열매까지 모두 유용하게 쓰이는데, 다른 사물들이라고 다를 이유가 없지 않은가? 가만히 살펴보면 우리 주변에서도 지난날에는 별로 주목받지 못하던 것들이 근래에 들어 각광받는 일이 얼마나 많은가. 생선 중 아귀나 물메기는 물론 닭발이나 볏짚, 그리고 옥수수수염 같이 이때까지 우리가 그 가치를 모르고 지낸 것들이 많다.

고깃집에 가면 안심 등심 갈비살 우둔 등 선호하는 부분을 제외한 부위들은 특수부위라 하여 옆으로 밀쳐져 있었는데, 몇몇 부위는 이즈음 들어 차츰 사람들의 입에 오르내리며 빛을 보고 있다. 얼마 전 어떤 분의 유럽 여행기를 읽다가 본 이야기인데, 한가한 유럽의 어느 시골 마을에 아주 유명한 식육식당이 있는데, 세계 각지에서 몰려든 손님으로 문전성시를 이루어서, 적어도 몇 달 전에 예약하지 않으면 이용할 수 없을 정도로 유명하다고 했다. 이유는 그 집 주인이 어려서부터 빛을 보지 못하는 특수 부위에 관한 조리 연구를 계속하여 그들의 특성에 맞도록 요리법을 터득하여 130여 가지의 부위를 모두 고급스럽게 내어놓으니 손님들이 많이 올 수밖에 없었다고 했다. 가격도 비싸지만 맛 또한 기가 막혔다고 했다. 그러려면 먼저 각 부위들의 특성부터 알아야 할 것이다. 바탕을 알아야 그에 맞는 양념이나 향신료를 맞출 수 있기 때문이다.

여기서 잠깐 눈을 돌려, 우리 교육을 생각해 보자. 근래에 학생 수의 증가로 한 사람의 선생이 많은 학생들을 상대하다보니, 일일이 상대에게 맞출 수가 없어서 공통적인 부분을 위주로 학습할 수밖에 없게 된다. 어떤 과목의 특출나게 우수한 학생이나 열등한 학생은 학습의 대상에서 도외시 되는 일이 많다. 그래서 학원이 미어터지고, 교육도 제 기능을 백분 발휘하지 못하게 된다. 돌이켜보면 우리의 출중한 스승이었던 공자는 그 많은 학생들의 특장과 단점을 일일이 파악하여 그 하나하나에 맞는 가르침을 베풀었다.

어느 날 자하(子夏)가 공자에게 제자들의 학습에 관하여 물으니, 공자는 "안회는 인덕(仁德)이 나보다 낫고, 자공(子貢)은 구변이 나보다 낫고, 자로(子路)는 나보다 더 용감하고, 자장(子張)은 나보다 더 진지하다"고 했다. 자하가 묻기를 "그들은 선생님보다 더 나은데 무엇을 배우러 다니나요?" 하니, 공자가 대답하기를 "안회는 융통성이 부족하고, 자공은 겸허함이 부족하고, 자로는 겁이 없고, 자장은 원만하지 못하기 때문에 모두를 갖춘 나에게 그 부족함을 배우러 오는 것"이라 했다. 공자는 웃으며 "그들 하나하나로 보면 뛰어나지만, 그 이면에 가려진 부족한 면은 내가 가르쳐서 깨닫게 해준다"고 하였다. 원래 교육이란 없던 것을 가르쳐 창조하는 것이 아니라 그 바탕에 깔려 있는 자질을 정확하게 파악하여 잘 자라도록 길러주는 것이다. 이때 주의해야 할 것은 자질을 잘 파악해야 할뿐 아니라, 올바른 철학을 심어주어 훗날의 학문적인 해독을 미연에 방지해야 한다는 것이다.

이즈음 사람들은 고궁이나 역사를 간직한 유서 깊은 곳에서 주변의 자연과 지난날의 수많은 역사적 자취를 상상해 보며, 거기서 삶의 깊이를 느껴보려고 하지 않는다. 반면 영화에서 배우가 지녔던 액세서리가 무엇이고, 주인공이 마신 음료가 무엇이었는지에 더 몰두한다. 그러니 다음날 당장 가서 줄을 서서라도 그 물건을 손에 넣고 만다. 근본적이고 정신적인 것보다 말단적이고 감각적인 데에 기울어져 있다. 본말전도(本末顚倒)다. 이같은 시대적 역류는 교육에서 바르게 잡아 주어야 한다.

문화가 발전할수록 각 분야별로 그 깊이가 달라지겠지만, 가능한 한 모든 분야가 뒤처짐이 없이 가지런하게 발전되기를 바란다. 그러면 전공의가 한쪽으로 쏠리는 일도 없고, AI 기술자를 다급하게 양성해야 하는 일도 없어질 것이다. 그렇게 된다면 우리는 물론 세계의 모든 나라 사람들도 점심 후에 커피잔만 들고 다니지 않고 녹차잔도 들고 다니게 될 것 아닌가. 문화란 쪽 보자기 같은 것이어서, 그 나름대로의 예술성과 아우라를 가지는 것이다. 다만 그의 참다운 값을 인정받지 못하기 때문에 사람들로부터 소외된다.

완전인(完全人)은 없다

여러 사람들이 한 개인을 대상으로 사생활에서부터 공적인 것까지 전방위(全方位)로, 그의 모든 과거를 지나치게 까발리는 것은, 당사자의 인격적 존엄성(尊嚴性)에 손상을 주게 마련이다. 인간 자체가 불완전한 피조물(被造物)인데 그 부족한 부분을 집중적으로 파헤치면, 본체(本體)가 손상을 입어서 나중에 아무리 보호막(保護幕)을 씌운다 해도, 멍든 과일이나 수리한 골동품과 같아, 신비와 존엄성에 타격을 받게 되고 아우라도 사라진다. 이는 인간인 이상 그 누구도 피해갈 수 없는 운명적인 것이다.

그래도 우리 역사상 존경받는 인물이 존재하는 것은, 종교 쪽에서는 대상을 신격화(神格化)하여 거의 완전인이라고 믿도록 꾸민 것이고, 나머지 일반인들에게서는 다소 부족한 면이 있더라도, 정의로운 행적이나 혁혁(赫赫)한 공훈을 크게 부각하고 선양(宣揚)하여, 좋은 평가를 내린 것이다. 그래서 후대들에게 교훈적(敎訓的)인 모범(模範)으로 삼으려 한 것이다. 이즈음에는 멀쩡한 사람을 무대 위에 올려놓고, 속옷까지 다 벗기고서 온 사방으로 검증(檢證)이라는 것을 행한다. 그렇게 현미경을 통해서 보듯이 한다면 결점 없는 사람이 누구이겠는가. 거기에 허위 과장 뉴스까지 붙인다. 그렇게 만신창이(滿身瘡痍)가 다 되어 가지고 어떤 자리에 앉는다 한들 무슨 신념과 열의를 가지고 소신(所信)껏 일을 처리하거나 사회활동을 하겠는가. 생각하면 부끄러워서 다시 나서고 싶지 않을 텐데, 요사이 사람들은 얼굴에 가죽 가면을 쓴 것처럼, 자기 고집을 신념이라고 포장해서, 목에 힘까지 주면서 자릿값을 해대니, 참 뻔뻔스럽기 짝이 없다. 정말로 부끄러움을 모르는 특종들이다.

이 같은 상황에 비추어 본다면, 사람을 평가할 때 지나친 도덕률이나 관련 인물로 확대하면서 청정한 이상적인 군자를 표준으로 삼아서는 실패한다. 그래서 여대(麗代)의 문인(文人) 이규보(李奎報)는 〈경설(鏡說)〉이라는 글에서 이렇게 적었다.

거울이 맑고 깨끗하면 아름다운 사람은 거울보기를 기뻐하고 추한 사람은 꺼리게 된다. 그러나 세상에는 아름답게 잘생긴 사람보다는 못생긴 사람들이 훨씬 더 많다. 그런 사람은 거울을 보고 깨뜨려버리고 말 것이다. 차라리 먼지 끼어 희미하게 흐릿한 거울은 잘 보이지 않으니 그렇게 깨질 염려가 없다. 그러다가 잘생긴 사람이 볼 때 깨끗이 닦아도 늦지 않다. 아! 옛 사람들은 거울이 맑은 것을 취했으나, 나는 흐릿한 것을 취하노니, 무엇이 잘못인가. 객이 아무 말도 하지 않더라.
鏡之明也 姸者喜之 醜者忌之 然姸者少醜者多 若一見必破碎後已 不若爲塵所昏 塵之昏寧蝕其外 未喪其淸 萬一遇姸者而後磨拭之 亦未晩也. 噫古之對鏡 所以取其淸 吾之對鏡 所以取其昏 子何怪哉. 客無以對.

맑고 청정한 사람들만 있다면 더 말할 것 없이 좋은 일이나 예나 지금이나 그런 사람은 눈 닦고 찾아도 만나기 힘들다. 그러니 너무 추한 부분만을 밝히면 상대할 사람이 없어진다. 남을 평가하기 전에 자기 자신을 돌아보고 상대에게서 장점이 더 많은 사람인가 아닌가를 먼저 생각하고 난 다음에 돌을 던져야 할 것이다. 하긴 자기 결점이 많은 사람일수록 남의 단점을 더 혹독하게 까발리려 하는 습성이 있다고 한다.

문제가 하나 더 남았다. 특히 우리가 역사적인 인물을 평가할 때, 그 기준을 지금의 잣대에 맞추어서 여지없이 평가한다는 점이다. 참 근시안적이고 고식적(姑息的)인 안목이다. 그가 살던 당시의 형편과 사회구조와 가치관의 차이를 먼저 생각하고, 내가 그 자리에 있었다면 어떻게 처신했겠는가부터 생각하고 평해야 한다. 죽은 자는 말이 없다. 그들의 입장에서는 무엇이 올바르다고 보았는가 하는 것이 중요하다. 지난 날 우리 선조들의 대부분은 지금의 잣대에서 본다면 모두 미투의 범죄대상이 되고, 우리는 모두 파렴치한 죄인의 자손들이 된다. 옆에 굶어 죽는 사람이 있다면 먼저 살려 놓고 그 때의 법령이나 형편을 따지고 난 다음에 죄를 물어야 하거늘, 지금의 잣대에 맞추어 죄부터 묻겠다고 달려드는 고집은 사회에 분열을 조장하여 병들게 하고 만다.

이즈음의 현상들을 보면, 자기의 증조할아버지가 금광으로 성공하여 큰 부를 쌓아서 국가 경제에 공헌했고, 그래서 지금의 그 큰 저택을 소유하고 여유 있는 자산가로 생활하는데, 아들놈이 그 할아버지를 노동착취와 매점매석으로 부를 쌓은 아주 부도덕한 악질 자본가의 표본으로 질타하는 것과 비슷하게 보인다. 그 시대의 사회나 경제체제나 노동으로 구해지는 인구 등등은 전혀 생각지 못한 단견이 한심스럽게 여겨진다.

남을 어떻게든 까뭉개야 내가 널리 알려진다는 강박관념으로 남의 털구멍까지 확대시킨다면, 순간을 목표로 한 깜짝쇼일 뿐이다. 차라리

고요히 앉아 관람하는 관객보다 불쌍한 인간이다. 아! 이 같은 독선(獨善)은 언제쯤 끝날 것인가?

　먼 훗날 내가 존경하는 사람들은 물론, 나는 어떻게 그들에게 찢기고 짓밟힐까? 능력 밖의 일이니 잊자. 그것이 어이 내 탓이란 말이냐. 그들의 생각이지. 다행스럽게도 나는 그렇게 찍힐 만큼 높은 자리에 있지 않아서 안심한다.

상대를 대하는 마음가짐
- 자연 귀의와 겸양

우리는 태어나면서부터 혼자서는 살 수 없기에 주변의 수많은 대상들과 상대하며 살게 된다. 그럴 때 처음부터 가지는 마음이 호승심(好勝心)이다. 이는 동서고금의 공통된 현상으로 부정할 수 없다. 인류사회의 거의 모든 분야에서 이 호승심으로 인하여 국가와 문화가 형성되고 발전하며, 전쟁이 일어나고 올림픽이 생기고, 예술이 발전하여 왔다. 전반적으로 이런 경쟁심이 우리의 문화를 발전시키고, 다양하고 심도 있게 만든 것도 사실이다.

그러나 이런 경쟁심이 지나쳐서 많은 불행과 비극이 우리 역사를 얼룩지게 했다. 질투와 시기(猜忌), 학대와 살인, 패륜과 모략, 침략과 전쟁 등 온갖 비극들이 역사를 점철(點綴)했다. 자기들의 영토를 넓히기 위해 침략하고, 자기가 믿는 종교를 위해 싸우고, 자신의 가문을 위해 남의 가문을 멸족시키는 일이 허다했고 지금도 진행되고 있다. 이 모두가 상대를 정복해서 자신이 군림(君臨)하기 위해서다. 이건 사람과 사람 사이에만 있는 것이 아니고, 산이나 물 등 자연 현상은 물론, 동물들과의 관계에도 나타난다.

흔히 등산가들이 어느 고봉을 등정하고 나면 보도에는 누가 어느 고봉을 '정복(征服)'했다고 하고, 운동경기에서 중국 선수를 이기면 만리장성을 '정복'했다고 한다. 이게 정말로 합당한 표현일까? 눈 덮인 설산(雪山)에 발자국 남기고, 깃발 한 번 꽂았다고 정복되는 것일까? 다음번에 크레바스에 빠져보면 자연 앞에서 함부로 말한 잘못을 뉘우치게 될 것이다.

이즈음 우리나라에서 많이 볼 수 있는 현상으로 귀농, 귀어 등 자연에 귀의하는 사람들이 있다. 이들의 마음속에는 내가 농업왕이 되고 어촌의 지킴이가 되겠다는 각오로 가득하다. 곧 그 마음 바탕에는 내가 주인공이 되어 모든 난관을 극복하고 그 자연의 주인이 되겠다는 각오다. 우리가 선거에서 당선되면 자신이 곧 그 단체의 주인이 되는 줄 착각하고, 무엇이든 마음대로 해도 되는 줄 아는데, 이것도 크게 잘못된 생각들이다. 그리고 자신이 좋아하면 모든 것이 그렇게 되어야 하고, 반대 의견을 가진 사람은 다 적대시하는 경향도 있다. 그렇게 되면 그 사회는 편이 갈라지고, 타협과 협력보다는 힘과 적개심으로 얼룩지게 되고 만다. 우리는 '상대도 나를 마음대로 할 수 없지만 나도 상대를 마음대로 할 수 없다'는 것을 알아야 한다. 상대를 지배하려는 태도는 자연법칙에 어긋난다.

자연 앞에 서보면 이는 명확해진다. 함부로 잘난 체할 수가 없다. 청대(淸代) 문인들이 애송했다는 김정표(金廷標)의 〈방우(訪友)〉라는 시를 한번 보자.

혼자서 산속에 은거한 그대 만나려
수많은 내 건너 이르렀건만 물만 사납게 흐를뿐
그대 사는 집은 아직도 저멀리 푸른 하늘 밖이라니
자연의 소중함을 아는 사람만 들어갈 수 있다네

獨向山中訪隱君 行窮千澗水潺潺

仙家更在空靑外 只許人間禮白雲

　　우리가 자연 속으로 은거한다지만, 마음속에는 자연의 주인이 되고 싶은 것이다. 그 무한히 큰 대상의 주인이 되겠다는 과람한 생각을 감히 어떻게 할 수 있겠는가? 그래서 "평무진처시청산(平蕪盡處是靑山) 행인갱재청산외(行人更在靑山外)"[28]라 했다. 곧 청산은 지배하려는 자를 바라는 것이 아니고, 다른 자연물과 동일하게 되려는 자만을 수용한다는 말이다. 그래서 예로부터 등산가, 수렵인, 채약인들이 반드시 입산제(入山祭)를 지내고 산속으로 들어간 것이다. 그리고 조지훈도 〈낙화〉에서 "묻혀서 사는 이의 고운 마음을 / 아는 이 있을까 저어하노니"라 했다. 숨어서 사는 사람과 묻혀서 사는 사람은 그 마음의 차이가 크다. 그리고 은거하는 장소가 어디냐는 문제되지 않는다.

　　세상의 모든 사물은 경쟁의 대상이 아니고 동반자 관계일 때라야 즐거워진다.

【편집자주】

　　서산 선생께서는 자연의 모습을 읊으신 다음과 같은 짧은 시구를 남기기도 하셨다.

玉露松葉箇箇珠 搖風竹竿管管笛

솔잎에 옥 이슬 하나하나 구슬이요

대나무에 바람 불자 대롱마다 피리로다

28　"험한 평원길 다한 곳에 청산이 있는데, 행인은 가도 가도 그 청산에 이르지 못한다네."

6

내가 머무를 자리

내가 머무를 자리

지난해 늦가을 시내에서 들어오는 길에 청소부가 길가의 낙엽을 쓸고 있는 것을 보고 느낀 것을 적었다.

가을이 되면 우리나라는 금수강산(錦繡江山) 아닌 곳이 없고, 봄이면 아름다운 화원 아닌 곳이 없다. 분명한 사계절 때문일 것이다. 그래서 우리나라의 별칭이 금수강산이다. 하긴 가을 단풍을 말할 때 당연히 그 규모가 웅장한 캐나다를 연상하지만, 우리나라의 단풍은 좀 더 섬세하고 아기자기한 묘(妙)를 가지고 있다. 이런 단풍도 시간이 지나면 낙엽이 되어 지천으로 대지를 덮는다. 해마다 보는 낙엽인데 금년은 유독 고운 것 같다. 나이 탓이라고 생각한다. 그리고 우리는 이런 현상을 조락(凋落)이나 영락(零落)이라며 늙음에 비유하지만, 사실 낙엽 쪽에서 본다면 대부분은 산야에 떨어져, 내년(來年)을 위한 거름이 되기도 한다. 그러나 도회의 시가지 가로수나 공원에 지는 잎들은 매일 청소부들의 일거리가 되어, 차에 실려 멀리 유배되는 귀찮은 존재가 되어버린다. 특히 바람 불 때 도로 위에 떨어진 낙엽들은 정말 누울 자리를 잘못 택한 것이다. 비라도 내리면 칙칙한 색으로 변해서 바닥에 붙어 있다가 갈기갈기 찢어지거나 쓰레기에 묻혀서 함께 버려진다. 나무에 붙어 있을 때는 꽃보다 다양한 색상과 무늬를 자랑하다가 땅에 떨어지기만 하면, 앞날을 예측하기 어렵다.

　낙엽이 질 마땅한 자리는 역시 흙이다. 그래야 빨리 썩어 거름으로 돌아가서 제 몫을 제대로 하는 것이니, 이것이 자연의 이법에 맞는 것이다. 땅의 식물들이나 농부들에게는 낙엽이 유익한 것이지만, 도회의 청소부들이나 운전자들에게는 귀찮은 물건이다. 잠깐 돌이켜보면 아름답게 물든 단풍이야말로 우리의 정서적인 생장사(生長史)에도 끼친 영향이 크다. 가을에 가로수나 덕수궁 석조전 앞에 샛노랗게 떨어진 은행잎이나 곱게 물든 느티나무 잎을 주워다가 책갈피 사이에 끼워서 말려, 아름다운 시구(詩句)를 적어서 마음 맞는 사람에게 보내기도 했다. 또는 그런 낙엽을 밟으며 구르몽의 시를 읊으며 전설 같은 장면을 그려보기도 했다. 그렇게 낭만적인 대상이었지만 떨어진 장소에 따라, 스산하고 쓸쓸한 대상으로 바뀌는 것은, 우리의 생각 때문이다. 이는 잎 떨어진 나무의 가지가 앙상해진 것도 문제지만, 어디에 떨어지느냐의 문제다. 오늘은 포도(鋪道) 위에 구르는 아주 곱게 물든 벗나무 잎을 하나 주워서 가만히 들여다보다가, 그만 나의 다른 모습 같아서 안쓰러운 마음에 다시 제자리에 놓아 버렸다.

　조선 중기의 문인 임유후(林有後)의 시에 "거승설아춘다사(居僧說我春多事), 문항조조소낙화(門巷朝朝掃落花)"라는 구절이 있다. 골목 막다른 곳 절의 스님이 아침마다 꽃잎을 쓸면서 노역(勞役)이 많음을 불평하는데, 시인의 눈에는 그 장면이 하나의 아름다운 화폭으로 보인 것이다. 이 얼마나 큰 생각의 차이인가? 이것이 인간사회의 현실이다. 같은 사물이나 사건을 두고서 정반대의 해석을 내리는 것이다. 아집(我執)때문에 생기는 좋지 않은 현상이다.

사람이 살아가는 것도 같은 이치다. 우선 사람을 잘 만나야 하고, 다음은 주변이 우호적이어야 하고, 다음은 자신의 적성에 맞아야 비로소 자기의 자리인 것이다. 만약 그곳이 자기 자리가 아니라고 생각되면 미련 없이 떠나야 한다. 《안자춘추(晏子春秋)》에 이런 내용이 나온다. 경공이 안자와 함께 곡황의 물가에 갔다. 안자가 먼저 운을 떼었다.

"옷은 새 옷이 좋고, 사람은 옛 사람이 좋다지요?"

경공이 대답하였다.

"옷이야 새것이 정말 좋지요. 그러나 사람은 오래되면 서로의 사정을 너무 잘 알게 되지요."

경공의 의중을 알아차린 안자는 집에 돌아와 자기 살림살이를 싣고, 경공에게 사람을 보내어 사직(辭職)의 말을 전했다. 이는 자기 자신에게 잘못이 있는 것이 아니고, 그 자리가 자신에게 어울리지 않음을 알아차린 것이다.

이같은 삶의 철학은 《논어》에서 이미 밝힌 바이다.

"위험한 나라에는 들어가지 않고, 어지러운 나라에서 살지 말아야 한다[危邦不入 亂邦不居]."

"정성껏 잘라서 요리한 음식이 아니면 먹지를 말고, 자리가 바르지 않으면 앉지를 말아야 한다[割不正不食 席不正不坐]."

이처럼 옛사람들은 겉이 아닌 내면적인 자신을 위해 살았다. 인생도 그렇지만 어디 앉을 자리가 그렇게 마음에 맞는 데가 있을지를 염려하지만, 인생행로에는 반드시 그때그때 자신에게 맞는 자리가 있게 마련이다.

우리가 차를 찾는 참다운 까닭이 여기에 있는 것이다.

원(願)을 그리다

제목에서 '원(願)'이란 평범하게 '소원'의 뜻으로 해석했고, '그리다'는 흔히 쓰는 '연모하다'나 '사모하다'의 뜻으로 쓰이거나, 그림이나 생각이나 말 혹은 글 또는 음(音)이나 몸짓으로 본체(本體)에 가깝도록 표현하는 뜻으로 사용된다. 생각해 보니 이 글에서는 양쪽의 개념이 중복되는 것 같아서, 내 마음속으로 생각하는 나의 소원을 중심으로 그려보려 한다.

이 세상의 모든 살아있는 생물들은 다 바라는 바를 가졌고, 그것도 한두 가지가 아니라 그 수를 헤아릴 수 없을 만큼 많다. 동물들이야 그 나름대로 소원을 표현하지만 식물들은 성장을 이용하여 표현하기도 하고, 개화(開花)나 결실(結實)로 보여주기도 한다. 이 중 유독 사람만은 그 소원의 종류가 많고 복잡하며 다양하다. 그런 소원들은 시간, 장소, 연령, 여건 등에 따라 다르다. 그 대부분은 지극히 개인적이고 사소한 것이 많고, 정말 대외적으로 내놓을 만한 것들은 그렇게 많지는 않다. 잡다하고 사소한 것들은 아주 이기적이거나 평범하여 대외적으로 떳떳하지 못한 것들도 많아서 표출하기를 꺼린다. 이런 소원들이 떳떳하게 나타나려면 그 소원이 이루어졌을 때 선량한 사람들이 피해보는 일이 나와서는 안 되고, 많은 사람들에게 혜택이 가야 한다. 그런데 그 드러내지 못하는 소원들은 그렇지 못하고 주변에 해독을 남기거나, 지극히 이기적인 것들이 대부분이다. 세태가 어지럽고 혼란한 시기일수록 그런 좋지 못한 욕심들이 더욱 만연해진다. 우리 선각(先覺)들이 경계하는 '마음을 비우라'는 말씀이 나온 것은 바로 그런 욕심스런 소원들이다.

때로 주변 사람들에게 '어느 때 행복해지느냐?'고 물어보면, 대부분 원하는 바가 이루어졌을 때라고 대답한다. 그래서 바라는 바에 이르지 못하면 몇 번이고 반복해서 노력하여 소원을 이루어 행복감을 누린다. 그리고는 거기에 머물지 못하고 바로 또 다음 소원을 세워서 도전한다. 여기에 우리 불행의 싹이 있다. 종착역을 모를 뿐 아니라 때로는 지나친 욕망도 많다. 그러니 마음의 영일(寧日)을 맛볼 수 없이, 언제나 불행한 것이다. 우리가 욕망의 소산인 간택(揀擇)하려는 마음을 버리지 못하는 한, 우리는 행복해질 수 없다는 말이다. 시지프스의 신화가 우리에게 시사하는 바가 바로 그것이다. 종착역을 모르는 이같은 인간의 불행은 바로 과부축일(夸父逐日)과 같은 운명이다. 결국 소원은 과유불급(過猶不及)이어서 줄이고 버리지 못하는 한, 우리는 행복해 질 수 없는 것이다.

내가 이 같은 버림에 매료되기 시작한 것은 차생활을 하면서부터다. 차야말로 나를 돌아보게 하는 좋은 동반자다. 그는 언제나 한결같이 버려야 할 것과 남겨야 할 것을 지적해 준다. 차 한잔을 앞에 한 어느 날《서애연보(西厓年譜)》를 읽다가 발견한 대목이다.

66세 시 정월에 자제들에게 허노재(許魯齋)의 시를 보여주고 "너희들이 평생 마음에 새겨두라"고 당부하고, 병이 점점 심해지자 거처를 초당으로 옮겼다. 이후로 부녀들의 병실 출입을 막고, 여자 노비들의 공역(供役)도 못하게 했다. 그리고 평상도 작은 것으로 바꾸고 자제와 족하들에게 병수발을 들게 했다. 그런 병 중에도 밖에 객이 와서 물으면 답을 써서 주기를 계속했다. 기력이 모자랐으나 그 뜻을 막을 수가 없었다. 그러던 어느 날 자제들에게 시 한 수를 보여주며 "너희 들은 모름지기 신중하게 행동하여 실수를 줄이고, 오직 충효에 전념 하라"고 했다.

숲 속에 새 한 마리 울기를 멈추지 않는데
문밖에선 쩡쩡한 벌목 소리 그치지 않네
기운이 모였다가 흩어지는 것은 우연이나
다만 평생 한스러움은 부끄러운 일 많았다네
林間一鳥啼不息 門外丁丁聞伐木
一氣聚散亦偶然 只恨平生多愧怍

하세(下世)의 순간까지도 버리지 못한 바람이 우국지념(憂國之念)이 었다. 자신의 처지가 숲속의 한 마리 새와 같지만, 자손들이라도 혹 충효의 생각이 흩어질까를 염려한 것이다. 떠나는 순간까지 국가와 민족을 위한 커다란 소원 하나쯤이라면 끝까지 그려볼 만한 가치가 있는 것 아닐까.

"시시근불식(時時勤拂拭)하여 물사야진애(勿使惹塵埃)"면 어떻고, "본래무일물(本來無一物)하니 하처야진애(何處惹塵埃)"면 어떤가. 소원 의 목표가 같고 마음이 같으면 출발지가 달라도 좋은 것 아닌가. 그래 서 나도 우리 차문화가 높이 발전하여 세계적으로 우수한 문화가 되기를 바라는 원(願)만은 가슴 속에 그리고 있다. 오늘을 살아가는 이유가 미래의 그림에 닿아있다면, 그 또한 의미가 있는 것이다.

[2022. 8. 18]

가빈월영재기 [佳濱月映齋記]

연전 어느 가을의 추억을 안고 월영재(月映齋)를 다시 찾은 것은 이른 봄이었다. 모처럼 떠난 여행이 일기불순(日氣不順)이다. 남도 천 리의 봄 여행이란 얼마 동안은 벼러야 떠날 수 있는 흔한 일은 아닌데, 이번에는 너무 쉽게 결행한 것 같다.

오랜만에 들린 선암사(仙巖寺)의 홍매(紅梅)는 혹 어쩌다가 한두 송이 보이고, 청매(靑梅)만은 활짝 피어 그 청순한 자태와 향기를 불어내고 있었다. 대웅전 뒤 응진전(應眞殿) 옆 담장 위에 홍매 고수(古樹) 등걸 하나가, 세월의 무게를 감당치 못하고 꺾여 누워 있으면서도, 가지에 꽃망울을 다닥다닥 붙이고 있는 것이, 흡사 나를 보는 것 같아 안타까웠다. 그렇게 매화 향기 속에서 이곳의 명물 짱뚱어탕으로 순천의 하루를 보내고, 다음날은 여수였다.

오동도는 세계해양박람회를 치르면서 주변이 워낙 많이 달라져서 그야말로 상전벽해(桑田碧海)라는 말이 어울렸다. 나에겐 평생 잊을 수 없는 추억이 서린 이 섬에 아직 동백은 만개하진 않았으나, 군데군데 수줍은 듯 몇 송이씩 얼굴을 내밀고 있었다. 섬에서 나와 우리가 만나기로 한 신월동으로 향했다. 이곳도 새로 아파트가 들어선 꽤 큰 어촌으로 낚싯배와 고깃배가 부두에 빼곡하게 들어차 있었다. 그 중에도

'어촌마을'의 새조개는 지금 한창 제철을 맞아, 복분자주 한 잔과 궁합이 잘 맞는, 드물게 맛보는 일품요리였다. 동행한 심여(心餘)도 흡족해했고, 주인공 K 교수와 나도 오랜만에 그 정성과 성찬을 즐겼다.

시간이 지나면 세상은 변하게 마련이다. 월영재도 새로운 도시 정비의 영향으로, 입구부터 그 동화 속의 풍경 같던 갈대밭과 호젓함이 손상되어 있었다. 인위적인 것이 가지런하기는 하나 그 본래의 안온함을 덜어내고 말았다. 닫혀 있던 문이 약간 열렸다고나 할까 하는 그런 기분이 들었다. 그래서인지 주인은 앞쪽으로 큰 나무 몇 그루와 수양매(垂楊梅)도 심었다. 세월이 지나면 어지간히 비보(裨補)를 해 줄 것 같았다. 오늘은 마침 안개 속의 부슬비 탓인지 월영재 앞 전경이, 이완교(李完敎)의 사진처럼 몽환적인 예술이었다. 피라미드 같은 산봉이 수면에서 거꾸로 흔들리고, 연무(烟霧) 속의 바다는 신비감을 자아낸다. 다실에 앉으니 통유리창 너머 보이는 풍경은, 고행화수(古杏花樹) 한 그루가 오른쪽에서 왼쪽으로 길게 뻗어 고색창연(古色蒼然)한 모자람 없는 한 폭의 그림이었다. 잔잔한 수면에는 갈매기 한 쌍이 오르내리며 먹이 사냥을 하는 것이, 흡사 그 하나는 주인이요 하나는 나라는 부질없는 생각을 해보는 것도 꿈같은 경관 때문이리라. 우리는 말 없이 찻잔을 건네며 오랫동안 그 몽롱한 매원(梅園) 속에 등장하여 깨어나지 못했다.

두보는 〈강촌(江村)〉에서 이렇게 읊었다.

제 마음대로 오가는 것은 마루 위의 제비고
서로 가깝게 지내는 것은 물속의 갈매기로다.

自去自來堂上燕 相親相近水中鷗

또 송강은 〈성산별곡(星山別曲)〉에서 이렇게 노래한다.

송근을 다시 쓸고 죽상에 자리보아
잠깐 올라앉아 어떤가 다시 보니
천변에 떳는 구름 서석을 집을 삼아
나는 듯 드는 양이 주인과 어떠한고
창계 흰 물결이 정자 앞에 둘러시니
천손운금(天孫雲錦)을 뉘라서 버혀내어
잇은 듯 펼치는 듯 헌사토 헌사할샤.

지난번에 왔을 때는 저 앞산 위의 달이 바다에 떠 있었고, 또 찻잔에도, 그의 눈 속에도, 그리고 우리 마음에도 새겨져서, 아직도 내 가슴에 뚜렷이 남아 사라지지 않고 있다. 우리의 삶 속에 이런 심재(心齊)의 순간이 언제 다시 올 수 있을까. 그러고 보니 나도 나그네요 그도 나그네고 저 물새들도 나그네다. 그러니 구름도 연무도 산도 물도, 머무는 시간이 다를 뿐 모두 흘러가는 동승자(同乘者)들이다.

주인은 말없이 좋은 차(茶)를 바꾸어 가며 정성껏 우려내다가, 근일(近日)에 정원에서 채취한 청매 한 송이씩을 옥색의 차탕에 띄우니, 선주(仙舟) 같이 떠돌며 뿜어내는 향기가 다실을 가득 메웠다. 지금의 우리들 감정은 오로지 다향을 통해서 소통되고 있었다. 이럴 때는 말이 필요치 않고, 오히려 군더더기가 될 뿐이다. 오직 진공묘유(眞空妙有)의 신비로움이 이심전심(以心傳心)으로 충족될 뿐이다. 내 마음은 그의 그릇에 담기기만 하면, 왜 이렇게 편안하고 즐거울까. 어디 마음뿐이랴. 사랑도 미움도 그리움도 다 그런 것을. 아! 아무것도 더 바랄 것이 없는 이 순간이여. 어느 세상에 아쉬움 없는 때가 있을까마는, 오늘 이 충만한 시간에도 절절한 아쉬움 한 덩이가 사라질 줄 모르고 꿈틀댄다.

다음날 귀경(歸京) 길에 운주사(雲住寺), 환벽당(環碧堂), 식영정(息影亭)에 들렀다. 그런데 특히 식영정 아래의 경관은 날로 그 본 모습을 잃어가고 있어서 안타까웠다.

[병신(丙申) 조춘(早春에)]

솔잎에 맺힌 이슬

"술에 취하지 않고 흥에 취하기를 즐긴다"고 한 주객(酒客) 지훈(芝薰)은 "오욕칠정의 잠재된 모든 감정을 술로 풀려는 것은 술의 사도(邪道)"라고 말했다. 하지만 많은 애주가들은 그 사도에 탐닉하여 자기감정을 노래하고 춤추며 발산했다. 술이란 원래 우리 영혼에 비를 내려 잠재우기도 하고, 기름을 부어 열정을 불태우게 하기도 한다. 흥에 젖든 울분을 토로하든 술을 마시는 까닭이 같지 않으니, 그들이 남긴 시문도 각각 색깔이 다를 수밖에 없다. 플라톤의 말대로 시가 어떤 도취 상태에서 이루어진 마음의 조각들이라면, 명정(酩酊) 40년에 실수 한 번 하지 않았다는 수주(樹州)보다는 채석강에 달을 건지러 들어간 이백(李白)이 더 시적(詩的)이다. 술은 예술과 어울려 승화될 때 더 멋스럽다. 제 돈 써가며 상대에게 술 안 먹어 준다고 안달하거나, 의리를 지키느라 먹기 싫은 3차 4차를 가는 것은 필부들의 술자리다. 수많은 시대의 주호(酒豪)들은 술과 예술을 함께 명징하게 즐겼기에 그들의 이름과 작품이 길이 남은 것이다. 그래서 〈귀거래사(歸去來辭)〉가 있고 〈주덕송(酒德頌)〉이 있다.

한낮부터 술집에서 취해 쓰러진 고려의 술꾼 임춘(林椿)은 술을 의인화하여 쓴 〈국순전(麴醇傳)〉에서 이렇게 말한다.

순(醇, 술)의 도량과 기국(器局)이 넓고 깊어 아득하기가 만경의 물과 같고, 맑게 하려 해도 더 맑아지지 않고 흔들어도 흐려지지 않으며, 좌석의 풍미를 주관하여 사람들에게 기(氣)를 실어준다. 일찍이 엽법사(葉法師)에게 나아가 종일 얘기하니, 온 좌중이 모두 매혹되어 드디어 이름이 알려져 국처사(麴處士)라 불렀다. 공경대부, 신선, 방사(方士)로부터 머슴, 목동, 이민족들도 그 향기로운 이름을 흠모하여, 매양 은성(殷盛)한 모임에 순(醇)이 등장하지 않으면 실망하여 국처사가 없으니 재미없다고 했으니, 그때 사람들이 순을 사랑함이 이와 같았다.

술의 풍미를 잘 표현했다. 끝없는 아량을 가지고 부귀에 관심이 없는 처사로 만족하며, 신분과 국적을 초월하여 대상을 구분하지 않고, 티 없이 대하는 드넓은 마음을 칭송했다.

때로는 "조여청사모성설(朝如靑絲暮成雪, 아침에 검던 머리 어느덧 희어졌네)"이나 "인생득의안진환(人生得意須盡歡, 인생에서 뜻한바 이루어지면 그 즐거움 마음껏 즐길 일이니), 막사금준공대월(莫使金樽空對月, 금동이의 좋은 술을 달빛 아래 그냥 두지 말아야지)"처럼 무상감에서 오는 애상적인 감정을 술에 취해 노래한 시편들도 많다.

송강(松江) 정철(鄭澈)의 〈장진주사(將進酒辭)〉에서 술 권하는 내용은 좀 자극적이다.

한 잔 먹세그려. 또 한 잔 먹세그려. 꽃 꺾어 산(算) 놓고 무진무진 먹세그려. 이 몸이 죽은 후면 지게 위에 거적 덮여 주리여 매여가나 유소보장(流蘇寶帳)에 만인이 울며 가든 억새 속새 덥가나무 백양숲에 가기만

하면 누런 해 흰 달 가는 비 굵은 눈 회오리바람 불 제 뉘 한 잔 먹자 할꼬. 하물며 무덤 위에 잔나비 휘파람 불 제 뉘우친들 어쩌리.

자신이 술을 좋아하는 까닭으로 '불평한 마음, 흥겨움, 손님 접대, 권주(勸酒)' 네 가지를 들었던 그는 건강을 해칠까 봐 임금이 말렸는데도 끊지 못하고 즐기다가 갔으니, 참으로 술로써 행복한 사람이었다. 늙어서 "연년세세화상사(年年歲歲花相似, 해마다 꽃은 서로 비슷하나) 세세년년인부동(歲歲年年人不同, 해마다 사람은 같지 않다)"의 허무를 느끼지 않는 이 몇이나 되겠는가. 이런 감정을 자극하여 술을 권하는 것이 고금을 막론하고 술사회의 일반적 정서다.

이백(李白)도 봄 밤에 시회를 열며 쓴 〈춘야연도리원서(春夜宴桃李園序)〉에서 "천지란 만물이 잠깐 쉬었다 가는 여숙(旅宿)이고, 시간이란 영원을 흐르는 나그네다. 그러니 덧없는 인생 꿈과 같으니 정말 기쁨을 누릴 수 있는 시간 그 얼마이냐[夫天地者 萬物之逆旅 光陰者 百代之過客 而浮生若夢 爲歡幾何]"고 노래했다.

이런 심정은 두보(杜甫)에게도 마찬가지였다. "눈앞의 현실을 자세히 살펴보면 살았을 때 술 마시며 즐겨야 하네. 뜬구름 같은 명예 죽으면 무슨 소용인가. 술빚은 가는 곳마다 널려 있는데 인생은 70을 넘기기 힘들다네[細推物里須行樂 何用浮名絆此身 酒債尋常何行處有 人生七十古來稀]"는 〈곡강(曲江)〉의 한 구절이다.

술은 이별의 장에도 빠질 수 없었다.

오동잎 달빛 아래 다 떨어지고

서리 맞은 들국화 노랗기도 하네

누대는 높이 솟아 하늘에 닿고

많은 술에 그대는 취하였구나

물소리에 거문고 가락 더욱 쌀쌀하고

피리 소리 구슬피 매화향에 젖는구나

내일 아침 헤어지고 나면

푸른 물결처럼 이는 그리움 어이 할거나

月下梧桐盡 霜中野菊黃 樓高天一尺 人醉酒千觴

流水和琴冷 梅花入笛香 明朝相別後 情興碧波長

〈송별소양곡(送別蘇陽谷)〉이라는 시로, 황진이가 사랑하는 사람 소세양(蘇世讓)을 작별할 때 쓴 이별의 술 노래다. 소슬한 가을 달빛 아래 옆에는 서리 맞은 들국화 피어 있고 오동잎 다 떨어졌는데, 무릎 베고 술 취해 쓰러진 님과 내일이면 헤어져야 할 슬픔에 가슴 아리다. 떨어지는 오동잎과 냉담하게 울려 퍼지는 거문고 소리는 쓸쓸한 이별의 정이고, 노랗게 핀 국화와 매화 향기 머금은 피리 소리는 자신의 지절(志節)을 감각적으로 표현했다. 하늘에 닿을 듯 높은 누각에서 펼쳐진 이 장면은 바로 선계로 승화된 한 폭의 그림이다. 무엇보다 다음 날 아침 이별 후에 닥쳐올 그리움이 청징(淸澄)하게 이는 푸른 물결처럼 삶의 갈피마다 다가올 것을 생각하니 말문이 막힌다. 술과 가을 달빛, 그리고 이별이 국화와 매화의 향기에 젖은 거문고 소리를 타고 시로 표현된 수작이다. 사랑해 본 사람만이 알 수 있는…….

그래도 무엇보다 최고의 경지는 술 그 자체가 좋아서 자연과 함께 혼연히 어울려 시편을 남긴 주객들이다. 이 분야에서는 누가 무어라 해도 이백의 〈월하독작(月下獨酌)〉에 나오는 "삼배통대도(三杯通大道) 일두합자연(一斗合自然)"의 명구를 빼놓을 수 없다. 석 잔에 대도에 통하고 한 말 술에 자연과 내가 구분이 안 되더라는 말이니, 그야말로 소아(小我)가 대아(大我)로 넓어지는 오도(悟道)의 선계(禪界)다. 더구나 휘영청 밝은 달빛 아래 홀로 마시니, 무한한 사유의 세계가 펼쳐졌을 것이다.

사암(思菴) 박순(朴淳)이 조처사(曹處士)의 산가(山家)를 방문한 시도 그렇다.

푸른 산속 신선의 집 홀로 찾아서
가을 안개 소매로 쓸고 이끼 위에 앉았다네
탁주잔에 모두 취해 달빛 아래 잠들었는데
학이 퍼덕이니 솔잎에 맺힌 이슬 빈 잔에 떨어지네
青山獨訪考槃來 袖拂秋霞坐石苔
共醉濁醪眠月下 鶴飜松露滴空杯

푸른 산 깊숙이 자리하고 신선처럼 살아가는 조처사의 집을 혼자 호젓이 찾았다. 그리고 주인과 쌓인 정담을 나누며 안개 자욱한 개울가에 있는 널찍한 바위에 이끼 낀 자리를 도포 자락으로 한 번 휘저어 쓸고 앉아 술을 마신다. 그 술잔 안에 담긴 것은 술이기보다는 정(情)이리니, 옆에 널린 아름다운 자연과 정에 취해서 달빛 아래 잠든 정경은 한 폭의 신선도(神仙圖)다. 더구나 소나무 위에 앉았던 학은 바위 위의 두 신선이 잠들었으니 무료하기 짝이 없어 날개를 퍼덕이며 홰를 치니, 솔잎에 맺혔던 이슬이 빈 술잔에 뚝뚝 덜어지는, 필설로 형언키 어려운 꿈의 세계가 펼쳐진다.

이규보(李奎報)는 술과 시, 거문고를 너무 좋아해서 스스로 '삼혹선생(三酷先生)'이라 부르고, 그에 걸맞게 술을 의인화한 소설 〈국선생전(麴先生傳)〉에서 "하루도 이 친구를 만나지 못하면 비루함과 인색함이 마음에 싹튼다"고 했다. 그는 수많은 술 노래를 지으면서 무하유지향(無何有之鄕)에 노닐었다.

> 술 마시며 맞는 봄은 더욱 좋아서
> 동풍에 소매 휘저으며 춤을 춘다네
> 예쁜 꽃도 고운 웃음 띠우고
> 버드나무마저 눈웃음치고 있다네
> 把酒賞春春更好 起舞東風醉揮手
> 花亦爲之媚笑顔 柳亦爲之展眉皺

그가 쓴 〈취가행(醉歌行)〉이라는 시로 바로 '합자연(合自然)'의 세계다. 좋아하는 술에 취하니 아무 거리낄 것이 없이 소심(素心)으로 돌아가고, 주변에 펼쳐진 모든 것이 제대로 보여 막힘이 없는 세계에 이른 것이다. 이것이 곧 이색(李穡)이 노래한 '흰머리 휘날리고 술 마시며 꽃을 보니, 자연이 너무 좋아 풍월과 노닌다네[看花飮酒散白髮 好向東山弄風月]"의 경지가 아니고 무엇인가. 달과 음악과 시가 없다면 술은 멋이 없다. 달이 있어 술은 그 몽환적 신비가 배가하고, 시가 옆에서 충곡(衷曲)을 마음껏 대변하며, 음률이 노래와 춤으로 그 감정을 해소시켜 준다. 그래서 술잔을 들고 달빛 아래 그림자와 함께 앉아 꽃향기 속에 마시기도 하고, 잔에 비친 달과 현담(玄談)을 나누며 그리운 사람도 생각했다. 피를 토하는 울분도 술로써 씻어 내리고, 사무치는 그리움도 술향기로 녹였으니, 그의 가슴에는 시공을 넘어 만유(萬有)가 손에 잡힐 듯 함께했다. 이는 그들이 술을 감각으로 마신 것이 아니라 마음으로 마셨기에 행복했다.

선주시음기 (仙酒試飮記)

　　내 지근(至近)에 있는 좋은 다우(茶友)가 차와 함께 얻기 어려운 진귀한 술 한 병을 멀리서 가져왔다. 어떤 술인지, 아니면 술이 아닌 약인지, 또 어떻게 마셔야 하는지, 한 번에 얼마를 마셔야 하는지도 일러주지 않고, 다만 마셔보면 안다고 했다. 더구나 무엇을 넣고 어떻게 만들었는지도 말하지 않았다. 그러면서 왈, "만드신 분이 말씀하기를 '이 술과 함께할 만한 분이라면, 마셔보면 모든 것을 스스로 터득할 것이다'라고 했다"는 것이다. 지난날 이름난 주객들의 청아한 풍류(風流)가 서린 선문답의 방법이다. 내가 그런 반열(班列)에 끼일 수 있는 주객은 못되지만, 난릉미주(蘭陵美酒)인지, 불노선주(不老仙酒)인지 궁금하기 짝이 없었다.

　　날씨 좋은 그 다음 날 석양녘 식탁에서, 호두 몇 알을 놓고 예의 술을 매화 잔에 따라서 음미했다. 첫인사는 감미로움이었다. 잔에 따르는 순간 청아한 향기가 범범(泛泛)하여 코끝에 스며들고, 그 속도가 적벽대전(赤壁大戰)의 비선(飛船)들과 같이 빨랐다. 원래 좋은 향일수록 그 퍼지는 속도가 빠르지 않던가. 한 모금 머금자 곧 인삼(人蔘)과 황기(黃耆), 숙지황(熟地黃), 감초(甘草) 등의 약초향(藥草香)이 섞인 부드러운 기운이 퍼져 나왔다. 어느 것이 어떤 향인지 나누어 구분이 안 될 정도로 잘 조화된 상태였다. 비유하자면 고급의 꼬냑이나 스카치가 입 안에서 퍼지는 속도보다도 빠르고 부드러웠다. 그 감각이 가볍지 않고 중후(重厚)하여 품위가 느껴졌다. 캐시미어의 생소함이 아니라 모시의 산뜻함이었다. 그리고 그 기(氣)는 하향(下向)이거나 평면적인 것이 아니고, 독맥(督脈)을 통해 머리 쪽으로 올라가고 있었다. 머리가 가벼워지고 심신에 기운이 퍼져서 편안해지고 몸이 가벼워지는 느낌이었다. 식도를 타고 내려가는 속도도 경박하지 않고, 날카롭지 않으면서 강한 기의 흐름을 느끼게 했다. 그리고 입에 침이 고였다. 두 모금을 마시니 위와 같은 현상이 좀 더하고, 세 모금을 넘기고 나니 다른 것을 더 먹고 싶지 않게 충만감이 들어서 호두알도 먹지 않고, 입 안에 그득히 남은 그 향미를 오래 남겨두고 싶었다.

며칠이 지난 어느 날 오후에도 비슷한 시간에 다시 만났다. 이번에는 양을 조금 더 많이 따랐다. 그리고 아무것도 곁들이지 않았다. 마치 차를 마시는 마음가짐이었고, 좀더 친근한 느낌으로 호기심과 기대로 가득했다. 흡사 처음 만나서 마음 앗아간 사람을 다시 만나는 기대감 같은 것이었다. 첫 모금을 머금으니 점점 다가오는 충만감과 만족스러움이 마음을 편안하게 가라앉혀 주었다. 소중한 것을 머금고 있어 쉽게 개구(開口)하고 싶지 않았고, 오래오래 그 상태를 유지하고 싶었다. 기(氣)가 올라와 머리카락이 서는 것 같고, 몸이 가벼워지는 듯했다. 흡사 학운(鶴雲)을 타고 청산 위를 날아가고 싶은 충동을 느꼈다. 흔히 술자리에서는 짝을 찾는데 전연 그러고 싶지 않았고, 독좌미우장(獨坐味尤長, 홀로 앉아 마시니 그 맛 한결 좋구나)의 심경이었다. 아무것도 더 필요치 않은 무욕(無慾)의 상태라고나 할까. 휴정(休靜)의 만천금보장 원시일공지(萬千金寶藏 元是一空紙, 소중하게 숨겨둔 온갖 보배라도 원래는 한 장의 종이쪽에 불과한 것이라네!)의 경지를 맛보았다.

이제 두고두고 맛볼 기대감이 마음속 가득해진다. 그리고 진정 호주가들에겐 숨기고 싶었다. 이는 분명 퇴계가 말한 성(聖)이나 현(賢), 그 이상의 것인 선주(仙酒)이기 때문이다.

청량산 육육봉(六六峰)을 아는 이 나와 백구
백구야 훤사(喧辭)말아 못 믿을 손 도화(桃花)로다
도화야 뜨지말아 어주자(魚舟子) 알까 하노라

선생의 혼자이고 싶은 마음이 느껴지는 것 같았다.

참으로 조물주와 이를 보내준 분에게 감사히 생각한다. 이와 같은 무가(無價)의 호사(豪奢)를 언제 다시 누려보겠는가! 다주(茶酒)와의 연(緣)이 이렇듯 깊고 소중한 것을 다시 절감(切感)했다. 생각해 보면 이 자리도 내 한 생애 동안 잠깐 스쳐 가는 한쪽의 구름일 뿐이지만, 가슴속에는 영원토록 아름다운 색깔로 남을 것이 분명하다.

[2016년 초여름 어느 날]

아름다운 목소리

얼마 전 무더운 더위가 마지막 위세를 다한 듯, 아침저녁으로 삽상(颯爽)함이 느껴지는 처서(處暑) 즈음이었다. 나도 십수 년 동안 씨름하다시피 매달렸던 '다학총서(茶學叢書)' 열권을 마무리하고, 그 사이 마음에만 쌓아두었던 차에 관한 잡문집 《차 한잔의 인문학》을 두서없이 챙겨서 책으로 마무리했다. 차에 관한 평소의 생각이나 차인들에게 참고가 되는 나름대로의 변(辯)들을 엮어서, 내 작업들에 대한 의미도 함께하고 싶었다.

주변의 지인들은 큰 작업을 끝냈으니 출판기념회를 해야하는 것 아니냐고 말들 했으나, 그게 평생 동안 한 번 할 일이지 두 번 할 일은 아닌 것 같아서, 덮기로 마음먹었다. 가치가 있는 제대로 된 좋은 내용을 공들여 써서 완간을 했으면, 본인에게는 물론 선후배나 동도(同徒)들에게도 의미 있는 좋은 일이니, 기념하는 자리를 마련하는 것도 뜻있는 일이다. 그러나 저간의 주변을 둘러보면, 학계는 물론 정가나 재계에까지 만연해 있는 출판기념회로 인한 폐단이 한이 없는데, 나 같은 사람까지 거기에 가세(加勢)한다는 것이 마음에 아주 걸렸다. 그런 생각이 드니 초청장이 고지서로 변해서 받는 이들에게 부담을 줄 것 같고, 마음 같아서는 아무 부담 없이 오시라고 했으면 좋을 듯 했다. 그러나 나 같은 선비가 그 많은 경비를 마련하는 것도 과람(過濫)하고, 주변에서 도와주겠다고 성의를 보이는 분들도 있었지만, 그런 부담도 안고 싶지 않았다. 그래서 잡문집(雜文集)을 엮어서 아껴주시는 몇 분들에게 보냈다. 이것이 알량한 선비의 겸손인지, 아니면 자존심인지도 모른다.

그리고 며칠이 지난 어느 날 전화 한 통이 걸려 왔다. 지방의 어느 도시에서 세미나에 참석 중 잠시 바다를 바라보고 있을 때였다.

"저 강영숙(姜映淑)이에요."

"아, 선배님! 오랜만입니다."

"축하해요. 책 마무리하신 것. 큰일 하셨어요. 그리고 수필집 열심히 읽고 있어요."

"감사합니다. 선배님이 최고예요."

"내가 편지 보냈으니, 읽어 보세요."

"감사합니다."

그렇게 전화를 끊었다.

다음 날 서울에서 예(例)의 예지원(禮智院) 봉투에 든 편지를 받았다.

내용은 총서(叢書) 10권을 출간하여 우리 차문화는 물론 동양 차문화 발전에 이바지한 바가 크기 때문에 축하한다는 말과, 후배를 격려하는 내용이었다. 그냥 펜으로 쓴 것이 아니라, 붓으로 내리 쓴 달필(達筆)에 시원스럽게 막힘이 없이 이어진 유려(流麗)한 문장에 감탄했다. 그냥 있을 수 없어 답례의 전화를 걸었더니 첫 마디가, "나 아나운서 출신이라 거짓말 못하잖아. 그리고 수필집 재판이 열 번쯤 나왔으면 좋겠어요" 하신다. 정말 최고의 방송인 출신답게 완벽한 격려의 말씀이었기에, 아직도 그 낭랑한 목소리가 내 가슴에 남아 있다.

차 향기로 단련된 그 옥을 굴리는 듯한 음성에는 긴 세월의 자국을 전혀 찾을 수 없이 생동감이 넘쳤다. 생각해 보면 그 같은 복을 누구나 타고날 수는 없다. 그리고 설사 천부적인 고운 목소리를 타고 났다고 해도, 나이 들고 마음이 약해지면 변성(變聲)이 되게 마련이다. 그런데도 아직도 반세기 전에 들었던 그대로의 목소리를 간직하고 있다는 것은, 본인의 마음가짐과 자기 수련을 얼마나 철저하게 했는지를 보여주는 것이 아니겠는가. 그리고 나를 돌아보지 않을 수 없었다. 마음이 맑으면 목소리도 맑아질까? 그렇진 못하더라도 변하지는 않을 것이다. 우리가 이 험난한 세상을 살아가면서 버리지 못하는 욕심 때문에 본래의 나를 버리고 살고 있으니, 그것만 버린다면 다시 태어날 때의 그 마음과 순수함을 되찾을 수 있을 것이다.

전란 중에 부산에서 KBS에 입사하여 30여 년 동안 방송 생활을 한 경력 때문만은 아니고, 그 사이 빈틈없는 자기관리와 차생활이 가져다 준 선물이 그 목소리이리라고 생각한다.

이제 나도 조용한 차실에서 차를 마시며 'How to live'를 한 번 더 생각해보아야겠다.

[2015년 초겨울 어느 날]

멋있게 늙는다는 것

어쩌다 모임에 나가보면, "이즈음 세상도 시끄러운데 방송에 나와서 시시비비를 논하는 이른바 논객들을 보면서, '지들이 무얼 안다고 저리도 가당치 않은 소설들을 쓰는가?' 하는 생각이 들어서, 채널을 곧 바꾸어 버리곤 한다"는 이야기를 자주 듣는다. 아직도 마음에 들지 않는 젊은이들의 견해를 이해하기보다는 고쳐주려는 마음이 앞서고, 그들의 견해가 옳지 않음을 증명하려고 한다. 이는 아버지가 아들에게, 선생이 제자에게 하던 지난날의 유습이 그대로 남아 있기 때문이다. 하긴 요사이 아버지나 선생이 그랬다간 왕따 당하기 쉽다. 세월은 달라졌는데 내 마음은 아직도 20세기다. 훈장 다 떼고 살아온 날들의 변화를 느낄 수 있어야, 이 세대들과 소통할 수 있다. 이때 잘못 생각하여 지난날의 삶의 의의마저 잊어버려서는 안 된다. 그 삶의 자취가 나에게 준 것들이 하나라도 중요하지 않은 것이 없다. 그것은 훈장이 아니라 힘이고 소중한 실력이다. 과거를 완전히 부정하고 새것을 따르기만 하는 것은 굴종(屈從)이다.

얼마 전에 거리에서 본 일이다. 점잖은 노신사 한 분이 할머니와 같이 어딘가를 찾고 있는데, 지나가는 여학생 두 명을 보고 목적지를 물었다. 그중 한 학생이 무어라고 짧게 말하면서 가던 방향으로 가려고 하니, 신사가 언성을 높이면서 "어른이 물었으면 알아듣도록 말해야지, 성의 없이 대답하느냐?"고 꾸짖었다. 놀란 학생은 무안하여 가버리고, 할머니는 할아버지를 만류하며, 왜 어린 학생에게 화를 내느냐고 언짢아했다. 버럭증이 도진 것이다. 세월은 변해 가는데 그 속에 살아가면서 그 변화를 감지하지 못하면 엇박자를 놓을 수밖에 없다. 곧 소통할 자세가 되어 있지 않다. 젊은이들이 말하는 수구 꼴통이다. 그렇게 외곬으로 살면 멋이 없다.

젊은 날에는 세수만 하면 거울 앞에서 머리도 매만지고 여드름도 짜고 수염도 깎고 했지만, 나이 들고서는 점점 거울보기가 뜨악해졌다. TV에서도 늙은 출연자가 나오면 다른 화면으로 돌려버릴 때가 잦아졌다. 깊은 주름살이 좋게 보이지 않아서다. 그러면서 한편으로 90분에서 많으면 몇 시간 동안 내 얼굴을 쳐다보아야 할 청강생들을 생각하면 얼굴 뜨거워진다. 옷이 너무 화사하지 않을까, 넥타이가 옷에 어울릴까, 모자와 옷은 잘 어울릴까 등에서부터, 쓰는 용어가 경박하지나 않을까, 예로 드는 내용이 천박하게 들리지나 않을까 등등 생각하면 내 자신이 가소롭다. 아직도 철이 덜 든 것이라고 생각되기도 하고, 다시 생각하면 이것이 바로 소통하려는 마음이라고 위로해 보기도 한다.

며칠 전 H 선생을 만났더니 김형석 교수의 강연 내용을 말하면서, "60이 넘으면 철이 든다는데, 나는 80이 넘어도 철이 들지 않는 것 같아" 하시기에, "80이 무업니까. 100살이 넘어도 철들지 못하고, 죽을 때까지 철 다 들기는 어려운 것이지요" 하니까 웃으면서, "당신 같은 사람이 옆에 있어서 나는 행복해" 하신다. 왜 갑자기 비행기를 태우느냐고 했더니, "요사인 모임에 나가도, 누굴 만나도, 마음이 소통되는 일이 없는데, 당신을 만나면 생각이 소통되어 공감할 수 있는 것이 많아" 하신다. 나도 대답했다. "감사합니다. 저도요"

참 그렇다. 내 강의의 내용에도 수없이 좋은 말들이 인용되고 논의되지만, 막상 나 자신이 체험하여 얻은 절실한 진리를 골라내라면 그중 얼마나 될까 하는 생각이 들었다. 그것들이 내가 생활 속에서 터득하여 얻은 것인지, 아니면 다른 어느 책에서 읽어서 아는 것인지도 헷갈릴 때가 많다. 하지만 그것이 무슨 상관이랴. 공감을 불러 일으키면 그만이지.

같이 살고 있는 모든 세대들과 격의(隔意) 없이 소통하여 함께할 수 있다면 그는 멋있게 늙어가는 표본이 될 것이다. 나는 때로 어린이들 앞에서 동화를 읽어 주는 노인들을 볼 때마다 너무 아름답게 느껴졌다. 어쩌면 그 모습이 청순하고 아름다워서 성자처럼 보였기 때문이다. 늙어서도 어린이의 마음을 가질 수 있다는 것은 바로 완성체로 보이기 때문이다. 미완성의 완성은 우리가 만들어 낸 수식어일 뿐인가. 아니면 이 세상에 완성이란 결코 존재하지 않는 것인가. 나는 그 멋있는 마음이 우리에게 있다고 믿는다. 따라서 동화 속의 착한 노인이 되도록 넓은 마음속에 살도록 해야 한다.

늙어가는 이들이여, 그동안 쌓은 경험으로 자신의 생각이 완성된 경지라고 착각하지 마시라. 성경에 '어린이의 마음을 가지지 못하면 천국에 갈 수 없다'고 했어요. 그리고 인간은 아무리 노력해도 완전한 무결점의 경지에는 도달할 수는 없답니다. 그러니 차 한잔 마시면서 아집 버리고 마음을 터놓으면, 그게 멋있게 사는 삶이지요.

자신이 실천하셨던 차를 마시는 멋진 삶의 모습을 서산 선생은 〈경
자춘일오한적(庚子春日娛閒寂)〉이라는 제목의 짧은 시구로 남기셨다.

靑山與白雲 盡日煮新茗

푸른 산은 흰 구름과 함께하고

(나는) 햇차를 끓이며 하루를 보내네

낙화의 계절

봄은 정말 우리에게 희망과 즐거움을 안겨주는 아름답기만 한 계절인가? '4월은 가장 잔인한 달'도 상실감(喪失感)에서 나온 것이라 하지 않았던가. 봄은 우리에게 밝음을 주는 반면 실망과 허무를 맛보게 하는, 곧 개화(開花)의 계절이면서 낙화(落花)의 시기이기도 하다. 흔히 춘방추실(春芳秋實)이나 만화방창(萬化方暢)을 일컬으며 봄을 찬미하지만, 그 이면에는 상반되게 애상적(哀傷的)인 면도 어쩔 수 없이 맞이해야 한다.

젊었던 날에는 보이지 않던 봄의 이면(裏面)이 중년 고개를 넘으면서 보이기 시작하더니 노년으로 접어들면서 실감이 난다. 작년 여름 느닷없는 부음(訃音)이 날아들면서부터다. 나하고 동갑(同甲)인 바깥사돈의 부음이었다. 평생 은행에서 착실하게 근무하며 살아온 단정한 성격의 충청도 양반이, 술도 좋아하여 나와는 각별하게 정분을 나누던 사이였다. 예상 못한 너무 갑작스런 일이라 황망스럽고 허망하여 얼마 동안은 안정되지 못한 그 분위기에서 헤어나지 못했다.

그런데 금년에는 양년(兩年)에 걸친 유례없는 환난(患難)에 어려움을 겪은 탓인지, 주변에서 많은 슬픈 소식이 전해졌다. 대부분 노인성 질환으로 고생하는 이들이 많았고, 그러다가 하세(下世)하는 이들도 상당했다. 평소에 건강을 자랑하던 친구들까지 떠나는 것을 보면서 자꾸 나를 돌아보게 됐다. 때로는 손에 잡힐 듯이 가깝게 느껴지다가 혹 어떤 때는 조금 멀리 있는 듯도 하여 종잡을 수 없지만, 어떻든 유명(幽明)을 달리하는 세계가 가까이 있는 기분이다. 호기심이라기보다는 외경(畏敬)의 감(感)을 가지게 한다. 거기에다가 얼마 전에는 지성의 등불로서의 한 별이었던 이어령(李御寧) 선생의 비보가 들리더니, 이어서 《오적(五賊)》의 김지하(金芝河) 시인, 이번에는 평생 우리에게 흥과 한(恨)을 전해주던 송해(宋海)의 부고가 온 대중들에게 충격을 주었다. 누구 하나 너무 일찍 갔다는 말은 안 해도 조금은 더 머물러 주기를 간절하게 소망했었다. 앞의 두 사람은 말과 글로써, 한 사람은 말과 동작으로써 우리에게 큰 위로를 준 분들이다.

이처럼 삶과 죽음의 공식보다 더 명확한 것이 없는데도 우리는 그 단순한 방정식을 제대로 풀지 못하고 있다. 왜 영화의 시작을 보면서 종말에 관한 생각을 하지 못하는 것일까? 그것은 떠난 사람들에겐 상상의 화려한 꽃구름을 실어 보내고 자신에게는 슬픔과 고뇌의 너울을 씌우기 때문이다. 속내를 보면 우리는 참 이기적으로 자신을 위로하고 편안하게 하려고 그러는 것이다.

이제 차 한잔을 마시고 생각해 볼 차례다. 추억과 불안과 애잔한 마음들을 차분하게 가라앉혀야 한다. 마침 스승의 날인 얼마 전에 제자들이 보내온 난분(蘭盆)에 피었던 꽃들이 한두 송이 떨어지는 것이 안타깝게 보이더니, 차향이 퍼지자 떨어진 꽃잎들이 처연하면서도 아름답게 보였다. 그리고 그 난들에게서 한층 더 성숙한 의젓함이 보였다. 자연의 이법이야말로 빈틈없이 완벽하다고 느껴진다. 순간 지훈(芝薰)

의 〈낙화〉가 생각났다.

꽃이 지기로소니
바람을 탓하랴

주렴 밖에 성긴 별이
하나둘 스러지고

귀촉도 울음 뒤에
머언 산이 다가서다.

촛불을 꺼야하리
꽃이 지는데.

꽃 지는 그림자
뜰에 어리어

하이얀 미닫이가
우련 붉어라.

묻혀서 사는 이의
고운 마음을

아는 이 있을까
저허 하노니

꽃이 지는 아침은

울고 싶어라.

피었으니 져야 하는 것은 당연한 자연의 이법이다. 그렇다고 조물
주를 탓할 수는 없다. 가까운 사람들 하나하나 스러져 가고, 자연만
이 길이 그 법칙 속에 흐르고 있다. 부족한 나는 어쩔 수 없이 그 법
칙에 순응할 수밖에 없다. 그래서 훈풍 속에 펼친 꽃잔치도 이제 끝
내야 한다. 그 여운은 아름답게 간직된다. 세속적인 번거로움을 떠나
서 묻혀서 살아가는 이 순수하고 고운 마음을 함께할 이들이 많을까
두렵다. 그렇다고 해도 본원적인 애상은 감출 수 없다. 이것이 삶이
다. 이 같은 시심을 좀더 구체적으로 표현한 문인이 교산(蛟山, 許筠)
이다. 그의 문집 《성소부부고(惺所覆瓿藁)》에 실린 〈사구부(思舊賦)〉의
한 대목을 보자.

우주를 돌아보면 우리의 수명이 얼마나 짧은가. 나 역시 병이 많고 빨
리 늙어 이승에 머물 날이 얼마 남지 않았다. 나의 뒤에 오는 사람들이
우리를 슬퍼하기를 지금 내가 옛사람을 슬퍼하듯 할 것이니, 어찌 슬
프지 아니한가. (중략) 마음껏 즐겁게 놀며 같이 노래하고 좋은데, 문득
내 가슴 속이 서글퍼지는구나. 안타깝게도 빨리 흘러 사라지는 세월이
여, 바로 흘러가며 부서지는 냇물 같구나.
俯仰宇宙 人生幾何 吾亦早衰多疾 居此世亦無幾何. 後之弔今如今之弔昔
也. 豈不悲哉. (中略) 樂事方極 諧唱未弭 我懷以惻 悲流光之易失兮. 若逝
川之頹波.

연극이 끝난 무대의 허전함, 잔치가 끝나고 난 후의 텅 빈 느낌은

고금이 다르지 않다. "봄 한 철 격정을 인내한 나의 사랑이 지고 있다. / 분분한 낙화 / 결별이 이룩하는 축복에 싸여 / 지금은 가야할 때"(이형기의 〈낙화〉 중에서)가 그렇고, "나는 계절의 여왕 푸른 오월 앞에 / 왠지 무색하고 외롭구나"(노천명의 〈푸른 오월〉 중에서)가 또 그렇다. 그리고 나도 영랑(永郎)처럼 또 '찬란한 슬픔의 봄'을 기다릴 수밖에 없구나.

정말 죽음이란 '낙화'일까, 단순한 '침묵'일까, 아니면 '딩동댕'일까.

낙엽

오랜만에 집 주변에 있는 포도(鋪道)를 걸었다. 유행처럼 번지는 올레길 한 번 걷지 못하고 살다가 오늘 우연히 우체국에 볼일이 있어서 가로수 늘어선 길에 나선 것이다. 매일같이 차를 타고 지나던 거리가 오늘은 아주 다르게 느껴졌다. 마침 인적도 한산하고, 가로수의 낙엽들이 인도 위에 고이 내려앉아 있다. 플라타너스 잎도 자세히 보니 튼실한 윤곽에 잎줄기 사이마다 곱게 물들어서 아른거리는 무늬가 참 곱다. 그 사이사이에 은행잎이 섞여서 화려한 포장을 하고 있다. 같은 것들로만 있을 때는 그 순수한 것에 대하여 감탄하지만, 다른 것이 섞여서 조화를 이루는 아름다움도 그 못지않았다.

나무가 가을에 잎을 떨어뜨리는 것은 비움이라는 해탈(解脫)이다. 버릴 때도 그냥 버리는 것이 아니고 성장(盛裝)을 시켜 보내는 것은 따뜻한 정이리니, 사람으로 보면 군자의 풍모라 하겠다. 그리고 그 많은 잎들은 그냥 버리는 폐기물이 아니고, 다음 세대를 위한 소중한 거름이 되어 윤회의 자연법칙을 지키도록 한다. 상록수가 있지만 따지고 보면 그들도 매년이 아닐 뿐이지, 몇 해 만에 한 번씩은 잎갈이를 한다. 소나무도 잣나무도 회양목도 다 그렇다.

교통신호를 기다리는 짬에 하늘을 쳐다보니 어느새 늦가을의 소슬

한 기운으로 덮였다. 갑자기 변한 이 가을을 떠나기 싫어서, 돌아올 땐 공원길을 택했다. 상수리의 낙엽이 길바닥이 안 보일 정도로 쌓여 발자국마다 버석거렸다. 이때 문득 가산(可山)의 〈낙엽을 태우면서〉의 한 대목이 스쳤다. 그는 "화려한 초록을 그리워하고 못다 이룬 꿈을 아쉬워하는 낙엽을 보고 감상에 젖어서는 안 된다"고 하며, "죽어버린 꿈들을 태우면서 커피와 개암냄새를 연상했다"고 한다. 만약 그가 전통차를 좋아했더라면 아마도 발효차 냄새라고 더 적절한 표현을 했을 것이다. 불현듯 나도 집에 돌아가, 화단에 떨어진 담쟁이 잎들을 모아서 벽로에 넣고 태우면서 그 냄새를 맡아보고 싶어졌다. 그리고 그 자리에서 대홍포 한 잔을 마셔볼 생각이다.

길가의 영산홍 잎은 봄꽃에 못지않게 화사히 물들었고, 벚나무 잎은 정열적인 색으로 가득 찬 화폭 같다. 어쩌면 나무마다 또 잎마다 그리도 다른지. 조물주의 영능에 감탄스러움을 금치 못하겠다. 상이한 속의 조화로움에서 오는 아름다움이야말로 신비롭기까지 하다. 자연물 중에 세상 어느 것이 똑같은 것이 있으랴. 신의 작위(作爲) 속에는 동일한 것이 없다. 크기, 모양, 색상, 어느 하나도 같은 것이 없기에 더욱 완벽하다.

공원을 다 내려온 기슭에 감나무 두 그루가 있다. 가을의 낙엽 중에 감나무 잎보다 더 곱게 물든 낙엽을 나는 아직 보지 못했다. 어떤 유화(油畵)보다 예술적이고, 강렬한 색상의 조화를 이룬다. 순간 월정교에 서 있던 정명(淨茗) 생각이 떠올랐다. 목련 같은 자태의 봄을 지나, 우아한 여름의 화사함을 넘어, 이 가을에 충실한 과일과 황홀한 의상으로 빛나는 모습이 닮았다. 조용한 외모와는 달리 그의 마음에도 현란한 색상의 열정들이 감잎처럼 섬세하게 수놓아지고 있을 것 같다. 앞으로 그의 삶이 더 멋지기를……

가을의 나뭇잎 중에 제일 못난 것이, 서릿바람 불 때까지 말라 오그라지면서도, 아직도 나뭇가지를 못 떠나고 매달린 것들이다. 때가 되면 의연히 성장을 하고 자연이 인도하는 대로 손 흔들며 떠나는 것이 이치에도 맞고 보기에도 좋고 남은 이들의 기억에도 길이 남을 것이다. 주어진 기한을 넘겨 가며 애착을 버리지 못하는 것은 욕심이고, 자연의 법칙에 역행하는 것이다. 아름다운 최후는 그의 삶이 아름다웠다는 증거가 된다. 아름다운 임종을 준비하는 사람들의 이야기들이 떠오른다.

지금 당장 어디든지 이 가을 잎의 사연을 실어 보내고 싶다. 저 물 위에 떠서 어깨를 흔들며 흘러가는 낙엽 위에 이 느낌을 실어 먼 나라의 그리운 이에게 보내고 싶다. 어쩌면 그 위에 아무 사연이 적혀 있지 않아도, 그는 낙엽을 보는 순간 내가 보낸 것을 알고, 또 그 위에 실려진 내 마음도 읽을 수 있을 것 같다.

오늘의 낙엽 길은 안에 쌓였던 온갖 세속적이고 도회적인 것들을 멀리하고, 자연의 품에 안겼다가 나온 상쾌한 기분이다.

[어느 해 가을을 보내면서]

계절의 느낌

[병서(竝書)]

이 글은 2020년 초에 코로나19로 인해 출입도 잘 못하고 지낼 때, 어느 날 오후 공원을 걷다가 생각나서 적은 〈계절과 인생〉라는 네 편의 글 중 하나다. 내가 매일 산책하는 공원의 갓길에서 대부분 하루의 느낌을 시작하게 된다. 이 때에 많은 글의 소재를 얻고, 앞뒤의 일들을 생각하기도 한다. 말하자면 자연은 때로는 나의 철학의 산실이 될 때가 있다.[29]

계절이 우리 삶에 비유된 것은 인류가 생기면서부터라고 생각된다. 특히 온대지역(溫帶地域)에 정착한 족속(族屬)일수록 더 실감 났을 것이다. 우리는 삶을 나누어서 이모작(二毛作)이니 삼모작(三毛作)이니 하고 있지만, 이즈음은 사모작(四毛作) 시대가 되었으니, 이 사계절과 짝이 이루어진 것이다. 흔히들 말하기를 겨울을 동면기(冬眠期)로 취급하여 멈춤으로 알고 있으나, 실상은 내연(內燃)하고 있는 활동을 간과

---

29 【편집자 주】본 글(〈계절의 느낌〉)의 병서에 말씀하신 〈계절과 인생〉 4편 중 나머지 3편을 적시하지 않으셨으나, 앞 선 글 〈낙화의 계절〉, 〈낙엽〉이 그중 2편으로 추측되며, 마지막 1편은 집필하지 않으셨거나 아직 발견되지 않았다. 〈겨울 공원에서 죽음의 생각을〉이 〈계절과 인생〉 4편에 속한다고 추측할 수 있지만 〈계절의 느낌〉과 더불어 '겨울'에 대한 내용이므로, 현재의 추측은 '여름'에 대한 별도의 글을 구상하셨거나 남기셨을 것으로 보인다.

(看過)한 말이다.

　겨울이 노년과 상통하는 점이 있다면, 육탈(肉脫)하는 변신이다. 땅
도 얼고 내도 얼고, 대지는 초목들이 말라서 색이 변하여 앙상하고, 찬
바람 드세게 불어서 그야말로 '하늘도 그만 지쳐 끝난 고원, 칼 날진'[30]
계절이다. 사람이 늙는 것도 우선 육체적 쇠약(衰弱)에서 시작된다. 정
기(精氣) 넘치던 안광이 흐려지고, 윤기 흐르던 피부가 건조해져 거칠
어지고, 체중이 감소하여 초라해 보이거나 아랫배가 나와서 체형이 변
하고, 근력이 약해져서 피로를 자주 느끼게 된다. 누가 노년이 안온하
고 평안하여 여유롭게 즐기기만 하면 된다고 했던가. 따지고 보면 노
년은 이때까지 경험하지 못한 고통과 실망이 연속되는, 고독과 고난의
시기로 느껴진다. 화려했던 전성기가 지난 은퇴 후의 삶이란, 아무리
미화(美化)시켜도 쓸쓸한 것은 부인할 수 없다. 잘 보이지도 않고, 잘
들리지도 않으며, 기억력은 왜 그리 빠르게 소멸하는지. 사방에서 만
나는 사람마다 '연로하신데 조심하시고 무리하지 마세요', '나오시지 마
세요', '제가 갈게요' 주문도 많다. 고맙기도 하다.

　한편 같은 듯하면서 다른 점이 있다면, 자연은 겨울에도 그의 법칙
에 따라 다음을 위하여 안으로 꾸준히 잘 준비하고 있다는 것이다. 사
람들은 늙어서도 초심을 지키려고 무진 노력하고 그 마음은 절대로 변
하지 않고서, 때로는 유언으로 남기기까지 한다. 이를테면 나무가 잎
이 다 떨어지고 앙상해지듯이, 서예가나 화가들의 작품이 노년에 오면
비백(飛白)의 형상이나 간략한 화법(畫法)으로 변하고 그 속에는 그의

30　이육사의 시 〈절정〉 중에서.

철학이 축약(縮略)되어 표현되고 있음을 많이 본다. 이는 쓸데없는 것을 버리는 법을 연습한 결과이다. 그러니 계절과 인생은 단순히 '월백 설백 천지백(月白 雪白 天地白)'이 우리의 백발(白髮)과 닮은 것보다도 더 깊이 연관된다.

　겉으로는 우리의 삶이 겨울과 같은 듯하지만, 좀 더 달리 생각하면 이 둘은 아주 다른 면도 있다. 대지(大地)나 수목(樹木)들은 겨울이 휴면(休眠)의 시기(時期)로 내년을 위한 준비에 철저하다. 에너지 소모를 줄이고 저축하여, 다가오는 봄에 꽃과 잎을 피울 눈을 틔우고, 뿌리를 튼튼히 내려 왕성한 내년의 번성을 꿈꾼다. 하지만 우리는 노년이 되면 다시 오지 못하는 시간에 대한 아쉬움과 회한, 그에 따르는 비애에 젖어 우수(憂愁)에 빠진다. 사실 이 시기도 우리의 삶에서 더할 수 없이 중요한 시기인데도, 보람을 찾지 못하고 곁가지에만 신경을 쓴다. 우리 생애에 단 한 번뿐인 이 금쪽같은 시간은, 연극으로 보면 종막(終幕)에 속하고, 글로 보면 결말에 속하는 중요한 시간이다. 그런데도 불만과 애조(哀調)에서 헤어나지 못한다. 그래서 생긴 것이 종교다. 물론 일상에서도 종교의 위안을 받기는 하지만, 노년의 종교는 그야말로 내세의 삶을 위하여 귀의(歸依)하는 예가 많다.

　규칙적으로 헬스장에 다니고, 취미생활에 열중하며, 맛집을 찾아 전국을 헤매지만, 나이가 더 들면 그런 일들도 여의(如意)치 않다. 그러면 흔히 포기하고 감상적(感傷的)인 데로 기울어지게 마련이다. 정말이지 이 같은 결말은 좋지 않다. 우리는 우주 속에서 생성되었고, 자연물로 태어나서 자연이 베푸는 혜택을 입으며 살아 왔으니, 갈 때도 그 범주(範疇) 안에서 좋은 생각으로 떠나야 한다. 이런 불변의 법칙은 어느 누구도 벗어날 수 없고, 그래서도 안 된다.

그래도 근자에는 과학기술의 발달로 나만 잘 운영하면 고난의 길을 피해서 오랫동안 즐겁게 생을 영위(營爲)할 수도 있다. 아름다운 노년이란 말뿐이 아니고, 내가 어떻게 운영하느냐에 따라 행과 불행이 갈라진다. 불행의 씨는 내가 가지고 있는 욕심 때문에 버려야 할 것을 버리지 못하고, 위대한 자연의 법칙에 맞서려는 데에 있다. 그리고 시간이 지나면 모든 것이 변한다는 것을 인정해야 나를 지킬 수 있다. 주변에서 내가 늙었기 때문에 소외당하는 것이 아니고, 늙은이에게는 조용하고 한가로운 것이 어울린다. 그래야 신체적인 조건에도 맞고, 이별의 준비에도 좋다. 이를테면 이별연습도 필요하다. 조물주가 우리에게 베푼 기회이다. 꽃에 꿀이 없어지면 벌나비가 안 오듯이, 우리에게 기운이 적어지면 아무도 찾는 이 없어지는 것이 너무 당연한 것인데도, 그것을 그대로 수용(受容)하지 못하는 것은 욕심 때문이다.

자! 이제 욕망의 굴레에서 벗어나 조용히 마음의 여유를 가지고, 따뜻한 햇볕이 드는 창 앞에서 차 한잔을 즐기며, 지난날들의 아름다운 추억과, 다하지 못한 편지들을 써보자. 그러면서 다가오는 종착역에서 좋은 여운을 남기고, 미련 없이 개운한 마음으로 계절 없는 여행을 떠날 준비를 하자.

끝으로 쓸데없는 이야기 하나 더 붙인다면, 그래도 너무 아쉬워서 조금이라도 더 머물고 싶다면, 첫째 일하라. 그리고 운동하라. 그리고 사랑하라. 그러면 보답이 꼭 올 것이다.

겨울 공원에서 죽음의 생각을

우리가 태어나서 죽음에 이르기까지 허여(許與)된 시간이, 단순한 기다림의 시간이 되어서는 안 된다. 쇼펜하우어에게 정면으로 도전하는 말이기 때문에 안 되는 것이 아니고, 아무리 태어날 때 죽음이라는 출구표(出口票)를 예약했다[베이컨] 하더라도, 사는 동안만은 우리에게 주어진 자유롭게 누릴 수 있는 각자의 소중한 시간이다. 우리의 삶을 게임에 비유해보면, 출발점에서부터 종착점에 이르는 방법은 여러 가지가 있다. 그야말로 천차만별(千差萬別)이요 각인각색(各人各色)이다. 그 많은 길 중에 어느 길을 선택하느냐가 그의 운명을 결정하는 것이다.

태어나서 아직 이성(理性)이 자리 잡기 전에 닥치는 불행은 본인의 책임이기보다는 시대적 환경적 요인이기 때문에 본인에게 책임이 있는 것은 아니다. 그리고 사회적인 요인 중에도 본인에게 책임을 물을 수 없는 것이 있으니, 유년시절에 닥치는 위험이나 학대 등으로 꺾이는 경우다. 기성세대가 해야 할 일은 후손들이 안전하게 자라날 토양(土壤)을 마련하고 영양분을 제공하며, 수시(隨時)로 닥치는 위험을 막아주어야 한다. 지금 눈앞에 보이는 이 공원의 나무들도 같다.

사는 동안에 겪어야 할 어려움도 많다. 어느 해에는 가뭄이 와서 큰 나무들보다 어린 나무들이 고사(枯死)하기도 하고, 어느 해는 너무 추워서 동사(凍死)하기도 하고, 어느 때는 아기들의 불장난으로 많은 숲이 재로 변하기도 했다. 그렇게 간신히 몇백 년을 지나고나니, 도시계획으로 시장(市長)이 주동이 되어서 숲의 반을 잘라 아파트가 들어서기도 했다. 이건 나무들의 잘못이 아니다. 뿐인가? 자연은 우리의 앞길에 수많은 함정(陷穽)들을 설정해 놓고, 시험하고 있다. 때로는 아름다운 정원을 만들어 놓고, 아름다운 꽃, 기이한 새, 달콤한 과일 등의 자연으로 유혹하거나, 멋스러운 이성, 높은 지위, 많은 부(富), 향기로운 음식, 화려한 의상, 호화로운 저택, 떼어내기 힘드는 예술로서 시험에 들게도 한다. 그런 유혹(誘惑) 속에는 우리를 종착역(終着驛)으로 직송(直送)할 사자(使者)들이 군데군데서 기다리고 있다. 조금만 의지가 약해졌다 싶으면 곧 압송(押送)해 버린다.

이 같은 유혹에 빠지는 순간 고난과 역경에 휘감겨 좌절하여 인생을 망치기도 한다. 유일하게 얻은 단 한 번의 삶의 기회가 이렇게 허망(虛妄)하게 끝난다면, 이 얼마나 한(恨)스러운 일인가. 그 중에도 혹 그런 역경에서 재기(再起)하여 새롭게 성공하는 이도 있다. 그래서 불가(佛家)에서는 인생을 고행(苦行)으로 표현했다. 그리고 문학이나 예술에서는 인생을 형극(荊棘)의 길이나 험한 항로(航路)에 비유하기도 했다. 잘못은 여기다. 자연이 인간들에게 정말 고행으로 살도록 만들어 놓았을까? 그렇지 않다는 것이 철학자들의 공통된 이론이다. 세상의 이치가 군집(群集) 속에서 조금이라도 약점을 보이면, 사방에서 업신여기고 짓밟으려 한다. 도저히 더 지탱할 수 없게 된다. 그러니 절대로 유약(柔弱)한 생각을 해서도 안 되고, 밖으로 보여서도 안 된다. 적자생존(適者生存)이다. 자신이 내심을 굳게 먹고 주변의 일에 흔들리지 않을 때, 사람들의 도움을 받을 수 있기 때문이다. 부도(不渡)가 나서 빈 털털이가 되었는데, 돈 빌려줄 은행이 어디 있겠는가.

사람 사는 것이 사시춘풍(四時春風)일 수는 없다. 훈풍(薰風) 속에 싹과 움이 트는 희망의 봄날이나, 우로(雨露)의 힘으로 충분히 영양분을 받아 왕성한 여름이 있는가 하면, 고달픈 몸을 쉬며 지난 여정(旅程)을 정리하는 가을도 필요하다. 오늘 내가 걷는 공원에는 언 땅에 앙상한 가지, 그리고 살을 에는 바람이 부는 겨울이다. 우리 삶으로 보면 고난의 시기다. 다만 다른 것이 있다면 이 공원의 나무들은 내년 봄이면 새로운 옷을 입고 다시 깨어나겠지만, 우리의 삶은 그렇지 못하다는 것이다. 그런 이 마지막의 계절을 왜 이다지도 어렵고 고통스럽게 맞이하고 그런 속에서 끝내야 하는지가 못마땅하다.

단 한 번만의 기회, 거기에 삶의 묘미가 있다. 우리가 잘 쓰는 '다음에 잘하지'의 '다음'은 인생에는 없다. 그러니 여년(餘年)이 얼마 남지 않는 이들도 더욱 남은 삶에 기대를 걸지만, 그 남은 시간이 예상과는 다르게 힘들고 어렵다. 사실 삶이 소중하고 아름다운 것이라는 것을 느끼는 하루하루가 즐거운 것이지, 고통스런 시간들은 우리를 고달프게 한다. 그 고달픈 내용들이 대부분 아직도 이루고 싶은 욕망이나, 못다한 회한(悔恨)에 대한 것들로 이루어진다. 여기서 잠시나마 벗어나는 방법은 여기 그런 희망사항들에서 초연해지는 것밖에 방법이 없다. 이것이 선인들이 취해 온 방법이다. 자고로 동서양을 막론하고 생사에서 초연했던 선인들은 거의가 천리(天理) 곧 자연의 법칙에 따르려는 마음가짐이었다.

80의 고개에서 내 인생여행의 역정(歷程)들을 돌이켜보면, 참 용하게도 그 수많은 굽이굽이를 잘도 지났다는 생각을 해본다. 나 자신이 대견스럽기도 하고, 부모님의 구로(劬勞)의 은혜는 말할 것도 없고, 주변에서 음양으로 도와준 분들에게 저리게 감사하게 된다. 유년의 일제 시대, 소년기의 광복, 6·25 전란이 준 간난(艱難), 청년기의 어려운 여건 속의 학업, 그리고 생업, 장년기에 들어서 전념(專念)한 학문의 길 등 여러 파도를 피해서 오늘에 이른 것이다. 그런대로 아름다운 추억과 즐겁고 보람찬 여정(旅程)이었다. 다행스런 것은 내가 큰 욕심 부리지 않았다는 것에 너무 대견스러움을 느낀다. 내가 만약 관계(官界)의 진출이나, 부(富)를 위한 집념에 목매달고 다녔다면, 그런 것들이 뜻대로 이루어졌다고 해도, 지금쯤은 참 비참하게 느낄 것 같다. 왜냐하면 영혼이 빈약한 가난한 마음을 가지게 되었을 것이기 때문이다.

　　아! 오늘은 이 공원의 나무들 옆에서 풍성한 마음으로, 소중한 삶의 즐거운 시간을 함께해야겠다.

[2020년 겨울]

혼자라는 것

우리는 혼자 태어나서 여러 사람들과 더불어 살다가 홀로 원향(原鄉)으로 돌아간다. 그동안에는 가정, 학교, 회사, 친구, 인척 등등의 사회적인 이유로 혼자이기가 어렵다. 그러다 보니 혼자인 것이 생소해져서 외로울 때도 있지만, 때로는 아무런 제약 없이 자유를 만끽할 수 있어서 좋을 때도 있다. 그것이 우리의 바닥에 깔려 있는 본래의 속성인지도 모른다.

하지만 혼자라는 것이 좋을 때보다는 싫을 때가 더 많다. 힘겹고 어려운 처지에 놓였을 때 주변에 알아줄 아무도 없이 혼자라면 싫다. 내가 지극히 슬픈 일을 당했을 때 아무도 위로해 줄 사람마저 없다면 얼마나 외로울까. 학교 때문에 떠나기 싫어하는 어린 것을 멀리 보내고 혼자 돌아올 때는, 그래도 먼 훗날을 기대하는 희망 때문에 슬프지는 않다. 어쩌다 혼자서 외로움으로 실의에 젖어 있을 때는, 잎 떨어지는 나무를 바라보거나 정답고 화목하게 지나가는 가족들을 보면 슬퍼진다.

혼자 있는 시간은 자기 성숙의 기간이기도 하다. 극렬한 현실에서 잠시나마 한발 물러나 나를 돌아다보기도 하고, 지금 자신이 처한 위상을 제대로 반성해 볼 수도 있다.

누구에게나 연말이 되면 각종 모임이나, 그사이 소원(疏遠)했던 사람들과의 만남 때문에 연락이 많아진다. 그러나 올 겨울에 들면서 많은 변화를 느꼈다. 초겨울까지는 그런대로 강의나 학회의 소모임과 간단한 식사모임을 가졌는데, 세말이 되면서 종강에 코로나에, 출입이 여의치 않아졌다. 마침 아내도 친구들과 여행 중이라 만사를 접고 며칠 동안 '방콕' 여행이나 하기로 마음먹었다. 그랬더니 이상하게도 나나 아내를 찾는 전화도 거의 두절되다시피 조용했다. 가만히 생각해 보니 여러 환경적인 여건에 수긍이 되기도 하지만, 내가 나이 들어 많이 늙어간다는 것을 느끼게 되었다.

결국 우리는 종국(終局)에 이르면 홀로 되고 만다는 것이다. 다만 그 홀로에 익숙하지 못한 것이다. 북적이는 사람들 속에 익숙해졌다가 갑자기 혼자가 되면 그 상태를 주체하지 못해서, 일이 손에 잡히지 않고 무엇부터 해야 할지를 모르는 패닉상태에 이르기 쉽다. 갑작스런 낯선 환경에 당황하게 된다. 심하면 그 고독을 감당하지 못해 삶을 비관하기도 하고 신체적으로 위축되기도 한다.

그래서 나는 이 홀로되었을 때를 위해 그 환경에 순응하여 길들여지는 생활을 오래전에 시작했다. 군중 속에 있다가 빠져나와 혼자서 오솔길을 걷기도 하고, 때로는 전망 좋은 언덕에 올라 먼 노을을 바라보며, 혼자만 지닌 아름다운 지난날의 추억에 젖어보기도 한다. 이런 자유로울 때를 위해 해야 할 일들을 마련해서 즐기는 것이다. 나는 우선 차부터 찾는다. 차상 앞에 앉으면 이 차는 어디서 어떤 환경에서 자라, 누구의 손으로 만들어져서 이 자리까지 오게 되었는가, 이 잔은 어떤 장인의 손으로 만들어져서, 내 손에 잡히게 되었는가를 생각해 본다. 그러고는 그들의 말을 귀기울여 들어 본다. 그러면 그들의 잔잔한 묵언(默言)들이 나를 차분하게 하여 마음의 결이 잔잔하게 가라앉아서 즐겁게 한다. 그러면 그들은 계속해서 고아한 향과 따뜻한 색과 달콤한 여운을 실어 와서 나를 행복하게 만든다. 때로는 아름다운 음악을 듣거나, 잡기장(雜記帳)에 가득한 메모들을 훑어보며, 기록 당시의 연유(緣由)와 장면들을 회상해 본다. 그러면, 시간의 흐름을 절감하며 온고지정에 젖어서 혼자만의 자유를 만끽할 수 있게 된다. 흡사 낯익은 고샅에서 맛보는 낯선 풍경 같은 기분에 젖게 된다. 아니면 새로 받은 신간 서적이나 작품집 또는 옛 문집(文集) 중에서 잡저(雜著)들을 뒤적이며, 그 분들의 삶을 그려보는 것도 빠뜨릴 수 없는 즐거움이다. 그러다 보면 어느새 해가 서녘으로 넘어갈 시간이 된다. 무료하지 않을 뿐 아니라, 하고 싶었던 일을 마음껏 한 느낌, 그 순간들의 기쁨이 나를 즐겁게 한다. 지난 기록들을 다시 읽는다는 것은 시공을 초월한 추억 여행(追憶旅行)이다. 살다 보면 우리는 홀로서기를 해야 할 때도 많다. 그럴 때 가능하면 즐거움이 동반되는 희망적인 것이 좋다. 한숨과 회한이나 그리움보다는 곱고 아름다운 추억이나 희망적인 미래를 꿈꾸는 것이, 보다 삶을 윤택하게 하기 때문이다.

근래안부문여하(近來安否問如何) 월도사창첩한다(月到紗窓妾恨多)[31]

보다는

상봉몽리수무신(相逢夢裏雖無信) 비몽하능득견군(非夢何能得見君)[32]

이 훨씬 긍정적이고 마음 편하다. 주어진 상황에서 허용되는 한 밝은 쪽으로 생각하는 것이다.

세월이 변하여 요사이는 혼자가 조금도 이상하지 않지만, 아직도 중년 이상의 사람들은 혼자서 밥 사 먹는 것에 익숙지 않다. 그러나 젊었을 때의 홀로는 좋은 것이 아니지만, 노년의 고독은 자연스러운 것이다. 고독할 때 외롭고 쓸쓸함에 젖어 있기보다는, 행복을 옆에 두고 가까이하도록 길들여야 한다. 그러면 전화도 기다리지 않게 되고, 방문도 기다리지 않게 된다. 그렇게 바라는 것이 없어지면 서운함도 사라지게 되는 것이다.

어차피 우리는 혼자일 수밖에 없는 것을.

---

32 꿈속의 만남이 비록 헛되다고 하지만, 꿈 아니면 당신을 어찌 만나기나 하겠소?

오랜 친구(親舊)에게[33]

어딜 가서 까맣게 소식을 끊고 지내다가도, 내가 오래 시달리던 일손을 떼고 마악 안도의 숨을 돌리려고 할 때면, 그때 자네는 어김없이 나를 찾아오네.

자네는 언제나 우울한 방문객(訪問客). 어두운 음계(音階)를 밟으며 불길(不吉)한 그림자를 이끌고 오지만, 자네는 나의 오랜 친구(親舊)이기에, 나는 자네를 잊어버리고 있던 그동안을 뉘우치게 되네.

자네는 나에게 휴식(休息)을 권하고, 생(生)의 외경(畏敬)을 가르치네. 그러나 자네가 내 귀에 속삭이는 것은 마냥 허무(虛無). 나는 지그시 눈을 감고, 자네의 그 나직하고 무거운 음성(音聲)을 듣는 것이 더없이 흐뭇하네.

내 뜨거운 이마를 짚어주는 자네의 손은 내 손보다 뜨겁네. 자네 여윈 이마의 주름살이 내 이마보다 눈물겨움에, 나는 자네에게서 젊은 날의 초췌한 내 모습을 보고, 좀 더 성실하게 살던 그날의 메아리를 듣

---

33 【편집자 주】본래의 육필원고에는 제목이 붙어 있지 않고, 본문의 한두 글자도 결락되어 있던 것을 편집자가 보충하였다.

는 것일세.

생애(生涯)의 집착과 미련은 없어도 이 생은 그지없이 아름답고, 지옥의 형벌이야 있다손 치더라도 죽는 건 그다지 두렵지 않노라면, 자네는 몹시 화를 내었지.

자네는 나의 정다운 벗, 그리고 내가 공경하는 친구. 자네가 무슨 말을 해도 나는 노하지 않네. 그렇지만 자네는 좀 이상(異常)한 성밀(性味)세. 언짢은 표정(表情)이나 서운한 말, 뜻이 서로 맞지 않을 때, 자네는 몇 날 몇 달을 쉬지 않고 나를 설복(說服)하려 들다가도, 내가 가슴을 헤치고 자네에게 경도(傾倒)하면 그때사 자네는 나를 뿌리치고 따나가네.

잘 가게 이 친구. 생각 내키거든 언제든지 찾아주게나. 차를 끓여 마시며 우리 다시 인생(人生)을 이야기해보세 그려.

잘 가게 친구야!
- 먼나라로 떠나는 나에게

〔**병서(**並書**)**〕

내 몸 안에는 또 하나의 내가 있다. 그래서 둘은 언제나 같은 장소에서 같은 시간을 공유하면서도 대부분의 견해는 상반될 때가 많았다. 어쩌다가 견해가 같을 때는 더없이 좋았지만, 생각이 서로 달라 타협이 안 될 때는 밤을 새운 일이 한두 번이 아니었다. 회자정리(會者定離), 그래서 이제 때가 가까이 온 것 같아서 희화적[戱畵的]으로 끄적거려 본 생각이다.

자! 자꾸 돌아보지 말고 마실 가듯이 가볍게 떠나게. 우리 사전에는 매끈하게, 모든 것이 만족스럽게 끝나는 일이란 없는 법일세. 자네와 나는 80년 이상 반려(伴侶)로 같은 몸이었으니까 잘 기억하겠지만, 인생은 언제까지나 미완성이니까. 돌아다보면 우리에게 하나같이 완결이란 없었잖아. 생각해 보게. 고등학교 때는 원하는 대학만 가면 모든 괴로움이 끝나는 줄 알았지만, 대학은 우리에게 더 많은 어려움을 안겨 주었고, 결혼하면 마음대로 할 줄 알았는데, 역시 그렇지 못했잖아. 집도 짓고 난 후 계속 보수해야 했고, 심지어 글도 썼다가 계속해서 고쳐야 하지 않았는가?

자네 어떤 자국을 남겨 놓으려고 애쓰지 말게. 어차피 시간 차(差)

는 있겠지만 그 남겨 놓은 자국들도 사막의 낙타 발자국 같아서 곧 없어질 테니까. 자네 생각해 보게. 살아 있는 사람들이 어떤 사건들과 어떤 사람들을 얼마나 정확하게 사실에 가깝게 기억으로 재생시키는가를. 거의가 자기 변호나 자신의 색깔에 맞추어서 사실과 다르게 발표하는 것이 대부분일세. 동일한 사실을 두고 흑백으로 갈라져서 서로 사갈시(蛇蝎視) 하기도 하고, 때로는 본인 자신의 견해도 정반(正反)으로 바뀌는 경우도 있다는 말일세. 이런 한심한 현실인데 우리가 남기는 것들이 무슨 의미가 있겠나. 오죽하면 우리 속담에 "무덤의 띠도 아직 마르지 않았는데"라는 말이 있고, 성현들도 "부모 사후에 얼마 동안은 그 가법(家法)을 고치지 말아야 한다"고 했겠나. 그러니 아무 추억이나 자국을 남기려 애쓰지 말고, 뒤도 돌아보지 말고, 훌훌 떠나게. 자네의 수택이 반반한 유물들도 다 쓰레기통으로 가고, 또 재로 남을 걸세. 나도 떠나는 자네의 영상이 아득해 질 때까지는 보고 있겠네.

자네 아직은 우리 몸의 건강 정도가 조금 더 시간이 남았다고 생각지 말게. 이즈음 아침 기상 때나 수면 시간 때문에 얼마나 자주 다투었는가? 지금의 나는 좀 느긋하게 생각하는데, 자네는 기계같이 정확하게 움직이려고 했지. 그래도 눈 뜨는 즉시 일어나지 못하고, 손발이라도 움직이고 멀뚱거리며 오늘 일을 한참 생각하고서야 일어나지 않나? 이는 우리 몸이 영글어 가는 것이 아니라 늙는 것일세. 자동차도 오래 쓰면 여기저기 수리를 해야 하네. 우리가 병원에 자주 가는 것이 수리하러 가는 것일세. 앞에서 끌고 뒤에서 밀어야 움직이는 차는 이미 차가 아닐세. 어느 날 어디서 갑자기 서버릴지도 모른다는 말일세. 그래서 요사이는 자진 폐차라는 것도 있지 않나? 이 모두가 자연의 법칙에 맞는 것일세. 역행하려 들지 말게나. 역리(逆理)란 예로부터 작으나 크나 범하지 않는 것이 우리에게 평온을 가져다 주었네. 조물주가 떠나라면 떠나고, 옮기라면 달가운 마음으로 옮기세.

자네 혹 혈육에 관한 무슨 미진(未盡)한 것 때문에 자꾸 돌아보는가? 그야 우리 다 같이 느끼는 바가 아닌가. 그렇더라도 마음 아파하지 말게. 세월이 많이 변했네. 어렸을 때부터 자네는 어른들 앞에서 너무 완벽한 모범생이었지만, 나는 좀 그렇지 못했잖아. 그렇지만 나는 언제나 거의 자네를 따랐지. 어른들이 좋아하시니까. 그러다가 자라면서 도시로 나오면서부터는 아니었어. 내가 알고 있던 생활상의 대부분의 규범이 다 낡고 촌스러운 것들이 되어 버렸어. 편지를 쓸 때도 나는 '아버님께 올림'이라고 쓰면 자네는 언제나 '부주전 상백시(父主前 上白是)' 였지. 일주일에 한 번 문안하는 것도 나는 때로 빠뜨리고 싶었지만 자네는 아니었지.

속된 말로 우리가 사랑하는 것만큼 남은 사람들이 우리를 사랑할 것이라는 생각은 금물일세. 사랑이란 서로 균형이 맞아야 오래 유지 되는 것인데, 일방적으로 하면 스토킹이 되고 마네. 그래서 당사자들 이 귀찮게 생각하게 된다네. 선대부터 이어온 부모들의 과잉된 사랑 의 결과지. 우리가 관여(關與)할 영역 밖의 일이니 이제부터는 그들의 몫이야.

자네 일출(日出)과 낙조(落照)는 어느 때 어느 곳에서 보아도 감동스럽지 않은 것이 없듯이, 우리의 생사에도 희비(喜悲)를 함께하지 않는 것이 없다네. 그런데 그 희비란 가만히 들여다보면, 사람들과의 연줄 과 지난날의 추억 때문이고, 당사자와는 별 관계없는 것들이 대부분이라네. 사실 생과 사는 서로 순환하는 것으로 원(圓)과 같아 시작도 끝도 없는 것이라 하지 않았나. 따라서 마음도 흐르는 물과 같아 간격이 없다네. 곧 우리가 살면서 느끼고 본 것들은 물에 이는 거품과 같은 망상일 뿐이야. 그런 것들을 위해서 기억하고 마음 써야 할 이유가 무엇인가. 이는 이미 우리의 사량(思量)과 분별(分別)의 세계를 초탈한 것일세.

떠나는 이는 훨훨 미련 없이 가는데[浮雲遊子意]
보내는 이 마음은 왜 이리 아득한가[落日故人情].

잘 가게 친구야!

죽음! 그 무한(無限) 해방공간(解放空間)이여!

우리는 죽음을 종말(終末)로 생각하지만, 이 우주(宇宙)에 있는 모든 것들에게 종말(終末)이란 없다. 다만 생물학적(生物學的) 인식세계(認識世界)를 초월(超越)하는 미지(未知)의 세계(世界)로의 이동(移動)일 뿐이다. 우리는 그 미지(未知)의 세계(世界)를 볼 수도 없고 느낄 수도 없는 것이다. 불가(佛家)에서 말하는 공(空)과 색(色)의 이론(理論)이나 유가(儒家)의 허실생백(虛室生白)의 이론(理論)이 모두 여기서 나온 것이다.

우리도 삶과 죽음에 대(對)한 인식(認識)이나 관념(觀念)을 다시 생각할 필요(必要)가 있다. 황당한 환생(還生)이라는 것을 믿지 않는다 하더라도 상대[相對, 망자(亡子)]의 소멸(消滅)을 믿지 않고 존재(存在)를 믿는다면 사별(死別)이 상봉(相逢)이나 재회(再會)가 이루어질 수 없는 경계선(境界線)인 것은 분명(分明)하다. 그러니 죽음이란 생물적(生物的) 인식공간(認識空間)에서 새로운 해방공간(解放空間)으로의 이동(移動)이므로, 그 뜨거운 불 속에서도 땅 밑의 지하(地下) 공간(空間)에서도 고통(苦痛)을 느끼지 못하는 것이다.

(죽음은) 우선 육체적(肉體的) 고통(苦痛)에서의 해방(解放)이다. 일상생활(日常生活)의 노역(勞役)은 물론(勿論) 통회(痛懷)에 시달리던 고통(苦痛)이었다. 몸 한 번 펴서 시원했던 허리의 아픔과 팍팍하던 걸음걸

이의 불편함이 날아갈 듯 단번에 사라질 것이다. 지끈거리던 두통(頭痛), 견비통(肩臂痛), 답답하던 시력(視力), 청력(聽力), 치통(齒痛), 기침 등(等) 그 지겹던 아픔들이 감쪽같이 사라진다. 피라미드나 버킹검(궁전) 같은 거창한 구조물(構造物) 안에 호화롭게 안치(安置)되든, 황야(荒野)에 버려져 온갖 동물(動物)들의 먹이가 되어 소진(消盡)되든, 그것은 그들에게 별 의미(意味)가 없다. 왜냐하면 그들에게 유체(遺體)는 우리가 믿어 온 것처럼 원혼(冤魂)이 환생(還生)하여 다시 태어날 신체가 아니라, 허물 벗은 매미의 껍질과 같기 때문이다. 만일 조물주[造物主. 창조주(創造主)]가 있다면 우리를 참 묘(妙)하게도 만들었다. 지금 우리가 전생(前生)을 기억(記憶)하지 못하듯이 다음 올 이동공간(移動空間)에서도 이승에 있었던 모든 것을 기억(記憶)하지 못하게 했을 것이다. 그렇지 않으면 가족(家族) 찾아 30년(年)이 아니라, 영원(永遠)을 이산가족(離散家族) 찾다가 볼일 다 보기 때문이다.

다음으로, (죽음은) 정신적(精神的) 해방(解放)이다. 우리가 가장 괴로워한 분야(分野)다. 누구나 욕망(慾望)을 가졌고, 살면서 뜻대로 된 일은 극(極)히 적고, 기대에 어긋난 일이 십중팔구(十中八九)다. 그러니 이에 대한 실망(失望)과 번뇌(煩惱)는 언제나 우리를 놓아주지 않고 괴롭혔다. 그러나 해방공간(解放空間)으로 이동(移動)하는 순간 그런 생각들은 근본(根本)부터 없어진다. 기억(記憶)하고 연관(連關)되어 가진 인연(因緣)들은 모두 잃고 새로운 사고(思考)들로 대체된다. 서포(西浦)의 《구운몽(九雲夢)》에서 성진(性眞)이 태어나는 순간에 대한 묘사(描寫)는 이런 원리(原理)에 연관된 한 예(例)가 된다. 고고(呱呱)의 순간 눈녹듯이 사라진다. 이런 해방감(解放感)을 생각만 해도 신기(神奇)하지 않을 수 없다. 그러니 유택(幽宅)을 준비하고, 묘지명(墓地銘)을 세우고, 행적

(行跡)을 기념(記念)하는 일들은 모두 산 자(者)들의 자기위로(自己慰勞)의 수단(手段)이고 자기만족(自己滿足)일 뿐이다. 자기[自己, 산 자(者)]가 성의(誠意)를 다해 상대[相對, 망자(亡者)]에게 베풀었을 때 오는 혜택(惠澤), 그 슬퍼하고 추모(追慕)하는 행위(行爲)의 평가(評價)는 망자(亡者) 쪽에 있지 않고 자기(自己)에게 돌아온다는 것을 너무 잘 알고 있지 않은가.

궁금한 것은, 해방공간(解放空間)에서 죽은 학자(學者)들은 자기주장(自己主張)은 어떻게 하며 죽은 미켈란젤로는 어떻게 예술활동(藝術活動)을 하며 죽은 바흐는 어떤 곡(曲)을 만들어 어떻게 표현(表現)할까 하는 것이다. 표현(表現)의 실체(實體)가 없는 어떤 방법(方法)으로 할 수 있을까? 아마도 그들은 자기(自己)가 유명(有名)한 학자(學者), 예술가(藝術家)라는 것도 잊어버렸으리라 생각된다. 더구나 자기가 누구인지도 잊었을 테니까.

끝으로, (죽음은) 환경적(環境的) 변화(變化)를 동반(同伴)할 것이다. 우선 이에 따른 의식주(衣食住)의 문제(問題)다. 이 우주(宇宙)와 다른 공간(空間)이겠지만 그들[망자(亡者)]에겐 의복(衣服)이 필요(必要)치 않을 것이다. 실물(實物)이 없는데 누가 어디에다 입힐 것인가. 그러니 유행(流行)도 없고 옷 자체를 모를 것이다. 다음으로 먹지 않으니 그에 대한 준비(準備)도 필요치 않다. 농공해산업(農工海産業)도 불필요(不必要)할 것이다. 주거(住居)도 그렇다. 가정(家庭)이 없으니 집도 필요 없고, 아이들이 없으니 교육(敎育)도 필요(必要)치 않다. 잠잘 곳, 쉴 곳은 아무데서나 하면 되고, 실체(失體)가 없으니 그런 공간(空間)도 필요없다. 물건(物件), 주택(住宅)의 고민(苦悶)도 없다. 그 얼마나 부럽고 평안(平安)

한 곳인가. 산업재해(産業災害), 교통사고(交通事故), 전쟁(戰爭)의 화(禍)가 없고 피를 보지 않아도 되는 그 해방공간(解放空間)이야말로 우리가 희원(希願)한 이상(理想)의 공간(空間)이 아닐까.

아무리 화려한 유택(幽宅)을 만들고, 아름다운 말과 글로 찬양하는 비문(碑文)을 세운다 해도, 그 해방구(解放區)의 사람들은 무엇인지 알아보지도 못하고, 자신에 관한 것인지도 모를 것이다.

[2022. 9. 24][34]

---

34 【편집자 주】별세 직전의 늦여름, 마지막 항암치료를 받으신 후, 큰아들 종석의 집에서 휴양하시며 집필하신 원고다. 임종 1개월 전에 마무리하셨으니, 생애 마지막 글이기도 하다.

〈유청량산(遊淸凉山)〉에 붙여

유청량산(遊淸凉山)

－ 두남(斗南) 류통희(柳通熙)

명산의 뛰어난 아름다움 언제나 한결같아

청량은 태백의 한 줄기로 여기 솟았네

서쪽 골짜기엔 우렁찬 폭포 소리 들리고

동쪽 봉우리엔 솔바람 소리 가득 울려 퍼지네

옅은 구름 산봉우리에 걸려 오락가락하고

초가을 고운 단풍은 조물주의 멋스러움이니

선계의 신비로움 보고파서

거연히 제일 높은 봉우리 향해 오르네

名山勝槩古今同 聳出淸凉太白通

西壑轟雷吹洞瀑 東峰風鎖殫琴松

烟橫遠岫 35 光凌亂 36 楓染新秋造化功

欲識仙境神秘處 居然更踏最高峰

---

35 수(岫) : 수(峀, 산봉우리)와 같음.

36 능란(凌亂) : 어지러워서 일정하지 않음.

수련(首聯)은 고금동(古今同)과 태백통(太白通)이 서로 시간과 공간을 오가는 대(對)를 이루고, 함련(頷聯)에도 서학(西壑)과 동봉(東峰), 뇌(雷)와 풍(風), 동폭(洞瀑)과 금송(琴松)이 마주하면서 소리를 공통으로 하고 있다. 처음에는 시공을 통한 이 산의 위상을 노래하고, 다음에는 청각을 통해 들어오는 경개를 묘사했다.

　경련(頸聯)은 원경(遠景)과 근경(近景)을 짝으로 하여 시각적인 경관을 그리고, 미련(尾聯)에서는 작자 자신의 선계(仙界)와 선현(先賢)에 대한 흠모의 정을 가눌 수 없어, 더 높은 곳을 향해 정진하려는 의지를 표출했다.

　두남(斗南)은 나의 선친이시다. 바탕이 인후자애로우셔서 자라면서 나는 심한 꾸중 한 번 들어 본 일이 없다. 그러나 평상시 안광이 유달리 빛나고, 호기가 있어서 벗을 사귀고 승지를 유람하셨다. 이 시도 퇴계 선생의 유적이 서린 청량산에 올랐다가 남기신 작품이다. 백두대간 태백의 한 줄기에 자리 잡은 청량산은 봉만(峰巒)과 동학(洞壑)이 높고 깊어 자연의 신비가 서린 곳이다. 폭포 소리와 송뢰(松籟, 솔바람 소리)가 울려 퍼지는 가을 산의 단풍이야 사람의 힘을 넘은 조물주의 작위일 수밖에 없다.

　이런 찬연한 잔치 속에 서신 주인공이 그 정취에 취하여 피로도 잊은 채, 보다 높은 최고봉을 향하여 진일보하는 기개야말로 바로 정기(正氣)가 아니겠는가. 당신의 패기 가득 찬 생전의 모습을 뵙는 듯하다.

[1990년 寒食日에, 不肖 孤哀子]

수제비김치죽의 추억

　어렸을 때 집에서 학교에 가려면 내를 하나 건너고 2㎞ 쯤을 걸어야 했다. 여름철이면 냇물이 불어서 책가방을 머리에 이고 건너기도하고, 겨울이면 눈을 맞기도 했다. 추운 겨울에 바람이라도 세게 불면손발이 시려서 누나가 실로 떠준 장갑을 껴도 별 효과가 없었다. 그렇게 집에 오면 어머니께서 안방 아랫목 따뜻한 자리에 손발을 넣게 하고는 곧장 부엌에서 김치죽을 끓여주셨다. 그중에도 어떤 날엔 수제비 몇 점을 넣어서 끓여주면 그것은 별미였다. 멸치와 김치 거기에 밥알과 수제비 들이 조화를 이루도록 팔팔 끓인 것이니, 더 말이 필요없는 천상의 맛이었다. 그때는 시골에서 밀가루도 마음 놓고 먹지 못하던 어려운 시절이었다. 김치에서 우러난 매콤한 맛에 간혹 씹히는 멸치의 간간하고 새밋한 감촉은 입안을 몹시 즐겁게 했다. 그러다가 쌀알 중간중간에 부드럽고 매끈하면서 충만하게 들어오는 수제비의 맛을 어디에다 비교하겠는가? 겨울에는 또 하나의 추억의 음식이 있었으니, 저녁 이경(二更)쯤 되면 일찍 먹은 저녁 음식이 소화되어 배가 허전해진다. 그때 어머니가 부엌에 나가서 갖은 양념에 묻힌 채 썬 메밀묵에, 김치를 썰어 넣거나 통김치 그대로 가지고 오시면, 누나가 솥에서 조밥 한 그릇을 떠가지고 온다. 그때의 그 맛이야 산해진미에 뒤지지 않았다. 사실 우리가 좋아하는 음식이라는 것은 어렸을 때부터 많이 먹었던 것들에 추억이 얽혀 있다. 달리 표현한다면 그 음식에 길들여겨야 오랜 세월이 지나도 그 맛과 추억을 잊지 못하는 것이다.

우리 몸은 자주 반복되는 학습에 강하게 반응한다. 젊었던 날의 예로, 우연한 기회에 내가 교직에 종사하고 있을 때의 일화다. 아주 높은 곳에서 기별이 와서 들어갔더니 여사께서 자녀 교육 문제로 만나고 싶었다며, 이런 저런 얘기들을 하셨다. 그리고 저녁 때가 되어 저녁을 먹고 가라고 하셨다. 조금 있다가 대통령께서 오셔서 같이 저녁상 앞에 앉았다. 아무래도 워낙 높은 분들이라 마음이 편하지는 않았으나, 내가 어려서부터 어른분들과 같이 식사를 많이 해서 크게 어렵게 느껴지지도 않았다. 그런데 여사께서 나보고 청국장을 좋아하느냐고 물었다. 내가 아주 좋아한다고 했더니, 그제서야 청국장도 반찬 사이에 함께 들어왔다. 나중에 설명하길 "대통령께서 청국장과 쇠비름을 무척 즐기시기 때문에 끓였는데, 손[賓]으로 온 내가 그 냄새를 싫어할까봐 먼저 물어보았다"는 것이다. 격무(激務)에 시달리면서도 마음껏 골라서 드실 수 있는 처지인데도 서민의 음식 중에도 더 서민적인 청국장과 쇠비름을 찾는 대통령! 나를 한참 생각하게 했다. 분명 경상도 시골에서 어릴 적부터 먹던 음식이기 때문에 잊지 못하는 향수 같은 것이 있기 때문이었으리라.

먹고 사는 일도 나이 들면 어린 시절로 돌아가는데, 우리의 욕심은 어이하여 나이 들어도 적어지기는커녕 점점 더 쌓아 올리려 하니, 씁쓸한 뒷맛을 어이하랴. 사실 재물이나 공명이라는 것이 젊고 힘이 있을 때 필요한 것이지, 나이 들면 많아도 별 소용이 없고 오히려 귀찮게 할 때가 많다. 흔히 죽음을 앞에 둔 사람들의 고민 중의 하나요, 재산이 많고 적고 간에 사후 정리라는 문제가 빠지지 않고 자주 등장한다. 작게는 살고 있는 아파트 하나에서(요사이는 아파트도 어지간하면 몇십 억씩 하니 작은 것도 아니지만) 크게는 여기저기 널려 있는 토지며 임야에서부터 공장 빌딩에 이르기까지, 어떻게 분배해주고 또 그 세금은 어떻게 해야 할지를 고민한다. 그런 사람들의 상당수가 자수성가(自手成家)한 사람들이어서, 최근에 재산을 모으거나 권좌에 올라 그 맛을 본 사람들이기에, 부귀를 올바르게 누리고 베풀 줄 모르는 이들이 많다. 정말로 '개천에서 용이 나서' 유소년 시절의 빈곤과 고난이 뼈에 사무치게 한으로 남아 있는 경우도 많다. 심하게는 그 앙금이 막연히 복수심으로 작용하여, 오랫동안 권귀(權貴)를 누리는 사람들에게 갚아주려는 성향도 보인다. 그러면서 끝까지 재물이나 권력에 관한 미련을 버리지 못한다.

나이 들면 행동이 굼떠지고 생각도 완만해지는 것은 조물주가 만들어 놓은 자연법칙이다. 모든 것을 내려놓고 유년 시절로 돌아가라는 권고인 것이다. 그런데 왜 우리는 그 당연한 권고를 듣지 못하는 것인지 연민의 눈길을 보낼 수밖에 없다. 좋아하던 일들을 모두 그만두라는 것이 아니라, 계속 자신만 즐기고 누리는 일은 줄이라는 것이다. 갈 때는 결국 모두를 놓고 가야 한다는 것을 잊지 않으면 마음이 편안해진다. 앞뒤 돌아보지 않고 쌓은 재물과 사회적 위상도 나이 들면 내려놓는 것이 자연의 이치에 맞다. 그래서 진수성찬에 고급 승용차만 고집할 것이 아니라 얼마 남지 않은 시간을 허비하지 말고, 김치죽에 감동하던 어린 시절로 돌아가서 좋은 사람들과 많은 추억을 남길 일이다.

윈난[雲南]에 가면 샹두릴라가 있다. 그러나 거기도 사람 사는 곳이기에 곧 실망하게 된다. 진정한 샹글리라는 우리 마음 속에 있는 것이기에, 세속에서 붙인 것들을 모두 내려놓아야 제대로 보이고 즐길 수 있는 것이다. 그래서 지나온 삶을 정리하고 참사랑의 뜻을 느껴보는 것은 어떨까?

사랑이 가득 담긴 어머니의 김치죽이야말로 행복한 자연이 내린 진미라는 것을 저리게 느끼게 된다.

아! 순수하고 아름다웠던 옛날이여.

7

고졸(古拙)한
사화(詞華)

1
동시(童詩)

봄

아지랑이 너울 쓰고
봄 아씨 오네.

개나리 진달래 비단옷 입고
산들바람 결을 타고
웃으며 오네.

달래머리 냉이적삼 쑥치마 입고
버들개지 앞세워 한들거리며
동네아씨 대바구니에 쌓여서 오네.

매화 꽃잎 깔려진 꽃길을 따라
골짜기 흐르는 샘물 장단 맞추어
산과 들 지나서 마을에 왔네.

복사꽃 살구꽃이 마중 나가고
뒷산에 장끼란 놈 환영 소리에
검둥이도 덩달아서 꼬리를 친다.

뒷 뜰의 큰애기 머리 감아 빗고서
속눈섭 내리깔고 수줍어하며
입가에 비친 웃음

봄을 맞는다.

【부기(附記)】

대학에 다니던 어느 봄 방학 때 시골에서 며칠 보내며 느낀 감흥이다.

행복이란 원하던 것이 이루어졌을 때 느끼는 감정이다. 하지만 원하는 것이 언제나 이루어지기도 어렵고, 또 그럴 수도 없다. 왜냐하면 우리가 원하는 것이 끝이 없기 때문이다. 또한 우리가 원하는 것이 조금 모자라게 이루어지더라도, 행복할 줄 안다면, 그것도 다행스럽다.

보통 사람에게서는 일상적인 것도, 어떤 이들에게는 참행복이 될 수 있다. 그러니 우리가 지속적으로 많은 행복감을 느끼려면, 욕망 달성의 기회를 자주 가지도록 해야 한다. 그러려면 우리의 욕망을 거대한 것에만 둘 것이 아니라, 사소한 것에도 두고 마음에 흡족하지 않지만 조그만 성취라도 자주 가지는 것이 행복을 자주 누리는 방법이다. 다시 말하면 우리가 가진 욕망의 높이를 더 낮추는 것이다. 그러면 욕망의 성취도도 잦아지게 마련이다.

예를 들어 열성적으로 한 일 다음에 오는 짧은 휴식, 먹고 싶었던 음식에의 음미, 답답한 병상에서의 탈출, 하루의 일과를 끝내고 보는 일몰 등등 우리가 느낄 수 있는 행복감은 수없이 많다. 다만 생활에 찌들려 그것을 느낄 수 있는 마음의 여유가 없는 것이다. 그래서 지금 아주 행복한데도 느끼지 못하고 다른 곳만 쳐다보게 된다. 행복은 아주 사소(些少)한 것에서 느껴질 때가 많다. 아름다운 꽃바구니를 받았을 때도 행복하지만, 어느 들판 길옆에 핀 야생화 한 송이에서도 또 다른 행복감을 얻을 수 있다.

우리가 매일 겪는 아주 일상적인 것이 큰 기적으로 느껴질 때가 있다. 그러니 지금이 그 기적을 향유하는 시간이라고 생각하면 얼마나 행복해지겠는가?

모든 것을 다 가지고 싶다면 집착(執着)에서 자유로워야 한다. 사실 인간은 모든 것을 다 가질 수 없는 불완전한 존재다. 그러니 다 가지려 하는 한(限) 영원히 행복해 질 수 없어 불만스러워 한다. 그러니 행복해 지는 방법이란 욕심을 버리는 것이 최선이고 유일한 수단이다.

자, 그러니 차나 한잔 마시면서 생각해 보자.

이제 봄이 이렇게 아름다움 속에 온다는 것이 얼마나 신기하고 복 된 일인가. 그런데도 우리는 그저 그러려니 하고 지나버린다.

행복이란 안에서 찾을 수 있는 것이지, 밖에서는 아무리 찾아도 보 이지 않는 것이다.

팽이

박달나무 피나무 팽이는
귀하신 몸이고
송진이 붉게 절인 소나무 옹이 팽이는
일당백(一當百)의 용맹(勇猛)한 전사(戰士)다.

타작 마당 얼음판은
전쟁터였지.

팽이채는 가속페달
윙윙 소리 내며 잘도 돌아
재주부리다가
뒤뚱거리면
기진맥진 상태

채끈에 물 먹여 힘껏 잡아채면
적들은 위세(威勢)에 눌려
저만치 나동그라졌다네.

【병서(並書)】

우리가 어렸을 때는 팽이를 팔지 않았고, 모두 깎아서 만들어서 가지고 놀았다. 송진이 발린 옹이로 만든 놈이 듬직하고 팽이치기 싸움에도 잘 이겼다.

저녁 텔레비전

저녁 텔레비전 앞은
원형극장이다.

흔들의자 할아버지는
끄웃떡 끄웃떡

쇼파 위의 할머니는
꺼엇떡 꺼엇떡

애기 안은 엄마는
꾸웃뻑 꾸웃뻑

엄마 품의 애기는
예쁜 입술 오물거리며
소록 소록

구석쟁이 고양이도
콜올 코올

텔레비전 속 교통신호기도
껌뻑 껌뻑…

퇴근하신 아빠 얼굴엔
환한 웃음이.

저녁 텔레비전은
열기를 막 뿜어내고 나면
이어서 수면제를 피워댄다.

【병서(並書)】

1960년대 우리 가정의 저녁 풍경이다. 국산 TV가 처음 보급되었
으나 아직은 TV를 가진 가정이 그리 많지 않았을 때라, 시청률이 높았
다. 김일 선수가 나와서 덩치 큰 상대를 박치기 할 때나 김기수 선수가
챔피언 벨트를 찰 때면 온 동리가 들썩였다. 그리고 모두 돌아가고 나
면 공연이 끝난 극장 같아서, 곧 이런 풍경들이었다.

흰 나비의 기원(祈願)

흰나비 한 마리가
꽃향기 속에
또래들과 나들이 나갔다가
장미밭에서 오랜만에
노랑나비를 맛났어요.

흰나비는 경이(驚異)로운 눈으로
노랑나비를 맞아 몹시 기뻤지요.
아주 곱고 어여쁜
너무 좋은 친구였으니까요.

그에게는 꾸미지 않아도 멋있고
웃지 않아도 푸근하고
말하지 않아도 서로 잘 통하는
품격(品格)이 있었어요.

만나면 즐겁고
헤어지면 아쉽고
생각하면 흐뭇하여
같은 화원(花園)에 공존(共存)한다는 것이 좋았어요.

그러다 어느 비바람 치던 날

노랑나비는 상처를 입은 채로
꽃잎에 앉아 신음하고 있었어요.

흰나비는 어이할 줄 모르고 망연자실(茫然自失)하여
마음만 동동 안타까워
믿지도 않는 신(神)에게
두 손 모아 빌고 또 빌었어요.

몇 날이 지나도록 노랑나비는
달콤한 꽃꿀도
부드러운 꽃 이슬도
먹지 못하니
흰나비는 그저 노랑나비 곁으로 가서
근심스레 바라볼 뿐
말을 잊었어요.

가슴 메어지는 정성으로
신의 가호(加護)가 내려
감로수(甘露水)를 드리워
노랑나비가 회복되기를 바랐어요.

그래서 노랑나비 옆에서 빌고 또 빌었어요.

그대여 굳은 의지(意志)를 가지고
이 아침 이슬 마시고

천지의 기(氣)를 모아
하루빨리 쾌유(快癒)하소서

우리 일심(一心)으로
건강한 그대 맞으리니…

건강해진 노랑나비
부드러운 눈길을 보내며
'너의 따뜻한 마음이
나를 살렸어.
고마워.'

【병서(並書)】
2000년 5월 어느 날, 장미밭에서 오랜만에 본 나비를 노래하다. 사랑은 보이지 않지만 큰 힘을 가진 것이다.

2

인생(人生)

대합실 (待合室)

1.

가는 이보단 남는 이에게
더 아린 사연이 많은 곳

회색 안개 속에서
푸른 깃발 꿈꾸며
핏줄을 가른다.
겹겹이 쌓인 산 너머 어디에
오색 꽃구름이 있다는데

수없이 깨문 혀끝이 멍들고
어금니가 떨어질 줄 모른다.

사랑과 눈물이 범벅이 되어 만든 이별
떠나는 이
보내는 이
왜 이렇게 가슴이 메어질까

젖은 눈으로 되뇌이는 당부의 말 들으며
괜시리 서성이며 시계만 보는
이 짧고 어색하고 지루한 시간의 레일 위에서

자신을 부추겨 본다.

우리 서로 무너지지 말자.
주먹 쥐고 다짐하며 입 굳게 다물고
남고
그리고 떠난다.
보이지도 않는 끝 모를 노정(路程)을 향해.

2.

오는 이
맞는 이
실타래 같은 사연 안고
웃음 반 눈물 반으로 만난다.
제일 궁금했던 일
제일 염려했던 일

대합실 문을 나서면
모두 심판받는 운동선수 얼굴이다.

그리고 이겼건 졌건
앞에는 고된 훈련이 남았다.

오늘도 이곳엔
소금보다 짠 삶이 있다.

【부기(附記)】

이 시기의 우리 생활 중 보내고 맞이하는 곳은 사무치는 애환이 서린 장소였다. 그곳이 육지에선 플랫폼이고 바다에선 부두였다. 그 대합실이다.

이백(李白)도 "부운유자의(浮雲遊子意) 낙일고인정(落日故人情)"이라 하지 않았던가.

초하루[1월 1일]

검은 장막이 걷히고
새롭게 맞이하는 벌판
혼돈(混沌)의 강 지나고
광명의 뫼에 오르면

무궁(無窮)의 광막(廣漠)한 터전엔
삶의 무늬 현란한데
그 고요 속에 멈추지 못하는 움직임이 있다.

시작은 언제나 활기로 넘치고
천지에 미만(彌滿)한 만상(萬像)들은
용트림하여 오른다.

어제가 내일의 역사 되고
내일이 오늘의 미래인 여기
우리는 이 무대의 주역(主役)이다.

강렬한 정오의 태양은
생명을 담금질하고
약동하는 가슴에는 의욕이 넘친다.

＊ ＊ ＊

감미(甘味)로운 양식 있으니
신들메 고쳐 매고
돌아볼 겨를없이
하오의 능선을 타고 내린다.

＊ ＊ ＊

장밋빛 휘장 속에
그리움과 사랑을 안고
돌아온 보금자리는
그대의 사바(娑婆)이다.

【병서(並書)】

1970년대 초 어느 여행지에서 맞는 초하루의 새벽에 쓰다.

주변의 수많은 자연적 배경 속에는 지난날의 많은 꿈의 궁전들의 잔해가 중첩하여, 입추의 여지없이 빽빽하게 혼재(混在)되어 있다. 그들 속에 얼룩진 자국에는 순수한 희망의 녹색이 있는가 하면, 찬란한 붉고 노란 황금색이 번쩍이기도 하고, 고독과 눈물이 새긴 회색이 깔린 것도 있다. 이것이 바로 시간의 자국이다.

입춘(立春)

고드름 녹는 추녀 끝에는
참새들이 바쁜데

서까래 머리 위에 얹은
기둥들은 기지개를 켜고
닫혔던 창들도 하품을 한다.

쓰린 세월은 지나면
아련한 추억으로 남고
간지러운 바람은 거친 상처를 아물게 한다.

立春大吉(입춘대길)
建陽多慶(건양다경)
앞세우고 대문을 나서면

매화 아씨 볼그레한 웃음에
기러기 떼 멀어져 가고

겨우내 피한(避寒)한 귀신들이
꽃바람에 나부껴 도망치느라 바쁘다.

툇마루 끝엔

한가로운 개가
앞발을 내딛고 사지(四肢)를 늘인다.

【부기(附記)】

청자빛 하늘이
육모정 탑 위에
그린 듯이 곱고

연못 창포 잎에 여인네 맵시 위에
감미로운 첫여름이 흐른다.
－노천명

내가 초춘(初春)보다는 중춘(仲春)을 좋아하는 것은 아마도 차(茶) 때
문일 것이다.

장미의 꿈

거실에 꽂혀 있는
붉은 장미의 꿈은
꽃병에서 오래 곱게 피어 있는 것이 아니다.

자연으로 돌아가
다음 세상에는
온실에서 잘 길러져
가위에 팔다리 짤려 이산(離散)의 고통 맛보지 않고

보슬비 맞으며
시원한 바람 쐬고
새소리 들으며 먼 하늘 구름도 보고
밤이면 달과 별과 속삭이고
아침 이슬에 얼굴 씻고 싶어 한다.

금강초롱이나 호접란 같이 곱지 않아도 좋고
양귀비나 작약 같은 약초가 아니라도 좋다.
매화나 동백같은 지절(志節) 있는 꽃은 언감생심(焉敢生心)
튤립이나 백합처럼 예쁘기는 더욱 바라지 않는다.

어느 산기슭에서
이름 없는 꽃으로

마음대로 피었다가

이웃들과 도란도란 정 나누며

살다 가길 바랄 뿐이다.

【부기(附記)】

보편적인 것이 가장 정상적인 것이다. 어느 분야에서나 보편적인
것이 가장 많고 표준이 되기 때문이다. 그래도 그 속에는 제한적이지
만 자유가 보장되어 있기 때문이다.

해후(邂逅)

세월의 자욱이 주름져서
난초 새순 같던 너의 모습이
쫑이 영근 파잎이 되었구나.

소꿉장난하던 앙징스럽던 고운 손은
소나무 굴피가 되고
모진 바람 눈보라에
그리움의 무늬 녹아
눈물 마를 날 없었다.

이제,
부둥켜 안은 몸부림은
막힌 물길 터짐이라

피가 물보다 진하다고 해도
가슴에 대못 지른 그 응어리가
이리 쉬 녹을 줄이야

순간 그들은 유년(幼年)의 동산에 서고
쉬임없는 시간의 강물 위에
한 점을 찍고 있었다.

【병서(並書)】

　수십 년 이산(離散)되었던 어느 가족의 상봉을 보고 쓰다. 육친의 징이란 '피는 물보다 진하다'라는 말보다 더 절실하고 질긴 것이다.

인생

아무리 마음 갉아먹고
사는 삶이라지만
마지막 뿌리는 남겨야지

새순 돋는 봄날이
영원히 오지 않는다 해도.

신(神)은 달랐다.
어두운 한밤의 별빛처럼.

나뭇가지에 걸려
하늘거리던 연(鳶)줄이
잠꼬대 같은 독백(獨白)을 곁들인
꿈

사는 것이 욕(辱)이라지만
죽는 것도 부끄러움이지.

아직도 무지개 못의
용솟음치는 물보라 속에
선녀처럼 잠길 날을
그리고 있다.

【병서(並書)】

어느 여인의 고달픈 삶과 신앙 이야기를 듣고.

세상은 원래 다 이해하고 사는 곳이 아니다. 시간이 지나고 나면 대부분은 이해되는 것이니, 믿는다면 먼저 알려고 묻지 마라.

우리가 이승에서 산다는 것은, 조물주가 준 단 한 번의 기회다. 그래서 소중하다.

우리는 매일 매일을 처음 살아가고 있다. 만나기 전부터 궁금해지고, 상상해 보고, 기대도 한다. 그러다가 만나면 기쁘기도 하고, 때로는 실망스럽기도 하지만, 지나고 나면 추억이 되고 먼 훗날에는 그리움으로 변한다. 사실 삶이란 자신과 남과의 관계가 주(主)를 이룬다. 그리고 그 속에서 파생되는 고독의 상호인정(相互認定) 양상(樣相)이 곧 삶의 무늬로 남는다.

사관(死關)

한 발 내디디면 바닥 모를 나락(那落)이
한 발 물러서면 마디마디 저린 오뇌(懊惱)가

끝 모를 안식(安息)도 때로는 바랐는데
문 앞에 다달아서 이렇게 망설임은
가닥가닥 이어진 삶 때문이지.

역리(逆理)를 통곡하실 어머니가
물먹은 아내의 눈매가
거친 비바람 속에 버려진 아이들이
질긴 연(緣)줄로 꼭꼭 묶고 있건만

내가 밟은 이 광대(廣大)줄 위엔
어떻게 될지 아는 건 바람뿐

저린
아픔도
회한도
간절함도
안타까움도
모두 삼키고
허수아비처럼 맡기니

님의 손

내 뒷덜미를 잡으며

아직

치러야 할 빚이 많음을 꾸짖으신다.

【병서(並書)】

젊었던 날 병마와 싸우며, 어느 순간 쓴 독백이다.

인생은 영원한 숙제장(宿題帳)이어서, 언제나 정답대로 기록되지 않을 수 있다.

야인일기 (野人日記)

멧새들의 조잘거림에 눈뜨고
갈대의 노래에 세수한다.

바람의 하소연 듣고
구름을 따라 놀지만

비에 젖으면 언제나
달을 그리워한다.

나무와 얘기하고
짐승들과 벗하며 사는데

밤 하늘의 별을 보면
목마르게 기다려지는 것은 무엇일까?

아!
끝을 모르는 바람[慾]이여.

【병서(並書)】

반거들충이 야인의 잡념.
깨달음은 창조가 아니라 발견이다. 원래부터 거기에 있던 것을 알지 못하고 있다가, 부단한 자기 계발로 그 위치를 알아낸 것이다. 그렇다고 그 전부를 알아낸 것도 아니고, 일부 혹은 한쪽만을 알게 될 뿐이다. 다시 사방을 돌아보고, 가까이 접해보고, 시간과 기후에 따른 변화까지 보고 나서야 그 윤곽을 알 수 있다. 그것이 깨달음이다. 우리가 알고 있던 사물에서도 이 같은 현상은 얼마든지 있다. 더 깊이 더 많이 알려면 부단히 노력하고 탐구해야 한다. 그때 아상(我相)을 버려야 한다. 이 산 속에 있는 도(道)를 숲이나 개울은 알고 있는데 나만 모르고 있는 것은, 내 안에 아상(我相)이 있기 때문이다. 곧 소심(素心)으로 돌아가지 못하여 보이지 않는 것이다.

어느 순간 내 안의 나를 버려버리면 그때서야 그 실체가 눈 안에 들어와 보인다. 이렇게 되는 것은 내가 찾아가서 보는 것이 아니고, 그 실체가 나에게 다가와 보여진다. 나에게 와서 꽃이 되는 것이다.

월하화주(月下花酒)
- 〈과하산방기(果霞山房記)〉에 붙여서

포근한 하늘 아래
달빛 물든 봄꽃들이 활짝 웃음 웃는다고
술 마시러 오라네.

반가우이,
그 말씀 반가우이.

대문 위에 흐드러진 벚나무 가지에다
먼지 낀 마음 맑게 씻어 걸었네.

꽃다지 할미꽃 …
함박꽃 순이 붉게 솟고

잔디 싹 보송보송
풀 솜이불 깔렸는데,

담장 아래 수선이
금강초롱 손을 잡고
진달래 고운 꽃술에
벌들이 부산하다.

* * *

마루에 자리 까니
머언 산이 다가오고
매화 향 가득 실은 술잔들이
정(情)을 담아 오고간다.

달 뜨니 흥겨워 노래하고
묵은 얘기 세월을 넘나드네.

객이 취하니 주인도 취하고
사람이 취하니 꽃도 따라 취하네.

강녕하게 친구들아!
오늘 저녁 고운 마음
돌에 새겨두려 하네.

【병서(並書)】

2001년 봄날 권용중 군의 대문 앞에 만개했던 벚꽃의 추억을 담다. 그날 이동대, 박병욱, 나 그리고 주인, 네 집의 부부가 함께 남태령 기슭에 있던그의 정원(庭園)에 모여 달빛 아래 아름다운 저녁을 즐겼다. 뜰에는 야생화가 많이 피어 있었다. 그래서 여(余)가 과하산방(果霞山房)이라 명명(命名)했다. 그리고 《세심여담》에 〈과하산방기(果霞山房記)〉를 썼다.

다객 (茶客)

푸른 산
내 집에 고운 님 와

미리내 물길어
감로(甘露)를 달이는데

어느새 섬서(蟾蜍)가
솔 그림자 비추며
사창(紗窓) 밖에 이르러
차 한 잔 청하네.

흔쾌히 차 올리고

내일은 혜강(嵇康)과 청련(靑蓮)도
함께하리.

【병서(並書)】

세상은 원래 다 이해하고 사는 곳이 아니다. 시간이 지나고 나면 대부분은 이해되는 것이니, 믿는다면 먼저 알려고 묻지 마라.

일객(逸客)의 고상(高尙)한 행적과 유인(幽人)의 절묘(絕妙)한 운치(韻致)는 대부분 찻 자리에서 나타난다.

다음은 송(宋) 두뢰(杜耒)의 〈한야(寒夜)〉라는 시이다.

추운 밤 객이 오니 술 대신 차를 내는데

발갛게 타는 숯불이 죽로 속의 탕을 끓이네

창 앞에 뜬 달이야 항상 있는 일이지만

때맞추어 핀 매화 몇 송이는 특별하다네

寒夜客至茶當酒 竹爐湯沸火初紅

尋常一樣窓前月 纔有梅花便不同 [杜耒]

고려(高麗)의 무의자(無衣子)도 〈인월대(隣月臺)〉라는 시에서 이렇게
노래했다.

북두(北斗)로 은하 물 길어 밤차 달이니

차 연기 피어올라 달에 계수나무 그리네

斗酌星河煮夜茶 茶烟冷鎖月中桂

고독(孤獨)

저리게 스미는 외로움

멍들고 바람 심한 즈음

따뜻한 햇살을 갈구하는 헛손질.

너가 나를

내가 나를

사랑하던 모든 것 가고

옛 골목에서 허상(虛像)만 남은 육신.

처음부터 내 곁에는 아무도 없었다.

두려움 때문에 누가 있다고 믿었지만

지금 와보니 나도 없었다.

삶이란 원래 그런 것

동행할 수 없는 길 밀려와

홀로 마무리 지어야 하는 것

험한 돌 비탈 기어오르며

오색 꽃구름 잡으려고 발버둥 쳤지만

지금 이 순간

걸레 같은 육신을 걸치고

발아래 자욱한 허망함에
망연자실(茫然自失)한다.

연(緣)으로 얽힌 허수아비들 사이에서
피맺힌 두견의 소리도
꽃 피는 화창한 봄날도
여운(餘韻)만 남았고
새들이 떠난 물가엔 발자욱만 남아

추억 속의 그들은
내 아픔도
내 슬픔도
내 외로움도
무감각하게 보기만 하고

혼자 남은 나를
더욱 외롭게 두고 떠나버렸다.

【병서(並書)】

    외롭다는 것은 인간들과의 관계가 소원(疎遠)해졌다는 말이다. 아무리 산 속에서 지낸다고 해도 사람 관계를 끊지 못하면 외롭게 느껴지고, 저자거리에 있다고 해도 세상에의 뜻을 비웠다면 마음이 평온한 법이다. 흔히 말하는 속연(俗緣)을 버리지 못하면 자연물과 함께할 수 없다. 함께하지 못한다면 아무리 산속에 산다고 해도 자연물들이 받아

주지를 않는다. 그래서 외톨이가 된다. 우리가 그들과 같아지고 싶다고 같아지는 것이 아니고, 내가 그들과 같아졌을 때, 비로소 그들이 경계를 허물고 트게 된다. 그제서야 '신동기이입묘(神動氣而入妙)'하고 '낙부도이자지(樂不圖而自至)'하는 것이다.

그러면 우리가 정열적으로 사랑하고 미워한 것은 무엇일까? 물결처럼 곧 없어져서 아무 의미도 없는 것인가. 아니면 '그 사람 이름은 잊었지만 … 아직도 내 가슴에 남아 있는 것?' 이것은 또 무슨 의미가 있는 것인가. 더구나 나 아닌 상대는 지금 그때의 일을 추억하고 있을까? 있다면 내가 생각하는 것과는 어떻게 다를까? 말해서 무엇하랴. 지금 내가 생각하는 것 이상의 것을 기대하는 것도, 상상하는 것도 세속의 일인 것을.

작별 (作別)

우리 이제
잡았던 손을 놓고
소롯이 떠나자.

만남은 우연(偶然)이지만 헤어짐은 운명(運命)이려니,
눈물도
한숨도
슬픔도 삼키고
평온히 미소 띤 얼굴로
말없이 떠나자.

실타래 같은 사연 사르고
북바치는 설움 참으며

어제의 발자국들을
아름다운 노래로 채우고
서산(西山)의 황혼(黃昏)을 향해 떠나야 한다.

얽혔던 연(鳶)줄이 끊기면
바람 따라 떠돌다가
아침 햇살 받으며 어느 나뭇가지에서 쉴 것이다.

바람은 정든 고향을 지나며
묵은 옛 얘기 들려주고
산새들은 외로운 넋을 위로하겠지.

마음에 있다면 죽음도 순간적(瞬間的)인 의례(儀禮)일진대,
굳이 가슴 치며 통곡(痛哭)할 일은 아니지

마음의 깃이 포근하면
언제나 깃들고 있을 테니까

하지만 지금은
강물이 흐르다가 갈라지듯이
우리도 이제 작별(作別)을 하자.

【병서(並書)】

나는 죽음이 영원(永遠)한 이별(離別)이라고 생각지 않는다. 윤회(輪
廻)를 믿거나 천국(天國)을 생각해서가 아니다. 죽음은 남은 사람들의
마음속에 깊이 자리 잡아 지우지 못할 자국을 남기고, 언제 어디서나
또다시 재회(再會)하게 마련이다. 그러니 죽음은 가볍지는 않으나 작별
(作別) 쪽에 속한다고 생각한다.

멀어져가는 너의 모습에 왜 자꾸 만나던 날의 너의 모습이 겹쳐지
는지? 이 순간 그대는 무엇을 생각하는지.

"부운유자의(浮雲遊子意) 낙일고인정(落日故人情)"이라.

과거의 사치품(奢侈品)은 현재의 필수품(必需品)이 된다.

우리가 잘살기 위해서는 우리 안에 있는 수많은 것들을 죽이지 않으면 안 된다. 죽인다는 것은 비우고 떨어낸다는 것이며, 동시에 남을 위한 정신과 자비(慈悲)와 사랑이 함께한다는 뜻이다. 분수에 넘치지 말아야 하고 욕심을 죽여야 한다.

노년을 쉬라고 하는 것은 무가치하게 허송(虛送)하라는 뜻은 아니다. "경기장에서 달리기를 할 때 결승점에 가깝다고 달리는 것을 멈추어야 하나?"[디오게네스]

쉬라는 것은 젊은 날처럼 왕성한 활동은 자제하라는 것, 곧 욕심을 버리라는 뜻이지 멈추라는 것은 아니다. 어떻게 결승점까지 이르러 아름다운 마무리를 할 것인가를 생각하는 것이 버릴 줄 아는 삶이다. 비운다는 것과 포기는 다르다. 1년밖에 머무를 수 없는 사람이 10년이나 100년의 삶이 남은 듯이 계획을 세운다면 그것은 욕심이다.

3

고향(故鄉)

사향(思鄉)

하루아침의 가벼운 인사가
반생을 넘은 이별이 되고

돌아갈 날은 기약도 없어

하루 한 달 한 해는 조바심이었고
두 해 세 해 …십 년은 그리움이었는데
스물 서른 쉰 해는 한(恨)만이 쌓여

아침 안개 자욱할 때
고향 마을 보고
저녁노을 붉은 것은
사무침이었네.

산마루 달빛은 그님의 얼굴
어느 날 창가에서 두 손 맞잡고
지난 얘기 하면서 보듬어 보리.

아직도 무지개 못의
용솟음치는 물보라 속에
선녀처럼 잠길 날을
그려본다.

【병서(並書)】

북에 가족을 두고 온 어느 노부부의 사연을 듣고.

철길

애초에 만남은 없는 평행선
영원한 이별의 동반자

마음은 간절하나
손이 닿지 않아
안타까움 사무치는 들국화밭이다.

자갈 목침(木枕)에 허리 휘고
쇠덩이 무게보다
고막이 더 괴롭다.

북만주(北滿洲)로 떠나던 그 밤의 아픔이
피난(避亂)짐 가득 실었을 땐
할 말을 잃었다.

날 밤 묶어 쌓인 한(恨)으로
찢어지는 아픔은
전신에 배었고,

밤새 별을 보며
싸늘한 몸을 이슬로 씻는다.

오늘도 안개를 이불 삼아

갖은 사연 삭이며

하품하고 기지개 켠다.

어제 고향 간 정든 얼굴들이

오늘은 사랑 가득 싸서

돌아오는 것을 보려고.

하늘을 향해 팔을 뻗는다.

그리움

눈 속에 얼었던 고독이
매화 필 때
그리움 안고 오는 것은

아리던 가슴 바닥 드러난
우물의 목마름이다.

그림자 없는 이 마음
아무도 알 이 없어

두 손 깍지끼고
벌렁 누우면
옛 생각들에 철 없는 웃음 나고

금방
너가 보고 싶어지는 것은
아직도 철이 없기 때문일까?

【병서(並書)】

　사람을 좋아하고 사랑했던 아름다운 영상만은 오래 간직하고, 그
렇지 못한 것들을 쉽게 잊을 수 있을 것이라고 믿었는데, 그 앙금이 이

렇게 깊이 남게 될 줄은 몰랐습니다. 그리고 세월이 지날수록 작아지는 것이 아니라, 반대로 점점 더 크게 아파집니다. 인간의 일시적인 오류가 생을 마칠 때까지 길이 남게 된 것은 신의 잔인성 때문일까요?

"지금 그 사람 이름은 잊었지만
그 눈동자 입술 내 가슴에 있네."
─박인환

사랑하지 않았으면 나는 너의 세계를 알지 못했을 것이다.

장독대

장독대는 어머님의 텃밭이다.
눈 같은 마음으로 닦고 또 닦아
정성과 사랑 단비처럼 내린다.

장독대는 어머님의 사랑 마당이다.
우리의 건강이 잉태되는 곳
메주 소금 물까지 정결히 하여
고추 숯 대추 얹어 정으로 익혀낸다.

장독대는 어머님의 기도소(祈禱所)다.
노부모님 안녕과 그리운 님 생각에,
어린 것들 영양 위해
정화수(井華水) 길어 놓고 손이야 발이야.

장독대는 어머님의 고해소(告解所)다.
설움 고통 슬픔들을 이기지 못해
짠 눈물 삼키며 주름 지우며
겉고름 손에 잡고 마음 풀던 곳.

장독대는 어머님의 휴식소(休憩所)다.
아픈 허리 쭉 펴고 하늘도 보고
먼 산을 바라보며 친정 하늘 그려본다.

앞치마에 두 손 얹고 별빛도 보며
견우직녀 옛 얘기를 삭임질 하고
장아찌 넣으면서 휴가 올 아들 생각

장독대는 분명한 어머님의 영토란다.

누이의 칠순에³⁷

축하(祝賀)합니다. 누님!

살처럼 빗겨 지나간 칠질(七秩)의 세월,
당신께서는 이 땅의 딸이요 어머니였습니다.

가녀린 바람도 그냥 지나지 못하고,
세찬 폭우에는 당당하게 맞섰지요.

나에게 당신은 반은 어머니요, 반은 핏빛 짙은 동기(同氣)였습니다.
어린 시절 철없이 생떼 부리던 동생에겐
당신은 엄한 어이이기도 했고,
가녀린 눈물 많은 자상한 누이기도 했어요.

그러나 긴 세월 살아오면서 부끄럽게도
저는 당신께 돌려드린 것이 없습니다.
돌아가신 어버이께 그랬듯이.

오늘 먹구름 지나간 하늘에는 밝은 햇빛이 빛나고,
당신의 텃밭에는 힘찬 줄기와

---

37 【편집자 주】본래 시로 쓰신 것이 아니고, 그래서 제목도 없었다. 장(章) 구성상의 이유로 여기에 실었다.

알찬 열매들이 맺고 있습니다.

이제
축복 받은 한가로운 하오(下午)의 여유를
마음껏 즐기시고

두 분 길이 건강하시길 손 모아 빕니다.

2001년 누님의 일흔 생신에
동생 건집 드림.

고향(故鄕)

아름드리 소나무
맑은 하늘 이고서
의연(毅然)히 푸른데
눈이 곱던 소녀는 어디 갔을까?

상기도 다람쥐 도토리 나르고
여우골 복숭아꽃은
그저 웃기만 하는데

꿈 많던 소년은
여태 그 꿈 지우지 못해
흰 머리 날리고
눈 가에 세월을 담아
반평생 그리던 옛동산에 다시 서 있다.

자치고 팽이 치던 텃밭은 좁기만 하고
아미산(峨眉山) 봉우리는 용왕님 산책 코스다.

정월 보름
뒷산에서 달을 맞고
넓은 성황당 들판에서 석전으로 들뜬 소리
아직도 바람 속에 실려 온다.

당굿하던 어린 무녀(巫女)의 애잔함이
지금도 눈에 아른거리는데
만령초당(萬嶺草堂) 난간들은
타향(他鄉)살이 덧없다.

상경하신 아버님이
돌아오실 날이 되면
뜬눈으로 설치다가 새벽잠 곤히 들고,
그네 뛰던 누이 따라
뫼꽃 꺾어 주던 소녀와 즐거웠지.

꿈 실었던 높은 구름 아련한데
지금은 모두 떠나고
호수(湖水)만이 찰랑이네.

【병서(並書)】

만령초당(萬嶺草堂)은 안동임하댐 건설로 인해 수몰지역(水沒地域)에 위치하여 해평(海平)으로 옮겨지었다.

멀리 있기 때문에 아름답게 느껴지는 것도 많다. 풍경, 추억, 별, 달, 사람, 꿈 등등이다. 잘 보이지 않으니 상상으로 아름다운 면만을 그리고, 그리움 때문에 나쁜 것은 생각지 않기 때문이다. 코스모스 핀 고향집이 아름답게 보이는 것과 같다.

4

여정(旅情)

감나무

늦봄 새벽안개 내리면
감나무 아래는 흰 꽃 마을이다.

아삭이는 감꽃은 맛보다 촉감이지
고운 마음 실에 꿰어
순이 목에 걸어주고
도망치듯 뛰는 사이 귀뿌리도 빨개졌지.

해거리도 하지만
낙과(落果)도 많아
서리 이불 덮을 때는 다 자란 거지.

남보다 먼저 익으면 쪽대에 걸려
오물오물 할머니 별식 되고
상투감은 사당(祠堂) 어른들의 후식이고
넙쩍감은 곶감으로 분단장한다.

어릴 때는 감잎차
단풍 들면 황홀한 비단 쪽

죽은 나무의 밑둥은
먹감 장롱

그 무늬 곱기도 해라.

【병서(並書)】
내가 자란 시골에는 감나무와 밤나무가 많았다.

경주남산(慶州南山)

남산엔 부처님도 많더라.
세월의 자취만큼이나 많아.

그리움과 한이 서린
어머니와 아들이 있고
남편과 아내의 마음이 살아 있더라.

목만 남은 돌덩이는
박물관 뜰에 놓인 귀를 통해 랩을 듣고
조각난 몸둥이는
진열장 속에 갇힌 사리를 담은
낡은 그릇이다.

하늘과 지옥이 함께한다.

못다 이룬 이승의 꿈이
정(釘) 끝으로 남은 곳

애절한 사랑이
넘치는 자비가
몸부림치던 애욕이
덩이덩이 나딩굴고

탐욕의 망치가
돌덩이를 짓이겨 놓았으나
넓은 마음 푸른 하늘엔
흰 구름이 유유히 떠 흐른다.

청솔 끝을 지나는 바람에는
천 년 옛이야기 실려 있고
길섶의 이름 모를 꽃들은 신비로운 웃음 머금고 있다.

염불 소리 법고 소리 사라진 곳에
산새 소리 물 소리만이
깨어진 돌 조각 속에 스며져 있네.

감실 속의 부처님은
세상 하 소란하니
머리 불쑥 내어밀고

대좌 밑 절터에는 시누대만 우거졌다.

석가탑(釋迦塔)

님 그린 꿈 삼키고
한(恨)만 남긴 아사녀여

뜨거웠던 그대 사랑
사방(四方)의 기단(基壇) 되고

잠못 이룬 자아비는
목욕재계(沐浴齊戒) 합장하며
솔바람 달빛 아래서도
쉬임 없이 정 두드려
팔방금강연좌(八方金剛蓮座) 위에 장엄한 화엄세계(華嚴世界)
그대 향한 불길 속에
굳은 돌도 녹였었다.

그리움은 법력(法力) 되어
수려(秀麗)한 탑신(塔身)으로
그 사랑 불력(佛力)으로
다라니경(陀羅尼經) 봉안하여
불국토(佛國土)를 이루었네.

청운(靑雲) 백운(白雲) 돌계단에
자하문(紫霞門) 그림자 얹고

대웅전 부처님이
칠보(七寶) 연화(蓮花) 오르실 제
그대들의 드높은 고임
상륜(相輪)에서 맺어졌다.

몸은 돌이 되고
넋은 바람이어라.

육신의 아픈 이별
무영(無影)으로 승화되고
그 정성 탑에 어리어
연화(蓮花) 보개(寶蓋) 남았으니

다보(多寶) 옆 나그네 마음
이렇듯 설레이네.

불국사(佛國寺)

청운교(靑雲橋) 백운교(白雲橋) 연지(蓮池) 위에 떠있고
범영루(泛影樓) 법고(法鼓)소리 자하(紫霞)를 감싸는데,
회랑(回廊)에 가지 내린 천년송(千年松)에 백학(白鶴)들.

비로(毘盧)부처 지권인(智拳印)에 우주(宇宙)가 담겨있고
하늘 높이 내린 닫집 용두(龍頭)로 떠받치고
적멸(寂滅)의 현계(玄界)에는 시간조차 머물었네.

다보탑(多寶塔) 네 난간(欄干)엔 사자(獅子) 일좌(一座) 외출하고
흙처럼 매만져진 화강암(花崗巖) 석주(石柱)들이
이끼를 입고서도 하루같이 긴 세월을.

달밝은 저녁이면 도솔천(兜率天)이 내려오고
이슬 내린 아침이면 자미원(紫薇園) 앞뜰이니
어느 가을 이른 바람에 미타찰(彌陀刹)의 월명(月明)스님.

칠보교(七寶橋) 연화교(蓮花橋)에 극락보전(極樂寶殿) 자리하고
궁(宮) 안의 아미타불(阿彌陀佛) 서천(西天)을 다스리는데
어이타 부처님은 천년왕국(千年王國) 버리셨소.

백두의 기운 받아 흘러내린 토함산(吐含山)에
님들의 넋들은 오늘도 말이 없이

바람소리 물소리 어제런가 그제런가.

석굴암(石窟庵)

전실(前室)의 팔부신중(八部神衆) 위엄 갖춰 도열한 곳
금강저(金剛杵) 둘러메고 인왕(仁王)이 지키는데
천왕문(天王門) 들어서면 부처의 궁 안이라

범천(梵天)과 제석(帝釋)이 좌우에서 호위하고
그 옆을 이어서 보현(普賢)과 문수(文殊)인데
손 위의 보발(寶鉢)에는 하늘의 감로(甘露) 가득.

삼천대천세계(三千大千世界) 다향(茶香)으로 정화(淨化)되고
묵언(黙言)으로 전해지는 부처님의 그 말씀
오늘도 연화대(蓮花臺)엔 아침햇살 그득하다.

백호(白毫)와 삼도에는 억겁(億劫)의 가르침이
영락(瓔珞)을 타고 내려 천의(天衣)에 남아있어
달밤이면 소쩍새 아침에는 염불(念佛)로.

가섭(迦葉)과 아난(阿難)이 긴 세월을 하루같이
중생(衆生) 제도(濟度)에 끝없이 번뇌(煩惱)하고
감실(龕室)의 부처들과 이심전심(以心傳心) 설법(說法)이네.

후벽(後壁)의 관세음(觀世音)은 십일면(十一面) 보관(寶冠) 쓰고
가사(袈裟)자락 출렁이는 봉긋한 가슴 속에

자애(慈愛)로운 미소 머금고 오늘도 자비(慈悲)만을.

한네의 사랑
- 어느 여인의 애절한 사랑 이야기

와 이렇노?

뒷산 돌무더기 속새밭에
욱(旭)이란 놈 말 한마디 없고
가슴 맥혀 죽겠는데

여울 가 조약돌을 쥐어주며
눈 이슬 남기고 떠난
돌이는
먼 남쪽 나라에서
십자성(十字星) 타고 돌아왔다.

와 이렇노
와 이렇노

우물전 용왕님께 빈
정화수는 내 피눈물인데
와 이렇노

남산 밑에 미륵님께
무릎 까지도록 빌었는데

와 이렇노.

은하수 건너갈
그날도
기약이 없는데.

발리의 Nusa Dua Beach에서

나이를 넘어 들뜬 가슴
남태평양의 수평선(水平線) 향해 내닫고

온 몸 갈피갈피 남은 그리움
지워지지 않는 본능에
목숨 다하는 날까지
찾아다니리니

구름 띠 두른 화산은
치솟는 정렬 내 뿜으며
오늘도 푸른 바다에 무릎 적시고 섰구나.

격동하는 육신 가누지 못해
붉은 피 토하는 날

천년후(千年後)
만년후(萬年後)

그날까지도 너는 나의 거울이어라

고뇌(苦惱)로 짓이겨진 육신을 끌고
산과 물이 손잡는 곳 찾으면

그 따사로움이
어머니의 가슴이다.

사십리(四十里) 굽이진 Beach엔
몇만 리 사연(事緣)이 태초부터 쌓여
모래알 되었고

그래서 너는
영원한 우리의 고향이다.

【병서(並書)】
2002년 1월 발리(Bali) 여행 중에 쓴 느낌이다.

일출(日出)

미명(微明)의 바닷바람
눈썹에 와닿는데

해신(海神)이 회색 카펫을 깔며
스멀스멀 달려온다.
수만(數萬)의 용들이 꿈틀거리며 달려온다.

백두대간(白頭大幹)의 산신(山神)이 황포장막(黃袍帳幕)을 끌고
마루[宗]에서 골짜기로 날 듯이 달려 내린다.

그들이 포옹하는 순간
천지는 황금빛으로 가득하고
황홀한 하루가 장엄하게 열린다.

다도해 크고 작은 섬들이
배광(背光)을 업고 미소 짓는 불두(佛頭)들이다.

수많은 생명 앗아간 이 물길에
그들의 명복(冥福)을 빌며 합장(合掌)하는
어린 사미(沙彌)의 마음
찰싹이는 물에 굴러가는 몽돌 소리는
진혼곡(鎭魂曲)이었다.

한(恨)을 운명(運命)으로 삭이고
눈물을 침묵(沈默)으로 삼키며
오늘도 바다의 품을 떠나지 못하는
민초(民草)들의 삶이 있다.
다시마 보리톳이 많아서가 아니라
지나온 자국이 억울해서 못 떠난다.

안개 피는 아침 바람이
동백나무 잎새를 흔들며 아양 떨고
예작도 위의 구름이
춤을 추며 잡는다.

가슴 아린 마음 남기고
떠나는 나그네의 발걸음은
무겁다.

【병서(並書)】
답사 갔던 보길도 몽돌해변의 아침 풍경.

기념비문(紀念碑文)[38]

태초(太初)에 조화주(造化主)가 물 맑은 바다 가운데
외로울까 염려하여 두 섬을 점지하니
봄 안개 자욱할 때 신선들이 노닐었고
가을 물 맑은 때에 천녀(天女)들이 찬미한 곳

먼 옛날 어느 선조 이 섬에 처음 올라
터전을 마련하여 우리 요람 되었으며
수많은 후예(後裔)들이 큰 일꾼 되었었고
소중한 추억과 역사가 새겨진 보금자리

선왕봉에 해가 뜰 제 부른 듯이 다가서고
하포에 노을지면 새색시 친정 생각
행주치마 눈물 젖어 여울목만 원망했네

이제는 하나 되어 우리 소망 이뤘으니
복되어라 후손(後孫)이여
길이 두 섬 빛내소서

---

38 【편집자 주】본래 시로 쓰신 것이 아니다. 장(章) 구성상의 이유로 여기에 실었다.

【병서(並書)】

호남 어느 두 섬의 연륙교를 낙성함에 즈음하여, 문형(文兄)의 청탁
으로 씀.

5

사랑

봄이 오는 길목

꽃눈
새싹
눈 녹은 물이 흐르는 개울 가에는

흩어진 구름 사이로
너의 얼굴이

지나가는 시간이야
어이 하리야.

【병서(並書)】

　가슴을 치는 아픔이 따른다 해도, 그대 있음에 나 기쁘고, 보고픔을
참는 시련이 있다 해도, 그대 생각으로 미소 짓는다네.

눈물 그리고 꽃

울지 않고 피는 꽃은 없다네.
울어야 눈물이 솟고
그 눈물로 꽃이 핀다네.

아름답게 핀 꽃 한 아름 안고
나 이제 노을 따라 떠나네

꽃술의 이슬로
목마름 추기고
웃으며 내를 건너네

꽃향기로 깃옷 짖고
고운 색으로 노래하며
꽃구름 타고 한들한들
떠나가네.

가을 1

봄의 흐드러진 꽃동산 지나
후미진 가을 들녘에 섰다.

제비 떠난 하늘엔
그리움만이 아스라이 남고

강(江)가에 선 갈대들은
고추잠자리 이고서
가을 이야기 수선스러운데

아직도 파아란 이끼들은
겨우살이 걱정 한창이건만

철없는 피라미 한 마리가
작난스레 꼬리를 친다.

한편에서는
얕은 물가의 수척한 소금쟁이가
외로운
아주 외로운
사색에 잠겼다.

가을 2

이 가을이 너무 잔인하다.
주제 넓게 욕심부리던 초목(草木)들이
막장에서 벌 받는다.
살갗이 터지고 부서지는 소리
가슴 아리다.

황급히
이 시간에서 비켜난 자리 허망하고
그 가운데 선 나는
멍하니 가슴 뚫려서
비늘구름 바라본다.

풍성했던 계절이
남긴 이야기가
빛이 바랜 채
혈육(血肉)이 갈라지는 소리에
풀울푸울 날아올라

순간 바람이 된다.

【부기】(附記)

2012년 가을에, 기차를 타고 가며

한 마리 새가 되어

나 한 마리 작은 새가 되어
목련(木蓮)이 망울진 그대의 창가에 앉아
곤(困)한 잠에서 깨어난
당신에게 맑은 아침 공기(空氣)를 마시게 하고 싶소.

나 한 마리의 고운 나비가 되어
그대의 뜰에 핀 백합(白合) 꽃 위에 앉아
턱을 고이고 가만히 앉은 당신을 위해
두 나래를 벌려 춤을 추고 싶소.

나 한 송이 예쁜 장미(薔薇)가 되어
은성(殷盛)한 축전(祝典)에 참석한
그대의 윗주머니에 꽂혀
황홀한 한때를 같이하고 싶소.

나 한 떼의 구름이 되어
아름다운 이 Flolida 해변(海邊)으로
여행 온 그대가
석양에 방으로 돌아와 대서양을 바라볼 때
아름다운 낙조(落照)를 장식해주고 싶소.

나 한 줄기 산들바람이 되어

운동 후에 땀방울 맺힌
그대의 이마 위에 시원한 바람을 보내
피로를 씻어주고 싶소.

나 노오랗게 물든 은행잎이 되어
옷깃을 세우고 사색에 잠겨 걷고 있는
그 포도를 장식하고 싶소.

나 하나의 우산이 되어
그대의 부드러운 손에 들려
눈비를 막아주고 싶소.

나의 소중한 그대를
다른 사람들이 존경하지 않고 사랑하지 않더라도
그날의 어둠이 걷히고
밝은 새날이 올 때까지,
나만은 당신을 위해
모―든 것을 드리려 합니다.

【부기(附記)】
순수하고 절실한 사랑이란 이런 것이 아닐까?

문(門)

사랑하는 사람아!
이 문으로 들라.

희미한 베일에 가린 카오스의 얼굴로 오라.
아장 아장 춘향의 자태(姿態)로 오라.
일렁이는 크레오파트라의 걸음으로 오라.
죽이는 몬로의 웃음을 띠고 오라.

머리카락 흔드는 세찬 비바람은
이글거리는 눈빛으로 잠재우고
소름 끼치는 두려움일랑
가슴의 불로 사르리.

속연(俗緣) 끊으면
문을 지나는 잡음(雜音) 사라지고
때 묻은 옷들은 쓰레기다.
대소고저(大小高低)의 논리가 간데없고
목마른 바람[希願]만이 진리다.

한 발 내딛는 순간
황홀한 지축(地軸)을 흔드는 놀라움

엉켰던 한(恨)의 핏덩이가
터지는 열화(熱火)에 녹아내리고
그 폭발음이 천둥이고 우레러라.

포세이돈의 삼지창(三枝槍)에
해신(海神)의 신음이 하늘에 메아리치고
태초의 생명의 소리 우주(宇宙)에 가득하다.

대리석(大理石) 토르소는 도가니 속에서 춤추고
사방에서 오색(五色)의 꽃구름이 피어나
황홀한 노을로 물든다.

여진(餘震)이다.
바람에 흔들리는 나뭇가지다.
끝없이 이는 물결이다.
옹녀(雍女)가 타고 있는 그네다.

도나우가 나이아가라가 되고
동해의 푸른 물이 후지산을 뒤덮으며
까치놀이 소용돌이치는 곳

질긴 연줄 따라
우리가 창조주인 곳
그대여 들기를 서슴지 말라.
내일의 후회(後悔)는 없을지니.

【부기(附記)】

2000년이 넘어가던 날들의 단상(斷想)들 중에서.

숲속에서

아침서리 소복한
도토리밭을 지나
안개 자욱한 소나무 숲에 들면
눈 밝은 어린 시절이다.

오늘 여기
묵은 잠을 일깨우는 것은
그대에게서 풍기는 향기(香氣) 때문이리니

내 어디 황량(荒涼)한 산야(山野)를 방황(彷徨)하다
억겁(億劫)의 인연(因緣)을 좇아
이제야 다시 찾았느뇨.

천년 이끼 덮인 바위에는
다람쥐 뛰어놀고
이름 모를 꽃잎에
호랑나비 춤을 추네.

숲이여!
그대 풍성한 아래 흐르는 맑은 샘으로
이 고달픈 영혼(靈魂)을 씻어다오

지옥(地獄)의 아귀성(餓鬼聲)이 아네스의 선율(旋律)로
비방(誹謗)과 조소(嘲笑)가 사랑의 찬미(讚美)로
사바(娑婆)가 에덴으로
내가 너로
굴레 벗는 곳.

산새들의 노래에 잠 깨고
잎새 흐르는 바람으로 한숨 날리며
먼지 묻은 욕망(慾望)과 상처(傷處)받은 아픔을 잊고
그대 품에서 길이 잠들리니

하늘과 땅 뒤흔드는 격랑(激浪)이 지나면
평온(平穩)과 안식(安息)이 꽃구름 위에 덮이는
너는
영원(永遠)한 어머니의 가슴이다.

어매

형체의 자욱만 앙상하게 남은
두 가슴에
긴 세월의 아픔
묻어 두고

오늘 저의 곁을 떠나시는구려.

그래도 아직
못다한 사랑의 뿌리는
한(限)이 없는데…

어매!
그 끝없는 사랑
저에게도
우리 아이들에게도
뙈리쳤어요.

내가
어머니 따라
떠날 때쯤이면

그들도

지금의 나처럼

그 사랑 깨칠 것입니다.

무제[39]

가슴 속 응어리진 슬픔이
향기(香氣)로운 말에 연기로 흩어지고
신(神)도 돌아앉은 한이
당신의 웃음에 꽃잎 피어 떨어집니다
노을 진 석양(夕陽)보다 아침이슬 맞은 새싹을 보았답니다
그대 맑은 눈길에 유년이 되고
스치는 그림자에 이 마음 천 갈래 만 갈래
님이여 이 사랑 무겁게 생각 마옵소서
영원은 순간으로 기억되고
님의 숨결 나의 목숨과 함께하리니
먼 훗날
그대가 비상(飛翔)하는 날
내 영혼의 기름을 짜 촛대를 올리렵니다

---

39 【편집자 주】본문만 있고 제목은 없던 작품이어서, 편집자가 임의로 '무제'라 하였다.

무제[40]

장작불이 되고 싶은 날이 있지요
아득한 길목의 실개천이 되었다가
눈부신 슬픔의 강물도 되었다가
저승 같은 추위가 온 땅에 넘치는 날
얼음장 밑으로 흘러 들어가
어둡고 외로운 당신 가슴에
한 삼백 년 꺼지지 않는 불꽃으로 되었다가
사랑의 사리로 남고 싶지요

【부기(附記)】

사랑은 끝나는 것이 아니다. 세월이라는 거름이 언젠가는, 아니 늘
새싹을 틔운다. 설사 대상이 눈앞에서 사라졌다 해도. 꽃이 피고 새가
울 때 마다 분홍꽃 꽃편지를 띄우게 된다. 산들바람에 떨어지는 낙엽
을 보아도 서산(西山) 넘어 사라지는 노을 하나에도 그냥 지나지 못하
는 것이 사랑이다.

---

40 【편집자 주】본문만 있고 제목은 없던 작품이어서, 편집자가 임의로 '무제'라 하였다.

6

시조(時調)

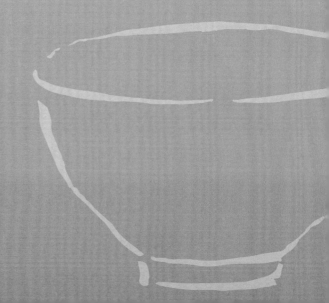

한식 (寒食)

새움 트는 한식 되니
그리움이 소록소록

쑥부꾸미 고물 묻혀
등 두드려 먹이시던

어머님 자애로움이
봄볕 속에 따사롭다

오유지적 (烏有之跡)

이름 모를 산새들은
낯선 손님 울어대고

추녀 끝 제비들은
왜 가냐고 조잘대네

아희야
오고감이야
내 뜻대로 하리라

세월 (歲月)

푸른 산 어디에나
봄 오고 잎 피듯이
머리 희고 주름지는 것을

왜 그렇게 가느다란 사연
지우지 못하고서

외로운 언덕에
고목처럼 앉았는가

눈

흩뿌리는 골짜기선
송뢰(松籟)와 어울리고

쌓여진 오랍뜰엔
달빛을 이불삼다

나무엔 꽃이요
주객에겐 선경(仙境)일레

운명(運命)이여

넌 어이 주체인 나를
이렇게도 따돌리는가

얄궂은 이 유희를
어이 감당하라고

먼 훗날 여독(餘毒)의
고통을 견딜 수나 있을지

【추기(追記)】
불확실한 미래가 확실하게 고정되면, 가능성이 줄어지기 때문에
약간 실망하게 된다. 석(碩)의 앞날 때문에.

님

은하(銀河)를 건너면 견우(牽牛)가 있건만
어이타 두려움에 망설이는 님이여
신이여 그대에게 용기를 내리소서

수면 (水面)

내 마음 본디부터 호수면(湖水面)인데
그 위에 비친 구름 머물 줄을 모르나
쉼 없이 불어대는 얄미운 바람이여

낚시

세월이야 강물 함께 흘러가지만
배[船] 안의 술병은 항상 그 자리
드리운 낚싯대로 인생을 낚네

화려(華麗)한 외출(外出)

오랜만에 모처럼 화려한 외출
새애기 팔장끼고 옛길도 걷고
주고픈 맘 뭐든지 절로 이는데

딸 없는 허전함이 아주 가시고
조잘대는 속삭임에 세월을 묻어
꿈 많던 시절에 불현듯 섰네

지난날 쌓인 얘기 다 들려주고
화안한 그 표정 길이 간직해
애기야 인생을 복되게 살렴

육순(六旬)의 어느 날

낯설은 땅 떠돌면서 고향 하늘 그릴 때는
꿈 많던 젊음이라 높은 곳에 뜻을 두고
설은 잠 고달픔도 기쁨으로 남았어라

장가들고 애기 낳고 좋은 일도 많았지만
어버이 여의고서 옷소매 적실 적에
비로소 세월(歲月) 흐르는 소리 어렴풋이 들렸어라

앞 여울 고기 잡고 뒷동산에 토끼 쫓던
꿈같던 어린 시절 선연(鮮然)히 어리는데
어느덧 귀밑에는 흰서리 앉는구나

봄 꽃잎 가을 열매 자연의 섭리(攝理)인데
부모님 구로(劬勞)끼쳐 온 정성 받았거늘
어이타 오늘까지 이룬 것이 무엇인가

【추기(追記)】
　공자가 주야로 흘러가는 내[川]를 보고 인생을 탄식했다[逝者如斯
夫].

고사목(枯死木)

푸른 잎 잔가지와 굳어진 굴피들은
무상(無常)한 허상(虛像)이요 무대 뒤의 분장일레
앙상한 뼈대만이 그대로 본디로다

꽃 피고 열매 맺어 잎들이 무성할 제
멧새며 다람쥐도 제집처럼 드나들다
한가한 이즈음엔 발길 더욱 뜸하구나

찢기고 먼지 묻은 헐어진 낡은 옷을
오늘에야 훨훨 벗고 계절을 넘으니
어느 때 두견새 소리 들으며 흙으로 돌아갈까

때로는 비바람이 때로는 눈보라가
긴 세월 한결같이 어렵게 하더니만
이제사 그 안에서도 선정(禪定)에 들 수 있네.

산사(山寺)의 저녁 종소리 은은히 퍼지고서
주승(主僧)의 독경소리 사바(娑婆)에 울리는데
등걸로 병든 몸은 서천(西天)길 꿈을 꾸네

【추기(追記)】

겨울은 청양고추 같은 매서운 맛이다. 잘 발효된 홍어처럼 톡 쏘니 자극적이고, 싱싱한 청 매실처럼 신선하다. 햇빛에 번뜩이는 칼날 같이 번쩍이는, 싸늘한 계절이다. [겨울은 강철로 된 무지개인가 보다. - 〈절정〉]

영다(詠茶)

이제 뜬 보름달이 찻잔 속에 가득한데
갈밭 안 개울소리 난초향기 머금었고
뒷산의 솔바람은 겨드랑이 간질이네

한 모금 머금으니 어머니 품 아늑하고
두 모금 넘기니 바로 앞에 님의 얼굴
잡으려 잡으려 해도 자애로운 미소만이

7

한시(漢詩)

冬日 卽興

山河銀世界
風流雪月中
琴聲茶香濕
主客天府東[41]

---

41 산과 강은 온통 은빛 세계
    바람이 눈을 흩어 달 가운데 날리고
    거문고 소리 차 향기에 젖어드니
    주인과 객이 함께 하늘마을(천부) 동쪽에(있네)

雲月山房⁴²

講讀消白日
吟詩過靑春
有書有詩處
無榮無辱身⁴³

---

42 【편집자 주】본문만 있고 제목은 없던 작품이어서, 편집자가 임의로 삽입하였다.
43 글 읽고 뜻 새기며 한낮을 보내고
    시 읊으며 젊은 날을 지냈네
    책이 있고 시가 있는 곳에
    영화도 없고 욕됨도 없는 이 몸 있네

秋中[44]

蘆花雁飛秋景冷

旅程渺漠思故鄉

吹笛空山菊香滿

一陣霜風萬樹驚[45]

────────────

44 【편집자 주】본문만 있고 제목은 없던 작품이어서, 편집자가 임의로 삽입하였다.
45 갈대꽃 피고 기러기 나니 가을 풍경 차가운데
     나그네길 아득하여 고향을 생각하네
     피리 부니 인적 끊긴 빈산에 국화 향만 가득 차고
     한줄기 서릿바람 뭇나무들 놀래키네